JUAN ARCONES

Un rey de verano

Montena

Papel certificado por el Forest Stewardship Council®

MIXTO
Papel | Apoyando la silvicultura responsable
FSC® C117695

Penguin Random House Grupo Editorial

Primera edición: abril de 2024

Printed in Spain – Impreso en España

ISBN: 978-84-19848-69-7
Depósito legal: B-1.733-2024

Compuesto por Comptex & Ass., S. L.
Impreso en Huertas Industrias Gráficas, S.A.
Fuenlabrada (Madrid)

GT 4 8 6 9 7

Para todos los que se sienten
personajes secundarios de su vida.
No lo sois.
Sois los protagonistas.

1

Llegamos a Santino

La vida me ha enseñado a vivir sin muchas expectativas. Disfrutar el momento, no pensar en lo que ocurrirá mañana. Porque la decepción siempre acaba devolviéndote a la realidad. Por eso prefería pensar que mi verano en Santino iba a ser monótono y aburrido. Qué equivocado estaba…

Seguro que, más de una vez, vuestros padres os han obligado a ir a un sitio a pesar de que no queríais. No hablo del dentista, o de visitar a vuestras odiosas tías, esas que tienen caramelos rancios y cuya casa huele a atún por culpa de sus cinco gatos. Hablo de cosas más grandes, como arrancarte de tu ciudad en el que podría ser tu mejor verano, el último en el que eres realmente libre antes de tener que decidir qué harás con el resto de tu vida, y llevarte a un país extranjero, a cientos de kilómetros de tu casa, a vivir tres meses rodeado de la nada más absoluta, y sin un amigo cerca. ¿Os ha pasado alguna vez? ¿No? ¿Solo a mí? ¿Soy el único pringado aquí? Bueno es saberlo antes de comenzar. Me llamo Gaspar. Gaspar Costa. Sé que es muy típico comenzar una historia presentándose a uno mismo, pero, si no, ¿cómo narices vais a conocerme si ni siquiera sabéis mi nombre? Ese verano iba a ser, de lejos, el mejor. Cumplía diecisiete años y, hasta donde sé, eso solo ocurre una vez en la vida. Tenía por delante tres meses de absoluta libertad hasta que llegara septiembre y tuviera que comenzar el último curso del instituto. Pero mi padre se había empeñado en romper mis sueños una vez más. Era su rollo.

—¿Cómo que nos vamos? —protesté nada más saberlo.

—No lo digas como si te estuviera secuestrando. Tienes una semana por delante para hacer la maleta y despedirte de tus amigos —anunció sin siquiera mirarme, inmerso en su ordenador y en sus notas. Como siempre. No. Como siempre no. Más bien como el último año.

—¿Una semana? —repliqué.

—Sí. Una semana. No seas exagerado. Estaremos de vuelta en septiembre. Te vendrá bien un cambio de aires.

—Nos vendrá bien..., querrás decir —mascullé. Por una parte no quería que me hubiera oído. Por otra...

—Este verano es muy importante para ti, Gaspar. Tenemos que ir a Santino. Tu abuelo ya es mayor y quiere que vayas a verle antes de que sea tarde —me explicó mi padre.

—Pero no se va a morir, ¿a que no?

—¡No hables así de tu abuelo! —bramó, enfurecido. Me miró por primera vez. ¡Al fin una reacción humana!

—Perdón —me disculpé, casi de forma automática.

—Acércame el móvil, por favor. Se está cargando en la mesita —me indicó.

—¿Por qué es importante que vaya a Santino? No lo entiendo. ¿Qué hay allí que no pueda esperar? —pregunté mientras desconectaba su teléfono y se lo daba.

—Tus raíces. ¿Te parece poco? —Y volvió a enfrascarse en su pantalla, dejando el móvil junto a sus libretas.

—Mis raíces están aquí. En Madrid.

—Tus raíces están en Santino. De allí es tu familia.

—Mis raíces están donde vivo. Y yo vivo aquí. En esta ciudad. En esta casa —contesté, enfadado. No me apetecía ir a Santino todo el verano. Y menos con mi padre.

—No digas tonterías. Llevas años sin ver a tus abuelos.

—Eso será por su culpa, ¿no? No vinieron al funeral de mamá —recordé. Esperé un grito, una bronca, pero no hubo nada de eso. Solo me respondió con un silencio frío y alargado. Tensó los hombros y, cuidadosamente, dejó el lápiz sobre el escritorio.

—Te pongas como te pongas, vamos a ir. Cuanto antes te hagas a la idea, mucho mejor para los dos, ¿no crees? —espetó con frialdad—. Cierra la puerta cuando salgas. Tengo mucho trabajo atrasado.

Pensé en continuar la discusión, pero qué sentido tendría. Ya había dejado claro que no iba a cambiar de parecer. Los billetes de avión estaban comprados. Los arreglos estaban hechos. No quedaba otra. Me iba de vacaciones con mi padre a Santino. Salí de su despacho, cerrando la puerta como me había ordenado. Y, en cuanto lo hice, lo oí hablar por teléfono. No había dedicado ni un segundo a pensar en nuestra conversación. Solo repetía una y otra vez que el trabajo estaría a tiempo. Mi padre es editor. Revisa manuscritos, busca autores importantes o noveles, corrige historias... Hace un poco de todo, o eso es lo que he ido aprendiendo a lo largo de los años. Así conoció a mi madre, publicándole su primer cuento infantil. Yo creo que se lo publicó simplemente para tener la excusa de poder hablar más con ella, y la estrategia le salió bien, porque estuvieron dieciséis años casados. Y continuarían casados; bueno, si mi madre siguiera viva, claro.

Durante un tiempo, yo también pensé que quería ser escritor. Igual que ella. Pero ya no tenía muy claro lo que quería hacer con mi vida, y me había puesto ese verano como límite para decidirlo. Sí, es absurdo lo mires por donde lo mires. ¿Decidir tu destino en tres meses? No es demasiado realista.

Lucía no se tomó muy bien que fuéramos a pasar todo el verano separados. «¿Y qué hago yo ahora?», repetía una y otra vez. Lucía es mi mejor amiga. Nos conocemos desde primaria. «¿Para qué te vas a un país más pequeño que tu casa?». No le faltaba razón. Santino tiene el honor de ser uno de los países más pequeños de Europa, junto a Ciudad del Vaticano, Mónaco y San Marino. Se encuentra en la frontera entre Italia y Eslovenia, así que tiene el clima italiano y el encanto esloveno. Hablan italiano, español, un poco de esloveno y santinés, que es como una mezcla de todos esos idiomas y que solo se habla allí. Mi padre había intentado enseñármelo varias veces, pero siempre acababa desistiendo. Lo que sí aprendí fue algo de italiano, aunque fuera para defenderme. Al ser un país tan pequeño, carecía de aeropuerto, así que tuvimos que volar hasta Venecia y, desde allí, alquilamos un coche para llegar a Santino.

Mis abuelos vivían en las afueras de la capital, que se llamaba Santino Porto, en una especie de finca rodeada de olivos. Mi abuela elaboraba su propio aceite en una almazara que tenía en casa y lo vendía en la ciudad y en los alrededores. Era fuerte y tenía toques de limón. Lo sabía porque estaba harto de tomarlo en casa. Mi padre no compraba aceite que no fuera el familiar. Claro que sí.

Cuando entramos en el país, condujimos por una carretera que pasaba entre el mar y la montaña, y es que así era Santino. La capital estaba en la costa, con una playa en forma de herradura, casas bajas de colores llamativos, y unas afueras rodeadas por montañas, repletas de verde. En una de ellas, que se cortaba en un acantilado rojizo, estaba el *palazzo* Santino. En él vivía la familia real. En este caso, los Calliveri: Carlo Calliveri, Laura Calliveri y su hijo Luca. Había nacido el mismo año que yo, pero no había ni una sola imagen de él. Ni una. Nadie sabía cómo era Luca Calliveri. Veréis, Santino tenía unas leyes bastante arcaicas y desfasadas. No solo por seguir teniendo monarquía, sino porque el príncipe heredero no podía salir del palacio hasta cumplir los diecisiete años. Es decir, se pasaba encerrado los años más importantes de la vida, sin ver mundo… y sin que el mundo pudiera verle a él. Sí, la cárcel era de mármol y gigantesca, pero una cárcel al fin y al cabo.

La carretera transcurría muy cerca del mar y aproveché para bajar la ventanilla y aspirar un poco del aire del mar. No conozco a nadie a quien no le guste el mar. A ver, sí, puede darte miedo, yo me muero cada vez que no hago pie, pero tenerlo cerca siempre te llena de una energía diferente que no encuentras de ninguna otra forma. Eso sí, en Santino hacía un calor bastante agobiante. Fue bajar la ventanilla y escuchar solo cigarras que no paraban de emitir su ruido infernal.

—Gaspar, el móvil.

—¿Eh?

—Tu móvil —repitió mi padre. Estaba tan ensimismado en el

paisaje que no me había dado cuenta de que me estaban escribiendo. Era Lucía.

> HAS LLEGADO YA??

Abrí la cámara del móvil e hice una foto de la carretera. Solo me respondió con emojis de calaveras.

> Espero que hayas ido a Santino para derrocar a la monarquía. Si no, no vuelvas por aquí :P

Mi padre dobló a la derecha y tomamos una pendiente, flanqueada por una especie de bosque un tanto inhóspito, seco y con poca vegetación. Nada raro con el calor que hacía. Tenía la camiseta empapada. Daba igual que pusiéramos el aire acondicionado a plena potencia, o bajáramos todas las ventanillas del coche. La humedad era tan alta que se te metía por dentro y te hacía sudar continuamente.

—¿Recuerdas algo? —me dijo mi padre.

—¿Cómo voy a recordarlo? Vinimos cuando tenía cinco años.

—Nunca has tenido buena memoria —espetó, y giró por un camino entre olivos.

—Eso no te lo voy a discutir —contesté, y, a lo lejos, pude ver lo que debía de ser la casa de mis abuelos.

En una enorme finca había una casa grande, de dos pisos, destartalada, con un pequeño huerto en la entrada y rodeada de olivos. En uno de los laterales había un tractor hecho polvo. Sabía que tenían una piscina, pero no se veía por ningún lado... Quizá estuviera detrás de la casa. Tras ella asomaban grandes y frondosos árboles que se mecían con el viento que soplaba a pesar del calor. Era extraño que estuvieran tan verdes cuando todo el entorno estaba tan seco y sin vida.

—¿Y este secarral? —Lo siento, pero me salió solo.

—Tengamos la fiesta en paz, Gaspar, por favor te lo pido —me recriminó mi padre.

La puerta delantera de la casa se abrió y mis abuelos salieron a recibirnos. Hacía años que no los veía. Seguía sin entender por qué no habían ido al funeral de mi madre. Era algo que no iba a perdonarles nunca. Mi abuelo fue el primero en acercarse, pero, en vez de darme un abrazo, solo me tendió la mano. La tenía áspera y rugosa, llena de callos y durezas. No era mucho más alto que yo, tenía la mirada seria y el ceño fruncido por culpa de las arrugas que serpenteaban por su frente. Su pelo era cano, casi plateado, y bastante abundante a pesar del paso de los años. Había salido a recibirme con lo puesto: unas bermudas azul marino y una camiseta blanca de tirantes. Curiosamente, no sudaba nada. Supongo que estaría acostumbrado al clima. No como yo, que estaba sudando a mares. Tras un frío apretón de manos, fue a hablar con mi padre. Mientras, mi abuela se acercó y me dio un abrazo sentido y cálido. Desprendía un olor que me evocó las Navidades de cuando era pequeño, mezclado con un intenso aroma a limón.

—*Jubico* —me dijo al oído—. Cariño, ¡cuánto tiempo sin verte! ¡Has crecido una barbaridad! ¿Qué tal estás?

—Bien, bien —contesté. Mi abuela era mucho más delgada y alta que mi abuelo. De hecho, era todo lo contrario a él. Llevaba el pelo largo recogido en un moño sujeto con una red anaranjada. Su sonrisa y su mirada eran sinceras y tenía unos ojos aguamarina preciosos. A diferencia de mi abuelo, se había adecentado para la ocasión, o al menos me daba esa impresión; vestía una camisa holgada de flores sobre la que llevaba un delantal blanco con tres limones dibujados en el bolsillo. Sus manos estaban manchadas de harina, así como su mejilla izquierda.

—¿Y vuestras maletas? —preguntó, indicando con la mirada a mi abuelo que ayudara a sacarlas del coche—. Ven conmigo, seguro que tienes mucha hambre. Íbamos a cenar ahora.

—Si son las seis… —repuse, desconcertado.

—Las cenas en Santino se alargan mucho tiempo, *jubico.* Y seguro que tu padre solo te ha alimentado a base de sándwiches. ¿Me equivoco? —comentó, reprendiendo a mi padre, que se encogió de hombros.

—*Ciao*, mamá —dijo este, saludándola con dos besos. Mi abuela le dio un par de cachetadas y, al momento, le abrazó con ganas. Desde luego, mi padre había heredado la frialdad de mi abuelo.

—Venga, pasad, pasad. Dejad las maletas en el piso de arriba y bajad a cenar. Tu padre y yo estaremos en el *cortile* trasero. —Creo que *cortile* significa «jardín».

Mi padre fue el primero en entrar, arrastrando sus dos maletas. Yo tardé un poco más en reaccionar. El canto de las cigarras se me metía en la cabeza. Al principio era bastante relajante, pero, tras unos minutos, se transformaba en un coro estridente que no podía apagar. Agarré mi maleta con una mano, sujeté el asa de mi mochila con la otra y eché a andar hacia la casa, sudando a cada nuevo paso que daba. Si ese era el clima santinés, estaba en serios aprietos, desde luego. No pensaba salir de la piscina, si es que la encontraba. O, en su defecto, de la playa. El enorme portón de madera de color verde estaba abierto de par en par y, tras sufrir con el traqueteo de las ruedas de la maleta por la gravilla y los listones carcomidos, entré en la casa, cuyo suelo era liso y brillante. A mi derecha había una escalera pegada a la pared que llevaba al piso de arriba. Delante de mí, un pasillo larguísimo al final del cual se adivinaba el jardín trasero, con una cubierta de parras y una enorme mesa llena de comida.

—¡Sube la maleta y ven fuera a cenar! —gritó mi padre desde el fondo del pasillo.

Dentro de la casa olía a jazmín, a humedad y a pan recién hecho. Y, curiosamente, a chocolate. Es decir, el aroma era totalmente diferente del de nuestra casa de Madrid. Allí solo olía al ambientador barato que compraba mi padre cada tres meses y a café; olores a los que en verano, si abrías las ventanas, se unía el de la calle mezclado con el de la basura que había justo en nuestro portal. Era un cambio agradable, la verdad. Mi padre pasó a mi lado y subió las escaleras con paso fuerte y decidido, llevando una maleta en cada mano, lo que suponía un gran esfuerzo debido a su estrechez. Hasta que llegó arriba del todo no empecé a andar. Cuando ya estaba casi en el último escalón, salió de una de las habitaciones y, haciéndome un gesto con la cabeza, pasó a mi lado y bajó con rapidez de nuevo. Yo no tenía muy claro cuál sería mi cuarto, así que dejé la maleta en un lado del pasillo para que no molestara mucho y aproveché para cotillear un poco. Igual que en el piso principal, el pasillo tenía al fondo un gran ventanal desde el que se veía el jardín trasero y, según me iba acercando, también podía observarse a lo lejos la montaña sobre la que descansaba el *palazzo* Santino. Más tarde descubriría que esa montaña se llamaba monte Nuvole.

Me asomé a la habitación de mi izquierda y tenía pinta de ser la mía. Había una cama blanca impoluta, pero casi al nivel del suelo. En la pared algo desconchada había pintado un enorme mapamundi, aunque un poco descolorido, y varias torres de libros que hacían de mesillas improvisadas. Bajo una de las ventanas, de las que medio colgaban unas cortinas, había un tocadiscos cubierto de polvo y, al fondo, dos palmeras resecas. Fuera o no mi habitación, era un poco deprimente, a decir verdad. Me asomé por la ventana y, al fin, pude ver la piscina. Revestida de azulejos azul oscuro, parecía muy profunda. No debía de tener más de tres o cuatro metros de largo, y su motor funcionaba sin descanso, lo que hacía que un fino chorro de agua brotara de forma continua de uno de los laterales. A su alrededor había dos tumbonas de madera, una hamaca colgada entre dos árboles y el único césped verde de toda la finca. Tenía claro que iba a pasar todo el verano metido dentro de esa agua. Era mi único plan a corto y medio plazo. Decidido a quedarme con ese cuarto, salí al pasillo y cogí mi maleta cuando vi a mi abuelo en lo alto de la escalera, mirándome fijamente.

—Tu abuela dice que bajes a cenar —dijo con voz seca.

—Sí, vo-voy a dejar la maleta en mi cuarto. Es este, ¿no? —me excusé, señalando el dormitorio del que había salido.

—El que quieras menos el del fondo a la derecha. Ese está *vietato*, ¿entendido? Prohibido.

—¿Por qué?

—Porque lo digo yo.

—Vale, vale. Entonces me quedo el otro —contesté, pero él ya me había dado la espalda y estaba bajando las escaleras, apoyado en el pasamanos y con pasos lentos pero seguros. Cuando desapareció de mi vista, me di la vuelta y arrastré la maleta por el pasillo hasta mi habitación. La puerta del cuarto prohibido estaba cerrada. Estuve tentado de acercarme y asomarme. Pero, con mi suerte habitual, seguro que mi abuelo me sorprendía de nuevo. Ya le echaría un vistazo en otro momento. Total, tenía todo el verano por delante.

Lancé la mochila sobre un pequeño sillón con el respaldo roído y dejé la maleta sobre la cama, que protestó con un crujido. La abrí y lo primero que hice fue ponerme una camiseta limpia después de quitarme la blanca que llevaba puesta, que estaba prácticamente adherida a mi cuerpo. Saqué un par de mis camisas para estirarlas un poco y traté de abrir la ventana de madera para airear la habitación. Pero la manija estaba muy dura. Hice toda la fuerza de la que fui capaz y conseguí empujarla hacia fuera, pero, al abrirla de golpe, una de las hojas del postigo de madera se desprendió de sus goznes, cayó en el jardín y se astilló por completo. Una nube de polvo me cubrió la cara cuando me asomé al exterior. El alféizar blanco estaba cubierto, a su vez, por un polvo gris rojizo. El estrépito del golpe alertó a mis abuelos y mi padre, que salieron al jardín; mi padre me miró con desaprobación.

—¡Perdón! —grité, pero no cerré la ventana. Por si acaso.

Cuando bajé, mi padre ya se había bebido tres o cuatro copas de vino. ¿Que cómo lo sabía? Bueno, no era la primera vez que le veía borracho, digámoslo así. Y no es de los borrachos divertidos. Tampoco del tipo agresivo, ¿eh? Es, simplemente, un borracho apagado y mustio. Como si beber le recordara todo lo que había perdido en la vida. Mi abuela había preparado un verdadero banquete mediterráneo, y yo tenía un hambre atroz. Era imposible parar de comer en esa mesa, porque todo estaba mejor que lo anterior. Pero, sobre todas las cosas, la burrata casera con rúcula y el aceite de mi abuela. El aroma a jazmín seguía embriagándolo todo y, poco a poco, el calor sofocante fue dando paso a una suave brisa.

—¿Te gusta Santino, cielo? —me preguntó mi abuela mientras me pasaba la cesta del pan.

—Bueno, aún no he visto nada, la verdad —admití.

—Tampoco hay mucho más que ver —intervino mi abuelo, que ya estaba con una copa de lo supuse que era licor de hierbas.

—Espero que sí. Si no, menudo verano me espera —me lamenté. No quise que sonara a reproche, pero, visto el tono con el que sonó, estaba claro que había veces que no controlaba mucho lo que decía—. ¡No es por vosotros! La casa es alucinante y esta comida... Buah, está de muerte. —Esas palabras, al menos, arrancaron una sonrisa a mi abuela.

—Hay toda la que quieras —afirmó. Pero era extraño porque ni mi abuelo ni mi abuela comían mucho. Claro, a mi lado era difícil, ya que estaba devorando todo lo que había en la mesa. Mi padre..., bueno, no le había visto probar bocado. Había adelgazado mucho ese último año. Y se notaba en sus facciones, más afiladas que nunca.

—No me lo digas dos veces. Podrías arrepentirte —bromeé, y seguí comiendo. Mi abuelo me miraba como esperando el momento perfecto para hablar, como si tuviera algo que contarme pero no fuera capaz de hacerlo. Al rato, sacó un puro de su camisa, se lo encendió con una cerilla y llenó toda la mesa de un humo denso y apestoso.

—¡Félix! ¡No fumes en la mesa mientras haya alguien comiendo! —le abroncó mi abuela.

—Pero si el chico ya ha terminado, ¿no?

—Casi. Aunque...

—¿Quieres postre? Hay tiramisú —me interrumpió mi abuela.

—Pues no voy a decir que no a un buen tiramisú —bromeé. Acto seguido, recogió un par de platos y desapareció dentro de la casa, silbando una canción que no reconocí. No podía comer más, pero si algo he aprendido en la vida es que siempre hay que dejar un hueco para el postre. Me recosté en la silla y aspiré el aroma a jazmín y al cloro que desprendía el agua de la piscina. Verano en todo su esplendor. Quizá no era tan malo pasarlo allí después de todo.

—¿Estás preparado para mañana? —me preguntó mi abuelo, volviendo a dar una calada a su puro.

—¿Qué pasa mañana?

—¿No te lo ha contado tu padre? ¿No se lo has contado? —le recriminó. Mi padre se levantó, cogió su vaso, lo vació de un sorbo y, con un movimiento de cabeza, se despidió de nosotros, entrando a su vez en la casa.

—¿Qué le pasa ahora? —repuse, aunque más bien lo pensé en voz alta.

—Ya que no te lo ha contado tu padre, te lo cuento yo. Mañana tienes que estar listo a las siete y media de la mañana —comenzó a decir, y se me cayó el alma a los pies. ¿Primer día en Santino y ya tenía que madrugar? ¿A LAS SIETE Y MEDIA?

—¿Por qué? ¿Qué pasa mañana? —pregunté.

—Vas a empezar tu trabajo de este verano —respondió, como si fuera algo obvio. Ah, que no solo tendría que madrugar, sino que encima iba a tener que trabajar.

—¿A trabajar? ¿Eso es lo que tenía que decirme papá? A ver… yo-yo no quiero trabajar en verano. Pensaba que íbamos a estar todo el día en la playa y esas cosas.

—¿En serio no te ha contado nada tu padre? ¿No sabes nada?

—¿Qué tengo que saber? —repliqué, curioso. Justo en ese instante regresó mi abuela y dejó un plato delante de mí con algo que se parecía a un tiramisú, pero que estaba casi deshecho.

—No le agobies en su primera noche aquí, Félix —le regañó mi abuela—. Es tiramisú casero, cariño. No hagas caso de la presentación y pruébalo.

Obediente, cogí un poco con una cuchara y, en cuanto me lo metí en la boca, supe que iba a repetir. Menuda maravilla.

—El mascarpone es *fatto in casa.* No probarás un tiramisú igual —dijo orgullosa.

—Umpf…, desde…, umpf…, luego —contesté con la boca llena—. ¿Hay más?

—Una bandeja entera. ¿La traigo?

—Si puedo repetir…

—Las veces que quieras —dijo, y volvió a irse. Mientras tanto, yo seguí devorando ese manjar de dioses. Tenía la capacidad de hacerme olvidar lo de madrugar al día siguiente. Pero ya estaba ahí mi abuelo para recordármelo nuevamente.

—No deberías comer tanto. No vas a descansar bien —me aconsejó mientras le daba una calada más a su puro, haciendo que la siguiente cucharada me supiera a humo.

—Uy, yo duermo mejor si tengo el estómago lleno —afirmé, rebañando el plato con la cuchara. Mi abuelo refunfuñó y me miró con desprecio—. Entonces ¿mañana qué tengo que hacer? ¿Ayudar a la abuela con el aceite? ¿Limpiar un poco la casa? ¿Cuál es el trabajo?

—Mañana vas a conocer a la familia real de Santino.

2

Conozco a la familia real

¿Cómo que a conocer a la familia real? ¿Desde cuándo? A ver si después de todo iba a tener sangre azul… El verano cada vez se volvía más y más extraño. Es decir, ¿iba a trabajar para ellos? ¿Eso era lo que tenía que haberme contado mi padre? Porque primera noticia. Aunque quizá era un protocolo extraño del país y todos los extranjeros que lo visitábamos teníamos que ir a una audiencia con la familia real. Quién sabe.

—¿Por qué vamos a ver a los reyes? —pregunté, curioso, mientras él daba una nueva calada a su puro y volvía a inundar de humo el ambiente. ¿Cuántas caladas era capaz de darle?

—¿Es que no sabes nada de la historia de tu familia? —gruñó—. ¿No te ha contado nada tu padre?

—Sobre esto, desde luego que no. Me acordaría, créeme. —Sonreí, incómodo.

—*Mancio! Sempre lo stesso tuo padre* —protestó, dando un golpe en la mesa con el puño. Al momento regresó mi abuela con una bandeja enorme con más tiramisú, pero mi apetito había desaparecido de repente

—Félix, *toppare* —lo reprendió con la mirada.

—¿Por qué tenemos que ir a ver a la familia real? —pregunté, mirando a mi abuela, que a su vez miraba a mi abuelo, que parecía resistirse a contármelo. A contar la verdad.

—Los Costa… llevamos muchos años siendo los jardineros oficiales de la familia real de Santino. Desde hace casi dos siglos —declaró, orgulloso, hinchando el pecho.

—¿Jardineros? ¿De la familia real? ¿Desde cuándo? —Eso sí que no me lo esperaba. Mi abuelo ignoró mi interrupción y siguió contándome la historia:

—La familia real de Santino tiene uno de los jardines más importantes de Europa, con multitud de especies exóticas que solo existen aquí. Y nuestra familia lleva cuidándolo muchos años. Tu trastatarabuelo fue el primero y, desde entonces, la familia real de Santino ha confiado en nosotros generación tras generación. Ahora tú vas a aprender el oficio. Yo ya estoy mayor, no puedo ocuparme tan bien como querría. Tu padre estuvo unos cuantos años como mi ayudante hasta que… —Se quedó en silencio—. Esta semana vendrás todos los días para aprender. Y quién sabe, a lo mejor vienes a vivir aquí más pronto que tarde a seguir la tradición. —Sonrió.

—No lo asustes, que acaba de llegar —le recriminó de nuevo mi abuela, que iba cogiendo pequeñas cucharaditas del tiramisú disimuladamente.

—¿Vivir en Santino? Pero ¡yo no quiero vivir aquí y ser jardinero!

—¿Cómo vas a saber lo que quieres si solo tienes dieciséis años? —explotó mi abuelo en carcajadas—. Si yo no hubiera aceptado el trabajo, nunca habría conocido a tu abuela.

—¿Os conocisteis en palacio? —pregunté, curioso.

—Más o menos —respondió, risueña, mi abuela.

—¿Y qué se supone que tendré que hacer? —rezongué.

—Mirar y aprender. Ni más ni menos.

—Entonces… tú conocerás al príncipe, ¿no? A Luca Calliveri, me refiero.

—¿Qué más te da a ti Luca Calliveri? —replicó mi abuelo, confuso.

—Como nadie lo conoce ni lo ha visto nunca… Vete tú a saber siquiera si existe de verdad.

—Pero ¿cómo no va a ser de verdad? Por si no lo sabes, la tradición real santinesa es diferente a la de otros países. Aquí el príncipe o princesa heredera al trono no puede dejarse ver en público hasta su *Coriali*, hasta su decimoséptimo cumpleaños. Es tradición y los Calliveri la cumplen a rajatabla.

—Lo sé. Yo también sé leer la Wikipedia —dije entre dientes, pero no me oyó.

—Y como respuesta a tu pregunta, sí. Conozco a Luca Calliveri.

—¿Y por qué no le has hecho una foto? Seguro que pagan un pastizal por una… —sugerí, y mi abuelo me fulminó con la mirada al momento—. A ver, que era solo una broma.

Pero la cara de mi abuela era un poema. No dejaba de decirme con los ojos que dejara el tema.

—Perdón.

—Esas bromas no se hacen en esta mesa. Los Calliveri han puesto todo lo que tienes sobre ella. Así que más te vale guardarles respeto.

—Técnicamente, esto lo habéis puesto vosotros. Porque, bueno, ¿de dónde sacan los reyes para pagaros por vuestros servicios si no es de…?

—¡*Mancio*, niño! —bramó, poniéndose en pie y haciéndome estremecer al momento. Gaspar, cállate, por favor.

—¡Félix, por favor! —dijo mi abuela, tratando de calmar los ánimos. Mi abuelo respiró con fuerza y apagó el puro sobre el plato más cercano.

—Creo… creo que ha llegado la hora de irse a descansar, que mañana te espera un día muy ajetreado. Descansa y cierra la ventana por la noche, que los mosquitos son muy *maledetti.* Y más te vale dejar esas preguntas aquí, ¿entendido?

Me amenazó con la mirada, pasó junto a mi abuela, dándole un beso en la frente, y se despidió, entrando en casa dispuesto a irse a dormir. Tardé unos minutos en recomponerme. Mi abuelo imponía, y mucho. Ya entendía de dónde le venía el carácter (por no llamarlo de otra forma) a mi padre. Cuando vi que mi abuela se levantaba para recoger la mesa, me puse en pie y la ayudé a llevar todo lo que quedaba hasta la cocina. Y esa cocina era enorme y, pese a todo, estaba ordenada y con cada cosa en su sitio. Estaba repleta de frutas y bidones de aceite. Mientras yo metía los platos en los dos lavavajillas, porque había dos («Aquí viene mucha gente cada día. Tendrás que acostumbrarte»), mi abuela iba colocando la comida sobrante en táperes de cristal y guardándola en la nevera. «En esta casa no se tira nada».

—Eso decía mamá siempre… —recordé.

—Tu madre era maravillosa, *jubico* —me dijo con una sonrisa de oreja a oreja mientras sacaba una botella de la nevera y se servía un vaso de zumo de color rosado.

—¿Vino mucho por aquí? Pensaba que se llevaba mal con vosotros.

—Tu abuelo es una persona compleja.

—¿Dices «compleja» cuando quieres decir…?

—No hables mal de tu abuelo —me interrumpió antes de que dijera algo de lo que fuera a arrepentirme—. Tu madre amaba Santino. Fue aquí donde se quedó embarazada.

—¡Abuela! ¡Qué asco! —protesté.

—Pero es verdad. A tu madre le gustaba mucho venir. Aunque, en los últimos años, cada vez venía menos. —Noté un tono de tristeza en su voz. Supongo que no quería mencionar la palabra que ella y yo sabíamos—. Venga, que te enseño tu cuarto.

Y, como había supuesto, mi cuarto era el destartalado. Mi abuela me dejó unas toallas limpias por si quería ducharme (algo que necesitaba con urgencia, porque llevaba sudando a mares desde que habíamos llegado), me avisó de que el desayuno estaría listo a las siete y, tras darme las buenas noches, cerró la puerta de la habitación. Y aunque me di una ducha fría, el calor seguía siendo asfixiante. Tampoco me atrevía a abrir la ventana después del miedo que me habían metido con los mosquitos, y estuve conteniéndome todo lo que pude. Al final la abrí. Error. Fatal.

Como no podía pegar ojo, cogí el móvil y empecé a investigar sobre los Calliveri. Era verdad que no había ni una sola fotografía de Luca. Encontré algún vídeo de periodistas y paparazzi que trataban de sacar una imagen del príncipe heredero, pero todos eran borrosos e incluso en uno se veía cómo un guardia de seguridad se enfrentaba al periodista y le tiraba la cámara al suelo. Internet está literalmente repleto de fotos mías desde que tenía diez años. ¿Y no había ni una sola de Luca? ¿Cómo podía ser verdad, en pleno siglo XXI? En redes encontré un poco más de información. O más bien desinformación. Había rumores de que tenía un hermano gemelo; otros decían que le habían visto en Roma, en Barcelona e incluso en Bogotá. Pero ¿cómo podían estar seguros si ni siquiera sabían cómo era? Había cientos de fanfics sobre él y sobre su vida en palacio. Incluso discusiones encarnizadas sobre cómo era realmente. Que si no sabía leer, que tenía un jet privado para él solo, que había perdido un brazo en un accidente o que… Bueno, había gente muy cruel. Demasiado. Casi sin darme cuenta la noche fue avanzando y me quedé dormido con un artículo abierto en el móvil titulado «El misterio de los Calliveri».

Cuando desperté a la mañana siguiente, tenía los brazos llenos de picaduras. Mi abuelo no había exagerado ni lo más mínimo. Me picaba todo el cuerpo, y no sé si el sudor activaba el picor, pero tuve que darme una nueva ducha nada más salir de la cama. No solo porque esperaba que el agua fría me calmara, sino porque me había levantado empapado en sudor y, además, con restos de la escayola del techo que se habían desprendido y me habían manchado los brazos. Menuda ruina de cuarto. Mientras salía de la ducha, pude oír a mi padre discutiendo con mi abuelo, con la banda sonora de mi abuela cocinando. ¿Cocinando? ¿A las siete de la mañana? Me puse unos pantalones cortos, una camiseta de tirantes y mi colgante favorito (una letra G de oro), y bajé por las escaleras mientras leía el artículo que había dejado a medias por la noche.

Entré en la cocina y los tres se volvieron para mirarme. Mi abuela reprimió una risotada. Mi padre eligió ignorarme, y mi abuelo se puso en pie y vino hacia mí.

—¡Buenos días, familia! ¿O debería decir *buongiorno*? —dije, con una sonrisa de oreja a oreja. Pero, al parecer, mi abuelo no se había levantado muy simpático.

—¿Qué es esa ropa?

—Mi modelito de jardinero. ¿No te gusta? —Y giré sobre mis talones. Esa vez mi abuela ya no pudo aguantarse más y conseguí sacarle una carcajada.

—Sube ahora mismo a cambiarte. No puedes entrar así en el *palazzo* Santino.

—¿Y cómo se supone que tengo que ir? ¿De traje? —ironicé. Pero mi abuelo no estaba para bromas— En serio, es que no he traído mucha más ropa.

—Ponte unos pantalones largos, una camisa y andando.

—¿Con este calor? —protesté.

—Y deprisa, o llegaremos tarde —me recriminó, y abandonó la cocina, pasando a mi lado, en dirección a la entrada de la casa. Miré a mi abuela, que se encogió de hombros y me indicó con los ojos que volviera a mi habitación e hiciera caso a mi abuelo.

Y, mientras yo me cambiaba en mi cuarto, mi abuelo arrancaba el coche. Porque íbamos a ir en el suyo, y por el sonido parecía haber tenido tiempos mejores, desde luego. Pese al calor sofocante que me daba la ropa que me había obligado a ponerme, bajé a toda prisa a la cocina para que, al menos, me diera tiempo a desayunar algo antes de irnos. Por suerte, mi abuela me estaba esperando con un plato con tostadas y jamón de Parma, unas uvas verdes y un zumo de naranja.

—Gracias, abuela. —Sonreí y devoré todo en tiempo récord. Mi padre ya no estaba. Supongo que estaría trabajando en su habitación. Cualquier cosa menos pasar algo de tiempo con su hijo.

Bastante curioso, si os digo la verdad. Mi padre y yo habíamos estado muy unidos cuando yo era pequeño. Pero, al parecer, había preferido dejar eso atrás. Y no se daba cuenta de que me estaba perdiendo a pasos agigantados.

Le di dos besos a mi abuela antes de salir de la casa y, en cuanto crucé la puerta, me golpeó el calor asfixiante, al que mi cuerpo reaccionó sudando a mares. ¿Así iba a ser mi verano? Claramente, sí. Traté de concentrarme y ordenarle que dejara de sudar, pero mi cuerpo rara vez me obedece. Así que, cuando entré en el coche, ya tenía la camisa pegada a todos los pliegues de mi piel. Y dentro hacía incluso más calor.

—¿Cómo soportáis este calor? ¡Madre del amor hermoso! —exclamé mientras me ponía el cinturón.

—Igual de exagerado que tu padre —se burló mi abuelo, y pisó el acelerador, levantando una enorme nube de polvo y arena que lo cubrió todo durante unos segundos.

Pensaba que charlaríamos y me contaría más sobre el paisaje o incluso sobre la familia real. Pero nada. En vez de hablar, encendió la radio y subió a tope el volumen, yo creo que tratando de acallar cualquier intento de iniciar una conversación. Pero yo no quise ponérselo fácil.

—¿Quién es el que canta? —pregunté, curioso.

—Es Al Bano —me dijo, y pude leer en su cara que estaba muy ofendido por mi analfabetismo musical santinés. Pero es verdad que controlaba muy poco la música de ese país.

—¿Santinés?

—Italiano —replicó. Vale. Tampoco controlaba la italiana, al parecer.

—Parece que está bien —mentí para agradarle. Sonaba a cantante clásico de los ochenta.

—Al Bano es un clásico. —Lo dicho—. No se dice de él solo que «está bien».

—Ah, es que no le conozco.

—No sé qué te ha enseñado tu padre todos estos años —refunfuñó.

—Bueno. A partir de ahora escucharé más música italiana y santinesa. Ya que voy a estar aquí todo el verano… —rezongué—. He visto que hay un tocadiscos en mi cuarto.

—Ese tocadiscos está prohibido —me amenazó.

—Vale. Eh, no lo he tocado. No, no lo he tocado.

—Tengo que sacarlo de tu habitación —me dijo. Bueno, más bien, se lo dijo a sí mismo. Supongo que para recordarlo cuando volviéramos a casa.

Después de esas palabras, no volví a abrir la boca. Cogí el móvil y traté de seguir leyendo el artículo sobre la familia real Calliveri, pero con la música a todo trapo era muy difícil centrarse, así que lo di por imposible. Cuando me asomé por la ventanilla, vi que íbamos casi por el mismo camino por el que mi padre y yo habíamos llegado al país, hasta que, en un momento dado, giramos a la derecha y comenzamos a subir la montaña, casi en línea recta hasta la entrada del palacio, que tenía un aire a castillo europeo increíble. Pasamos un control de seguridad, con guardas vestidos con el traje oficial santinés (una casaca blanca con líneas rojas en las mangas y un sombrero de ala ancha de color morado oscuro), y, tras atravesar unos jardines impresionantes, en los que pude vislumbrar a lo lejos un laberinto e incluso una pista de tenis, llegamos a la entrada principal, coronada por una fuente que era casi más grande que mi habitación y que estaba en pleno funcionamiento. Todo era como de cuento, como de película de Hollywood. La verdad es que nunca había pensado que estaría en un palacio real. Y mucho menos en el de Santino. El verano acababa de empezar y ya me estaba sorprendiendo. Desde que entramos en la finca hasta que llegamos al final, pude ver al menos diez personas trabajando en ella. ¿Serían ayudantes de mi abuelo? ¿Era él el jefe de todas las personas que trabajaban para cuidar el jardín?

Frenamos cerca de la entrada, levantando de nuevo una polvareda que tardó unos segundos en asentarse, y un hombre que parecía un mayordomo se acercó para abrirnos la puerta. Pero, antes de que llegara, mi abuelo apagó el motor y me miró con seriedad.

—La familia Costa lleva muchos años en este trabajo. —Me puse en tensión.

—Lo sé.

—Y tenemos que cuidarlo lo mejor posible. ¿Eso lo entiendes?

—Sí, claro.

—Tienes que prometerme que no harás nada que lo ponga en peligro. —Ese trabajo parecía significar para él mucho más de lo que podría haber imaginado.

—Sí, sí.

—No, Gaspar. Prométemelo.

—Te lo-lo prometo.

—Repítelo: «No haré nada que ponga el trabajo en peligro».

—«No haré nada que ponga el trabajo en peligro».

El mayordomo, después de esperar paciente a que termináramos de hablar, abrió la puerta muy ceremoniosamente para que saliéramos del destartalado coche de mi abuelo. Fuera olía a flores, y a mar, y a aire limpio. Daban ganas de absorberlo todo, de inspirar con fuerza y aguantar la respiración todo lo posible para que no se te escapara.

—Esto es *too much* —susurré, más para mí que otra cosa, porque no se me ocurría qué más decir. Mi abuelo me reprendió con la mirada.

—*Buona mañana* —nos saludó el mayordomo en santinés. Bajo el brazo izquierdo llevaba una carpeta dorada que, al momento, me extendió.

—¿Qué es esto? —pregunté a mi abuelo, desconcertado.

—Antes de poder entrar en el *palazzo*, tienes que firmar un acuerdo de confidencialidad —me explicó. Miré al mayordomo y, mientras asentía, me tendió un bolígrafo también dorado.

—¿Acuerdo de confidencialidad? —repetí, extrañado.

—Mientras esté en *il palazzo* —empezó a decir el mayordomo con un extraño acento italiano— se compromete a no revelar ningún dato de la vivienda de la familia real. No puede tomar fotografías o vídeos ni de la finca, ni del interior del *palazzo*, ni de la propia familia real, y su móvil será requisado hasta que abandone el *palazzo* al final de su horario laboral. Y está terminantemente prohibido hablar con cualquiera de los miembros de la familia real, salvo que alguno de ellos se dirija a usted expresamente. El resto de las condiciones están estipuladas en el acuerdo.

Casi parecía que le estuviéramos vendiendo nuestra alma al diablo. Casi. Intenté leer lo que ponía, pero, después de un par de gruñidos de mi abuelo, acabé firmando a toda velocidad. Cerré la carpeta y se la entregué, junto con mi móvil, y nos indicó con la mano que ya podíamos entrar. Había condiciones un tanto estúpidas y medievales. ¿Cómo que no podía hablar con ningún miembro de la familia real, a no ser que me hablaran primero? ¡Eso parecía propio de la Edad Media! Me abaniqué un poco con las manos, tratando de aliviar el calor de mi cuerpo y, antes de entrar en el palacio, noté como si alguien estuviera observándome. Una sensación pasajera, pero que me alertó. Miré hacia arriba y vi a alguien mirando por una de las ventanas de la parte izquierda. Estaba semiescondido detrás de una cortina. Y no nos quitaba ojo. ¿Quién era? Le saludé con la mano y en ese momento desapareció. Podía haber sido Luca, pero, como no tenía ni idea de cómo era físicamente, también podría haber sido una planta. Sin darle mucha más importancia, subí la escalinata de la entrada principal mientras varios trabajadores me miraban suspicaces. Bueno, iba a trabajar con ellos, así que dejaría que me repasaran todo lo que quisieran. Solo esperaba que fueran amables conmigo. Dudo que en un palacio se dedicaran a hacer novatadas. De hecho, era bastante probable que el que me las hiciera fuera mi propio abuelo.

Lo primero que vi en cuanto entré fue una escalera monumental. Nada que ver con la casa de mis abuelos, con escalones destartalados y pegada a la pared. Esta era inmensa, digna de una película de cine clásico, de mármol negro reluciente y pasamanos de oro. Y, en ella, una sirvienta limpiando con un pequeño paño blanco, arrodillada para llegar a los lugares más complicados. Olía a nuevo, a perfume caro, a rosas y musgo. No la señora, obviamente, sino todo lo que me rodeaba. A ambos lados había grandes y amplias puertas que llevaban a diferentes alas del palacio, y la luz que entraba por los ventanales del pasillo superior provocaba que todo tuviera un halo dorado más propio de un sueño que de la realidad. Era la primera vez que estaba en un palacio. Ni siquiera había visitado el de mi ciudad. Y, entre esas cuatro paredes, te sentías importante, sí, pero también tenías la sensación de que cualquier cosa era posible.

Justo en el centro del recibidor, al pie de la escalinata, había una mesa circular de mármol negro con un centro de las flores más extrañas que había visto en mi vida. Eran de un color azul claro brillante. Parecían rosas, pero con un aspecto más silvestre y brutal. No sabía qué tipo de flores eran. Iba a preguntárselo a mi abuelo cuando, en lo alto de la escalera, apareció un hombre de barba negra con algunas canas, presencia intimidante (medía casi dos metros) y vestido de traje. Por lo que sabía y había investigado antes de llegar, debía de ser el rey Carlo Calliveri. Mucho más imponente de lo que me lo había imaginado. Mi abuelo hizo una especie de reverencia inclinando el cuello, y yo le imité. El hombre iba bajando cada escalón con parsimonia, agarrado al pasamanos y con una sonrisa afable dibujada en el rostro. A medida que se acercaba, empecé a ponerme nervioso y me limpié con fruición las palmas de las manos en los pantalones. Si tenía que darle la mano, por lo menos la tendría seca.

—*Buongiorno, famiglia Costa* —saludó, sonriente, cuando llegó al último escalón. Se acercó despacio y nos estrechó la mano con fuerza. Me miró a los ojos y se detuvo un rato más conmigo que con mi abuelo, como si quisiera decirme algo.

—Este es mi nieto, Gaspar.

—¿Gaspar? Nombre de reyes —afirmó sin perder la sonrisa.

—Siempre fui más de Baltasar —respondí, con un tono que no

le gustó nada a mi abuelo. Pero el monarca, sorprendentemente, se echó a reír. No creo que mucha gente se atreviera a hacerle bromas a ese hombre.

—Desde luego, no parece tu nieto. Es mucho más *divertico*. —Reconocí esa palabra. Eso era santinés. Hasta el rey mezclaba los idiomas sin despeinarse—. ¿Primera vez en el *palazzo*?

—Sí —asentí, y volví a inclinar la cabeza.

—No tienes que hacer reverencias cada vez que hables. Puedes relajarte. —Sonrió y yo me puse rojo de vergüenza al momento.

—Claro, claro. Fallo mío —contesté, avergonzado, mientras mi abuelo me miraba de reojo, vigilando para que no dijera nada más.

—¿Le has enseñado ya los jardines, Félix? —le preguntó el rey.

—Aún no. Hemos llegado hace muy poco. No sabía si íbamos a poder verle hoy. Creía que estaba de viaje por Francia —empezó a decir mi abuelo mientras atravesábamos el palacio, camino de la parte trasera.

—Volví ayer por la noche. Hay que preparar muchas cosas para el *Coriali* de Luca. Y ya sabes que, si quieres que salga algo… ¿cómo era?

—Si quieres que algo salga bien, tienes que hacerlo tú —le dijo mi abuelo. Claramente tenían una muy buena amistad. Si llevaba tantos años trabajando para él, era normal que mantuvieran una relación cordial. Pero ahí había algo más. Era como si el rey le tratase como a un amigo de toda la vida.

Salimos a la parte trasera, que daba al mar, donde había una enorme piscina con cascada y unos amplios jardines repletos de cipreses que parecían como mínimo centenarios. Mi abuelo se adelantó con Carlo Calliveri, que escuchaba atentamente sus explicaciones sobre algunas plantas y flores que rodeaban la piscina. Asentía de cuando en cuando y hacía alguna pregunta suelta en italiano o santinés. Con las manos a la espalda, parecía mucho más alto. Sobre todo al lado de mi abuelo, que cada vez caminaba más encorvado, aunque no quisiera admitirlo. Yo iba a unos pocos metros de distancia, tratando de no molestar pero escuchando todo lo que decían, por si luego me preguntaba. Pero tampoco podía dejar de darle vueltas a que, durante años, me hubieran ocultado todo esto. Me sentía tan tonto y tan absurdo... ¿Mi madre lo sabría? Claro que sí. Pero ¿por qué nunca me lo dijo? ¿Qué diferencia iba a suponer que yo lo supiera?

—¿Es tu primera vez en Santino, Gaspar? —me preguntó una voz de repente, sacándome de mis ensoñaciones. Pero no era una voz cualquiera, sino la del rey.

—Sí, es mi primera vez. —Estuve a punto de volver a hacer una reverencia, pero recordé sus palabras y me quedé inmóvil. Tanto que era hasta ridículo.

—¿Te está gustando nuestra pequeña *nazione*?

—Aún he visto muy poco. Calurosa, desde luego —bromeé, y el rey volvió a dedicarme una sonrisa.

—El verano aquí es como el *pekel... Inferno.* —Supuse que esa palabra sería del santinés, pero más tarde mi abuelo me explicó que era una palabra eslovena.

—Lo he notado. Nunca había sudado tanto en toda mi vida —admití.

El mayordomo que me había hecho firmar el contrato de confidencialidad al entrar en el palacio se acercó sutilmente al rey y le susurró algo al oído. Este asintió y nos miró, dispuesto a despedirse.

—Me reclaman en otro sitio. Félix, un placer, como siempre. Y Gaspar, encantado de conocerte. Espero que disfrutes este verano en Santino. Estoy seguro de ello. —Y, tras estrecharme la mano, giró sobre sus talones y se alejó con el mayordomo, que me lanzó una mirada suspicaz antes de irse con el monarca.

En cuanto desaparecieron los dos dentro de palacio, mi abuelo me indicó que le acompañara y, mientras rodeábamos la piscina y nos acercábamos a una enorme mesa bajo unas vides, fue explicándome punto por punto cuáles iban a ser mis tareas los próximos días. «Mira, aprende y repite». Esa era su máxima. Y lo repetía una y otra vez. Mi primer trabajo sería ayudar a cortar el césped. ¡Menuda aventura! Se movía por la finca como si fuera el auténtico dueño del lugar, y durante nuestro paseo, varios trabajadores se le acercaron para consultarle dudas o, simplemente, para saludarle. Yo trataba de no molestar y estar siempre disponible cuando me dijera o pidiera algo. Me acerqué a uno de los extremos del jardín, protegido por unas enormes vallas de madera; al otro lado había un enorme acantilado cortado verticalmente sobre el mar desde el que se veía, a lo lejos, parte de Santino Porto, el puerto de ese pequeño país. Tras las vallas de madera también había unas grandes escaleras que descendían, recorriendo la roca escarpada, hasta una pequeña cala. Y, mientras fantaseaba con bajar y bañarme en la playa privada de los Calliveri, oí unos ladridos en la lejanía y me puse en tensión. No porque no me gusten los perros, sino porque de pequeño tuve una mala experiencia con uno, que me mordió en la mano, dejándome una cicatriz que me recorre todo el dorso. Así que, aunque me gusten, me tenso cada vez que hay uno cerca. Pero no vi por ningún lado al perro que ladraba. ¿Sería la mascota real? ¿O tendrían más animales en palacio, como caballos o pavos reales?

De pronto, y sin previo aviso, alguien lanzó una pelota hacia donde yo estaba y pude ver cómo se acercaba a toda velocidad una mancha blanca y negra, entre ladridos de felicidad. Cuando estaba a escasos metros, vi que era un dálmata (sí, desde luego era un dálmata), y ni siquiera tuve tiempo de reaccionar cuando saltó contra mi pecho y me tiró al suelo.

—¡SOCORRO! —grité casi sin pensar, pero nadie vino en mi ayuda. Lo único que podía ver era el morro del perro y su lengua, dándome lametones por todas partes, tratando de jugar conmigo. Pero yo estaba demasiado asustado para pensar con claridad, así que lo único que se me ocurrió hacer fue revolverme en el suelo y cerrar los ojos, asustado. Entonces lo oí por primera vez.

—¡Robin! ¡Quieto! *Calmo, Robin! Stai calmo!* —gritó una voz lejana, con autoridad. El perro, que supongo que se llamaría Robin, me lamió la cara una vez más y apartó las patas de mi cuerpo, colocándose a un lado y sentándose sobre la hierba, aún con la lengua fuera, como esperando a que yo le acariciase. Mi abuelo llegó, extrañado por verme tirado, y me tendió la mano para ayudarme a levantarme.

—Hola, Robin. ¿Qué tal está mi perro favorito? —le habló entre sonrisas, y le acarició bajo las orejas. Era más educado y simpático con un perro que con su nieto. Vio la pelota justo tras de mí, se agachó, la tomó y se la entregó a Robin, que la cogió con gusto y se alejó, desapareciendo en la lejanía, detrás del palacio, entre ladridos juguetones.

—Pero ¿qué ha pasado? —preguntó mi abuelo, con tono de reproche.

—¡Ese perro, que casi me mata!

—¿Robin? Imposible. No mataría ni a una mosca —dijo, sorprendido—. ¿Qué le has hecho?

—¿Yo? ¡Nada! Estaba aquí tan tranquilo y casi me come. ¡Me ha tirado al suelo!

—Querría jugar. Se pone muy nervioso con las visitas —me explicó, casi como si fuera su perro.

—Y yo también, pero ¡no me lanzo a la gente a darles lametazos, ¿sabes?! —repliqué, furioso, mientras me limpiaba los restos de hierba de la ropa. La última parte la grité, por si su dueño me oía y, al menos, le daba un poco de vergüenza haber mandado a su perro contra mí. Pero nadie respondió. Nadie hizo ningún comentario. Y yo me pasé el resto del día aguzando el oído cada vez que escuchaba un ladrido lejano, poniéndome a la defensiva para que no volviera a pillarme desprevenido. En ese momento no lo supe, pero más adelante descubriría que esa voz era de Luca Calliveri.

3

Me rompen la nariz

Cuando regresamos a casa esa tarde, pensé que mi padre estaría esperándonos, deseoso de saber lo que me había parecido el primer día en el *palazzo* Santino bajo las órdenes de la familia real Calliveri. Pero había puesto mis expectativas demasiado altas, algo que con mi padre me pasaba más a menudo de lo que quería admitir. A esas horas seguía encerrado en su habitación, seguramente enfrascado en el trabajo, leyendo algún manuscrito. Mi abuela sí que salió a recibirnos con dos vasos de limonada para combatir el calor, quizá porque sabía que mi abuelo se negaba a poner el aire acondicionado en el coche. Realmente no sabía si no quería o es que realmente no funcionaba. Durante el trayecto de vuelta, lo único en lo que podía pensar era en sumergirme en la piscina y estar así hasta el día siguiente, pero mi abuelo me adelantó que tendría que ayudar a preparar la cena, ya que venían invitados por la noche.

—¿Qué invitados?

—Amigos de tu abuela —me explicó, seco y conciso mientras daba un volantazo para entrar en el camino que llevaba a su casa.

—Pero yo no sé cocinar. —Su respuesta fue un gruñido seguido de un carraspeo. A veces creo que prefería comunicarse con sonidos más que con palabras.

—No tienes que cocinar —dijo al fin—. Tienes que ayudar en la cocina.

—Vale. Eso creo que puedo hacerlo. ¿No puedo darme un pequeño baño antes?

—Ya te bañarás después —contestó, y fue frenando poco a poco.

—¿De quién era ese perro? Robin, ¿no? ¿Es el perro real o algo así? —le pregunté antes de bajarme.

—Es el perro del príncipe Luca, así que trátale con más respeto la próxima vez. —Y se estiró sobre mí para abrirme la puerta, indicándome que ya podía salir del coche. «El perro del príncipe Luca». Había conocido a su perro antes que a él.

Cuando llegaron los invitados, yo estaba literalmente agotado. No solo había madrugado más que nunca, sino que no había parado de trabajar en todo el día. Ayudar en la cocina fue una tarea mucho más complicada y extenuante de lo que había podido prever. Porque al final éramos mi abuela y yo mano a mano. Pero ella jamás abandonaba la sonrisa y el buen humor, y era de agradecer, sobre todo en el ambiente que habían creado su marido y su hijo. Me enseñó a cocinar una buena lasaña («No le digas a nadie que mi ingrediente secreto es la canela y un poco de limoncello»; vale, pues *sorry*, abuela, pero lo acabo de contar), a preparar la mesa y a amasar pasta casera. Por suerte los invitados eran pocos: dos señoras que venían de Barcelona, una de ellas elegante, cargada de joyas, y con un olor a perfume caro que inundó la entrada nada más hacer aparición, acompañada de la que luego descubrí que era su hermana, vestida de un modo mucho más veraniego con un vestido a rayas azules y blancas, y unas gafas de sol de concha que le cubrían casi toda la cara; también vino un señor de la edad de mi abuelo, de Toulouse, pero que hablaba perfecto español, mucho más alto, pero también más desgarbado que él; y, por último, un matrimonio de Galicia, también de una edad similar a la de mis abuelos. Él, canoso y calvo excepto por los laterales de la cabeza, tenía la nariz grande y llena de marcas, así como unos mofletes enormes; ella, rubia y de pelo largo, con cara de cansada pero sonriente aun así, llevaba una camisa lisa que parecía de seda sobre los hombros. En cuanto apareció el matrimonio, mi abuelo me dio permiso para retirarme y, literalmente, «hacer lo que quieras». Así que primero aproveché para ir a mi habitación y empezar a ordenarla un poco. Ya que iba a hacer uso de ella todo el verano, mejor sería que la convirtiera en algo habitable.

Mientras oía las risas provenientes del jardín y una música en italiano que no reconocí, fui lijando poco a poco las paredes de la habitación, salvo la del mapamundi. Mi abuela me había dado permiso para reformarla cuanto quisiera y eso pensaba hacer, a pesar de que nunca he sido muy hábil reparando cosas. El mural del mapamundi, que ocupaba toda una pared, era grandioso, pero estaba muy desgastado y descascarillado. Le vendría bien una mano de pintura. De hecho, América del Norte estaba borrada casi por completo y tuve que apartar una estantería baja que casi se desmonta entre mis manos para poder encontrar Australia. Podría intentar restaurarlo poco a poco. Sería un buen proyecto para los próximos meses. También cambié las macetas de las plantas que había en una de las esquinas y que se ahogaban por no tener suficiente espacio.

Un día trabajando en un jardín y ya empezaba a aprender cosas. Mi abuelo estaría orgulloso si me viera removiendo la tierra. Cuando bajé para darme un baño nocturno en la piscina, la cena seguía su curso, aunque ya estaban con el postre y los cafés. Excepto mi abuelo, que fumaba uno de sus puros, y, sorprendentemente, mi padre, que se habría unido en algún momento de la noche y estaba bebiendo un enorme vaso de whisky con hielo. No quería que me vieran ni pasar delante de ellos, pero no había otra opción si quería ir a la piscina. Saludé educadamente, pensando que no tendría que dar conversación, pero al parecer mi abuela ya les había hablado de mí a sus invitados.

—Gaspar, cariño. Ven para que te conozcan. Es mi nieto. Él me ha ayudado a hacer la cena —dijo mi abuela, orgullosa. Yo, a regañadientes, me acerqué, haciendo un molesto ruido con las chanclas, y agarrando fuerte la toalla que llevaba al hombro. Todos al verme me saludaron desde sus sillas, algunos más efusivamente que otros. Supongo que la efusividad iba unida al nivel de borrachera de cada uno.

—Hola, hola —saludé tímidamente.

—¿Vas a la piscina? ¿A estas horas? —me preguntó mi abuelo entre calada y calada.

—No he podido en todo el día —repliqué. Y era totalmente verdad.

—No te acuestes muy tarde —me aconsejó mi abuela—. ¿No vas a cenar nada?

—Sí, luego —contesté; a decir verdad, la cena olía de maravilla.

—Te he dejado algo guardado en la cocina.

—Genial. Gracias —respondí—. ¡Un placer! —me despedí de

los invitados y fui directo a la piscina, dispuesto a pasar toda la noche a remojo. Al menos así no me masacrarían los mosquitos.

Pese a que fuera sábado y no tuviéramos que ir a palacio a trabajar, a las siete de la mañana estaba despierto, incapaz de seguir durmiendo más, pero increíblemente cansado, agotado más bien, con los párpados semipegados aún y con las piernas pesándome varios kilos de más. Tardé casi una hora en reunir las fuerzas suficientes para salir de la cama y, cuando lo hice, fui directo al baño para darme una ducha fría y quitarme el sudor de la noche santinesa.

—Buenos días —me dijo mi abuela nada más verme cuando bajé para desayunar. Me dio un beso a modo de saludo y me indicó que me sentara en la mesa de la cocina, donde había preparado tostadas, mermelada casera y chocolate frío.

—¿En este país siempre hace este calor? —protesté.

—Te acostumbrarás —me contestó mi abuela mientras daba un sorbo a un vaso de zumo de pomelo.

—Abuela, ¿tú conoces a la familia real?

—Sí. Fui una vez al *palazzo* —me confirmó.

—¿Conociste a Luca Calliveri? —le pregunté mientras devoraba una de las tostadas.

—Cuando era solo un bebé —me respondió con una sonrisa de oreja a oreja—. ¿Le conociste ya?

—A su perro. Casi me come. —Y me bebí la taza de chocolate casi de un sorbo.

—¿Robin? Si es un perro buenísimo —comentó, extrañada.

—Eso dijo el abuelo.

—¿Y qué tal es Luca? —quiso saber, interesada.

—No, no, aún no le he visto.

—Ya le conocerás. Tiene tu edad. Y, según dice tu abuelo, es muy educado.

—¿Es que yo no lo soy? —bromeé haciendo una reverencia exagerada en medio de la cocina—. Tengo curiosidad por conocerle, si es que me dejan hablar con él más de dos palabras. Son muy estirados.

—¿Vas a ir a la playa hoy? Es el *mercato* —me planteó mientras retiraba mi plato de la mesa.

—El merca ¿qué?

—Un... ¿Cómo lo dirías? Un mercadillo de comida típica santinesa.

—¿En la playa? ¿Está muy lejos?

—No más de veinte minutos. Sigue el camino de los olivos y, cuando veas uno que tiene el tronco blanco, giras a la izquierda y empezarás a ver el mar al cabo de unos metros. Sigue recto, continuando al lado de la carretera, pero la de doble sentido. Si sigues por la otra, acabarás dando la vuelta. No tiene pérdida —me indicó.

—¿No puedo ir en coche?

—¿Sabes conducir?

—Puedo intentarlo —bromeé.

—Te prepararé una botella de agua para el camino.

Terminé de desayunar y subí a mi cuarto a preparar la mochila. Me puse mis pantalones cortos, mi camiseta de *Akira*, le robé unas gafas de sol a mi padre y salí de casa, dispuesto a llegar al pueblo, a la zona de la playa. En la puerta estaba mi abuela, que me despidió dándome una botella helada de agua con limón y menta, además de un sándwich con crema de chocolate para el camino. Creí que sería fácil. Creí que tardaría unos minutos. Solo tenía que seguir las indicaciones. Fui por el camino de los olivos, como me había dicho, con las cigarras de nuevo tocando su música infernal, y con el sol en alto, mirándome y riéndose de mí. ¡Qué calor! ¡Y solo eran las nueve y media de la mañana! Mi ropa se había convertido en mi nueva piel, y mi mochila se me había quedado pegada a la espalda. Me acabé la botella de agua casi nada más empezar el paseo. Siempre he sido bastante ansioso, y eso de guardar algo para más adelante se me da bastante mal. Además, para añadir más problemas, la cobertura en ese país del demonio era horrible. Así que tenía que depender de mi memoria, que nunca ha sido buena, las cosas como son. Tras treinta minutos andando, y sin rastro del olivo con el tronco blanco, empecé a ponerme bastante nervioso. ¿Tan lejos estaba la playa? Aquel lugar tampoco era tan grande… Y, mientras estaba caminando entre olivos y olivos, un descapotable pasó a toda velocidad a pocos metros de mí, levantando una enorme polvareda y llenándome de tierra en un segundo. La cara, la ropa, los pulmones.

—¡Qué haces! —chillé, y me puse a toser casi como si estuviera muriéndome.

Pero dio igual. El descapotable ya estaba lejos. Traté de quitarme todo el polvo de encima cuando, unos segundos después, pasaron otros dos coches negros, con los cristales tintados, y también a una velocidad bastante por encima de la permitida. Eso seguro.

—¡JODER! —volví a gritar. Parecía como si me hubiera rebozado por el suelo.

Pero, cuando la nube de polvo se disipó, vi el olivo con el tronco blanco justo delante de mí. ¡Había llegado! Ahora solo tenía que girar a la izquierda y, cuando viera el mar, seguir recto junto a la carretera de doble sentido. Fácil. Lo más difícil ya estaba hecho, porque el paisaje comenzó a cambiar poco a poco, los árboles se volvieron más altos y frondosos, y la sombra ayudaba a que no desfalleciera por el camino.

Tras varios giros sin sentido y un par de insultos al aire, llegué a la zona de la playa. Sudoroso, lleno de tierra y polvo, y con los ojos rojos pese a las gafas de sol. Aunque era sábado y temprano, estaba abarrotada. El *mercato* del que me había hablado mi abuela estaba repleto de gente, ocupando gran parte de la plaza que daba a la playa. Vendían flores, especias, pescado y, sobre todo, dulces. A lo lejos debía de haber unos altavoces muy potentes, porque se oía música que rodeaba toda la plaza principal. Bueno, al menos por fin comprobaba que la familia real y mi familia no éramos los únicos habitantes de Santino. Eso era reconfortante, desde luego. Di una vuelta entre los diferentes puestos, y debía de ser muy cómico verme andando, porque, al ir tan empapado de sudor, la ropa se me había pegado tanto que era muy difícil dar dos pasos sin parecer un pingüino. Me compré un *corno*, que era una especie de bollo pequeñito relleno de crema de chocolate y vainilla, como con forma de cuerno de rinoceronte, y me acerqué al mirador de la playa, que estaba repleta de pequeños barcos.

Desde donde estaba sentado, a lo lejos, podía verse el monte Nuvole, donde estaba el palacio de la familia real de Santino. Visto desde allí, era más bonito si cabe, como si fuera una postal perfecta. ¿Irían a la playa de la capital alguna vez? ¿Y Luca Calliveri? ¿Lo tendría permitido siquiera?

Bajé por una escalera de madera a la playa en forma de herradura y, tras un rato buscando un hueco que fuera lo bastante bueno, esto es, un hueco que no estuviera muy cerca del resto de la gente, abrí la mochila, saqué la toalla y la puse con cuidado sobre la arena. Por suerte, no era una playa de piedras, y aunque la arena era gruesa, era arena al fin y al cabo, de un color rojizo claro. Me quité la camiseta y, convirtiéndola en una bola perfecta, la coloqué bajo mi cabeza mientras me echaba a tomar el sol. Se me había olvidado la crema, así que lo más seguro es que volviera rojo a casa. Saqué también un libro de la mochila y lo dejé junto a mí para leer más tarde. El sonido de la música, del mar, de las gaviotas… Todo era perfecto para dormirme y relajarme por primera vez desde que había llegado a Santino.

—*Attento!*—gritó alguien, y me puse en alerta, sentándome sobre la toalla, pero no me dio tiempo a ver la amenaza: una pelota de vóley playa, que me dio en plena cara y me tumbó de nuevo. ¿De dónde demonios había salido?

Cabreado como nunca, recogí la pelota del suelo dispuesto a tirársela a cualquiera que viniera a pedirla, pero apareció quizá el chico más guapo que había visto en mi vida. Iba en sandalias, con una camisa de manga corta con un escote que dejaba ver algo de su pecho, pelo negro y alborotado… Debía de sacarme seis o siete años. Era tan guapo que producía rechazo. ¿Es eso posible?

—*Scusa!!*

—No pasa nada —respondí. Al oírme hablar en español cambió su expresión, como si estuviera viendo a un animal exótico.

—No eres de aquí, ¿no?

—¿Cómo lo sabes? —respondí.

—*Il tuo accento*. Pero *non ti preoccupare.* Aquí hablamos una mezcla extraña de idiomas. Y luego están los que *parlano* santinés. Mi padre se empeña en que lo hable, pero..., ya sabes, *molto difficile*.

—Creo que mi abuelo lo habla —comencé a decir.

—¿Tu abuelo? ¿Eres de aquí entonces?

—Yo no. Mi abuelo es santinés, pero yo soy madrileño, de-de España, vaya —traté de explicarme mientras me miraba de arriba abajo.

—¿Cuántos años tienes?

—Diecisiete... Bueno, dieciséis hasta dentro de unas semanas.

—¡Ah! Pues los cumpleaños en Santino son muy importantes.

—Como en todas partes, ¿no? —repuse, con un tono de burla que no le sentó del todo bien.

—Espera... Tú no serás nieto del *pastero.*

—*Pastero?* —pregunté, desconcertado, aunque lo dijo con un toque extraño que no acabé de entender.

—*Scusa*. Se me olvidaba que *tu non parli* santinés.

—Bueno, podría... —Pero ya no me estaba escuchando. Estaba llamando con la mano a una chica rubia que se acercaba con una bolsa de yute colgada al hombro. Obvio, también era guapísima.

—Siento el incidente. Soy Bastian.

—Yo, Gaspar.

—Nombre de reyes. —Sonrió, me guiñó un ojo y pasó a mi lado. Se dieron un beso casi en mi cara y ella se bajó las gafas de sol para verme bien. Se señaló la nariz y puso una cara como de asco. ¿Qué pasaba? ¿Qué tenía?

—*Sangue nel naso* —me dijo con un acento rarísimo.

Me llevé la mano a la nariz y vi que tenía restos de sangre en el dedo. ¿Me había roto la nariz por culpa del balonazo? Cada vez dolía más y, al mirar hacia abajo, vi que había gotas de sangre en la arena. Mierda. La chica sacó un pañuelo de su bolsa y, acercándose con cuidado, me cogió de la nuca e hizo que inclinara un poco la cabeza hacia atrás. Hizo una bola con un trozo del pañuelo y, con suavidad, lo metió en mi nariz. Vi las estrellas, pero aguanté todo lo que pude. No pensaba que me hubiera dado tan fuerte.

—¿Mejor? —me dijo.

—Bueno… No sé si «mejor» es la palabra…

—*Mi dispiace* —añadió el chico, Bastian. Segundos después, cogió a la chica del brazo y se alejaron hacia las escaleras de madera.

Una vez arriba, vi desde mi posición cómo se montaban en un descapotable. ¡Era el que me había llenado de polvo! El coche hizo un ruido atronador, como de explosión del tubo de escape, y aceleró. A los pocos segundos, ya habían desaparecido al final de la calle girando hacia la izquierda y subiendo por una de las empinadas calles pedregosas. Me volví a llevar la mano a la nariz. Uf. Joder, dolía. Me quité el trozo de pañuelo, que estaba empapado en sangre, lo tiré a una papelera cercana y me volví a tumbar sobre la toalla… para ver que se habían olvidado la pelota de vóley playa. Mejor. Para mí. Me la merecía después de que me hubieran roto la nariz con ella.

Estaba tan relajado en la playa que me quedé dormido y, cuando quise darme cuenta, ya había pasado hasta la hora de comer. El sol picaba cada vez más y, al mirarme, supe que me había quemado por completo. Eso me pasaba por no haberme puesto crema. Iba a doler por la noche. Desperezándome, guardé todo en la mochila, la pelota bajo el brazo, y eché a andar de vuelta hacia casa de mis abuelos. Pero antes me compré otro *corno* y una enorme botella de agua para el camino. Porque la iba a necesitar. Una cosa era bajar. Otra muy diferente subir. Con el calor que hacía, iba a ser dura la vuelta. Tendría que haberlo pensado mejor.

El problema es que estaba tan cansado y tan acalorado que, a las primeras de cambio, me perdí. No encontraba la carretera de doble sentido y, para cuando la hallé, lo que había perdido era el olivo del tronco blanco. La cobertura seguía siendo deficiente, así que solo podía depender de mi (nula) orientación y de mi (desastrosa) suerte. Confiando en que estaba tomando el camino correcto, seguí andando bajo los árboles hasta que llegué a un cruce que no me sonaba de nada. ¿Realmente había ido por ese camino? ¿O me estaba volviendo a equivocar?

—Vamos a ver, Gaspar. Piensa, que no puede ser tan difícil —me dije a mí mismo—. Ese montículo me suena. Bien. Y si no me equivoco, girando a la derecha ahí, un poco más arriba debería estar el olivo blanco. ¿Ves? Ya te has encontrado.

Y, en cuanto reanudé la marcha, oí un sonido que ya había escuchado esa mañana. Un ruido fuerte y explosivo. No podía ser verdad. ¿Otra vez? A mi lado pasó el descapotable de Bastian, pero a una velocidad muy lenta, para poder hablarme con tranquilidad.

—*Nasone!* ¿Necesitas que te llevemos? —me gritó Bastian.

—¡No, no, tranquilo! Estoy bien. Voy-voy bien. *Non… non ti preoccupare.*

—¿Seguro? Hace mucho calor —insistió la chica, y solo de pensar en poder ir sentado me replanteé mi negativa.

—Si no os importa… No quiero molestar.

Pero, en cuanto dije que sí, empezaron a hablar entre ellos. Solo pude entender algo que sonaba a *noleggio.*

—Lo siento, *nasone.* Tenemos que volver —me explicó Bastian—. *Ciao!* —chilló una vez más, pero frenó en seco y me miró, escudriñándome.

—¿Qué pasa?

—Esa es nuestra pelota, ¿no?

—¿Esto?

—¡Pensaba que la habíamos perdido! Si no te importa… —Y señaló con la mirada el asiento trasero del descapotable. Me acerqué y la dejé caer dentro. En cuanto lo hice, aceleró con una sonrisa para alejarse de allí, llenándome de polvo por completo.

—Otra vez, joder. ¡TEN CUIDADO! —mascullé, pero obviamente no me oyó. Acababa de conocerle y ya le odiaba con cada fibra de mi ser.

Casualmente, al igual que cuando me lo encontré esa mañana, fue asentarse el polvo y aparecer de nuevo el olivo blanco, como por arte de magia. Nunca me había alegrado tanto de ver un árbol, siendo sincero. Di un último sorbo a la botella de agua que había comprado en el mercadillo y, con fuerzas renovadas, eché a andar con ritmo y alcancé la casa de mis abuelos en tiempo récord. Cuando llegué, a mi abuela le faltó santiguarse al verme cubierto de polvo, con la lengua fuera, la nariz morada y quemado por completo. Menuda odisea había sido mi vuelta por Santino. Pero ya estaba en casa. Podría descansar al menos veinticuatro horas. Al menos hasta que llegara el lunes y tuviera que regresar al palacio real a volver a llenarme de barro y polvo, aguantando las continuas broncas de mi abuelo…, y a tratar de conocer, por fin, a Luca Calliveri.

4

Mi primer encuentro con Luca Calliveri

Casi no había visto a mi padre desde que habíamos llegado a Santino. Según mi abuela, tenía mucho trabajo. Ya estaba acostumbrado a ello cuando estábamos en Madrid. Desde que mi ma..., desde que pasó «eso», se había encerrado por completo en su estudio, y se podía pasar horas enteras sin salir. Muchas veces debía recordarle que tenía que comer porque, cuando llegaba del instituto, no había salido para ir al baño siquiera. Parecía que iba a seguir su misma rutina pese a que estuviéramos, técnicamente, de vacaciones.

—¡Gaspar! —Un grito de mi abuelo me hizo despertar.

—¡Qué pasa! —respondí, dejando el móvil de lado.

—Cuando yo tenía tu edad, no necesitábamos móviles para entretenernos —refunfuñó—. Vamos, que llegamos tarde.

—Vale, voy, voy.

Me terminé la tostada de un mordisco y corrí fuera de la casa para entrar en el coche, dispuesto una vez más a ir a trabajar al palacio de la familia real. Sin embargo, el camino hasta allí siempre era aburrido e incómodo. Mi abuelo con la música a todo volumen y yo mirando el móvil a escondidas para que no me echara la bronca.

—Abuelo, ¿te importaría que pusiera el aire un rato?

—¿Tú sabes lo malo que es el aire acondicionado para los pulmones? —gruñó—. Con la ventanilla bajada es suficiente.

—¡Si lo único que entra es más calor! ¡Esto es como una sauna!

—No seas tan exagerado. Estamos llegando ya. —Mentira. Acabábamos de salir.

—¿Algún día puedo poner yo la música? —sugerí. Sabía que iba a protestar, pero hay veces que a uno le gusta discutir. Al menos así el trayecto se hacía más entretenido.

—Este coche es viejo. Solo funciona la radio que...

—Perfecto. —Y alargué la mano, tocando la rueda de la radio y pasando de emisora en emisora, poniendo a mi abuelo de los nervios.

—Estate quieto, Gaspar —me reprendió, pero me dio igual y seguí buscando alguna canción que pudiera reconocer aunque fuera un poco. Empezó a sonar reguetón y estuve tentado de dejar esa emisora, pero su mirada de odio fue tal que preferí pasar. Sin mediar palabra, decidió apagar la radio.

—¿Qué toca hacer hoy?

—Mira, aprende y repite. —Sus palabras favoritas.

—Vale. Captado. —No quería hablar más. Pues nada. Que no fuera porque yo no lo hubiera intentado.

—¿No tienes jardín allí en Madrid? —Se notaba que le costaba sacar conversación, pero eso era un adelanto.

—¿En Madrid? Qué va. Es un piso enano. Bueno, tengo un par de plantas en mi cuarto, pero creo que ya son la quinta generación. Se me mueren todas.

—¿Qué plantas son?

—Pues ni idea. Me las regaló Lucía. —Al ver su cara de confusión, le expliqué quién era—. Lucía es mi mejor amiga. Vamos juntos al grupo de teatro y esas cosas. —Fue decirlo y darme cuenta de lo mucho que la echaba de menos. A ella, a Magda, a Iván… y a Alejandro. Sobre todo a Alejandro.

—Tu padre también hacía teatro en el instituto. —Esa información era totalmente nueva para mí.

—¿En serio? Nunca me lo ha contado.

—Aquí en Santino hay muy buenas compañías de teatro. —Ya estaba viendo su táctica. A lo mejor creía que, si encontraba algo que me gustara, aceptaría quedarme en Santino indefinidamente.

—Pero…

—Hemos llegado. —Y, un día más, entramos en el *palazzo* Santino, dispuestos a pasar la mañana entre plantas y árboles.

Ese lunes me dediqué a aprender los nombres de todas las flores de las que me hablaba el abuelo, intentando apuntarlos mentalmente, aunque era difícil porque tenía muy poca paciencia conmigo.

—Estas son unas de las flores más importantes de toda la finca —me dijo, señalando una celosía cubierta por completo de rosas de color rojizo.

—¿Rosas? —pregunté.

—¡Qué van a ser rosas! —me gruñó—. Es middlemista roja. La flor más rara del mundo.

—Middle… ¿qué?

—Middlemista roja. Hasta hace unos años, solo crecía en Reino Unido y Nueva Zelanda. Ahora hemos conseguido que florezca aquí también —me explicó, superorgulloso.

—Vamos, que mejor no me acerque, ¿no?

—Mejor —sentenció mi abuelo. Siempre apoyándome.

El martes me enseñó a proteger los árboles de plagas de bichos. Y había multitud de diferentes plagas. Los árboles, al parecer, eran superdelicados. No sé cómo podían aguantar tanto tiempo en pie. De hecho, tuvimos que ayudar a talar uno de ellos porque, por dentro, estaba totalmente carcomido y era un peligro. Cuando acerqué la mano para comprobar cómo estaba de podrida la madera, decenas de termitas empezaron a subirme por el dedo y por el brazo. Pegué tal grito que debió de oírse en todo Santino. Me puse a dar botes, desquiciado, quitándome toda la ropa que podía mientras no dejaba de sacudirme. Según mi abuelo, las termitas no son nocivas para el ser humano. Ni muerden, ni pican, ni transmiten enfermedades. Pero cuando llegué a casa estaba con el brazo cubierto de ronchas rojizas.

—Entonces no eran termitas —afirmó cuando le enseñé mis marcas. ¡Muy bien, así se tranquiliza a alguien!

El miércoles me enseñó la mejor técnica para cortar el césped. Me tuvo toda una mañana cortando una zona del jardín de la entrada, para que todas las briznas de hierba estuvieran a la misma altura. El problema era que la máquina cortacésped que me había prestado era imposible de manejar. Pesaba demasiado, se trababa cada dos por tres y dejaba todo hecho un asco, así que tenía que llevar conmigo unas tijeras especiales para luego repasar el destrozo que había hecho con el cortacésped. Cero ayuda. Todo lo hacía yo. No volví a encontrarme al dálmata del primer día, ni tampoco volvimos a coincidir con el rey Carlo Calliveri. Y mucho menos con Luca. Me pareció ver a un chico joven, de más o menos mi edad, la mañana del martes en el campo de tiro con arco. Pero, cuando me acerqué para ver mejor, ya no estaba. Solo una mujer que recogía flechas del suelo.

—*Buongiorno* —me saludó mientras se acercaba a una de las dianas.

—*Buongiorno* —devolví el saludo y agaché un poco la cabeza.

—A mí no tienes que hacerme reverencias. No soy de la familia real —me dijo, sonriente, y arrancó dos flechas de una de las dianas.

—Perdona, es que no quiero cagarla —confesé. Ella, por supuesto, se rio. Seguramente de mí.

—Eres el ayudante, ¿no?

—Sí. Mi abuelo es Fé…

—Félix Costa. Lo sé. Le conozco desde hace tiempo. Soy Silvia. —Y se acercó, tendiéndome la mano amigablemente.

—¿Tiro con arco?

—¿Tiro con arco? —respondió, confusa—. No, yo soy la profesora de fútbol. Esto es solo un hobby.

—Ah, bueno, pensé que… —Pero, al ver que se partía de risa, entendí que estaba vacilándome.

—Sí, soy la profesora de tiro con arco —admitió—. Doy clases en palacio desde hace varios años.

—¿A Luca? —pregunté instintivamente.

—Sí, a Luca Calliveri. De hecho, acaba de terminar su clase —comentó, y me indicó con la mano que saliera del campo de tiro, acompañándome. Una larga trenza de color caoba le caía por la espalda hasta casi la cintura. Sus ojos y rasgos eran felinos, y tenía una elegancia andando que nunca había visto antes—. Ahora estará dándose una ducha y descansando. Por la tarde tiene clases de tenis.

—¿En serio?

—¿Tú no deberías estar trabajando? —me dijo, con media sonrisa.

—¿Yo? Eh… —Seguí su mirada, que iba directamente hacia mi abuelo, a unos metros de distancia, mirando adonde estábamos con cara de pocos amigos.

—Suerte. —Y se despidió con una pequeña reverencia, burlándose de mí.

—¡Me llamo Gaspar, por cierto! —grité y, sin darse la vuelta, alzó la mano para despedirse nuevamente, pocos segundos antes de que llegara mi abuelo, enfadado, pidiéndome explicaciones de por qué no estaba cortando el césped como me había ordenado.

Así que pasé el resto del día detrás de él, siguiendo con el aprendizaje de cómo cortarlo debidamente, pero incapaz de quedarme callado. Después de haber conocido a Silvia, quería saber mucho más sobre la gente de palacio, sobre sus trabajadores y sobre la familia real.

—El otro día leí en un artículo que Laura Calliveri había sido asesinada. Era una teoría superconspiranoica, pero vete tú a saber —comenté mientras seguía cortando el césped milimétricamente.

—La reina murió en un accidente de avioneta. No leas esas tonterías, y ni se te ocurra volver a decirlas en alto. Y menos aquí.

—Perdón, perdón. Pero es que la teoría era que…

—Gaspar. Ya está bien. —Con esa frase, entendí claramente que mejor me quedaba callado. Al menos no hablaría de ese tema.

—¿Qué pasará con el rey Carlo cuando Luca herede el trono?

—Pasará a ser rey emérito —me explicó como si fuera lo más lógico del mundo—, y se convertirá en consejero real.

Por mucho que fuera una tradición del país, me seguía pareciendo una auténtica locura que un chico de diecisiete años pudiera ser el gobernante de todo un país. Y más aún sin haber salido de palacio, sin conocer prácticamente nada del mundo. Mientras seguía cortando el césped casi midiendo cada centímetro, pensé en cómo sería si me pasara a mí, y me entró un vértigo increíble. ¿Una vida llena de responsabilidades cuando ni siquiera eres mayor de edad? No, gracias. Prefería seguir siendo un adolescente problemático unos cuantos años más.

—*Il prato è tagliato male* —dijo una voz tras de mí, con un extraño acento, muy marcado pero a la vez elegante.

—¿Perdona?

—El césped. Está mal cortado —repitió.

Me di la vuelta y, con la figura delineada por el sol, vi a un chico de más o menos mi edad. Pelo castaño claro y perfectamente peinado hacia atrás, unos labios carnosos y rosados, una nariz aguileña y sorprendentemente grande, y un lunar bajo el ojo izquierdo. Alto y desgarbado, iba vestido de traje, pese al calor sofocante que hacía, una prenda que le estilizaba sobremanera. Llevaba unas gafas de sol de montura dorada y las manos metidas en los bolsillos. Su elegancia era increíble, porque la tenía sin hacer ningún tipo de esfuerzo. Como si fuera innata.

—Llevo viéndote varios días. No sabes cortar bien el césped —me espetó, con un toque de suficiencia que me puso muy nervioso.

—Oh, disculpe, su majestad. ¿Mide acaso el césped siete centímetros en vez de seis? —respondí, tratando de sonar lo más insolente posible.

—¿No te han enseñado que no puedes hablarme si no te doy permiso yo? —repuso, sorprendido.

—Técnicamente, al hablarme me has dado permiso —repliqué casi sin pensar. Espera. ¿Estaba hablando con alguien de la familia real? ¿Era...? ¿Estaba hablando con Luca? ¿El misterioso y escurridizo Luca Calliveri? Me puse de pie al momento, sin saber muy bien cómo arreglar el enredo. Y, mientras rezaba para que me tragara la tierra, apareció mi abuelo al rescate.

—*Buongiorno, sua altezza* —intervino mi abuelo.

—*Buongiorno.* ¿Quién es este chico?

—Oh, es-es mi nieto. Se llama Gaspar. Acaba de empezar aquí. Y le estoy enseñando...

Luca me miró, entre extrañado y algo sorprendido, y se alejó, dando por terminada la conversación.

—¡Eh! —chillé, ante la sorpresa de mi abuelo.

Luca se detuvo y se giró. Se bajó las gafas de sol y me miró de nuevo, esperando a que hablara.

—¿Por qué dices que está mal cortado? —pregunté.

—¿Qué te crees que estás haciendo, Gaspar? —me advirtió mi abuelo entre dientes y con una sonrisa de disimulo dibujada en la cara.

Luca dudó si acercarse o no, pero al final lo hizo. Se acuclilló frente a mí, indicándome que le imitara.

Olía a vainilla y romero. Como suave y silvestre a la vez. Y he de decir que era muy guapo. Pero no de esa belleza clásica. Tenía un toque diferente. De hecho, retiro lo de «muy guapo». Lo que tenía era un «algo» magnético que no acababa de identificar. Quizá fuera la nariz, o el pelo castaño peinado hacia atrás. No lo sé.

Pero me quedé embobado mirándole. Tanto que llegó hasta ser incómodo.

—Lo importante no es la altura del césped, sino que no lo arranques. Hay que cortar, no destrozar. ¿Ves aquí? *Troppo forte*. Tienes que hacerlo con calma, con cuidado, *in pace* —me explicó, totalmente concentrado en lo que estaba diciendo.

—Entonces necesitaré un nuevo cortacésped. El que tenéis es una auténtica basura —le expliqué. Y era verdad. No dejaba de atascarse. Aunque tampoco pretendía decirlo así.

—¿Una basura?

—Discúlpelo, su a... —empezó a decir mi abuelo.

—Lo tendré en cuenta —dijo Luca con un tono de voz suave y conciliador. Se puso de nuevo en pie y se alejó. Esa vez no le detuve.

En cuanto desapareció en el interior del palacio, mi abuelo me dedicó un rugido casi de león y me retiró la palabra durante el resto de la mañana. Creo que se arrepentía mucho de haberme llevado como ayudante. Y no le culpaba, la verdad. Yo también me arrepentiría. ¿Mi padre habría sido igual que yo? ¿Por eso dejó de trabajar allí? ¿Acabó mi abuelo hasta las narices de él? Lo que no tenía muy claro era si le había caído bien a Luca o me había odiado por haberme quejado del cortacésped. Había sido bastante educado conmigo. Y yo un auténtico borde. Pero, claro, después de aguantar a mi abuelo insistiendo en lo mal que cortaba el césped, no ayudaba mucho que viniera otra persona a decirme lo mismo. Quizá tenían razón, no digo que no. Pero todos tenemos un límite.

Después de un par de horas más trabajando bajo un sol abrasador, mi abuelo decidió que ya era suficiente el tiempo que había pasado sin hablarme y, con un par de monosílabos, me dijo que era hora de irse. Estaba sudado, manchado de tierra y césped, y me dolían las manos y las piernas. Porque literalmente no habíamos parado. Tenía ganas de volver a casa, disfrutar de la maravillosa comida de mi abuela y dormir la siesta junto a la piscina, aunque luego acabara lleno de picaduras de mosquito, añadiéndolas a las marcas que seguía teniendo en los brazos debido a mi encuentro con las termitas (que no eran termitas). Llegamos al coche, nos montamos y estábamos a punto de arrancar cuando apareció el mayordomo junto a la ventanilla.

—Su majestad insiste en que se queden hoy a comer —nos anunció, con un tono pomposo demasiado molesto.

—Pero nos íbamos ya... —comencé a decir, fantaseando con la siesta que me esperaba.

—Claro. Estaremos encantados de aceptar la invitación —respondió mi abuelo.

El mayordomo abrió mi puerta, invitándome a salir. Pero yo la cerré al instante.

—Oye, ¿en serio nos quedamos aquí a comer? —protesté.

—Da gracias de que no nos han echado por tu estupidez de esta mañana —respondió mi abuelo—. Ahora, abre la puerta y haz el favor de comportarte, ¿entendido? —me amenazó.

Fui a protestar, pero estaba claro que no iba a servir de nada, así que acepté mi destino. Rendido, volví a abrir la puerta y salí del coche, pasando al lado del mayordomo, que me dedicó una falsa sonrisa y nos acompañó hasta la parte trasera del palacio, donde habían colocado una enorme mesa sobre la que no dejaban de poner comida. Nos indicaron dónde teníamos que sentarnos y esperamos pacientemente a que el rey llegara y nos acompañara. Era raro estar sentados en la misma mesa que la familia real de Santino. Resultaba incómodo. No tenía muy claro cómo comportarme. No iba a liarla con los cubiertos ni nada, ¿eh? Había visto suficientes capítulos de *Los Bridgerton* con Lucía como para saber cómo usarlos. El primero en llegar fue Carlo Calliveri, de nuevo en traje, y con un porte exquisito, seguido de dos mujeres y dos hombres que no conocía de nada. No parecía que trabajasen en palacio. Iban demasiado arreglados. Más tarde supe que eran todos extranjeros. Una de las mujeres era una importante empresaria alemana; la otra, una actriz polaca de la que nunca había oído hablar. Los hombres eran hermanos, inversores norteamericanos. Lo raro es que nos hubieran invitado a comer. ¿Qué hacíamos nosotros entre esa gente tan importante?

El último en sentarse en la mesa fue Luca, que llegó acompañado por su dálmata Robin. Se sentó frente a mí e inclinó levemente su cabeza, como saludándome. Yo le imité y esbozó una sonrisa disimulada para luego eludir mi mirada y dirigir su atención a su padre, que se había levantado con la copa en la mano.

—Brindemos por el inicio de *l'estate* —propuso, y alzó su copa. Todos se levantaron, imitando su gesto y yo, aprovechando el desconcierto, indiqué al camarero que llenara mi copa con vino blanco. Acto seguido, me uní al brindis y di un sorbo. El mejor vino que había probado nunca. Aunque tampoco era un experto, ya que solo estaba acostumbrado a marcas de un euro que nos hacían el apaño los sábados por la noche—. Y demos la bienvenida al *palazzo* a Gaspar Costa, *il nuovo aitutante di Félix, il nostro giardiniere reale.*

Al oír mi nombre, me puse alerta la defensiva. ¿La había vuelto a liar? Todos los ojos estaban puestos en mí. Mi abuelo me indicó con la mano que me pusiera en pie y obedecí.

—Eh… *grazie mille* —respondí, con un acento un tanto cutre.

El rey volvió a alzar la copa para hacer un nuevo brindis simbólico y, tras beber todos un sorbo más, se sentó. Todos le imitaron. Robin, el dálmata, comenzó a ladrar, pero Luca le calmó al instante, acariciándole la cabeza y susurrándole algo que no fui capaz de entender. Llegó el primer plato. Una sopa fría de color rojizo. Era algo similar al gazpacho, pero mucho más suave y dulce. El rey hablaba animadamente con mi abuelo, como si fueran grandes amigos. Hablaban en un inglés fluido combinando italiano y otro idioma que creo que era alemán. ¿Desde cuándo mi abuelo sabía tantos idiomas? Mientras, Luca no participaba de la conversación en absoluto. Pese a ello, estaba mirando continuamente a su padre, como si al dejar de hacerlo le fueran a llamar la atención. Quizá fuese un error, pero me producía muchísima curiosidad, así que decidí iniciar una conversación con él. A ver qué pasaba.

—¿Te puedo hablar o tengo que esperar a que lo hagas tú de nuevo? —pregunté, burlón. Me miró, desconcertado, como no pudiendo creer que le estuviera hablando, como si le costara procesarlo.

—Tienes que tratarme de usted —dijo al fin.

—¿Y eso quién lo dice? —repliqué y volví a dar un sorbo a mi copa de vino. Sin darme cuenta, ya me la había terminado.

—El acuerdo que firmaste —sentenció, y se metió la cuchara en la boca con tal elegancia que me hizo sentir como si fuera poco menos que un vagabundo que no había comido con cubiertos en su vida. Era estirado hasta para comer. Su elegancia resultaba abrumadora, eso no se lo podía negar, y no se inclinaba hacia el plato como solía hacer yo. Intentaba imitarle, pero era prácticamente imposible mantener la cuchara en equilibrio sin bajar la cabeza.

—A este paso voy a descubrir que os he vendido mi alma —bromeé, pero Luca no pareció entender el chiste y siguió comiendo.

No acaba de pillarle del todo aún. De vez en cuando le sorprendía mirándome de reojo, con ese aire de inaccesibilidad que supongo que tienen los príncipes. Él era consciente de que estaba muy por encima de mí, pero, igual que con mi abuelo, yo no quería darme por vencido. Y podía notar cómo parte de ello era solo una pose. Apariencias delante de su padre y sus invitados. Pero creía que se moría de ganas por tener una conversación más amena que hablar de inversiones en bolsa y política de Estado. Ya tendría tiempo para eso cuando fuera rey.

—Bueno, ¿y qué música escucháis aquí en palacio? —pregunté mientras uno de los camareros retiraba mi plato de la mesa y otro volvía a llenarme la copa, pero de agua. Luca iba a responder, no obstante, al ver que su padre le estaba observando, me dio la sensación de que cambiaba de parecer simplemente para contentarle.

—Música clásica —respondió, apesadumbrado. Su padre sonrió, pero yo noté un tono demasiado robótico en su respuesta. Estaba claro que esa no era la respuesta que quería haberme dado. O eso me pareció.

—¿Como Beethoven y esas cosas? —sugerí para no quedar de inculto, y Luca asintió mientras traían el segundo plato: una ensalada de frutas y diferentes tipos de lechuga como guarnición de un pescado que parecía estar hecho al horno.

Y, sin mucha más conversación, transcurrió la comida, y la mañana fue dando paso a la tarde. Luca no dejaba de hablar de sus estudios de Derecho internacional, de manera vanidosa y sonrojante. No tenía muy claro si era porque su padre estaba vigilándole para que no se saliera del protocolo impuesto por la familia real. Pero seguía notando que, en su interior, había algo que quería salir, como si sus ojos me dijeran: «Quiero ser libre». Un animal enjaulado. Un pájaro doméstico. Repetía lo que le decían, pero él lo que quería, lo que necesitaba… era volar.

—¿Y tú, Gaspar? ¿Qué quieres estudiar? ¿Qué quieres hacer cuando seas mayor? —me preguntó de repente el rey Carlo, y casi me atraganto. No se había dirigido a mí en toda la comida.

—En realidad no lo he pensado todavía —confesé. Y era totalmente verdad. No tenía claro lo que quería hacer. Mi madre siempre quiso que fuera escritor. Yo… no lo sabía. No sabía siquiera si había algo que se me diera bien. En ese verano era cuando tenía previsto decidirlo, ya que el último curso del instituto estaba a la vuelta de la esquina. ¿Iba a ir a la universidad? ¿Y qué iba a estudiar una vez allí? Cuando tuve que escoger, elegí el camino de en medio. Pero eso no me iba a servir eternamente. Me había planteado tantas cosas que mi futuro era una página en blanco, algo que me gustaba y me aterrorizaba a partes iguales. Mi abuelo me miró, como queriendo decirme «Improvisa algo», así que pensé a la velocidad del rayo. ¿Qué podría decir para que tanto mi abuelo como el rey estuvieran satisfechos?

—¡Qué suerte tienes! —dijo de pronto Luca, salvando el momento, pero metiéndose en un aprieto por salvarme—. Poder tener tiempo para elegir bien, quiero decir.

El rey Carlo dejó su tenedor en el plato con estrépito, y todos nos quedamos sin respiración. Estaba claro que esa había sido una reprimenda hacia su hijo, que luchaba en su interior, al igual que yo hacía unos segundos, por improvisar algo. Así que decidí salvarle.

—Bueno, el tiempo es relativo cuando tienes demasiado. —Y con esa frase me creí filósofo cuando menos—. Es decir, si tienes demasiadas opciones, puedes agobiarte fácilmente. Mírame a mí, que tengo cero idea de lo que quiero hacer con mi vida. —Toda la mesa estaba observándome. Y yo con público siempre me he venido demasiado arriba—. Pero, a ver, sí que querría hacer algo artístico. Hablando de música, me gustaría componer o, por ejemplo, escribir. Mi madre era escritora, y así conoció a mi padre, que era su editor. Una historia de amor de esas que vemos en las películas de tarde, ¿no? Bueno, que veo yo, claro…

Se hizo el silencio después de mi discurso improvisado. Miré a Luca y no me evitó la mirada. Si hubiera podido hablar, seguro que me habría dicho «Gracias».

—¿Y no te gustaría seguir el camino de tu abuelo? —señaló el rey, contemplando a mi abuelo con una sonrisa.

—No especialmente —dije, siendo todo lo sincero que pude. Mi abuelo me mató con la mirada. El rey se sorprendió. Y Luca… Luca por primera vez esbozó una sonrisa.

Tras el postre, el rey abandonó la mesa y los demás le imitamos. «Cuando un rey deja de comer, nadie puede seguir comiendo», me explicó mi abuelo. Y, tras despedirnos educadamente de todos los participantes en la comida, el mayordomo nos acompañó hasta el coche de mi abuelo y nos abrió la puerta con toda la pomposidad posible. Pero no fue el único en despedirnos, porque, antes de que pudiera cerrarla, oí unos ladridos que ya conocía muy bien. Robin apareció en la escalinata de entrada a palacio, sentándose obedientemente en el primero de los escalones (o el último, según desde dónde mirases) y, unos segundos después, apareció Luca, regio y estirado, con su traje perfectamente planchado. Dio un par de pasos y se colocó al lado de Robin, le puso la mano sobre la cabeza y me miró fijamente. Despidiéndose de mí. Entonces no fui consciente de la sensación que me produjo esa mirada, pero supe que algo había cambiado: el verano se había vuelto mucho más interesante.

5

Marco y Sofia

Desde la primera comida en el *palazzo* Santino con la familia real, empecé a obsesionarme con Luca. Su belleza diferente, sus ojos, su nariz, y ese momento de despedida desde lo alto de la escalinata. ¿Podía uno estar obsesionado con alguien que ni siquiera conocía? Pues confirmo. Sí. Se puede. Me di cuenta de que los dos siguientes días, mientras trabajaba cortando el césped del jardín de la entrada, no dejaba de mirar hacia las ventanas a ver si le veía ni de aguzar el oído esperando escuchar a Robin ladrando en la lejanía. Pero no tuve esa suerte. A Luca parecía habérselo tragado la tierra. Siendo el príncipe heredero, supuse que tendría demasiadas cosas que hacer como para saludar a un simple ayudante de jardinero. Aun así, cada tarde, cuando volvía a casa, no dejaba de seguir leyendo sobre él en internet, sus fanfics más eróticos y bizarros, y a veces me sorprendía a mí mismo negando con la cabeza, porque nadie sabía describirle como era en la realidad. Nadie le conocía de verdad.

Sin casi verlo venir, llegó un nuevo sábado. En pocas semanas sería mi cumpleaños, y no tenía especial ilusión por celebrarlo. Porque ¿quiénes iban a ser los invitados? ¿Mi abuelo, mi abuela y mi padre? Menudo planazo. Fantaseé con decírselo a Luca. Con invitarle incluso. Pero era algo inviable. ¿Cómo un príncipe iba a querer venir al cumpleaños de un sirviente? Mientras no dejaba de darle vueltas, me dediqué a seguir arreglando mi habitación. Mi abuelo me dejó una caja de tizas de colores desgastadas y rotas, y con ellas comencé a delimitar los diferentes continentes del mapamundi. Iba a ser mi proyecto del verano. Lo tenía claro. Y aunque me habría gustado pasar toda la tarde en la piscina, una nueva cena me lo impidió. Mi abuela me insistió en que bajara con ellos, ya que los invitados no eran unos amigos cualesquiera, sino que eran parte de mi familia. Así que me uní a la mesa con mis abuelos, mi padre, mi tío abuelo Ricardo, mi prima segunda Carolina, su marido, Boro, y mis primos Sofia y Marco. No conocía a ninguno de ellos. Ni siquiera a Boro. Boro Lodi. El primer tenista santinés en ganar un torneo de la ATP y colarse entre los cien primeros del mundo. ¿Y era familiar mío? ¿Cuántas cosas me habían estado ocultando todos esos años?

La noche era calurosa y húmeda, como todas las noches desde que había llegado a Santino, con el aire repleto de mosquitos y el sonido de las cigarras acompañándonos desde el primer plato hasta el último chupito de limoncello. He de admitir que Boro era muy guapo en persona, con su media melena, su mirada encantadora y sus rasgos afilados. Era tan blanco y tenía el pelo tan rubio que resultaba raro que no fuera nórdico, y sobre todo era sorprendente que fuéramos familia.

—La cena estaba de muerte. Esta vez te has superado —comentó Boro mientras rebañaba el plato donde mi abuela le había servido un trozo de su tiramisú casero.

—No seas pelota —le recriminó Carolina, su mujer cuya piel negra contrastaba con la de Boro.

—¿Pelota? Es la verdad —dijo, llevándose una mano al pecho, como si estuviera jurando. Sus manos. Guau. He de decir que tengo debilidad por las manos. Y las de Boro eran perfectas.

—¿Qué tal en Santino, Gaspar? —me preguntó Marco, mi primo, como queriendo iniciar una conversación paralela a la de los mayores. No debía de tener más de dieciocho años, tenía orejas de soplillo, un pelo negro fino que le caía por la frente tapándole uno de los ojos y unos rasgos suaves casi redondeados. Su voz era suave, casi arrulladora.

—Bien, bien. Sin mucha novedad, las cosas como son —repliqué.

—Ya te acostumbrarás.

—Eso espero. O se acaba el verano y seguiré sudando como si estuviera en una sauna.

—La humedad aquí es terrible. Mi pelo mañana parecerá una peluca de mercadillo. Te lo aseguro —bromeó Marco, atusándose el pelo con la mano—. Tu cumpleaños es dentro de poco, ¿no?

—El quince de julio.

—Cáncer. Interesante. Nunca lo habría dicho —murmuró—. Habrá que hacerte una fiesta. No creo que quieras celebrarlo solo con los abuelos —reflexionó, y tenía toda la razón.

—¿Fiesta? ¿Quién ha hablado de fiesta? —intervino Sofia, otra de los invitados. Mi prima. Al igual que su hermano, su mirada era penetrante, aunque sus facciones eran mucho más marcadas. Parecían gemelos, desde luego. Se apoyó sobre la mesa, como esperando a escuchar un cuento, y sonrió enseñando los dientes, que le sobresalían un poco.

—Mi cumpleaños —expliqué.

—¿Por qué lo dices con esa voz de pena? Marco es un experto montando fiestas de cumpleaños. ¿A que sí, hermanito? —Y le dio un codazo en las costillas, haciendo que derramase medio vaso de vino sobre la mesa.

—*Mancio, Sofi!*—protestó mientras se apartaba de la mesa, tratando de no mancharse.

—Tú nos dices lo que quieres y te lo gestionamos todo. Además, por ser de la familia, hasta te haremos un descuento especial —dijo Sofia, sonriente y maquiavélica.

—¿Un descuento?

—Claro, cielo. No vamos a hacer todo el trabajo gratis, ¿no? —Buscó la mirada de su hermano, pero Marco estaba demasiado ocupado limpiándose las gotas de vino que habían salpicado su camisa blanca.

—¡Como no salgan estas manchas, me pagas la camisa! —refunfuñó Marco.

—Si tienes mil camisas iguales, Marco, cariño —repuso Sofia—. Y volviendo al cumpleaños, ¿a quién vamos a invitar?

—Eh, pero no tengo dinero para pagaros una…

—¿No te lo habrás creído? ¿Te lo has creído? Ay, cielo. No te vamos a cobrar. Eres nuestro primo. ¡Solo faltaba…! —Sofia sonrió mientras le tendía un vaso de agua a Marco para que mojara una servilleta y se limpiara las manchas—. Pero, en serio, nosotros te lo organizamos. Vamos un día a Santino Porto de compras. Conoces Santino Porto, ¿no? ¿Has estado?

—Sí. Me acerqué a la playa el otro día.

—Pero esa playa siempre está llena. Te tenemos que llevar a la de Maritte.

—¿Maritte? —pregunté.

—Una cala increíble. Te encantará.

—¡Abuela! ¿Tienes quitamanchas para esto? —preguntó Marco, levantándose de golpe de la mesa.

—Agua y polvos de talco. Fácil —intervino mi tío abuelo Ricardo, que se removió en su silla. Era tan grande que le costaba acomodarse.

—Hay unas pequeñas toallitas quitamanchas en uno de los cajones de la cocina —le indicó mi abuela, y Marco se levantó, dispuesto a encontrarlas, y desapareció tras la puerta de cristal que llevaba a la cocina.

No sabía si Marco y Sofia estaban de paso o realmente vivían en Santino. Tener a gente de mi edad me iba a venir bien. Al menos podría hablar con alguien que no fuera mi abuela y, creedme, lo necesitaba. Porque al único que conocía era a Luca, y establecer una amistad con él iba a ser difícil. ¿Otra vez pensando en él? Pero ¿qué demonios me pasaba?

—Toma. Un chupito más. Que ya sabes que es costumbre beber tres después de la cena —me dijo Sofia, rellenando mi vaso con el limoncello de mi abuela.

—¿Tres?

—Claro, niño —confirmó mi tío abuelo Ricardo—. Uno por los que no están, otro por los que estamos… y otro por los que vendrán. —Y, alzando su chupito, comenzó a tararear una canción que no reconocí—. *La luna está en lo alto… Trata de tocarla con la mano… Vivi e lascia vivere…*

—*Vivi e lascia vivere* —cantaron todos al unísono.

—¿Están borrachos? —le pregunté a Sofia.

—Siempre. Pero el tío abuelo Ricardo tiene razón. Hay que beber los tres. —Y, sin darme tiempo a pensar, todos los que estaban en la mesa vaciaron su chupito.

—¡UNO! —gritó mi abuelo. Volvimos a rellenar nuestros vasos y bebimos el segundo—. ¡DOS! —volvió a gritar mi abuelo, y los llenamos una última vez—. ¡TRES!

El limoncello de mi abuela estaba bueno. Pero me ardía la garganta. ¿En serio hacían esto después de cada cena? ¿Cómo podían mantenerse en pie? Y nadie parecía estar afectado. Nadie menos yo, que podía notar ya cómo el alcohol comenzaba a hacer efecto en mi organismo.

—¿Qué tal tú, Gaspar? ¿Cómo van los primeros días en el *palazzo* Santino? —me preguntó Carolina, la mujer de Boro.

—Esa información está en manos de mis abogados —bromeé, pero, una vez más, nadie parecía entender mi humor—. Bien, bien. Cansado.

—Sobre todo por culpa de tu abuelo, ¿verdad? —gruñó el tío abuelo Ricardo, acompañándolo de una risotada—. No te veía desde que eras un canijo. ¿Qué tal por la gran ciudad?

—Como siempre. He vivido toda mi vida allí.

—Ya podrían haberte traído más veces a Santino a conocer tus raíces, pero supongo que os sentíais demasiado importantes para venir a este secarral —masculló, y le dio un sorbo a su vaso. Mi padre ni siquiera le miró.

—¿Y quién quiere venir con este calor insoportable? ¿Es así de infernal todo el año? —añadí para tratar de reconducir la conversación.

—Claro. ¡Así estoy de joven! ¿No me ves? —Acto seguido, se

recostó en su silla y a punto estuvo de que se volcara. Si no llega a ser por la ayuda de mi abuela, así habría sido.

—¿Y tú qué? ¿Tienes novia ya? Tu padre dice que hay una tal... ¿Lucía? —preguntó mi tío abuelo Ricardo, y toda la mesa se giró a mirarme de nuevo, como en un partido de tenis. Notaba sus ojos clavados en mí, deseosos de escuchar mi respuesta. Dios, qué presión. ¿Por qué me sentía así? ¿No podía decir sencillamente: «No tengo novia, soy gay»? Empecé a ponerme más nervioso de lo que había estado en mi vida, incapaz de articular palabra. Todo para acabar diciendo un simple «no»—. Ah, perdona. No sé si eres elle o esas cosas. ¿Cómo se dice? ¿No binario? ¿Transexual? Una gilipollez, si me preguntas. Todas esas estúpidas cosas progres que no llevan a ningún lado. Que si machismo y que no sé qué. Nada, tonterías.

—Ricardo, por favor. Creo que has bebido demasiado ya —intervino mi abuela, agobiada. Yo me había quedado petrificado. ¿En serio ese ser de las cavernas era de mi familia?

—¡Si no he dicho nada! ¿Ves? Hoy en día dices cualquier cosa y se ofende todo el mundo. ¡Vamos a ver! Siempre hemos contado chistes de *froci* y esas cosas.

—¡Ricardo! —le reprendió mi abuela.

—Dios, ya empezamos —se lamentó Carolina, llevándose las manos a la cara.

—Tío, que se contaran esos chistes no significa que estuviera bien. Hemos avanzado mucho en estos años como sociedad y... —comenzó a decir Boro Lodi.

—Ah, ¿es que ahora soy yo el demonio? —se lamentó, sonriendo bobaliconamente mientras se comía de un bocado uno de los bombones que había sobre la mesa—. Esto es culpa de los políticos, y de los profesores. Ya no saben educar. No hay respeto por nada. Los niños van por ahí insultándote y fumando porros desde que tienen doce años. ¡Más te vale que tu hijo no sea así! —le dijo a mi padre, con la boca llena de chocolate derretido. En ese momento, estuve a punto de levantarme para contestar, pero noté una mano sobre mi pierna. Era la de Sofia. No me miró, pero entendí perfectamente lo que me quiso decir con ese simple gesto. Estaba apretando tanto los puños que hasta me hacía daño.

—¿Os han invitado por fin este año al *Coriali*? —dijo Boro, tratando de reconducir la conversación y dejar atrás el momento tan incómodo que había creado mi tío abuelo.

—Ya sabes que no invitan a los sirvientes —apostilló mi abuelo.

—¡Precisamente debería ser al contrario! Es decir, la familia lleva sirviendo a esos estirados desde hace décadas —explotó Marco, que acababa de regresar de la cocina, aún limpiándose la mancha de su camisa.

—No hables así de los Calliveri —le ordenó mi abuelo.

—Pero es cierto, abuelo. ¿No deberían invitaros? Como muestra de buena fe. ¿Qué más tenéis que hacer para...?

—¡Marco! Calla —le ordenó Sofia al ver que su hermano la estaba liando. Marco parecía que quería seguir la discusión, pero al final aceptó la derrota y optó por agachar la cabeza y sentarse de nuevo a nuestro lado, de morros y enfurruñado.

—¿Qué pasa con el *Coriali*? —pregunté en un susurro a Sofia, pero el que me contestó fue Marco, que quería seguir insistiendo en el tema mientras el resto de la mesa ya estaba hablando de otras cosas.

—¿Sabes qué es?

—Algo me contó el abuelo —respondí—. Es el cumpleaños de Luca…, del príncipe heredero, ¿no?

—¡Ja! El cumpleaños, dice —se burló Marco—. Es el acontecimiento más grande de Santino. No solo es el decimoséptimo cumpleaños del príncipe, sino que, además, es la coronación de un nuevo rey. ¿Entiendes eso?

—Relájate, Marco —le advirtió Sofía—. Se pone muy nervioso con este tema. No entiende que…

—No me pongo nervioso, ¿vale? Solo que no entiendo que nunca os hayan invitado. A ver, nosotros es el primero que vamos a vivir. Pero para el abuelo es el tercero. ¡Y no hay forma de que le dejen ir! Es decir, más de tres generaciones trabajando para esos *elitari* y siguen sin considerar a la familia algo más que unos simples *pastero.*

—Pero el rey se lleva bien con el abuelo. Nos invitaron a comer… —repuse.

—¡Con más razón entonces! —bramó Marco, y mi abuela le mandó callar llevándose el dedo índice a los labios—. No debería ser así, y el abuelo lo sabe.

—¿Qué sabe el abuelo? —dijo él, dándose por aludido. El silencio volvió a hacerse en la mesa una vez más.

—Que deberías poder ir al *Coriali* este año —respondió Marco.

—Los Calliveri han puesto en esta mesa todo lo que hay. Ya está bien de hablar de lo que no sabéis, ¿entendido?

—Abuelo, eso da igual. No hay que agachar la cabeza por mucho que te estén dando trabajo —insistió Marco. Yo podía ver cómo mi abuelo estaba poniéndose cada vez más nervioso.

—Habla con respeto de tu rey.

—No es mi rey. Yo no tengo «rey» —repuso Marco haciendo comillas en el aire con los dedos.

El abuelo dio un fuerte golpe en la mesa con la mano abierta y se puso de pie.

—*Mancio, niño!* —bramó, acobardando a Marco al momento.

—Por favor, Félix. ¿Es que sois todos unos cavernícolas? ¿No se puede tener una conversación tranquila en esta mesa? —intercedió la abuela, la más educada de todos. El abuelo volvió a sentarse, sin dejar de retar a Marco con la mirada, quien prefirió terminar la conversación.

—¿Qué haces mañana por la tarde, primito? —me preguntó Sofia, pasando de la discusión que acababa de tener lugar.

—Aquí no hay mucho que hacer. Estoy reformando mi habitación y... —Pero no me dejó terminar.

—Olvídate de todo eso. Mañana quedas con tus primos. Solo estamos dos días en Santino, así que tienes que aprovecharlo. Te enseñaremos la ciudad, ¿te apetece?

—Claro —asentí. La verdad es que nada podía apetecerme más. Al menos pasaría tiempo con gente de mi edad... o que no me sacaran más de treinta años.

—¿Estás pensando lo mismo que yo? —sugirió un repuesto Marco, con mirada juguetona. Su hermana le devolvió la misma mirada, pero en forma de sonrisa. ¿Qué estaban tramando?

—¡Arcobaleni! —gritaron los dos al unísono y se echaron a reír.

—¿Cómo?

—Tú tranquilo. *Calma e sangue freddo* —me dijo Marco, pasando su brazo por mi espalda—. Confía en tus primos y déjalo todo en nuestras manos.

Y así, al día siguiente, el abuelo me dejó en la plaza de Santino Porto, para que esperara a Marco y Sofia y que me enseñaran todos los rincones posibles. Sí, he dicho «esperar» porque el abuelo me llevó una hora antes de lo previsto. «Es eso o te vas andando», me avisó. Y, claro, después de mi última aventura entre los campos de olivos, prefería ir en coche. Así que ahí estaba yo, de nuevo en la plaza central del puerto, solo, sudando a mares, y con una hora por delante sin tener muy claro qué hacer. Así que decidí comprarme un par de *corni* y devorarlos sentado en el paseo marítimo desde el que se veía la playa. ¿Luca Calliveri los habría probado alguna vez? ¿Habría venido a esa playa a contemplar el atardecer? ¿Por qué no dejaba de pensar en él… y por qué siempre pensaba en él con su apellido?

Los minutos pasaban tan lentos que, por momentos, parecía como si fueran hacia atrás. Así que me levanté, dispuesto a investigar un poco por mi cuenta, y me interné en los angostos callejones que rodeaban a la plaza. Todas las calles eran empinadas, dispuestas a destrozarme los gemelos, pero, como las casas estaban tan juntas, dejaban pasar muy poco sol y sus sombras me daban una más que merecida tregua. No tenía muy claro dónde estaba yendo hasta que encontré una pequeña plazuela con un olivo en el medio y, tras este, escarbada en una pared de roca, había un establecimiento en cuya entrada había carretillas de madera repletas de vinilos rotos. Me acerqué, curioso, y al mirar a su interior comprobé que era una auténtica tienda de vinilos de segunda mano, además de libros antiguos. No tenía nada mejor que hacer y, dado que en mi nueva habitación había un tocadiscos (aunque el abuelo me hubiera prohibido tocarlo), entré a curiosear, porque no había nada de malo en echar un vistazo. ¡Y quizá encontrara algo que me gustara! Aunque seguro que solo había vinilos de cantantes italianos y santineses de hacía mil años.

La tienda por dentro era mucho más amplia de lo que parecía desde fuera, y tenía varias cajas repletas de vinilos ordenadas por épocas y por estilos de música. Aparte de mí, había un par de chicos que tendrían cerca de treinta años, una mujer con su hijo de la mano y el que parecía ser el dueño del negocio, tras el mostrador, hablando por teléfono. Me acerqué a una de las cajas con el rótulo POP y empecé a ojear los que había, sin buscar nada en particular. En ella había grupos de los que no había oído hablar nunca, pero también ediciones de coleccionista que debían de costar muchísima pasta. Lana Del Rey, Adele, Bryan Adams…

—*Nasone?* —Esa voz. La reconocí al instante. ¿En serio tenía que encontrármelo? ¿No podía tener un momento de paz en Santino? Levanté la mirada y frente a mí estaba Bastian, con un vinilo de Arctic Monkeys entre las manos y unas gafas de sol redondas a medio poner, como si se las hubiera bajado lo justo para verme mejor.

—Hola —repliqué, tímido.

—¿Qué haces por aquí? —Sujetando el vinilo bajo el brazo, me agarró con el otro, juntándome contra su pecho—. ¿Tienes *giradischi*?

—Gira… ¿qué? —dije, algo descolocado.

—Para los vinilos que estás mirando.

—Ah, tocadiscos. Sí. Hay uno en casa del…, de mi abuelo —respondí—. ¿Y tú?

Pregunta absurda que ignoró deliberadamente.

—Así que te quedas aquí todo *l'estate*. Con tus abuelos, ¿no?

—Sí. —Y evité su mirada buscando algún vinilo que me llamara la atención. Y, entre todos ellos, di con uno de *Mamma Mia!* Sí, la película. La veía siempre con mi madre.

—¿Te gusta? —me preguntó, señalando el disco con los ojos.

—Sí, no está mal. —No sé por qué lo dije así, si me encanta.

—¿Puedo verlo?

—Eh, sí… —Se lo tendí. Lo miró por ambos lados y se lo colocó bajo el brazo, al igual que el suyo de Arctic Monkeys.

—Será mi regalo de bienvenida. —Sonrió y fue hacia la caja, dejándome asombrado por lo que acababa de pasar. ¿Me lo pensaba comprar? Es decir, ¿por qué?—. Aunque has elegido uno caro, ¿eh? No sé si me llegará el dinero.

—¡No hace falta! —grité, pero me hizo un gesto con la mano sin siquiera darse la vuelta, se apoyó sobre el mostrador y se puso a hablar con el dueño, como si se conocieran de toda la vida. En serio, ¿quién era ese tío? ¿Por qué se movía por todos lados como si fuera famoso?

Después de un rato de charla, se dio la vuelta y, haciéndome un gesto con la cabeza, me indicó que saliéramos de la tienda y, una vez fuera, me tendió el vinilo que me había comprado, dentro de una bolsa de papel marrón. Eso sí, en ningún momento le vi pagarlo.

—Gracias —le dije, tímido.

—No me las des. Encantado de darte la bienvenida a Santino. ¡Qué menos después del pelotazo del otro día! —Rio y me acarició la nariz con suavidad—. Aún parece un poco hinchada, ¿no?

—Nah, ya está bien —dije, para terminar con ese momento tan incómodo que Bastian había creado de la nada.

—¿Qué tal trabajando para los Calliveri? —me preguntó de repente mientras seguía caminando, dando por hecho que yo iba a seguirle. Algo que, por supuesto, hice. Pero una cosa: ¿cómo sabía que estaba trabajando para la familia real?

—¿Cómo dices?

—*Calmo, nasone.* Ya sé que no puedes hablar sobre ello. Solo preguntaba por curiosidad. Nada más. —Esbozó una amplia sonrisa. ¿Quién era Bastian realmente?

—Bien, bien. Son majos —respondí, con sequedad y sin entrar en más detalles.

—Debe de haber mucho follón en el *palazzo.* Ahora que se acerca un nuevo *Coriali*, los preparativos siempre son un buen dolor de cabeza. ¿Se dice así? ¿Es así la expresión? —Pero ni siquiera me dejó contestarle—. ¿Sabes lo que es el *Coriali*?

—Sí. Es una fiesta que…

—Bueno, no sé si a vosotros, los *pastero*, os gustan estas cosas. Nunca os han invitado, ¿cierto? Pero supongo que ese tipo de *eventi* os dan más igual —comentó con tal aire de suficiencia y superioridad que casi consiguió sacarme de mis casillas—. No lo digo… ¿cómo se dice?, a malas. No pongas esa cara. Ya tendrás otra oportunidad.

—Me preocupa cero —repliqué, molesto.

—¿Y qué haces por aquí solo? Si quieres, te invito a una cerveza en…

—Tengo dieciséis años —contesté.

—¿Solo? Lo siento, pero vengo de estar unos días en Montecarlo, y me he acostumbrado a estar bebiendo todo el día. ¿Has estado alguna vez en Montecarlo? Deberías. El casino es *spettacolare.* No tuve mucha suerte, he de reconocerlo, pero es lo divertido, ¿no? —Y me dio un manotazo en la espalda con tanta fuerza que me hizo trastabillar.

—Sí, supongo —conseguí decir.

—Venga, acompáñame. Te invito a una Coca-Cola Light. —Sonrió y pasó su brazo sobre mis hombros, como si fuera su pequeña mascota.

—¡GASPAR, EH! *Ciao, Gaspar!* —empecé a oír cómo gritaba alguien desde el otro lado de la calle. En efecto, sentados en una pequeña terraza con mesas y sillas plegables de color azul turquesa, estaban Marco y Sofia—. ¡Aquí!

Bastian me miró con cara de circunstancias, sin tener muy claro lo que estaba pasando, pero yo por dentro respiré al fin. Me habían salvado. Literalmente.

—Bueno, un placer, Bastian. ¡Y gracias por el disco! —Y, despidiéndome con la mano, me di la vuelta y fui corriendo hacia la mesa donde estaban sentados mis primos, notando cómo Bastian no dejaba de mirarme durante varios segundos antes de irse.

Nada más sentarme con ellos, lo primero que hicieron fue preguntarme por él.

—Nada, un chico que conocí el otro día. Un engreído —les expliqué—. ¿Y vosotros qué hacéis sentados tomando un café? ¿No habíamos quedado?

—Estábamos haciendo tiempo. Pero qué suerte que te hemos encontrado, ¿no crees? —me planteó Sofia.

—¡Y encima te hemos salvado de ese idiota! —añadió Marco dando un sorbo a su café. Al verlos allí sentados en la terraza parecían mucho más mayores de lo que eran. Se comportaban como auténticos adultos. Sí, eran los dos mayores de edad, pero solo me sacaban unos años. Marco vestía con unas bermudas color caqui y una camiseta blanca impoluta. Su pelo enmarañado le caía por la frente, por delante de sus gafas de sol. Sofia llevaba un vestido corto de color azul claro con estampado de flores, un cinturón marrón trenzado a la altura de la cadera y unas gafas de sol de color rosa palo. En la mano tenía un cigarrillo extrafino que se consumía lentamente entre sus dedos.

—Gracias.

—¿Te vas a quedar ahí de pie? Coge una silla de otra mesa, venga —me ordenó Marco, y, al ver mi lentitud de reacción, estiró la pierna y, con una elegancia increíble, agarró una silla y la arrastró hacia mí—. Aunque ya nos íbamos a buscarte.

—¿Algo en especial que quieras ver?

—Pues no lo había pensado. No controlo mucho de Santino, así que me dejo guiar.

Y, en cuanto dije esa frase, Marco y Sofia se miraron, juguetones y sonrientes, como planeando una travesura.

—¡Pues al Arcobaleni! —dijeron al unísono, y estallaron en carcajadas. Tanto que Sofia dejó caer el cigarrillo al suelo, enfadándose al momento por perder el último que le quedaba.

—¿Arcobaleni? —pregunté. Estaba en ese punto en el que estás con gente que tienen sus bromas particulares y te sientes como apartado—. Es-es lo que dijisteis en la cena de…

—Nuestro sitio favorito en Santino —me explicó Marco, interrumpiéndome, mientras dejaba unas monedas en la mesa y se levantaba—. Te va a encantar.

—Te sentirás como en casa, ya verás —añadió Sofia, estirando la mano y agarrando la mía—. ¿Has comprado algo?

—Bastian me ha regalado un vinilo. —Acto seguido, lo saqué de la bolsa, mostrando la carátula de *Mamma Mia!*

—¿Por qué te ha regalado algo? ¿No decías que era un *idiota*? —preguntó Marco, mientras Sofia me levantaba de la silla.

—Eso lo has dicho tú, Marco, no Gaspar —le corrigió su hermana.

—No lo sé. No acabo de pillarle. Es… es un chico bastante peculiar.

—Como todos los hombres, Gaspar, como todos.

Y, alejándonos de la terraza, anduvimos callejeando durante unos minutos hasta que llegamos a lo alto de unas escaleras en medio de la calle, repletas de buganvillas. Y, en la cima, un local algo escondido con un letrero en el que podía leerse ARCOBALENI. En la entrada había un par de banderas arcoíris, y varias personas fumando y charlando animadamente. Esperad. ¿Era un bar gay? ¿Por qué me estaban llevando ahí? ¿Y por qué habían dicho que me sentiría como en casa? ¿Acaso sabían… sabían que era gay? ¿Cómo?

—¿Has visto la cara que ha puesto? —bromeó Sofia, dándole un codazo amistoso a su hermano.

—Gaspar, por favor, no te asustes tanto —añadió Marco entre risas—. Soy bisexual. Y Sofia también. No tienes que esconderte con nosotros.

—No-no-no me escondo.

—A ver, entiendo que el otro día en la cena no quisieras decir nada. El tío Ricardo… es de otra generación. Que eso no es excusa, ¿eh? No estuvo nada bien lo que dijo. Pero con nosotros estás seguro.

—Pe-pero yo… —Me costó un mundo decirle a Lucía que era gay, y además confesarle que me gustaba Alejandro. Había sido solo hace unos meses, pero sentía como si hubieran pasado años. Una vez que salí del armario con ella, me fue menos difícil hacerlo con

Iván y con Magda. Lo de Alejandro… fue algo más complicado. Pero nadie más lo sabía. Así que decirlo delante de dos personas a las que acababa de conocer me costaba un mundo.

—¿Hemos metido la pata, Marco? —preguntó Sofia, extrañada.

—¿Hemos metido la pata, Gaspar? —me preguntó Marco directamente, esperando una respuesta. Quizá estaban siendo demasiado invasivos. Pero, por algún extraño motivo, tenían razón: empezaba a sentirme como en casa.

—No —dije al fin, y ambos sonrieron. Joder, fue como si diez kilos abandonaran mi cuerpo al momento. Un peso que me había acompañado casi toda mi vida desapareció. Por arte de magia. Suena raro, lo sé, pero era como si ya pudiera estirarme, andar con la espalda recta y la frente alta. Poder decirlo con tranquilidad, sin miedo a que me rechazaran…

—¡Yo invito a la primera! —gritó Marco, dándome un abrazo.

—¡Que tengo dieciséis años!

—Calma. Para ti un Neve blu. Es *senza alcol.*

No sé por qué, mi mente no dejaba de pensar que, cuando entráramos en el bar, todo el mundo se quedaría en silencio mirándonos. Obviamente, eso no pasó. De hecho, nadie nos hizo ni caso. Fue como entrar en cualquier otro lugar, solo que no era cualquier otro lugar. El Arcobaleni estaba repleto de gente pese a ser media tarde. Era angosto y alargado, con una barra que iba de un extremo a otro, y varias mesas frente a ella, pegadas a la pared. Sonaba de fondo música que no reconocí, aunque tanto Marco como Sofia parecían sabérsela de memoria, a la perfección. Y, pese a estar tan escondido, el local tenía mucha luz. Quizá gracias a un ventanal que había al fondo, desde el que se veía el mar. Y muy muy a lo lejos, el monte Nuvole. Sobre él, el *palazzo* Santino.

—Venga, primito, que hay una mesa libre —me dijo Marco, y, cogiéndome de la mano, me arrastró a una de las mesas que había en la pared mientras Sofia se quedaba atrás hablando con dos chicas pelirrojas que parecían gemelas.

Nada más sentarnos, llegó un camarero mayor, con barba y canas, pero una sonrisa increíble, que nos tomó nota a toda velocidad.

—Pues esto es el Arcobaleni —afirmó Marco mientras se recostaba—. Bonito, ¿eh?

—Me gusta. —A ver, bonito, bonito lo que se dice bonito, pues no era. Pero me daba igual.

—Te veo un poco asustado. ¿No tenéis sitios como este en Madrid?

—Sí, sí. Pero nunca había entrado en uno.

—En un ¿qué? ¿En un bar? —Sonrió.

—En un bar así —susurré.

—Gaspar, por favor, no lo digas así, que no estás invocando al demonio. Llamémoslo «bar LGTBfriendly». ¿Te parece? Queríamos enseñarte que, aunque muchas veces no lo parezca, siempre habrá un sitio para ti, para nosotros. Un sitio donde a nadie le importe quién seas. A ver, en Santino aún quedan cosas por hacer. Pero estamos en ello. Insisto, estamos en ello. A ver si Luca cambia las cosas.

—Me gusta —fue lo único que fui capaz de decir—. El sitio, digo. Es… es acogedor.

—¿Qué tal con los Calliveri? —Ignoró mis palabras. Empezaba el interrogatorio

—Bien, bien. Es…, bueno, es divertido.

—¿Divertido? ¿Eso es lo primero que se te ocurre?

—Sí, no sé. Son majos. Y el palacio es impresionante… ¿Has estado alguna vez?

—¿Yo? ¿En el *palazzo* Santino? *Ser fuori?* No podría ni acercarme.

—¿Por qué?

—Son unos estirados. Son reyes, al fin y al cabo. Pero eso da igual. Lo importante es: ¿has conocido al príncipe? ¿Has conocido a Luca?

Marco sabía que no podía hablar de ello fuera del palacio, y aun así me lo había preguntado. Con otra persona no sé, pero de él… me fiaba. Sabía que no iba a contar nada a nadie.

—Sí. Es… especial.

—Seguro que lo es.

Al momento, llegó Sofia con nuestras bebidas y una sonrisa de oreja a oreja. Se sentó a mi lado, empujándome al final del banco, y dejó frente a mí un vaso con un líquido azul y rojo.

—¿Quiénes eran? —preguntó Marco dando un sorbo a su vaso de cerveza.

—Voy a hacer de guía turística —se jactó Sofia.

—¡No! —se rio Marco—. Qué morro tienes.

Su hermana esbozó una sonrisa juguetona y bebió de su copa de vino mientras me guiñaba un ojo.

—¿Ves esas dos pelirrojas, primito? Son nuevas en Santino. Viaje de estudios. No conocen nada. Y yo, que soy una buena persona, les voy a enseñar los sitios más interesantes.

—O sea, los *Sette Tipi di Amore* —intervino Marco y Sofia le sacó la lengua.

—¿Eh?

—Los Siete Puntos del Amor —me tradujo Marco—. Hay varios puntos de colores dibujados por toda la ciudad. Si los encuentras todos, y nadie los encuentra todos, recibirás un beso de la persona que te gusta. Y, claro, Sofia lo usa siempre para ligar.

—¡No es verdad! Bueno, un poco sí. Pero es que es una leyenda preciosa, ¿no?

—¿Y dónde están los siete puntos? —pregunté.

—Ah, no, no, no. Tienes que encontrarlos por ti mismo. Si no, no funciona.

—Pero… ¿cómo voy a encontrarlos si no sé cómo son?

—El poder del amor —bromeó Sofia llevándose las manos al pecho.

—Podemos enseñarte el primero… o el último, según se mire. Está en el rompeolas. Un mirador desde el que se ve toda la bahía de Santino Porto —sugirió Marco mientras le tapaba la boca a su hermana. Tenían una relación divertida, de confianza, maravillosa. Aunque no podía evitar la sensación de que me estaban adoptando como si fuera un perrillo callejero.

—¿Habéis hablado ya del principito? —Al decirlo, me puse en alerta. Una cosa era decir que era majo, y otra cosa tener una conversación sobre él.

—*Niente.* Aquí Gaspar no está muy comunicativo sobre su trabajo en palacio —intervino Marco.

—Normal. Es lo que tiene firmar un acuerdo de confidencialidad, que te mete el miedo en el cuerpo. Pero, tranquilo, que nosotros somos una tumba —comentó, sonriente, Sofia—. ¡Eh! ¡Esta canción me la sé! *Ma quanto male ci fa, uh, uh, uh…*

—Otra vez esta canción —dijo Marco, llevándose la mano a la frente, desesperado, mientras su hermana no dejaba de tararearla.

Pasamos toda la tarde en el Arcobaleni e incluso me invitaron a merendar. Me preguntaron sobre mi vida en Madrid, descubrí que Sofia vivía en Milán y estudiaba Fotografía, mientras que Marco vivía en Roma, pero estaba de año sabático o, como él decía, «año vital». Cuando empezó a atardecer, salimos a la plaza central, donde había quedado con el abuelo para que me recogiera. Y yo llegué ahí a la hora acordada. Pero mi abuelo no estaba por ninguna parte. ¿Se había hartado de mí tan pronto y había decidido dejarme tirado a mi suerte? Conociéndole, era bastante probable. Marco y Sofia se habían ido ya, y no conocía a nadie. Podía intentar volver andando, pero ya me había perdido el otro día. ¿Y si me perdía de nuevo? Sí, llamé varias veces a mi abuelo, pero no respondió ni una de mis llamadas. Era un desastre con el móvil. Nunca lo tenía a mano. Podrían estar matándome, que no se enteraría hasta horas después. Bueno, pues era el momento de llamar a mi padre, aunque siempre era mi último recurso. Y cuando iba a marcar su número, un coche negro con los cristales tintados apareció en medio de la plaza. La gente se apartó y, cuando frenó, se abrió una de las puertas y apareció el mayordomo de los Calliveri.

—Gaspar Costa —dijo con un tono superpomposo y ceremonial.

—Eh, sí, soy-soy yo.

—El príncipe heredero reclama su presencia en palacio.

6

El príncipe me hace un regalo

Quizá el coche oficial de los Calliveri fuera el más grande en el que había estado en mi vida. El mayordomo y yo nos sentamos en la parte trasera. Uno frente al otro. Yo estaba, como poco, incómodo. Y él no dejaba de mirarme. Bueno, puede que esa no fuera la palabra exacta. No dejaba de «escrutarme». Eso sí que se asemejaba más a la realidad. ¿Qué esperaba? Es decir, me había visto ya varios días en palacio. Me conocía. Conocía al abuelo. ¿Creía que iba a sacar una navaja y a liarme a cuchilladas?

—Creo que tendría que avisar a…

—Su abuelo ya ha sido avisado —dijo con acento santinés cerrado y con una mueca de superioridad casi insultante. Algo estaba claro: no le caía bien.

—Ah, vale. ¿Y… y se puede saber qué quiere Luca de…? —Al ver su expresión, me corregí—. ¿Se puede saber qué quiere el príncipe de mí?

—Eso es un asunto entre su alteza y usted —respondió, dando por zanjada la cuestión. Iba a ser difícil sacarle algún tipo de información. Pero de vez en cuando me gustaba un buen reto, así que yo tampoco se lo iba a poner fácil.

—¿Puedo saber al menos tu nombre? —Y esa pregunta le chocó. Seguramente era lo último que esperaba: que yo quisiera saber más sobre él.

—Filippo, señor —contestó cortésmente.

—¿Llevas mucho con los Calliveri?

—Casi cuarenta años —dijo, orgulloso, elevando un poco el mentón. No debía de tener más de sesenta. ¿Habría empezado como yo? ¿Como ayudante de jardinería?

—Guau. Entonces... vives en el palacio, ¿no? Sí, claro. No tendría sentido otra cosa, supongo. ¿Y cómo es ser mayordomo? En fin, no sé qué cosas tienes que hacer y todo eso. Entiendo que cuidar del palacio, y de Luca..., del príncipe.

—Yo he criado al príncipe heredero. —Creo que fue más un pensamiento en voz alta que algo que quisiera decirme de verdad—. Pero mis tareas son clasificadas.

—Menudo misterio, Fili —bromeé—. Pero debe de ser interesante vivir ahí, con la familia real. Curioso, desde luego.

—Es un verdadero honor trabajar para la familia Calliveri. —Otra vez ese tono pomposo y almidonado. Casi parecía como que lo tuviera ensayado. Le imaginé levantándose todas las mañanas y mirándose al espejo repitiendo una y otra vez las mismas frases—. Y no me llamo Fili. Mi nombre es Filippo.

—Ok, claro. Filippo. Y oye, no he dicho que no sea un honor trabajar para ellos. Debe de serlo, por supuesto. —Volvió el silencio y, por primera vez desde que había subido al coche, el hombre dejó de mirarme. Prefirió centrarse en contemplar el paisaje a través de la ventanilla que en mi presencia. Le incomodaba. Podía notarlo—. ¿Queda mucho?

—Estamos cerca —contestó. Miré por la ventanilla y reconocí

la empinada cuesta entre árboles que recorría todas las mañanas con el abuelo. Eran casi las siete de la tarde y el sol, pese a seguir brillando, poco a poco iba escondiéndose tras el horizonte El cielo se tornaba de un color anaranjado precioso. Estuve tentado de sacar el móvil y hacer una foto, pero la vigilancia extrema de Filippo me ponía tan nervioso que preferí dejarlo para otra ocasión. Aún me quedaban muchos atardeceres por delante en Santino.

Cuando llegamos al palacio, el sol seguía poniéndose. Filippo salió del coche con elegancia, pero yo podía notar que estaba deseando perderme de vista. Sin embargo, no podía olvidarse de sus funciones como sirviente de la casa real santinesa, así que, nada más salir del coche, abrió la puerta de mi asiento y me indicó con la enguantada mano izquierda que saliera. Cuando lo hice, oí unos ladridos lejanos. Sí, sin duda eran ladridos. Sería Robin, el perro de Luca. Ese perro del demonio que a punto estuvo de devorarme en nuestro primer encuentro. Justo en ese instante, en lo alto de la escalinata de entrada al palacio, vi una mancha negra y blanca moverse a toda velocidad por el aire. Dio un salto gigantesco y casi aterrizó sobre la gravilla. Me puse a la defensiva y estuve a punto de volver a entrar en el coche al ver cómo el animal venía directo hacia mí. Hasta que Luca apareció en la entrada del majestuoso edificio, de traje como siempre, con una mano en el bolsillo del pantalón y otra junto a su boca. Se peinó el pelo hacia atrás, me saludó agitando la mano imperceptiblemente y gritó:

—¡Robin! ¡Quieto! —Fue decirlo y el dálmata que venía directo hacia mí se detuvo a pocos metros, se sentó en el suelo y sacó la lengua amigablemente.

Luca metió su mano libre en el otro bolsillo y, con parsimonia, bajó un escalón tras otro, consciente de su poder, de que le íbamos a esperar hasta que llegara al final. Según lo hacía, el sol se iba reflejando en sus gafas doradas, y su presencia se iba volviendo más y más magnética. Si no fuera porque es imposible, juraría que mis pies se arrastraron unos centímetros hacia él, como un imán. Pero no vino hasta mí. Se detuvo en el penúltimo escalón y se quitó las gafas con lentitud. Me miró directamente y se dio una pequeña palmada con la mano derecha en el muslo. Robin se puso en pie casi de un salto y corrió hacia él, lamiéndole la mano y colocándose a su lado.

—*Grazie*, Filippo —le dijo al mayordomo, quien, con una leve reverencia, se retiró a uno de los laterales del jardín, dejándonos a los dos solos, aunque aún a bastante distancia. No tenía muy claro si debía moverme yo o esperar a que él se acercara. Ni idea del protocolo. Al fin y al cabo, él había pedido mi presencia, ¿no? Lo más lógico debía ser que viniera hacia mí. Pero ninguno de los dos se movió. Solo se oía el canto rechinante de las cigarras y la respiración agitada de Robin.

—¿Me acerco yo o…? —dije al final. No podía soportar más ese silencio incómodo.

—*Grazie* por venir. He de enseñarte algo. —Su voz sonaba elegante y perfectamente estudiada. En todo momento parecía estar leyendo carteles invisibles que le avisaban de lo que tenía que decir.

—Bueno, no tenía mucha más opción, ¿no? —repliqué.

—No entiendo —respondió, algo confuso.

—¿Tienes alguna crítica más sobre mi forma de cortar el césped? ¿O es que vais a despedirme? Porque, si es así, me parece un poco fuera de lugar el traerme hasta aquí para decírmelo.

—No deberías hablarme en ese tono —me advirtió con orgullo, levantando el mentón.

—Ya me lo avisó mi abuelo, que estaría mejor calladito —dije, más para mí mismo que para él.

—Como he dicho antes, quiero mostrarte algo. Acompáñame. —Y echó a andar hacia mí. Tras un gesto casi imperceptible de uno de sus dedos, Robin se levantó y le siguió, trotando a su lado. Luca pasó junto a mí, pero, en vez de pararse, continuó caminando, esperando a que yo le siguiera. Tardé unos segundos en reaccionar y, obediente, fui tras él.

Los jardines eran inabarcables, no os hacéis una idea. Llevaba allí ya varios días y aún no conocía todos los recovecos que se ocultaban a la vista. Anduvimos un rato hasta que llegamos a una especie de caseta de madera. Ya la había visto alguna vez desde lejos, y era donde guardaban varias de las herramientas para el jardín. Mi abuelo nunca me dejaba acercarme. «Ya voy yo», decía siempre. Si me viera ahora, le daría un infarto como poco. Pero Luca, por alguna extraña razón que todavía no conseguía comprender, se fiaba de mí. Quizá fuera porque le gustaba a Robin. Ya no me ladraba ni me intentaba comer. De hecho, se giraba de cuando en cuando para vigilar que fuera tras ellos.

—¿Querías enseñarme la caseta de las herramientas? —pregunté, bromeando, pero totalmente en serio. ¿Por qué tanto misterio? Mi tono parecía descolocarle por completo. Y empezaba a hacerme cierta gracia que lo hiciera.

—Quiero enseñarte algo que está en su interior —me explicó,

como si fuera algo obvio. Se detuvo frente a la puerta, junto a Robin, pero no la abrió. Al rato entendí que estaba esperando a que la abriese yo. Así que me acerqué con media sonrisa y me puse a su lado.

—Su alteza —dije, con media reverencia, y abrí los dos portones de madera.

Del interior salía un olor a abono fresco, tierra y madera de pino. Robin se apartó un poco, al igual que Luca, mientras yo buscaba un interruptor para poder encender alguna luz. Y, cuando lo hice, vi ante mí una especie de moto enorme (más bien parecía un quad), totalmente nueva. Brillante, blanca, con rayas verde oscuro en los laterales y un asiento con respaldo. ¿Qué demonios era eso?

—¿Y bien? —preguntó Luca.

—¿Y bien? —repetí, sin saber muy bien qué se suponía que tenía que decir.

—¿No te gusta? ¿No es el modelo adecuado? —dijo con ojos aterrorizados.

—Lo siento, pero no controlo mucho de coches y motos y todo eso… —me justifiqué.

—Me dijiste que nuestro cortacésped *faceva schivo*…, una basura. Mandé comprar el modelo más nuevo para que no tengas quejas. ¿No te parece lo suficientemente bueno? —me planteó.

—¿Me estás diciendo que has mandado comprar un nuevo cortacésped solo porque dije que era una basura? —¿En serio me lo estaba diciendo o era una broma propia del humor de los Calliveri?

—Sí, eso he dicho. ¿Hay algún problema? ¿He de devolverlo? —Seguía mirándome, confuso, y esperando una respuesta mucho más satisfactoria que la que le había dado. Pero yo continuaba asimilándolo.

—No, no. Está perfecto. Supongo. Es decir, el que controla de esto es mi abuelo, no yo. Deberías habérselo enseñado a él.

—Pero tu abuelo no se ha quejado nunca. El que comentó la calidad del cortacésped fuiste tú, si no recuerdo mal —repuso con un tono de sabelotodismo increíble.

—Porque no pensé que fueras a hacerme caso. Es decir, nadie me hace caso nunca. Y menos un príncipe —respondí mientras me acercaba al cortacésped y lo tocaba con cuidado, como si mi mero contacto fuera a romperlo en mil pedazos—. ¿Puedo probarlo?

—Claro. Es tuyo. —Y marcó con fuerza esa última palabra: «tuyo»—. Es un regalo.

—*Grazie* —contesté mientras me subía, no con poca dificultad, al asiento del cortacésped supersónico. Las llaves estaban puestas. Todo en mí me decía que no lo probara, que iba a liarla, que iba a atropellar al príncipe. Pero nunca le hago caso a mi cabeza. O, al menos, no normalmente, así que giré la llave y apreté el acelerador. Pero, en vez en ir hacia delante, el cortacésped dio un tirón brusco hacia atrás. Solté un grito más propio de un gato al que le pisas la cola que de un chico y choqué contra la pared de madera que estaba detrás de mí, destrozándola y saliendo al jardín, mientras Luca miraba desde la lejanía, con los ojos abiertos como platos de puro terror.

—¡Gaspar! —gritó.

Ante su alerta, pisé con fuerza el freno, deteniendo el cortacésped en seco. Este protestó con un grito mecánico que sonó bastante mal, pero al menos se paró, haciendo que me moviera hacia delante con brusquedad. No salí disparado de milagro. Robin llegó corriendo, ladrando asustado, y dando vueltas alrededor del cortacésped. Delante podía ver el enorme hueco que había hecho con mi conducción temeraria. Había destrozado por completo la parte trasera de la caseta. Había destrozado una propiedad del palacio real. Mi despido sería inminente.

Aún temblando por el momento de tensión, giré las llaves para apagar la máquina y bajé con cuidado, temeroso de Luca, que venía hacia mí, aunque su expresión era de miedo, no de enfado. Su pelo seguía perfectamente peinado y su traje estaba impoluto, incluso después del desastre que había causado. Se abrió paso por el agujero que había hecho y se acercó a mí, mientras yo no dejaba de quitarme astillas de madera del pelo.

—Lo-lo siento muchísimo. No entiendo qué ha pasado. Solo he pisado el acelerador y de repente ha pegado un tirón para atrás y… —me justifiqué.

—¿Estás bien? —me preguntó.

—Sí, sí, creo-creo que sí.

—Vayamos a la enfermería para asegurarnos —recomendó.

—¿Enfermería? No, no. En serio, estoy-estoy bien —insistí. Entonces Luca se acercó a mí, mucho más que nunca. Alargó su mano y me quitó un trozo de madera del pelo.

—¿Estás seguro?

—Sí, sí. Ni te molestes. —Y continué limpiándome la ropa, aunque más por nerviosismo que porque estuviera manchado en realidad. No me atrevía siquiera a mirarle a la cara. No después del estropicio que había hecho.

—Mandaré que lo revisen, por si hay algún tipo de problema

—dijo mientras yo le daba las llaves—. Y no te preocupes por eso. —Señaló la pared destrozada con la mirada—. También mandaré que la reparen. Ha sido un accidente. Podría haberle pasado a cualquiera.

Tras el pequeño accidente (y una vez confirmado que no iban a despedirme), seguimos paseando por los jardines de *palazzo* Santino, y era increíble cómo cada día podía descubrir una zona nueva. Volvimos a pasear junto al campo de tiro con arco y me explicó que llevaba aprendiendo esa disciplina allí desde los seis años. Pasamos después junto a las pistas de tenis y acabamos sentados en uno de los bancos de piedra repartidos por la enorme finca. Yo sentado en el borde, en un extremo, Luca en el otro, con Robin entre ambos. El perro, con la cabeza gacha, le lamía la mano: por lo visto tenía pocas ganas de jugar. Los pantalones del traje, impoluto y sin una arruga, le apretaban los muslos, marcando la anatomía de sus piernas. Y me sorprendí mirándolas embobado más de una vez. Estar en su presencia era… No sabría cómo definirlo, la verdad. Tenía ganas de saber más de él. No porque fuera un príncipe o porque fuera increíblemente guapo, sino porque me producía una enorme curiosidad. La primera persona con la que me pasaba de una forma tan cruda y directa.

—Ya, Robin, ya —le dijo al animal para que parara de lamerle la mano al menos durante unos segundos.

—¿Por qué se llama Robin? —pregunté, curioso—. Nunca había visto un perro con ese nombre.

—Tampoco yo había conocido nunca a un chico que se llamara

Gaspar —replicó, con una especie de sonrisa burlona dibujada en la cara.

—Eso es porque soy único —contesté, orgulloso.

—Se llama Robin porque es mi superhéroe favorito —dijo mientras le acariciaba con suavidad la cabeza. Y en mi mente se formó una imagen de Luca acariciándome la cabeza, enredando sus dedos entre mi pelo… «¿Qué te pasa, Gaspar?», pensé, desubicado.

—¿Robin? ¿El de Batman?

—Sí. El mismo. Me encanta su historia. —Y su voz dejó traslucir lo mucho que le apasionaba hablar sobre ello.

—No he leído ni un cómic de Batman. Creo que nunca, la verdad. No, no. Intento recordar, pero no, nada. Ni uno solo. —Su cara de decepción era tan sincera que empecé a reírme, y su expresión pasó de la decepción a la confusión más absoluta—. Perdona, es que tenías que haberte visto la cara.

—Mandaré que te envíen algún cómic a casa de tus abuelos para que puedas leer una buena historia —anunció con suficiencia.

—¿Enviarme cómics a casa de mis abuelos? No hace falta. Tengo dinero para comprarme un cómic —repliqué, pero con un tono más borde del que me habría gustado—. ¿Tienes muchos? ¿Por qué no me los enseñas?

—Nadie entra en la Biblioteca Real —espetó, ofendido. Iba a replicar, pero Robin comenzó a ladrar. Los dos nos volvimos, buscando la razón de sus ladridos, y vimos a Filippo, el mayordomo, acercándose a paso ágil, con varias carpetas bajo el brazo. Nada más verle, Luca se tensó (más si eso era posible) y se adelantó unos metros, como si a mí no se me permitiera escuchar lo que iban a decir.

Durante varios minutos, los dos estuvieron hablando en italiano mientras Filippo le iba mostrando diferentes papeles. Me senté de nuevo en el banco de piedra, con Robin, que no dejaba de intentar que le acariciara, a mi lado. Agudicé el oído y pude escuchar alguna palabra suelta, como «*Coriali*», «*ospito*» o «*incoronazione*». Claramente estaban hablando sobre la gran fiesta del decimoséptimo cumpleaños de Luca, y él estaba incómodo. Lógico, porque en poco menos de un mes y medio se iba a convertir en el nuevo rey de su país. Y eso era normal que pusiera nervioso a cualquiera. Tras unos minutos de espera, Filippo cerró la última carpeta y, tras dirigirme una mirada indescifrable (bueno, sí, me odiaba, así que era bastante descifrable), se marchó de vuelta a palacio, mientras Luca inspiraba profundamente y volvía hacia mí. Me levanté de golpe y, por intuición pura, le hice de nuevo una pequeña reverencia.

—¿Todo bien? —dije.

—Sí. *Preparativi*. Eso es todo. —Y, aunque trataba de disimularlo, todavía podía notar su nerviosismo.

—¿Mucho follón para tu fiesta de cumpleaños? Yo, como ya no lo celebro, sería incapaz de organizarlo todo. —Pensé en Marco y Sofia, y cómo se habían ofrecido a organizarlo por mí.

—¿No celebras tu cumpleaños? —inquirió, curioso.

—Ah, que no te dé pena, ¿eh? Me da un poco igual, la verdad. No es algo que me quite el sueño. A ver, antes pues sí. A mi madre le encantaba prepararlo todo. Pero ya…, bueno, pues como que no me interesa. —Según iba hablando, notaba cómo la voz se me rompía poco a poco. Recordar a mi madre dolía, y hacerlo en voz alta, más.

—¿Cuándo es tu cumpleaños? —me preguntó tras unos segundos de silencio.

—El quince de julio.

—¿En serio?

—No. Realmente es el uno de enero, pero quería hacerme el interesante. —Obviamente, Luca aún no pillaba mi humor así que asentí, sonriente—. Sí, es el quince de julio.

—Queda muy poco.

—Sí. Lo tendré que celebrar en Santino. Pero, si lo celebro y te invito, tendrás que invitarme al tuyo —bromeé.

—¿Al *Coriali*? Eso será difícil.

—¿Los de mi clase no pueden ir a tu cumpleaños especial? —me burlé, pero Luca se lo tomó demasiado en serio.

—Nunca ha venido nadie de los trabajadores del *palazzo* —reflexionó—. Por eso digo que será difícil.

—¿Y eso por qué? Es decir, trabajan con vosotros día tras día. ¿No se merecen una buena fiesta de vez en cuando?

Luca estaba visiblemente incómodo con la conversación, así que decidí cortarla de raíz y tratar de reconducirla hacia otros temas, pero Filippo volvió a aparecer en la lejanía con un teléfono móvil en la mano, haciendo señas a Luca para que se acercase.

—*Scusa* —se disculpó de la forma más impersonal posible, y caminó hacia su mayordomo, que le tendió el móvil para que pudiera hablar. Al rato, nuestras miradas se cruzaron y Filippo se acercó con parsimonia y con los brazos tras la espalda.

—El príncipe me ha encomendado llevarle a su domicilio, *signore* Costa. Si tiene la amabilidad de acompañarme a la entrada del *palazzo*, uno de nuestros chóferes le llevará con mucho gusto.

—Y me indicó con la mano que pasara delante de él, camino de la entrada. Traté de despedirme de Luca, pero se hallaba lejos y ni siquiera se giró. Estaba claro que me había sobrepasado en la conversación. Algo le había molestado. Había estropeado una posible amistad con el príncipe de Santino en tan solo una semana por culpa de mi bocaza. Solo esperaba que mi abuelo nunca supiera del incidente con el cortacésped. Solo esperaba que Luca cumpliera su palabra.

7

Una noticia inesperada

Estaba teniendo el mejor sueño que había tenido desde que llegamos a Santino hasta que todo se torció cuando unos gritos desaforados me despertaron, acompañados de una música a todo volumen. Traté de volver a coger el sueño, pero fue imposible. Mierda.

—Pero ¿qué coño…? —mascullé entre dientes mientras me asomaba en la ventana. Ni siquiera eran las siete de la mañana aún. Y, en el jardín trasero de la casa, estaban mis abuelos y un grupo de cinco personas más. A su lado, un coche con todas las puertas abiertas, de cuyo interior salía una canción, creo que era en japonés. ¿Quién era toda esa gente?

—¡Gaspar, cariño! ¡Baja a saludar! —gritó mi abuela nada más verme. Tenía que haberme escondido más rápido.

—¡Y hazlo rápido, que luego hay que ir a trabajar! —apostilló mi abuelo. Sí, abuelo. Sé que tenemos que ir a trabajar. No soy idiota. Dios.

Cuando bajé a la cocina, todos estaban sentados en la mesa, mientras mi abuela no dejaba de sacar platos y platos con bollos. Al acercarme, me di cuenta de que todos los invitados eran japoneses. En serio. ¿Qué estaba pasando?

—Pero no te quedes ahí. Pasa y desayuna —me indicó mi abuela con la mano.

—Eh, no, no. Si no hace falta. Si estoy bien aquí… —Pero le dio igual. Se acercó, me cogió del brazo y tiró de mí, colocándome en una de las sillas libres; ya había un hombre mayor sentado a mi derecha y, a mi izquierda, una mujer treintañera que no dejaba de hacer fotos a todos los platos que había sobre la mesa—. Pues hola a todos.

Me miraban casi como si fuera un animal exótico, si os digo la verdad. Tanto que llegó a ser hasta incómodo.

—Es la familia Yoshida. Viene todos los veranos a quedarse unos días en nuestra casa.

—¿Rollo hotel? —pregunté, señalando con la mirada toda la comida que había sobre la mesa.

—Esto no es un hotel. Digamos que es una casa abierta a todo el mundo que quiera disfrutar de Santino. ¿Y sabes qué? Quieren vender nuestro aceite en Japón. ¡En Japón! ¿Te lo puedes imaginar? —dijo mi abuela, exultante, mientras daba un sorbo de su taza de café.

—No te emociones tanto, que aún no es seguro —añadió mi abuelo, cercenando las ilusiones de mi abuela en el acto. Ya sé de dónde le venía toda la amargura a mi padre. Todas las pruebas las tenía delante—. Y tú, ve terminando, que nos vamos a palacio.

—Pero si aún ni he empezado…

Su respuesta fue un gruñido más propio de un animal salvaje que de una persona. Se levantó de la mesa, besó a mi abuela en la frente y se despidió de la familia Yoshida con un *sayonara* que me dejó a cuadros. Así que desayuné a toda velocidad, con tal de no recibir una nueva bronca de mi abuelo, y salí de la cocina, con mi zumo de naranja y mi tostada a medio comer, pero con suficiente tiempo como para darme una ducha rápida. Al pasar por el recibidor camino a las escaleras, alguien llamó al timbre de la puerta de entrada ¡y me dio tal susto que me tiré el zumo de naranja encima! «Genial, Gaspar. Tu torpeza debería estudiarse en los institutos». ¿Quién venía a las siete de la mañana? ¿Sería otro miembro de la familia Yoshida? Me acerqué a abrir, aún con media tostada de pan en la boca y cubierto de pulpa de naranja.

—*Buongiorno* —me dijo una mujer vestida con un traje negro y dorado inmaculado, gafas de sol con montura plateada y un blasón en la solapa izquierda de su chaqueta. El blasón de los Calliveri: una flor de cinco puntas con dos círculos en el centro.

—Hola —conseguí decir mientras me tragaba el pan que se acumulaba en mi boca.

Sin decir nada más, sacó un pequeño sobre granate del interior de su chaqueta y me lo tendió ceremoniosamente. Tuve hasta miedo de cogerlo. En el dorso podía leerse FAMIGLIA COSTA junto al sello real. Se despidió juntando sus talones con fuerza, inclinó un poco la cabeza y se giró para dirigirse y entrar en uno de los coches de palacio.

—Pero ¿qué es esto? —pregunté. No obstante, el coche aceleró y el ruido de los neumáticos sobre la gravilla impidió que mi voz se oyera más allá de la puerta. La polvareda que se levantó vino hacia mí a toda velocidad, manchándome la cara y la camiseta al instante. Menos mal que iba a darme una ducha…

Cerré la puerta y, antes de subir las escaleras hacia el baño, miré el sobre granate una y otra vez. Obviamente iba dirigido a mis abuelos, y no debía abrirlo. Pero… ¿y si era una carta de despido? Oh, joder, ¿y si por culpa del incidente con el cortacésped, nos habían despedido y esa era su forma de comunicárnoslo? Tenía que saber qué decía la carta antes de dársela a mis abuelos. Pero, claro, si la abría, rompería el sello, y sabrían que la había abierto yo. Mierda. ¿Y si lo ocultaba? Aunque en media hora teníamos que estar ya llegando al palacio…

—¿Quién era? —preguntó una voz frente a mí.

—¿Eh? ¿Qué?

Ante mí estaba mi padre, ya completamente vestido y con una taza de café humeante en la mano.

—¿Quién ha llamado a la puerta?

—¿A… la… puerta?

Mi padre enarcó las cejas desesperado e iba a irse, pero dirigió sus ojos al sobre que tenía en la mano.

—¿Qué es eso? —Me lo quitó de entre los dedos—. ¡Tiene el sello real! ¿Quién ha venido, Gaspar?

—No sé, una mujer. Supongo que sería del palac…

—Espabila, Gaspar, haz el favor. —Observando el sobre con preocupación, volvió a la cocina. Yo tardé un par de segundos en reaccionar, pero, en cuanto lo hice, le seguí. Si esa carta era lo que creía que era, tendría que dar muchas explicaciones. Genial, mi verano en Santino había llegado a su fin casi antes de que comenzara de verdad.

—¡Esperad! ¡Tengo algo que decir antes! —grité al entrar en la cocina. El sobre ya estaba en manos de mi abuela. Todos se giraron para mirarme, totalmente descolocados. Mis ojos no podían dejar de mirar el sobre.

—¿Puede esperar un segundo, Gaspar? Esto es importante —dijo mi abuela, y, claro, pues asentí, con un nudo en el estómago.

—Sí, sí.

Mi abuela cogió un cuchillo de uno de los cajones tras ella y, con mucho cuidado, abrió el sobre para sacar de su interior un folio blanco doblado con meticulosidad.

—Estimada familia Costa, la familia real Calliveri… ¡Oh! —Ahogó un grito y dejó caer la carta sobre la mesa. Su cara era todo un poema. Estaba pálida; tanto que varios de los japoneses se levantaron de sus sillas, alarmados.

—¡Mamá! —chilló mi padre, y corrió hacia ella para sujetarla de un brazo y evitar que cayera contra la encimera. Con la mano libre, recogió la carta y la leyó.

—Pero… no puede ser. ¿Quién te ha dado esto, Gaspar?

—Yo-yo-yo…

—¡GASPAR! —gritó.

—¡No lo sé! ¡No sé quién era! ¿Qué pasa? ¿Qué dice la carta…? —empecé a gritar también. La situación estaba empezando a ser surrealista ya.

—La familia real… Han invitado a tu abuelo al *Coriali* de este año.

8

Me pierdo en palacio

La invitación al *Coriali* del príncipe Luca revolucionó por completo a todo el mundo. Ya no solo a mis abuelos y a mi padre, sino a la propia familia Yoshida, que parecían genuinamente felices por el acontecimiento. Quería pensar que mi conversación con Luca había tenido algo que ver. A ver, dudo que yo pudiera influenciar en lo más mínimo a alguien como Luca Calliveri, pero el *timing* era el que era. Así que sí, iba a seguir pensando que había sido gracias a mí. Y que, además, yo también estaba incluido en esa invitación. El 16 de agosto. Pero, esperad, ¿significaba eso que tenía que invitarle a mi cumpleaños? Es decir, se iba a reír en mi cara al ver que no venía nadie. Problemas absurdos supongo. Porque esa mañana había mejorado considerablemente. Tenía unas ganas terribles de ir al palacio y ver a Luca. Darle las gracias, antes que nada.

¿Lo siguiente sería enseñarme su colección de cómics?

Por la forma en la que reaccionó cuando se lo dije, parecía como si le hubiera pedido casi matrimonio. Era algo que le encantaba, sí, pero demasiado personal como para compartirlo con un desconocido. Y yo, hasta ese momento, lo era. Aunque me iba a esforzar todo lo posible para dejar de serlo.

Esa mañana, el viaje en el coche con mi abuelo fue el más relajado que recuerdo. No solo se le notaba contento por la situación, sino que parecía hasta que lo estuviera por tenerme allí, a su lado. ¡Si hasta me dejó poner a mí la música! Acabé poniendo a Sangiovanni. No pareció importarle lo más mínimo.

—Hoy nos toca trabajar en el laberinto de palacio —me anunció mientras enfilaba la cuesta que nos llevaba hasta la valla de la entrada principal.

—¿Laberinto? Es decir, sé que hay uno, pero… ¿tenemos que arreglarlo nosotros? —¿Con mi suerte? Seguro que me perdía y tenían que rescatarme.

—Claro. Pero hay que tener cuidado. En ese laberinto están las flores más preciadas de toda la familia real.

—Genial. Más presión. —Pero lo dije más para mí que para él, así que no me oyó bien.

—¿Te está gustando el trabajo? —Uy, ¿interés genuino?

—Eh, sí, sí. Por ahora sí. Tampoco es que se me dé especialmente bien —admití.

—Poco a poco irás aprendiendo. No tengas tanta prisa. —Me gustaba esa nueva versión de mi abuelo. Ojalá siempre fuese así conmigo, la verdad—. Tu padre tardó bastante.

—¿Por qué lo dejó?

—Porque tu padre siempre deja todo lo que empieza —sentenció. Parecía como si hubiera pinchado en hueso, como si fuera un tema del que no quería hablar más de la cuenta.

—¿Cómo será el *Coriali*? ¿Habrá que ir vestido elegante o algo así? Porque yo no tengo traje siquiera.

—No te agobies por eso aún. —Y bajó la ventanilla para saludar a los guardas de la entrada, que, tras requisarnos nuestros teléfonos móviles, nos abrieron la verja para poder entrar en palacio.

El día era uno de los más bonitos que había visto desde que habíamos llegado a Santino. El cielo estaba totalmente despejado, y un aroma de mar y césped lo inundaba todo. Al abrir la puerta, la humedad de los jardines me provocó un escalofrío casi inmediato; tanto que tuve que frotarme las manos con fuerza para entrar un poco en calor. Como cada mañana, acompañé a mi abuelo al lateral del edificio principal, donde entrábamos por una puerta de madera a un pequeño cobertizo para ponernos la ropa de trabajo. Mi mono estaba hecho un desastre, repleto de manchas de tierra y hierba. El de mi abuelo estaba impoluto. Casi como si no hubiera sido usado por nadie. Casi como recién comprado.

No voy a aburriros con mis tareas de jardinería porque bastante tengo yo con ello. Solo diré que esa mañana estaba cero concentrado. Y, claro, el buen humor de mi abuelo se agotó rápidamente, porque no dejaba de arreglar todo lo que yo estropeaba. Todo porque no había visto a Luca. Ni siquiera a Robin. Supongo que estaría dentro de palacio, trabajando, o haciendo lo que fuera que hacen los príncipes en Santino. Ni idea, porque no le vi, y no pude preguntarle.

—¿Qué ha pasado ahí? —preguntó mi abuelo cuando vio a varios trabajadores reparando el estropicio de la caseta.

—Uy, ni idea. La madera, que hay que mantenerla… Yo, como nunca entro ahí…

Vale. Si quería sonar sospechoso, lo había conseguido a la primera. Mi abuelo me miró con suspicacia y siguió con su trabajo. Y, aunque esperaba encontrarme a Luca tras cada árbol, no hubo forma. Pero sí me encontré con Silvia, la profesora de tiro con arco. Nada más verme, me dedicó una sonrisa amigable y me indicó que me acercara para saludar.

—Buenos días, Gaspar. ¿Mucha faena hoy?

—¿Según yo o según mi abuelo? —bromeé, y conseguí que sonriera—. ¿Ya has dado clase a Luca?

—Hoy no tiene clase.

—¿Qué haces aquí entonces? —pregunté, bastante impertinentemente.

—Espiarte. Me han enviado a hacer un informe de todos los trabajadores —me contestó, totalmente seria. Y, por un breve momento, la creí.

—¿Y qué tal lo estoy haciendo? Aprobando con nota, espero.

—Por ahora vas justito. Tendrás que esforzarte más si quieres sacar mejor puntuación. Por ejemplo, aprendiendo a ser un buen tirador.

—¿Cómo? —repliqué, pero ella no respondió. Solo cogió un arco y me lo tendió.

—¿Quieres aprender?

—¿Te fías de mí? —me reí, nervioso.

—Tranquilo. Me pondré a una distancia segura —afirmó con aplomo y se colocó detrás de mí, pasando sus brazos a derecha e izquierda, cogiendo mis manos, que sujetaban con fuerza el arco, porque temía que se fuera a romper—. Primero, tienes que relajarte un poco, Gaspar. O vas a romperlo con esa fuerza que tienes.

—¡Oh! Lo-lo siento. —Y aflojé mi agarre, pero quizá demasiado.

—Serías el primero que lo rompe con sus manos. Tranquilo,

Gaspar, que lo harás bien. Venga, agarra con esta mano mientras yo te ayudo con la flecha. Coloca los pies así, un poco paralelos. Vale. Es importante formar una T con tu cuerpo, es la forma más sencilla. —Según iba explicando, me movía los pies, las piernas, los codos.

—Esto va a salir muy mal.

—Relaja un poco, Gaspar. Bien, así mejor. Y ahora vamos a echar la flecha hacia atrás, ¿vale? Con cuidado, pero con determinación. Tiene que haber tensión. Pero no en ti. Tú tienes que estar concentrado. —Mientras Silvia seguía dándome indicaciones, vi a lo lejos, tras la diana que tenía a unos metros frente mí, a Luca, mirándome, con su inseparable Robin al lado. Dejé de escuchar a Silvia, porque solo podía mirarle a él, así que solté sin darme cuenta. La flecha salió disparada, pero no recorrió más de dos metros de distancia. Eso sí, la cuerda del arco me dio con fuerza en los dedos y lancé un grito que resonó en todo Santino.

—¡Joder! —chillé, desatado.

—¡Gaspar! ¡Te dije que no soltaras! A ver, déjame tu mano… —Se la mostré. Estaba roja del golpe.

—Por suerte ha sido poco. Te dolerá un rato, así que vamos a por un poco de hielo, venga. Eso ayudará a calmarlo.

—¿No se me va a caer la mano?

—Podría pasar, así que hay que darse prisa. —Al ver mi cara de terror absoluto, se echó a reír y, cogiéndome del brazo, tiró de mí hacia palacio.

Los dos pasamos junto a Luca, que me miró con extrañeza. Robin ni siquiera se movió. Los saludé con un gesto de la cabeza y seguí siendo arrastrado por la instructora, con los dedos doloridos.

Antes de entrar en palacio, me giré para ver si Luca seguía mirándome. No tuve esa suerte.

Cuando volví a salir al jardín, mis dedos estaban mucho mejor después de que Silvia no solo me hubiera colocado una pequeña bolsa de hielo azul, sino también un poco de crema que me calmó la zona al instante. «Tranquilo. A Luca le pasaba continuamente al principio». Nada más verme, mi abuelo vino directo hacia mí, recriminándome que llevaba media hora buscándome por todos lados. Se me había olvidado por completo.

—Tienes que empezar a tomarte esto en serio, Gaspar —me dijo con seriedad—. No puedo estar siempre recordándotelo.

—Vale. —Pero necesitaba decirle que me lo estaba tomando en serio, claro que sí. Quería aprender. Quería ayudar.

—Acompáñame al laberinto. Te enseñaré las flores del interior y cómo cuidarlas. Pero haz el favor de estar atento, ¿entendido? —me gruñó, y yo asentí algo así como diez veces. Y, obediente como soy, le seguí—. Es una de las joyas del palacio.

A ver, quizá cuando he hablado de laberinto, os habéis imaginado uno de tamaño gigantesco, a lo *Harry Potter y el cáliz de fuego*. Pero no. Bajad vuestras expectativas. Era grande, sí, pero manejable, digámoslo así. Con altos setos y enredaderas entrelazadas, se formaban alargados pasillos verdes que olían a musgo y petricor. Y, uniendo las paredes naturales, rosales de rosas blancas y rojas formaban un techo por el que se filtraba la luz creando sombras difícilmente descriptibles. Aunque el laberinto no fuera muy grande, he de admitir que sí, era espectacular. Y yo tenía que ocuparme de mantenerlo. Era de locos.

—Venga, Gaspar, no te despistes —me instó mi abuelo, que iba a toda velocidad, haciendo bastante difícil poder seguirle el ritmo. Como veis, siempre pensando en mí. Y, de repente, entre los setos, comencé a notar cómo algo se movía. ¿Sería una ardilla? ¿Un pájaro?

—Abuelo, aquí hay algo —dije sin perder de vista el seto que se movía aleatoriamente. Pero no obtuve respuesta. En ese momento ni siquiera me extrañé. A los pocos minutos descubrí que me había perdido—. ¿Abuelo?

Nada. El silencio como respuesta. Conociéndole, seguro que había acelerado para perderme de vista. Me quedaría dentro de ese laberinto para siempre. Formaría parte de él. Pero mi preocupación más directa era saber qué había al otro lado de ese seto que se agitaba delante de mí. Miré en el suelo y, a los pocos metros, encontré un palo lo suficientemente grande como para defenderme. Y entonces lo oí. Al principio era como un susurro, pero según fui afinando el oído (algo que me habían enseñado en clases de piano, a olvidarte del sonido ambiente y centrarte en lo que realmente necesitas), empecé a escuchar claramente una voz. ¿Era mi abuelo? Creo que no, porque no hablaba en español. Hablaba... era italiano. Sí, era italiano. Y era una voz de una persona mayor.

—*Nessuno deve saperlo. Tantomeno Luca* —pude oír. Luca. Había dicho claramente Luca. ¿Quién era? ¿Quién estaba hablando del príncipe? Me acerqué un poco más al seto y un graznido me hizo gritar y caerme de culo contra el suelo de tierra. Frente a mí apareció una elegante garza blanca, que me miró perdonándome la vida para salir volando después. Ya era el segundo chillido que daba esa mañana.

Me levanté con torpeza y, tras limpiarme los restos de tierra de los pantalones, empecé a dar vueltas sobre mí mismo tratando de buscar la salida. Por suerte, pude encontrarla antes de perder la cabeza y ponerme nervioso de verdad. Una vez fuera, volvería a entrar y buscaría a mi abuelo que, seguramente, estaría en el centro del laberinto, maldiciendo el día en el que su hijo le dijo que iba a tener un nieto. No tenía muy claro por qué era tan importante ese laberinto, o qué misteriosas plantas podría encontrar en su interior, la verdad. Pero, cuando conseguí salir, fue como volver a respirar. Una sensación muy extraña.

—¿Perdido? —Frente a mí estaba Luca, con sus gafas de montura dorada, su traje perfectamente planchado; la nariz y el entrecejo fruncidos por el sol.

—Qué va. Pero me agobian los laberintos. ¿Por qué habéis construido uno? ¿Acaso alguien lo usa?

—Este laberinto tiene más de cien años. Lo diseñó mi bisabuelo —declaró, orgulloso.

—No, no, si bonito es. No me malinterpretes. Pero nunca había visto uno tan grande. Creo que solo en películas. Aunque me gustaría poder recorrerlo sin perderme. He durado literalmente cinco minutos ahí dentro hasta que he perdido de vista a mi abuelo —admití.

—Porque tu abuelo se lo sabe de memoria.

—Eso está claro. Aunque había otra persona ahí dentro. Oí que…

—¡Qué haces! —chilló Luca de repente. Sin darme apenas cuenta, me había apoyado en uno de los setos del laberinto. Al oír su grito, me separé al instante.

—¿Yo? Solo estaba apoyándome en… —No me dejó terminar.

—Pero ¿no ves que puedes estropearlo? —me dijo con urgencia—. ¡Es mi flor favorita! —Y estiró la mano para cogerme del brazo y apartarme con cautela. En cuanto sentí el roce de sus dedos, todo mi cuerpo se tensó.

—¿Qué flor? Pero si es solo un seto —repliqué, confuso, pero mis palabras parecieron ofenderle mucho—. Es decir, aquí no hay flores.

—¿Solo un seto? Que no puedas verlas no significa que no estén ahí.

—Precisamente es lo que significa no poder ver algo. Es decir, míralo. Es solo un seto con unas enredaderas y ya está. ¿Eso es tu flor favorita? —Traté de reprimir mi risa, pero fue imposible. Y eso ofendió a Luca aún más.

—¿No me crees? Vuelve esta noche y lo comprobarás.

Tardé unos segundos extras en reflexionar sobre lo que me acababa de proponer. ¿Me había dicho que volviera a palacio de noche? ¿Él y yo solos? ¿Sin mi abuelo de por medio?

—Por la noche ¿para qué? —contesté.

—Tú ven y lo entenderás —respondió, misterioso—. Mandaré un coche para que te recojan en casa.

—Bueno, espero ver la belleza que ves tú. Porque ahora no veo nada.

—Eso es porque eres un *canipo* —repuso con ese acento tan santinés que tenía de vez en cuando.

—Ca… ¿qué?

—*Canipo.* No sabría explicarlo.

—Inténtalo.

—Alguien…, alguien que no ve más allá. Que es incapaz de imaginar o creer.

—Joder, para no saber explicarlo, me has dejado por los suelos —protesté. Luca sonrió y, sin mediar palabra, giró sobre sus talones y se alejó, de regreso al palacio. Yo me quedé unos segundos más mirándole, observando cómo andaba hacia el horizonte, con la postura más erguida y elegante que había visto en mi vida. Y no pude evitar sonreír, aunque fuera un poquito. Es decir, esa misma noche iba a tener una cita con el príncipe de Santino. Porque era una cita claramente.

El que me quitó la ilusión fue mi abuelo que, nada más salir del laberinto, lo primero que hizo fue darme una colleja por haberme perdido y haberle dejado solo. «Deja de molestar a Luca, haz el favor, Gaspar, que al final te metes en un lío».

—Pero si me ha invitado esta noche a palacio… Quiere enseñarme unas flores o no sé qué.

—¿Te ha invitado? ¿A ti? —Joder, eso duele.

—Sí. Me ha invitado. No se lo he pedido yo.

—A saber qué has hecho. —Todo el buen humor de primera hora de la mañana había desaparecido como por arte de magia. ¿Qué hacía mi abuela casada con un señor tan amargado? Es que era incapaz de entenderlo.

9

La flor de medianoche

Aunque sabía que no podía hablar con nadie sobre mi trabajo en palacio o sobre la identidad del príncipe Luca, no fui capaz de aguantarme y tuve que hablarlo con Lucía. La llamé por teléfono. Era la única con la que tenía confianza suficiente para esas cosas. Y, claro, me puso los pies en la tierra.

—No sé yo si será una cita eso… Es decir, es el príncipe, ¿no?

—¡Chisss! No digas eso. Llamémoslo «amigo» por ahora, ¿vale?

—Gaspar, cariño, si te han pinchado el teléfono, ya lo saben todo. ¿Hay policías o alguien en tu puerta? —se burló.

—Bueno, tú sígueme la corriente.

—Vale. Reformulo la frase: no sé yo si será una cita… Es decir, es un amigo, ¿no? —dijo entre risas.

—Es que sea una cita o no, nunca he ido a cenar con… un amigo a un sitio tan elegante. Además, ¿y si luego quiere que me quede a dormir? No, ¿no? Me volverán a traer a casa —reflexioné en voz alta, poniéndome aún más nervioso.

—No adelantemos acontecimientos. La primera pregunta que te tienes que hacer es la siguiente: ¿te gusta ese amigo?

—No. Sí. No lo sé. No le conozco tanto, pero… yo creo que sí. Es guapo, aunque raro, y me saca de quicio cuando se pone tan estirado. Tío, es que dice unas cosas que es para darle una colleja —refunfuñé mientras Lucía no dejaba de reírse al otro lado de la línea telefónica—. ¡Qué!

—¡Claro que te gusta! Te conozco desde hace mucho, Gaspar, y sé cuándo te gusta alguien. ¿Eso significa que lo de Alejandro ya está superado? —Y su pregunta me dolió. Supongo que porque no la esperaba. No así.

—Qué remedio. —Y lo dije con sinceridad. Cuando te declaras a un amigo y este no siente lo mismo, no te queda otra que superarlo.

—¿Y tú crees que le gustas a tu nuevo amigo? —Otra pregunta directa. Lucía era experta.

—Lo dudo mucho. Pero me ha invitado a ir al pa…, a su casa por la noche. No sé, puede que esté intentando conocerme un poco, ¿no? —No había otra explicación.

—Vale. Pues tendrás que ir elegante, pero no demasiado. No vistas mejor que él, así que mezcla algo formal con algo informal. Pero no lleves camisa y pantalones de chándal. ¿Me entiendes?

—Hum, no estoy seguro, pero probaré. ¡Estate atenta porque te enviaré fotos con diferentes modelitos!

—Si no estoy en natación, estaré atentísima —afirmó—. ¿Todo lo demás bien? ¿Qué tal las cosas con tu padre?

—Cero avances. Se comunica incluso menos que en Madrid, si eso es posible —admití con tristeza.

—Tu padre es un tío muy raro, siento decírtelo. ¿Has tratado de hablar con él?

—Hace tiempo que no. —El silencio de Lucía lo dijo todo. Pero era mi padre. No tenía que ser yo el que estuviera siempre tirando de él, sino al revés. El adulto era él.

—Bueno, seguro que todo se arregla. Te dejo, que voy a comer. ¡Deja de pensar todo tanto y disfruta un poco! ¡Por los dos!

Y, tras despedirnos, colgó y el silencio me golpeó con fuerza. La echaba de menos. Demasiado. Pero tenía que hacerme a la idea de no verla hasta dentro de dos meses más.

El sol de las tres de la tarde se colaba por la ventana de mi habitación, invitándome a dormir una siesta de esas largas, de aquellas tras las que te despiertas sin saber muy bien dónde estás. Pero, venciendo al tremendo sueño que me invadía, decidí salir al jardín, donde mi abuela tomaba un café mientras leía un libro. ¿Y qué podía hacer toda la tarde?

—¿Nervioso? —dijo mi abuela, bajándose las gafas para verme mejor y dejando su libro a un lado.

—¿Nervioso? ¿Por?

—Me han dicho que tienes una cita con el mismísimo príncipe. —Sonrió, y pude notar algo en su mirada que no había notado hasta ese momento. Y sí, dijo la palabra «cita».

—Ah, bueno, no. Si le veo todos los días en el trabajo.

—Seguro que es un buen chico —afirmó, abriendo el libro de nuevo—. Será un gran rey para Santino.

—¿No te parece una locura? Es decir, que con diecisiete años tenga que hacerse cargo de un país.

—*Jubico*, cielo, lleva preparándose para ese momento casi desde que nació. Y tendrá a su lado a los mejores consejeros. No te preocupes por eso.

—No, no, si no me preocupo. Solo es algo que me sorprende. Me parece demasiado medieval. Como el concepto de la monarquía en sí. Estamos en el siglo XXI y seguir viendo a personas que, solo por haber nacido en una familia o en otra, tienen una especie de derecho divino a gobernar sobre todos los demás… Me parece algo bastante rancio y anticuado —me sinceré. Mi abuela me escuchó atentamente, pero sin apartar la vista de su libro.

—Intenta no decirle todo eso a Luca —bromeó—, y mira en el cuarto de tu abuelo, a ver si hay algo de ropa elegante para esta noche.

—¿Ropa del abuelo? Ni de broma.

No me contestó porque, en ese momento, apareció toda la familia Yoshida al completo, dispuestos a bañarse en la piscina al sol de media tarde. Mi abuela, nada más verlos, volvió a dejar el libro a un lado y les ofreció café. Obviamente, aceptaron encantados. Parecían majos, y no tenía muy clara aún la relación que los unía con mis abuelos más allá de gorronear todo lo posible. O esa era la impresión que daban continuamente. Y eran muy ruidosos. Era imposible concentrarse con todos ellos gritando en la piscina, así que mi tarde de relax se redujo a la nada más absoluta.

A las ocho en punto de la tarde, un coche oficial de palacio aparcó justo en la entrada de la casa, mientras la familia Yoshida, mis abuelos y mi padre tomaban fruta y pastas en la enorme mesa de madera bajo la parra y las enredaderas. De su interior bajó un chófer al que no había visto nunca y se quedó junto al vehículo, sujetando la puerta, esperando a que yo llegara para poder llevarme al *palazzo* Santino. Pero yo seguía tratando de elegir qué me ponía, y Lucía, como ya suponía, no me contestaba a ninguna de las fotos que le había enviado. Mi abuelo me gritó desde el jardín, avisándome para que bajara de una vez. Así que al final me decidí por la mejor opción que tenía: unos pantalones marrones largos y una camiseta blanca. Más básico imposible. Pero también cogí la única chaqueta que me había traído, obligado por mi padre, de un color verde musgo. No pensaba ponérmela salvo para salir de casa y que mi abuelo no pudiera decirme que iba hecho un desastre. Y ese sería quizá el toque elegante que me decía Lucía. Pero, según bajaba las escaleras, me di cuenta de que la camiseta tenía un pequeño agujero en el costado. Ya no iba a volver a cambiarme.

Nadie se daría cuenta. Creo.

En el recibidor cogí el frasco de perfume de mi padre, que olía a madera y vainilla, y me rocié por completo. Hacía mucho calor y solo faltaba que me pusiera a sudar como siempre. No quería que el príncipe y futuro rey de Santino me conociera como el apestoso Gaspar Costa.

Cuando salí al jardín, si es que ese secarral podía llamarse así, mi abuela me dedicó la más amplia de sus sonrisas y me tendió un par de nectarinas para el camino. Sabía que me encantaban. Igual que a mi padre. Mi abuelo me juzgó con la mirada, repasándome de arriba abajo, y dejándome claro que debía portarme bien. «Por favor, Gaspar, compórtate». ¡Como si no supiera comportarme! No tengo diez años. Sí, abuelo, sí. Tranquilo, que me voy a portar bien. Dios. Mi padre se limitó a decirme que me lo pasara bien y siguió hablando con el padre de la familia Yoshida. No sabía que mi padre supiera hablar japonés. Aunque he de decir que hablaban en una mezcla de japonés, inglés e italiano. Curioso cuando menos.

—No te comas las dos. Dale una a Luca —me indicó mi abuela al darme las dos nectarinas. No sabía si tenía permitido ofrecerle algo al príncipe, pero me la guardé en el bolsillo de la chaqueta y, nada más meterla ahí, se me olvidó por completo.

El trayecto en coche fue silencioso, como siempre que me recogían para llevarme a palacio (ya era la segunda vez, por si no os acordáis). Devoré la nectarina en tiempo récord, porque, cuando estoy nervioso, como con mucha ansiedad. Y esa tarde lo estaba. Había estado con Luca ya muchas veces. Pero todo el plan tenía un halo de misterio que no me dejaba ver las cosas con claridad. Y, si lo pensaba fríamente, iba a ser la primera cita que tuviera con un chico. Por la noche. En su casa. Proponiéndomelo él. Según fuimos subiendo la cuesta de siempre que conducía a palacio, empecé a ver algo diferente. La noche comenzaba a caer sobre Santino, y el sol casi escondido aportaba ese toque anaranjado a la fachada del *palazzo* que lo convertía casi en un fotograma de una película de cine clásico. La verja de la entrada se abrió ante nosotros y bajé la ventanilla para absorber el aroma que tanto me gustaba del jazmín y de la hierba recién cortada. Me recordaba a mis veranos de pequeño en aquella urbanización a la que íbamos mis padres y yo a pasar el mes de agosto. Supongo que también me recordaba al primer chico en el que me fijé. Bueno, supongo no, me recordaba a él: me recordaba claramente a Alejandro.

El coche aminoró la velocidad según íbamos acercándonos a la escalinata principal. Rodeamos la enorme fuente que funcionaba a pleno rendimiento y, en cuanto se detuvo, las luces tanto de la fuente como de varios de los árboles del jardín se iluminaron, como dándome la bienvenida. A mí y a la noche. En el camino de piedras que separaba el primer escalón del vehículo había varios faroles encendidos, que creaban un ambiente de película romántica. Solo faltaba que Luca se asomara a la entrada, con Robin a su lado, me sonriera, y me invitara con sus ojos a seguirle al interior, a vivir una noche inolvidable… «Pero, Gaspar, ¿qué te pasa? ¿En qué estás pensando? ¿Desde cuándo te gusta tanto Luca Calliveri? ¡Si apenas le conoces!». El aroma a nectarina de mis dedos me recordó la que llevaba en la chaqueta para regalársela; no obstante, la había dejado dentro del coche y, en cuanto me bajé, el chófer cerró la puerta y se alejó. Mientras pensaba en cómo recuperarla, Filippo apareció frente a las puertas de la entrada y, con un gesto de la cabeza, me indicó que subiera los escalones de piedra hasta llegar a él. Luca no estaba por ningún lado.

—Hola —le saludé, nada más verle, y agaché un poco la cabeza. Era como una manía inevitable. No podía parar de hacer reverencias a todo el mundo cuando estaba allí—. ¿Qué tal, Fili?

Filippo curvó los labios, molesto, inspiró profundamente y se dio la vuelta para que le siguiera al interior de palacio. Aunque parecía que fuera a seguirle hasta el patíbulo como poco. El *palazzo* Santino cambiaba por completo de noche. La gran lámpara colgante del recibidor estaba encendida y su luz era cálida y mágica. Al tener pequeños cristales en los extremos, esta los atravesaba y creaba unos mosaicos increíbles en las paredes. Había dos guardias reales custodiando la entrada, serios y con la mirada fija al frente, y olía a rosas mezcladas con el aroma de la carne asada.

Supuse que sería nuestra cena.

Porque habría cena, ¿no? No podía aguantar toda la noche con solo una nectarina. Y menos aún después de venir de casa de mis abuelos, en la que lo único que hacía era comer.

—Si me acompaña hacia el comedor… —me indicó Filippo, tratando de que volviera a la realidad. Pero yo no podía parar de mirar cada detalle que me rodeaba, cada columna, cada cuadro, cada flor. Sí, ya había estado un par de veces, pero sentía como si le viera por primera vez.

Atravesamos el enorme recibidor y entramos en una sala rodeada por grandes ventanales que daban a la parte de los jardines traseros, desde los que se veía el horizonte y el mar que bañaba Santino. Una de las ventanas estaba entreabierta y se colaba el sonido lejano de las olas rompiendo contra el acantilado. En el centro de la sala, había una amplia mesa repleta de tulipanes que parecían recién cortados y, en casi todas las esquinas, había pequeños sillones con mesitas auxiliares. Era como una especie de sala de lectura. No había más pared que en la entrada, porque el resto era cristal. El calor era denso e intenso. No quería ni imaginar cómo sería a las tres de la tarde. El horno de Santino.

—Ahora vendrán a buscarle —anunció Filippo y, tras despedirse con un movimiento de la cabeza, salió de la sala dejándome solo en esa especie de invernadero real.

No tenía muy claro qué hacer. O siquiera si debía moverme o no. Porque era bastante probable que rompiera algo con mi suerte. En ese lugar había demasiadas cosas que podía romper, y no podía evitar pensar en mi accidente con el cortacésped. Me acerqué lentamente a la mesa del centro para oler los tulipanes. Podía acostumbrarme a vivir así, desde luego. En un sitio igual, quiero decir. Aunque me recordaba terriblemente a la casa de mi abuela, la madre de mi madre, en Madrid. Repleta de cosas. No podías moverte sin chocarte con algo o tirar alguna figurita al suelo. El techo de la amplia sala también era de cristal y lo primero en lo que pensé fue en lo que costaría mantenerlo limpio. Eso sí, en Santino llovía bastante poco. Cada día investigaba un poco más sobre el país, y era verdad que la lluvia brillaba por su ausencia. Quizá llovía cerca de treinta días al año, lo que convertía al país en una de las zonas del mundo con más días de sol.

Al rato, apareció otro mayordomo diferente a Filippo, mucho más joven, pelirrojo y con cara de inocente. Se quedó en el umbral de la puerta y su voz aguda me anunció que ya podía acompañarle al comedor, pero que, lamentablemente, tendría que cenar yo solo, ya que el príncipe Luca se encontraba trabajando.

—¿No va a venir? —pregunté, desanimado.

—Me ha pedido que le traslade sus más sinceras disculpas, y que espera poder reunirse con usted a las diez de la noche junto a las pistas de tenis —me comunicó el mayordomo pelirrojo, compungido.

—¿Y voy a cenar yo solo?

—El chef ya ha preparado un menú para esta noche. Así que, si me acompaña, le muestro el comedor —dijo, amablemente, y yo pues le seguí, obediente.

Salimos de la sala de los cristales y, según atravesábamos el palacio, pude vislumbrar una habitación con la puerta entreabierta y, en su interior, estaba Luca de espaldas, rodeado de varias personas más que hablaban por teléfono de forma acalorada. Me quedé quieto, mirándolos directamente, y fantaseando con que Luca notara mi presencia y se girara para mirarme. No podía ver mucho del interior de la estancia, pero parecía una biblioteca. Puede que fuera de la que me había hablado, donde tenía toda su colección de cómics. Quién iba a decir que un príncipe como él sería tan aficionado a los cómics. Recuerdo la comida que tuvimos con su padre y cómo Luca tenía que disimular sus gustos reales frente a él. Seguro que en vez de gustarle la música clásica escuchaba reguetón escondido en su cuarto.

Entonces, como si pensar en él le hubiera mandado una señal, Luca se giró levemente y nuestras miradas se encontraron. Su expresión pasó de la sorpresa a una sonrisa de disculpa. Pero no le dio tiempo a más, porque uno de los hombres que había junto a él se acercó a la puerta y la cerró de golpe.

—Por favor, por aquí —me indicó el mayordomo pelirrojo, al que había dejado que siguiera andando, quedándome a unos metros de distancia de él. Me disculpé y retomé nuestro recorrido hasta llegar al enorme comedor del *palazzo* Santino.

Sé que digo mucho lo de «enorme», pero es para que seáis conscientes de la inmensidad de aquello. Era un comedor con una gran mesa alargada de caoba (supongo, porque la madera me recordaba mucho a ese material), con varios candelabros distribuidos sobre ella como si estuviéramos en una novela de Edgar Allan Poe. Pero todo tenía un toque moderno, con sillas transparentes y grandes bloques de hormigón repartidos por la sala, algunos con pequeñas esculturas de arte contemporáneo. Al fondo, una chimenea, obviamente apagada, y cuatro camareros dispuestos por parejas, esperando instrucciones. El techo estaba decorado por varias lámparas de cristal, que colgaban impertérritas, encendidas a media luz, dejando ver los murales pintados sobre el techo, que representaban un sinfín de animales y plantas entrelazadas.

Me senté en uno de los laterales de la mesa donde había un bajoplato dorado y, sobre él, un plato blanco de cerámica, con un relieve de uvas. Frente a mí cuatro copas de cristal de distintos tamaños y varios cubiertos dispuestos metódicamente. Nada más acomodarme, uno de los camareros apareció por mi derecha, con una jarra plateada, y vertió agua en una de las copas. Por la izquierda apareció otro camarero, que cogió la servilleta perfectamente doblada sobre mi plato y la colocó sobre mi regazo.

—Eso podría haberlo hecho yo —susurré.

—¿Quiere un poco de vino? —me preguntó el camarero que llevaba la jarra de agua. Sí, tenía dieciséis años, pero iba a aprovecharme un poco. ¿Cuándo iba a volver a tener una oportunidad así de beber buen vino sin ningún tipo de vigilancia?

—Claro. Adelante con el vino —dije con determinación para que no dudaran de mi edad. Los dos camareros se retiraron y apareció una mujer, que me dejó un trozo de pan de centeno caliente y, delante de mí, un cuenco de cristal con el borde plateado.

—Gazpacho de fresa y tomate con aceite de menta y burrata —explicó, y se quedó a un lado, como esperando a que lo probara y diera mi visto bueno. Sonreí, incómodo, y cogí una de las veinte cucharas que tenía dispuestas a mi derecha. La verdad es que olía muy bien, pero no sabía igual. Lo probé y, siendo sincero, no me gustó nada. ¿A quién se le había ocurrido estropear algo tan rico como el gazpacho con una receta tan mala? Pero la chica seguía ahí, impertérrita, esperando a que le dijera lo rico que estaba. ¡Ni que lo hubiera cocinado ella! Me giré y sonreí de nuevo.

—Mmm. Buenísimo —mentí. Me miró, complacida, y se alejó, desapareciendo del comedor. Menos mal que me sirvieron el vino rápido, porque necesitaba algo con lo que tragar esa sopa, o como quisieran llamarlo. Yo me negaba a seguir llamándolo «gazpacho». El problema era que no podía dejármelo en el plato. No podía hacer ese feo. «Por favor, Gaspar, compórtate». Escuchaba la voz de mi abuelo como si lo tuviera sentado al lado. Así que, sin pensarlo dos veces, cogí el cuenco con ambas manos y me bebí toda la sopa de una, sin tiempo para respirar. El resto de los camareros que había en el comedor debieron flipar al verme tan ansioso comiendo. Yo también habría flipado al verme así, la verdad. Devoré el trozo de pan y di un trago al vino, que sí que estaba bueno—. Es que tenía mucha hambre —dije en alto mirando a los camareros. Uno de ellos sonrió y el otro apartó la mirada.

La calidez del comedor era acogedora, desde luego, pero era tan amplio que me sentía vacío. Me daba mucha pena no poder estar compartiendo la cena con Luca, o con cualquier persona. Con lo que me gusta a mí hablar, era raro tener que estar en completo silencio mientras esperaba a que me fueran trayendo los platos uno a uno.

Pero tampoco tuve que esperar mucho más. Cuando me retiraron el cuenco de cristal vacío, llegó la segunda copa de vino y un plato cuadrado y negro con lo que parecía ser una ensalada.

—Ensalada de higos y nectarina con vinagreta de lima y eneldo —me indicó la mujer, pero esta vez no se quedó esperando a que lo probara. Dejó el plato y salió del comedor de nuevo, con las manos en la espalda, erguida y decidida.

La ensalada estaba mucho más rica que el primer plato. No era muy fan de los higos, pero las nectarinas le daban un toque riquísimo. Además, estar ahí sentado, en un palacio real de verdad, hacía que todo fuera mucho más sabroso. Bueno, menos el gazpacho.

—*Farfalle* a la boloñesa con pecorino y alcaparras. —Ese fue el siguiente plato en el menú. Mira que la comida de mi abuela estaba rica, pero esa boloñesa fue la mejor que había probado en mi vida.

Estuve tentado hasta de preguntar si podía repetir, pero me intimidaba toda la situación tanto que no me atrevía casi a abrir la boca. Además, pese a mis insistencias, no volvieron a servirme vino. Con dos copas debieron de considerar que ya era más que suficiente. Y era una pena.

—Sorbete de violeta y amaretto con sirope de rosas. —El postre tenía una pinta espectacular. El morado suave del helado contrastaba con el rojo intenso del sirope. Estaba todo pensado, todo medido al milímetro. Parecía como si estuvieran sirviendo a un príncipe o a un jefe de Estado. Pero estaban sirviéndome a mí. Y yo era yo. Un don nadie. Un mero trabajador…, más bien aprendiz. ¿Habría podido cenar así alguna vez mi abuelo desde que trabajaba en el palazzo *Santino*?

Según fue avanzando la cena, también lo fue haciendo (obviamente) el tiempo y, cuando quise darme cuenta, ya eran más de las nueve de la noche. Aún quedaba una hora entera para que fueran las diez y me encontrara con Luca en las pistas de tenis. ¿Y qué iba a hacer allí sentado esperando a que avanzaran las agujas del reloj? Lo mejor sería tratar de cotillear un poco por el palacio. Pero seguro que los mayordomos que había repartidos por todos lados me lo impedían. O Filippo. Seguro que estaba escondido, esperando a que yo cometiera algún error para echarme a patadas y pedir que me despidieran. Tendría que ser cuidadoso.

Me levanté de la mesa con la excusa de ir al baño y, al salir del comedor, el mayordomo pelirrojo estaba esperándome para indicarme hacia dónde tenía que ir. Me acompañó escaleras arriba, siempre delante, pero sin darme conversación. Según íbamos subiendo podía apreciar la inmensidad del palacio. Todo el espacio era tan abierto que daba la sensación de que odiaban las paredes. Puede que fuera el castillo perfecto para una persona claustrofóbica.

—La primera puerta a la derecha —me indicó, diligente y educado. Parecía que iba a acompañarme, pero alguien le llamó desde el piso de abajo, se disculpó y regresó por donde habíamos venido. Bien, me había librado de él más veloz y fácilmente de lo que pensaba. Así que tenía vía libre para investigar.

Miré hacia todos lados, comprobando bien que estuviera solo y, tras cerciorarme de que nadie iba a salir a apresarme, avancé por el pasillo, pasando de largo la primera puerta. Realmente necesitaba ir al baño, pero lo dejaría para después. Fui hasta el final, donde el pasillo se ampliaba y se abría para desembocar en una enorme doble puerta de madera. Solo había una pared porque, por el otro lado, eran arcos que daban a la planta baja. Podrían verme sin problema si se dedicaban a mirar un segundo hacia arriba. Tenía que ser rápido, así que, escondiéndome en cada columna para pasar desapercibido, llegué a la puerta final y la abrí, curioso. Entonces oí unas voces cerca y mi instinto me dijo que entrara y cerrara las puertas tras de mí. Fue un acto impulsivo, lo admito. La estancia estaba a oscuras, pero, como el resto del palacio, tenía unas ventanas majestuosas que daban al exterior. Parecía un despacho. ¿Quizá el del rey Carlo? ¿Me acababa de meter en el despacho del rey de Santino? En cuanto me pillaran se me iba a caer el pelo. Sobre el enorme escritorio de mármol negro había un cuadro a tamaño natural de la familia real. Es decir, Carlo, Laura y Luca, pero de pequeño. No debía de tener más de ocho o nueve años.

—Tenía nueve años cuando pintaron ese cuadro —dijo una voz y el corazón me dio un vuelco. Me giré de golpe, blanco como el papel, para encontrarme con un Luca mirando con seriedad al cuadro de su familia.

—Lo-lo-lo siento. Iba al baño, pero…

—Pero querías cotillear —terminó mi frase.

—¡No! No, no, no. Bueno, quizá un poco sí. Pero no sabía que…

—¿Que te iban a pillar? —volvió a interrumpirme.

—No estaba haciendo nada. Solo miraba el cuadro… Espera, ¿cómo sabías que estaba aquí? —pregunté, extrañado.

—Te vi acercarte, haciendo cosas raras por el pasillo. —Torció el gesto—. Esta zona del *palazzo* está prohibida para cualquiera que no sea un Calliveri. ¿Lo entiendes? —Estaba molesto. Estaba enfadado.

—Sí, sí, sí. Perdón, perdón. Ya-ya me voy. —Y, cabizbajo, pasé por su lado, evitando su mirada, y salí de la sala, que cerró con llave, saliendo tras de mí—. Bueno, yo-yo voy al baño.

Luca ni siquiera respondió. Siguió andando a mi lado y se detuvo al llegar a la puerta del baño. Me indicó con la mirada que podía entrar y que él esperaría fuera a que terminara, así que obedecí y entré. Eso sí, fue el pis más tenso y rápido de mi vida. No quería causar más problemas, y hacer esperar a un príncipe creo que estaba entre ellos.

Cuando salí del baño pensé que se habría ido, pero no. Ahí estaba Luca, esperándome. Aún no sabía por qué me había invitado. Ni siquiera había cenado conmigo. ¿De qué iba todo?

—Ya estoy —dije al salir. Su presencia me ponía nervioso. Sobre todo por esa forma que tenía de mirarme como por encima. Sí, era más alto que yo. Y era un príncipe. Pero no tenía que recordármelo todo el rato con su mentón perfectamente perfilado mirando hacia arriba.

—¿Te ha gustado la cena? —preguntó, aunque no sé si por cortesía o con un interés real.

—Sí, sí, todo riquísimo.

—Jean-Luc es un chef excelente —afirmó, orgulloso, y yo no pude reprimir mi risa. Lo intenté, pero fui incapaz. Y, claro, Luca lo notó—. ¿Pasa algo?

—Nada, nada. Es que…, es que es tan típico que de repente el chef se llame Jean-Luc. Es como un anuncio de quesos franceses o algo así. Era eso o François —me burlé, pero Luca no pareció entender mi humor. Ni compartirlo.

—No entiendo qué tiene que ver.

—Nada, déjame. Me he tomado dos vinos y no estoy acostumbrado a la cosecha santinesa.

—No deberías haber tomado vino. Tienes dieciséis años. No está permitido —espetó, visiblemente molesto—. ¿Quién te ha servido la cena?

—¿Eh? Oye, no, no, no. No hagas que despidan a alguien o algo por mi culpa. ¡Que todo ha ido genial! Y el vino estupendo, pero muy poquito. Era una broma. Solo estaba bromeando. No te pongas tan serio —traté de relajar el ambiente y cambiar la conversación—. ¿Tú todo bien? ¿Por qué no has venido a cenar?

—Porque no he podido —respondió, ofendido. Como si por ser el príncipe Luca Calliveri no tuviera que darme ningún tipo de explicación.

—¿Algún follón de última hora? ¿Cosas de príncipe? —No había forma de conseguir que se relajara.

—Tenía unos documentos que firmar —admitió al fin, pero dejándolo caer.

—¿Ya estás libre? Estoy esperando a que me enseñes eso tan importante que no podía esperar.

—Aún es pronto. Salgamos a los jardines. Demos un paseo —sugirió, y me indicó con la mano que avanzara delante de él. Debía de darle miedo que fuese detrás, como si quisiera acuchillarle por la espalda o algo así.

Bajamos la majestuosa escalera principal del palacio y nos encontramos a Filippo por el camino. Sonrió a Luca y le susurró algo al oído. A mí me miró con esa mirada de falsa afabilidad; básicamente, una máscara que ocultaba un desprecio absoluto. Luca se excusó y me dijo que me adelantara, que le esperase en la zona de la pista de tenis, mientras resolvía unos asuntos de última hora. No tenía muy claro si estaba arrepintiéndose de haberme invitado, o era el propio Filippo el que no quería verme allí ni en pintura y hacía lo posible para separarnos a los dos. Así que, haciendo caso a la sugerencia del príncipe, salí del palacio y, acompañado por otro de los sirvientes que trabajaban para la familia real, recorrí los jardines (que, a esas alturas, ya me sabía de memoria) y acabé en la zona de la pista de tenis. Era de tierra batida y estaba impoluta, en perfecto estado. Casi como si nadie la hubiera usado nunca. Vi en su interior dos raquetas sobre un banco de madera y una máquina de las que lanzan pelotas automáticamente. Y, claro, se me ocurrió probarla.

Abrí la puerta metálica y me acerqué para coger una de las raquetas. Y, al entrar, los focos se encendieron de golpe. ¿Había alguna especie de sensor o algo así para que se iluminaran al captar la presencia de alguien en la pista? ¿Cómo funcionaban? La máquina lanzapelotas parecía que no pasaba por sus mejores momentos. Pero tampoco parecía muy difícil de activar. Presioné uno de los botones y, tras hacer un ruido metálico, lanzó la primera pelota al otro lado de la red.

—¡Perfecto! —exclamé, feliz de haberlo conseguido, y, pese a que no iba vestido para la ocasión, me coloqué enfrente, preparado con la raqueta sujeta con las dos manos, y esperé a que volviera a lanzar otra pelota. Volvió el sonido metálico y la bola salió disparada hacia mí con una fuerza bastante moderada. Botó en la tierra y la golpeé de derecha son suavidad, pasando la red pero tirándola más allá de la línea del fondo—. Joder, sí que estoy desentrenado. Si me viera Boro, me mataría.

De nuevo ese ruido metálico y una pelota más salió disparada por el tubo de la máquina. Esa vez la rocé con más calma, pero le di con el canto de la raqueta, fallando a la red.

—¡Mierda! —protesté, y me volví a colocar, expectante por un nuevo intento. La máquina lanzó una tercera pelota y la pegué con toda mi intención. Concentrado al máximo. Pensando que Luca estaba viéndome y que le tenía que demostrar lo bien que lo hacía. Lo que no sabía es que realmente sí que me estaba viendo, y me di cuenta una vez golpeé a la pelota.

—¿Qué haces? —Me giré al momento y vi a Luca al otro lado de la valla metálica, mirándome confuso y extrañado. Otra vez que me pasaba de confianza.

—¡Oh! Lo-lo siento. Vi que estaba abierta y me animé a probar y… —Pero no terminé la frase porque la máquina volvió a activarse y me dio un pelotazo en el estómago—. ¡Ayyy! —protesté, y me doblé sobre mí mismo, cayendo al suelo con las manos en la tripa. Las pelotas siguieron saliendo despedidas hacia mí y tuve que rodar por el suelo, literalmente, y correr para apagarla. Mientras, Luca no dejaba de mirarme y pude entrever en su rostro algo parecido a una sonrisa—. ¿Te divierte verme sufrir?

—No. Pero es el castigo perfecto por colarte en mi pista de tenis —proclamó, con aires de superioridad.

Una vez desconectada la máquina, dejé la raqueta donde la había encontrado y empecé a recoger las pelotas que había por el suelo. Oí cómo se abría la puerta y vi cómo entraba Luca y se quedaba a unos metros de mí. Supongo que por precaución.

—En esta pista jugué una vez con Boro Lodi. —Su voz denotaba orgullo, pero también ganas de aparentar.

—Boro Lodi, ¿eh? —Iba a flipar cuando le dijera que era familiar mío y que había estado cenando con él la otra noche.

—Sí, el tenista. Seguro que lo conoces. Es de Santino. Es el número…

—Nueve del mundo. Sí. Lo conozco. —Luca se sorprendió al darse cuenta de que yo no era el analfabeto e inculto que pensaba—. ¿Tienes más anécdotas con famosos para hacerte el importante? —me burlé.

—No me hace falta hacerme el importante. Lo soy —replicó, visiblemente molesto, y yo, claro, me reí mucho más.

—Así que has jugado con Lodi, ¿eh? ¿Y qué tal? ¿Los mismos gritos insufribles que da cuando juega? —traté de bromear para que se relajara un poco. Lo conseguí solo a medias. Mientras, me limpié toda la tierra que tenía en la ropa. O lo intenté.

—Solo entrenamos.

—¿Juegas bien al tenis? —le pregunté, con un interés real por saber la verdad.

—Por supuesto —repuso. No entendía por qué estaba tan sumamente estirado esa noche.

—Tendrás que demostrármelo —le reté.

—Cuando quieras, podemos entrenar en esta pista —dijo, superdiplomáticamente, y volví a reprimir la risa. En serio, me hacía mucha gracia que fuera tan…, tan políticamente correcto todo el tiempo.

—¿Por qué no ahora? —propuse, y su expresión cambió a una de puro terror. Sin mediar palabra, señaló su ropa. Claro, iba de traje, como siempre—. Si eres tan bueno, seguro que eres capaz de jugar así de elegante, ¿no?

—No puedo moverme bien así —se excusó, pero pude notar que era tremendamente competitivo. Si fuera con otra persona, no lo habría dudado ni un solo segundo. Pero conmigo, o le daba vergüenza, o no me consideraba digno. Y, de repente, sorprendiéndome, se quitó la chaqueta del traje y la dobló con elegancia—. Podemos probar ahora.

—¿Estás seguro? —No contestó y dejó su chaqueta sobre el banco de madera. Cogió una de las raquetas y me dio la otra—. Supongo que eso es un «sí». Podemos pelotear y…

—Juguemos un tie-break. Puedes empezar sacando tú, por supuesto. —Y me indicó que cogiera un par de pelotas.

—Vale. Empiezo yo.

Todo estaba siendo muy extraño y surrealista. Iba a jugar al tenis con un príncipe. ¿Me esforzaba y trataba de ganarle? ¿O me dejaba ganar? Nunca he sabido el protocolo en esos casos. Me coloqué tras la línea blanca del fondo de mi lado de la pista y boté la pelota varias veces, nervioso como yo solo. La lancé al aire y saqué, pero estrellé la pelota en la red. «Venga, Gaspar, que tú puedes. Tranquilo». Cogí la segunda pelota y esa vez sí que la metí. Luca resbaló con sus zapatos negros (carísimos, seguro) y devolvió la bola de derecha. Me sorprendió tanto su golpe que me pilló desconcentrado y clavó la pelota en la línea lateral. No esperaba que jugara tan bien, y mucho menos en traje. Eso sí, no iba a quedar así. No podía dejar que me diera una paliza.

—¡Uno cero! —grité mientras me cambiaba de lado y le tocaba sacar a él.

—¿Preparado? —preguntó. Asentí y le hice un gesto de OK con los dedos.

Luca, concentrado como si estuviera jugando el partido más importante de su vida, sacó con fuerza, pero falló por poco.

—¡Fuera!

—Esa bola ha ido dentro —replicó. A ver, no. La bola se había ido. Además, es que lo vi perfectamente.

—No, no. Larga. Se marchó —insistí.

—Muéstrame el bote —inquirió y se acercó a la red. ¿Y yo qué sabía dónde había botado? ¿De qué iba? Así que miré una marca y la señalé—. ¿Estás seguro de que es esa?

—Sí, claro —mentí. Luca me miró con mala cara y se giró para volver a su posición inicial, pero algo detuvo el juego. No algo. Alguien. Filippo. Seguramente habría seguido a Luca a una distancia prudencial, y descubrir que estaba jugando al tenis conmigo, con su traje, manchándose los bajos de los pantalones de tierra batida… Era algo superior a sus fuerzas y tuvo que intervenir.

—*Sua altezza* —intervino, interrumpiendo nuestro partido—. Buenas noches, señor Costa. —Me miró, desafiante—. El príncipe Calliveri tiene una llamada que atender. ¿Podría salir de la pista, por favor?

—Claro. Se libra de una buena paliza —accedí y, guiñándole el ojo a Luca, dejé la raqueta apoyada en la valla.

—¡Filippo! *Che fai?* ¿No ves que estamos jugando?

—Discúlpeme, *sua altezza*, pero tiene una llamada importante… —se disculpó Filippo al momento.

—*Mancio!* ¿No puede esperar? —protestó Luca airadamente, pero entendió que el mayordomo tendría razones de peso para haber ido hasta la pista de tenis solo para buscarle, así que aceptó diligentemente, dejó la raqueta con cuidado sobre el banco de madera, recogió su chaqueta y, antes de salir de la pista, me estrechó la mano—. Hay que terminar el partido.

—Otro día.

—Espérame en el laberinto. La llamada será rápida. Aún he de enseñarte algo. —Y, con ese halo de misterio, salió de la pista antes que yo y se alejó con Filippo, que le tendió un teléfono móvil para que pudiera hablar. Yo miré al hombre con mi mejor sonrisa, pero ni siquiera se inmutó. Abandoné la cancha de tenis y, aunque Luca me había pedido que me fuera al laberinto, preferí quedarme a poca distancia de ellos, por si realmente la llamada duraba tan poco como me había dicho.

El palacio estaba precioso iluminado de noche y, en cuanto salimos de la pista y los focos se apagaron, todo lucía como si estuviéramos en un cuento de hadas. Como si fuera una película en la que el príncipe se enamora del chico pobre y sin recursos. O quizá había visto demasiadas películas románticas con..., con mi madre. Estaría disfrutando tanto de todo lo que me estaba pasando... Podía imaginar las conversaciones con ella. Podía imaginar tantas cosas con ella que no podría vivir ya.

Luca, al terminar su llamada, indicó a Filippo que regresara a palacio. Me vio en la oscuridad y se acercó, caminando erguido y elegante. Era increíble el porte que tenía siempre, su presencia. Parecía casi que no caminaba, sino que iba un par de centímetros por encima del suelo, como levitando.

—*Scusa*, Gaspar —se disculpó.

—No pasa nada. ¿Y Robin? ¿Dónde está? —La pregunta le pilló desprevenido. No sé si porque se sorprendía de que supiera el nombre de su perro o porque preguntara por él.

—Descansando. Es un dormilón.

—Parece el más normal de por aquí.

—No entiendo qué quieres decir —repuso, molesto.

—No te ofendas por cada cosa que te diga, o nuestra amistad va a durar muy poco —respondí, tratando de sonar encantador. Y creo que lo conseguí, porque oír la palabra «amistad» le emocionó. O me dio esa impresión—. Me refiero a que... Bueno, da igual. Ibas a enseñarme algo, ¿no? ¿Las flores esas misteriosas?

—Por aquí —me indicó, y me pidió que le siguiera. Mientras andábamos hacia el laberinto, pasamos junto a la zona de tiro con arco, la piscina y varias de las fuentes que rodeaban el palacio. En cada una había una estatua diferente, y Luca me fue explicando que eran las seis diosas griegas más importantes. A saber: Afrodita, Hera, Perséfone, Deméter, Artemisa y Atenea—. Regalos del Gobierno griego a lo largo de los años.

—Ojalá me regalaran estatuas de diosas griegas —bromeé, pero pareció darle igual. Estaba más centrado en contarme historias del palacio.

—¿Sabías que el rapto de Perséfone es el origen de las cuatro estaciones? —Negué con la cabeza y Luca se emocionó, ya que podría contarme una historia que estaba deseando contar—. Sabes que Perséfone era hija de Zeus, el dios del Olimpo, y de Deméter, diosa de la agricultura, ¿verdad?

—Claro. Hasta ahí llego. Cultura clásica es una de mis asignaturas favoritas.

—Hades, el dios del Inframundo, se enamoró de ella y la raptó. Su madre, Deméter, al enterarse del secuestro de Perséfone, se dedicó a buscar a su hija por todo el mundo, oculta tras la apariencia de una anciana. Pero, claro, dejó sus obligaciones de lado. Es decir, la tierra empezó a volverse infértil, lo que ponía en peligro la vida. Así que Zeus, al darse cuenta, medió para que su hermano Hades liberara a Perséfone.

—Zeus siempre se enteraba de todo, pero tardaba lo suyo en poner las cosas en su sitio, ¿eh? —intervine y conseguí una medio sonrisa de Luca, que prosiguió con su relato.

—Hades aceptó, pero puso una condición: Perséfone no podía comer ningún alimento del Inframundo hasta que lo abandonara; sin embargo, cayó en la tentación de comer hasta seis granos de granada. Así, Hades consiguió que pasara seis meses al año junto a él en el Inframundo. Cuando estaba con él, el mundo se volvía gris, frío e infértil. Es decir, el otoño y el invierno. Pero los seis meses que pasaba en la Tierra, junto a su madre Deméter, los árboles florecían, el tiempo era cálido y los campos se volvían fértiles. Es decir, primavera y verano.

—Es verdad que es un mito precioso..., pero empieza de manera regular, con un secuestro un poco turbio —puntualicé.

—La mitología griega está llena de «momentos turbios» como los llamas tú —añadió Luca. Tuve la impresión de que, si le hubiera seguido preguntando, me habría contado decenas de mitos y leyendas.

Mientras me había ido explicando la leyenda de Perséfone, habíamos seguido paseando por los jardines que tan bien me conocía ya hasta que llegamos a la entrada del laberinto, a ambos lados de la cual había sendas farolas de hierro negro que daban una luz anaranjada y casi de cuento de hadas. El sol ya se había puesto en el horizonte y las cigarras habían reactivado su cansino canto. Pero, por mucho que mirara el seto que formaba el laberinto, no conseguía ver más allá de eso: plantas verdes sin gracia.

—No veo las flores que me decías —dije, impaciente.

—Tendrás que esperar un poco más.

—Ah, que son mágicas. Entiendo, entiendo —bromeé, pero me miró, molesto, casi enfadado con mi respuesta—. Perdona, perdona. No sabía que fueran tan importantes para ti.

—Solo hay tres personas que me tratan de tú... y eres una de ellas —espetó, y no supe si es que le molestaba o estaba queriendo decirme que era algo así como importante.

—Bueno, mi madre me dijo siempre que era especial —repliqué sonriendo, pero mencionarla me puso triste. Recordé el cuadro que había visto en el despacho de Carlo Calliveri, donde estaban los tres posando. Y supuse que mencionar a mi madre también le había puesto triste a él—. El cuadro que vi en el despacho de tu padre...

—Cuando te colaste sin permiso —puntualizó.

—Sí, cuando me colé sin permiso —convine—. Era tu madre, ¿verdad?

—Claro. ¿Quién iba a ser si no? —repuso.

—¿Qué tal te llevabas con ella? —Mi pregunta pareció descuadrarle por completo. Como si no estuviera acostumbrado a que quisieran saber más sobre él.

—Era mi madre. —Y con esa respuesta dio a entender muchas cosas—. ¡Chis! ¡Mira! —gritó, y señaló hacia la entrada del laberinto.

Y, como por arte de magia, empezaron a brotar decenas de flores blancas, que se iban abriendo lentamente hasta cubrir casi por completo los altos setos y enredaderas. Nunca había visto florecer una flor en directo, y mucho menos, un espectáculo como el que estaba presenciando. Una a una fueron abriéndose, lentamente pero casi a la vez.

—*Epiphyllum oxypetalum*. También conocida como flor de medianoche. Normalmente crece más en climas tropicales, o al menos solía crecer en ese tipo de climas, pero gracias a tu familia, y también a mis abuelos, conseguimos que creciera aquí y, poco a poco, se fue extendiendo por todo el laberinto —me explicó.

—Tenías razón. Es precioso —admití—. ¿Cuántos años lleva mi familia trabajando para la tuya?

—No lo sé. Pero décadas.

—Y yo soy la nueva generación. Espero estar a la altura —bromeé de nuevo mientras los dos seguíamos presenciando la floración. El aroma empezó a embriagarnos y a rodearnos. Su olor era muy parecido al jazmín. Olía a verano.

—Hacía casi diez años que no traía a nadie a ver las flores —confesó, y noté en el tono de su voz algo melancólico.

—¿Puedo preguntar a quién trajiste?

—A Lara —susurró. Por primera vez desde que le había conocido, parecía estar abriéndose. Había tenido que llegar casi la medianoche para que, al igual que su flor favorita, se abriera, dejara a un lado su comportamiento estiradamente irritante y, por fin, pudiera ver un atisbo del verdadero Luca. No Luca Calliveri. No *sua altezza*. No. Luca a secas.

—Una novia, supongo. —No sé por qué, pero decir esa frase dolió. Bueno, sí sé el porqué.

—Supongo. Tenía diez años. Pero ya no vive en Santino, sino en Estados Unidos —explicó—. Era la hija de un diplomático muy amigo de mi padre.

—¿Has vuelto a hablar con ella?

—No. —Su «no» fue de los «no» más tristes que había oído en mi vida.

—Pero tendrás más amigos aquí, ¿no? Es decir, no sé cómo funciona la vida de un príncipe, pero supongo que…

—No tengo permitido salir del *palazzo.*

—¿Ni siquiera al pueblo? Pero… ¿cómo vas a ser rey si no conoces tu propio país?

—No tengo permitido salir yo solo, o sin supervisión.

—Es probable que yo conozca mejor Santino, y eso que acabo de llegar, que tú. Es irónico, la verdad.

—No entiendo por qué es irónico. —Frunció el ceño, extrañado.

—¿Y si vienes conmigo un día a Santino Porto? —Su cara se transformó en una de horror indescriptible.

—Te he dicho que no tengo permitido salir del *palazzo*.

—Pero piénsalo por un momento: cuando llegue tu *Coriali*,

todo el mundo sabrá quién eres, ¿no? Ahora eres anónimo. Si bajas un día al puerto, por ejemplo, nadie va a reconocerte. ¡Si ni siquiera hay imágenes tuyas! Podrías hacer lo que quisieras. —Podía notar que estaba pensándolo. Incluso planteándoselo.

—No lo tengo permitido —zanjó, tajante.

—Tú piénsalo. Qué mejor guía que alguien que conoce Santino desde hace solo unas semanas —me burlé cuando, de repente, una de las flores se cerró y cayó al suelo—. ¡¿Qué ha pasado?!

—Por eso se llama flor de medianoche. Solo florece unas horas, aunque hay algunas que se cierran o caen al cabo de unos minutos. —Y se acercó hasta ella, acuclillándose y tomándola entre los dedos.

—¿En serio? Qué pena, ¿no?

—Es lo bonito de esta flor. *Fugace* —susurró.

—Sí, pero es un poco triste.

—Depende lo que para ti sea triste. Abre la mano —me pidió y, con delicadeza, posó la flor que había recogido sobre mi mano.

—¿Y esto?

—Para que recuerdes este momento. Pocos pueden presenciarlo. —Sonrió, orgulloso del detalle que acababa de tener conmigo. La olí con delicadeza y, con sumo cuidado, la guardé en el bolsillo delantero de mi camiseta.

—Gracias por traerme —le dije con un hilo de voz.

—Gracias por venir.

—Me gustaría entrar al laberinto. ¿Podemos? —sugerí. La última vez me había perdido.

—Ya es tarde. Y seguro que tengo aún asuntos de la celebración por atender. Pero quédate a dormir. Hay un montón de habitaciones sin usar para los invitados. Le pediré a Filippo que prepare una.

—¿Quedarme a dormir? —Y entré en pánico. ¡¿Dormir en palacio?!

—Sí, claro. ¿O esperabas volver a tu casa a estas horas? Vamos. Empezará a refrescar dentro de poco.

Y, como la flor de medianoche, Luca pasó de abrirse a cerrarse de golpe.

Volvimos al interior del palacio, donde nos recibió Filippo, tan diligente como siempre. Luca le explicó que me quedaría a dormir y que había que prepararme una habitación. Tras darle sus órdenes, se acercó a mí, me dio las buenas noches y desapareció por el pasillo que había tras las escaleras, supongo que camino de su dormitorio. Por un pequeño y minúsculo instante, pensé que dormiríamos en la misma habitación. Pero descarté la idea casi al momento. Porque no tenía sentido.

Filippo me guio por los pasillos y las escaleras de palacio hasta llegar a la que sería mi habitación para pasar la noche. Era una especie de suite, gigantesca, fácilmente igual de grande que mi casa en Madrid. Sobre la cama había doblado un pijama de color azul claro y, a la izquierda de esta, una puerta corredera de madera blanca que llevaba al baño privado de la estancia. La cama era enorme y tenía pinta de ser cómoda. Más cómoda que la que tenía en casa de mis abuelos. Filippo se despidió, indicándome que, si necesitaba cualquier cosa, solo tenía que llamar pulsando el interruptor junto a la puerta. No me dio las buenas noches. Simplemente se limitó a asentir un par de veces y salir, dejándome solo en mi majestuoso nuevo dormitorio. Era raro estar durmiendo allí. Mi vida había cambiado por completo en esas últimas semanas. ¿Quién me iba a decir que estaría pasando la noche en una suite en el palacio de una de las últimas monarquías de Europa?

Fue meterme en la cama y quedarme dormido casi de inmediato, porque me atraparon sus sábanas, su comodidad, sus vistas, porque enfrente tenía una ventana con las cortinas descorridas por la que se veía el lateral de los jardines. Pero, en medio de la noche, oí cómo se abría la puerta y me puse en alerta. ¿Sería Filippo comprobando que todo estuviera en orden? Le oí andar lentamente y, al rato, se sentó en el borde de la cama.

—Gaspar, ¿estás dormido? —dijo la voz de Luca.

—¿Eres mi conciencia? —me burlé.

—¿Qué? No. Soy yo. Luca.

—Ya lo sé —dije, dándome la vuelta, y le vi sentado en el borde de la cama. No es que pudiera ver mucho, ya que la habitación estaba a oscuras, pero iba con traje. Es decir, ¿dormía con él?—. Era una broma.

—He estado pensando. Y tenías razón. Vamos a Santino Porto —sentenció, decidido. Claro, a mí me pilló totalmente desubicado.

—¡¿Ahora?! —chillé. Tanto, que pegó un bote en la cama.

—Sí. Claro. Queda poco tiempo. Tú mismo lo has dicho. Así que es mejor ir ahora.

—Vamos a ver, Luquita —empecé a decir, pero el mote no le gustó mucho—. Luca, eh, su alteza real Calliveri. ¡Son las tres de la madrugada!

—Soy perfectamente consciente de la hora que es. Muchas gracias —respondió con orgullo.

—A estas horas en el pueblo no va a haber ni dios. No estamos en Nueva York, ¿sabes? La gente aquí duerme. Seguramente se vayan a dormir a las ocho de la tarde —le advertí.

—Pero alguien tiene que haber…

—¡Y cómo vamos a bajar si no tenemos coche!

—Andando, por supuesto. —Me lo dijo como si fuera lo más obvio del mundo.

—¿Andando? ¿A estas horas? ¡No vamos a ver una mierda!

Luca siguió mirándome unos segundos más, hasta que de repente se levantó, se colocó bien su traje, perfectamente planchado, y se aclaró la garganta.

—Tienes razón. Disculpa. Buenas noches. —Se despidió con un gesto de la cabeza.

—¡Eh! Espera. —Se detuvo de golpe—. ¿Por qué llevas traje a las tres de la madrugada?

—No esperarías que viniera a verte en pijama, ¿no?

—No, claro que no —me burlé—. Pero no pensaba que durmieras así. Aunque no me sorprende.

—Para tu información —respondió, ofendido—, no duermo con traje. Duermo con un maravilloso pijama de seda.

—Me encantará verlo algún día.

—No te burles.

—No lo hago. *Buona notte, sua altezza.*

—*Buona notte.* —Y, con esas palabras, salió por la puerta, cerrándola con sumo cuidado. Genial. Había conseguido plantar la semilla de la rebeldía en el corazón del príncipe de Santino.

10

Tengo el desayuno más incómodo de mi vida

Pensaba que iba a dormir como en mi vida, que ni siquiera tendría que poner la alarma al día siguiente para despertarme. La cama era muy cómoda y envolvente. Había dejado la ventana semiabierta para que se colara el ruido de las olas chocando contra las rocas. Más relajante imposible. Pero, desde que Luca me había despertado, era incapaz de volver a conciliar el sueño. No dejaba de dar vueltas y vueltas. Hacía calor, la ropa me sobraba, las sábanas…, todo. Miré la hora y aún eran las cuatro de la madrugada. Necesitaba dormir o tendría unas ojeras monumentales por la mañana. Además, iba a estar arrastrando sueño todo el día, y eso era algo que no podías permitirte cuando trabajabas con un abuelo como el mío, que tenía esas tácticas dictatoriales en el trabajo.

Harto de moverme continuamente entre las sábanas, me levanté y decidí que lo mejor sería ir a dar un paseo nocturno. Ya que no podía dormir, al menos cotillearía un poco por el palacio. Me puse la parte de arriba del pijama que me había quitado por la noche y, con cuidado de no hacer mucho ruido, abrí la puerta y me asomé al pasillo. Estaba tenuemente iluminado por la luz de la luna. Ni rastro de guardias o mayordomos. Tenía vía libre para investigar. Así que salí de la suite, cerré la puerta con delicadeza y eché a andar hacia el fondo del pasillo. Podría buscar la cocina. Seguro que había alguien que pudiera darme algo de comer aunque fuera. Cuando como mucho, me entra el sueño, así que podría ser una táctica perfecta para volver a dormir.

Tardé un rato en darme cuenta de que, desde que había salido de la habitación, iba caminando de puntillas, como si hacer un ruido fuera a despertar a la caballería.

—Tranquilo, Gaspar, que no pasa nada —me dije a mí mismo y llegué a una escalera que no había visto la noche anterior, mucho más pequeña y escondida.

Decidido a descubrir los secretos del palacio, bajé agarrándome bien al pasamanos y, cuando estaba llegando al final, a la planta baja, vi una luz en la sala a la que me acercaba. ¿Habría alguien despierto? Ralenticé el ritmo y me asomé, curioso. La escalera que había elegido me había llevado directamente a... ¿a una biblioteca? ¿Me había colado en la Biblioteca Real de la que me había hablado Luca? Las luces estaban encendidas, pero no había nadie. Eso sí, como todo allí, la biblioteca era inmensa, con grandes estanterías que cubrían las paredes de arriba abajo, las cuales estaban repletas de libros de todas clases, dispuestos con un orden enfermizo. Estar allí era sentirse pequeño, indefenso. Pero a la vez te invitaba a explorar, a descubrir qué secretos guardaba cada uno de esos ejemplares. Podía buscar la colección de cómics de Luca. Tendría que estar por algún lado. Así que rodeando una mesa que había en el centro, con una lámpara encendida con una luz tenue y anaranjada, me acerqué a una de las estanterías. Alargué la mano para coger uno de los libros y...

—¿Qué haces aquí?

Pegué un chillido y me giré de golpe, tirando el libro al suelo y con el corazón a mil por hora. Luca estaba en el umbral de la puerta, vestido con un elegante pijama de seda traslúcida de color violeta. Su expresión era de confusión total. Su mente no acababa de procesar mi presencia allí.

—¡Joder! ¡Qué susto me has dado! —exclamé, llevándome la mano al pecho.

—Chisss. Todos duermen —me dijo Luca llevándose un dedo a los labios—. ¿Cómo has encontrado la biblioteca?

—Eh…, no lo sé. Yo juro que buscaba la cocina, en serio —me defendí.

—¿Picoteo nocturno?

—Cuando no puedo dormir, comer siempre me ayuda —expliqué, y era la pura verdad. Luca se recolocó el pijama con suma delicadeza y comenzó a andar hacia mí. No sabía si tenía que asustarme o cómo reaccionar.

—¿Me vas a llevar a una sala de tortura real o algo así?

—¿Por entrar en la Biblioteca Real? Debería. —Y, cuando llegó a mi altura, se agachó para recoger el libro que había tirado con mi torpeza. Me puse nervioso al instante. Nunca le había tenido tan cerca, y ese pijama dejaba entrever muchas cosas. Por ejemplo, su torso semidesnudo, perfectamente perfilado. O la forma de su polla a través del pantalón. ¿En serio estaba mirándole ahí al príncipe Luca?

—Perdón. No pretendía colarme ni nada —me disculpé.

—*Sarà il nostro segreto* —declaró y, con el libro ya en la mano, estiró el brazo y, atrapándome entre él y la estantería, lo colocó en su sitio—. ¿Siempre duermes así?

—¿Así cómo?

—Sin pantalones —señaló y bajé la mirada. Acababa de darme cuenta de que había ido en calzoncillos todo el tiempo. Me puse rojo de la vergüenza y traté de taparme, pero ya no tenía sentido. Sobre todo porque Luca acababa de verme empalmado.

—Eh... Sí, los pantalones me molestan.

—Ya lo veo —susurró. ¿Qué estaba pasando? ¿Qué versión de Luca era esa? ¿Por la noche se convertía en otra persona totalmente diferente? Nuestras caras estaban muy cerca. Podía oler su perfume, podía notar su respiración. Y aún seguía apoyando el brazo en la estantería.

—Y tú... ¿qué hacías despierto?

—Necesitaba hacer esto. —Y, sin decir más, se mojó los labios, abrió la boca y me besó. Sus labios eran carnosos y suaves. Increíblemente suaves, como si fueran casi a deshacerse entre los míos, como si estuvieran hechos de algodón de azúcar. Su lengua encontró la mía y alargó su mano hacia mis calzoncillos...

Y ahí fue cuando me desperté, en la cama, con medio pijama quitado, sudando por el calor de Santino, con el sol entrando sin piedad entre las cortinas aterciopeladas de palacio, y más excitado que nunca. Un sueño. Un maldito sueño... Pero eso solo podía significar una cosa. Realmente me gustaba Luca Calliveri. No había ninguna duda. Aunque a veces me parecía engreído y sabelotodo, también era atento, educado y guapísimo. Me levanté de la cama, dispuesto a ir a darme una ducha, procesar lo que acababa de pasar y bajar a desayunar totalmente preparado, cuando oí unos ladridos lejanos. Al principio dudé, pero acabé acercándome a la ventana para asomarme y buscar a Luca tras Robin. Había una especie de bruma marina que rodeaba los árboles más altos del jardín, mientras que los dispositivos del sistema de riego mojaban la hierba que rodeaba la piscina. Entre ellos estaba Robin correteando de un lado a otro, jugando con el agua y persiguiendo continuamente una pelota amarilla. ¿Y quién era el que se la lanzaba? Obviamente, Luca, vestido de traje y perfectamente arreglado, como siempre. Me encantaría verle alguna vez despeinado y en chándal, por ejemplo. Recordé sus labios de nuevo uniéndose a los míos y un escalofrío me recorrió de la cabeza a los pies.

Y, como si hubiera notado mi presencia, se dio la vuelta y miró hacia mi ventana. Claro, yo llevaba solo los calzoncillos puestos, porque me había quitado todo el pijama según iba avanzando la noche, y además aún seguía excitado por el sueño. Alzó la mano para saludarme y lo único que se me ocurrió fue apartarme al instante de la ventana, con tanta torpeza que me enredé en la cortina y me caí de culo. Menos mal que no me vio nadie.

A los pocos minutos vino el mayordomo pelirrojo de la noche anterior para informarme de que el desayuno estaba preparado en la mesa exterior. Me duché con la mayor calma del mundo y me puse la misma ropa porque no había llevado nada para cambiarme. Y, claro, estaba completamente manchada de tierra de la pista de tenis. Iba a ir hecho un auténtico desastre. Cuando abrí la puerta, él seguía en el pasillo, esperando para poder acompañarme. ¿Había estado todo el rato ahí?

Bajamos la gran escalera principal y salimos al jardín trasero, hasta llegar a la mesa donde habíamos comido el otro día con el rey Carlo. Sobre ella estaba dispuesta toda la comida. Un desayuno perfecto, con fruta, bollos de todas las clases, diversos tipos de zumos y un gigantesco centro de mesa formado por ramas de romero y olivo con nectarinas y granadas colocadas estratégicamente. Luca ya estaba sentado en el extremo. «El sitio de honor», como decía mi abuela, leyendo el periódico y acariciando a Robin con su mano libre.

—*Buongiorno*, Gaspar —me saludó, sonriente.

Robin, al verme, vino corriendo hacia mí, ladrando de felicidad.

—*Robin, calmo! Lasciare in pace il nostro ospite* —le ordenó Luca y Robin volvió a sus pies, no sin antes darme un par de lametones.

—Te hace mucho caso, ¿no?

—Realmente no. Pero parece que sí. ¿Has dormido bien? —me preguntó sin levantar la vista del periódico.

—Sí —mentí, y me acerqué, pero, al recordar el sueño que había tenido con él, me senté en una de las sillas al otro extremo de la mesa. No podía ni mirarle sin sonrojarme. ¿Os ha pasado alguna vez soñar con alguien y, cuando despiertas, te levantas obsesionado con esa persona? Eso me estaba pasando con Luca. Tenía la sensación de que, si me miraba a los ojos, descubriría al momento lo que había soñado.

—Disfruta de la *colazione*. Si necesitas o quieres algo más, solo tienes que pedirlo —dijo y siguió con su lectura.

Para poder dejar atrás todo el episodio vergonzoso con Luca, decidí que lo mejor sería enterrarme en un desayuno completo, así que empecé a servirme de todo en el plato. Y cuando digo de todo es de todo. Luca al principio no prestaba atención, pero al verme levantándome tantas veces para coger comida, poco a poco fue elevando la vista del periódico para observarme, frunciendo el ceño, confundido por la cantidad de bollos y fruta que había sobre mi plato.

—¿Piensas comerte todo eso? —Él solo tenía una taza con café humeante, un vaso de zumo a medio beber y dos tostadas con aguacate que aún no había tocado siquiera.

—Esto es solo mi primer desayuno. Me gusta besar mucho… ¡Desayunar! Desayunar mucho. —Dios, el ridículo que acababa de hacer.

Luca se encogió de hombros y volvió a sumergirse en su lectura. No parecía haberse dado cuenta de mi metedura de pata. Empecé por comer unos huevos revueltos con salmón y podía notar que me miraba de reojo, como vigilando que no me atragantase o algo así.

—¿No tenéis *corni*? —pregunté mientras miraba todos los platos para cerciorarme.

—*Corni?* —Era imposible que no conociera uno de los dulces típicos de su país.

—Sí, hombre. Los cuernitos esos rellenos de chocolate. Son como un postre típico santinés o algo así. —Negó con la cabeza—. Se nota que no has salido de palacio, ¿eh? Pues estás buenísimo. ¡ESTÁN! ¡Están buenísimos! —¿Qué me pasaba?

—No los he probado.

—Son de los mejores dulces que he comido en mi vida. —Me enorgullecí de saber algo que Luca no sabía. Sobre todo siendo algo de su propio país—. Si vamos al pueblo, te los enseñaré.

Pero decir eso en voz alta hizo que Luca entrara en pánico y se pusiera en alerta, cerrando el periódico de golpe y mirándome con una expresión regia y autoritaria.

—*Silenzio!* —me mandó callar con una furia inusitada en sus ojos—. ¡No digas eso aquí! Fue una tontería. No debería haberte comentado nada anoche.

—¿No tienes ganas de conocer… algo más allá de este palacio?

No puedo creerte —dije mientas bebía un poco de zumo de naranja y pomelo.

—No tengo permitido salir sin supervisión. Olvida lo que te dije anoche —sentenció.

—¿Estás seguro de ello? —Intuía que, si seguía pinchando un poco más, quizá podía hacerle ceder.

—Te he dicho que no. Soy un príncipe, y tú, un empleado. Deberías dejar de tener tanta confianza y no olvidar quién es quién. —Esa frase dolió. Dolió y mucho.

Me quedé en silencio, intentando entender por qué había sido tan borde conmigo. Pero él no parecía ser consciente. Quizá estaba acostumbrado a tratar así a sus subordinados y yo me había excedido con él demasiado pronto. Aunque no avanzaba de página, seguía absorto en su lectura, evitando todo contacto conmigo. Y eso que estábamos cada uno en un punto diferente de la mesa. De golpe, el Luca sensual de mi sueño se había visto sustituido por un Luca engreído y prepotente.

—*Buongiorno, sua altezza* —dijo una voz tras de mí y casi me atraganto con el café. Era Filippo, el mayordomo. Había salido de la nada. Literalmente.

—*Buongiorno* —respondió Luca, aún nervioso. El hombre me miró, extrañado.

—¿No tiene que trabajar esta mañana…?

—Tranqui, Fili, que necesito carbohidratos para rendir más —le vacilé. Escucharme decir su nombre, y encima en diminutivo, fue casi como si me hubiera metido con su madre. Luca ni se inmutó.

—Mi nombre es Filippo, no Fili. Y he de informarle que su abuelo ya ha llegado al *palazzo*. Le espera en el jardín junto a la zona de tiro con arco —dicho lo cual y, bufando, muy enfadado, se retiró, dejándonos solos de nuevo.

—Chico, el Filippo ese no puede ser más estirado —comenté entre dientes, tratando de conseguir algo de compenetración entre los dos.

—Filippo lleva aquí desde que yo era un niño.

—De ahí te viene entonces.

—¿Disculpa? —replicó, ofendido.

—Nada, nada. Era una broma. No me lo tengas en cuenta. ¿Qué tal está la piña? —Me levanté, acercándome al extremo donde estaba sentado Luca.

—Filippo ha dicho que tu abuelo ya ha llegado —dijo como toda respuesta, pero me dio igual. Llegué casi hasta su asiento y eso le incomodó más a él que a mí, pues trató de separarse sin mucho éxito.

—Sí, sí. Ahora iré a trabajar, cuando termine de desayunar. —Cogiendo un tenedor, alargué el brazo hasta pinchar uno de los trozos de piña que había en una fuente verde claro con fruta en relieve—. Y también voy a coger esta brocheta de fresas… —No obstante, justo cuando estiré la mano para cogerla, Luca tuvo la misma idea y nuestras manos se rozaron. A él pareció darle igual, pero yo me puse en tensión al instante.

«Necesitaba hacer esto».

Recordé su frase del sueño. Le miré. Vi sus labios húmedos debido al agua que había bebido del vaso que tenía enfrente. Y mi cuerpo se puso rígido de golpe.

—Eh, pu-pu-pues creo que tienes ra-razón. Debería ir a besar, ¡BUSCAR! Buscar a mi abuelo, que debe de estar esperándome y no quiero que se excite… ¡ENFADE! Dios, no-no-no sé hablar. Bu-bueno, nos vemos lu-luego. Gracias por el desayuno.

Cogí un par de cruasanes con crema de pistacho, me metí uno entero en la boca y me alejé de la mesa a toda velocidad, sin mirar atrás, más avergonzado que en toda mi vida. Luca ni se inmutó. Al menos, mientras yo no dejaba de tartamudear equivocándome en cada palabra que decía. Una vez que me alejé, no me atreví a girarme siquiera para saber si me estaba mirando o no. No podía parar de hacer el ridículo delante de él. Solo esperaba que no se hubiera dado cuenta de nada.

Filippo tenía razón y mi abuelo ya estaba en el palacio, esperándome, impaciente. Al verme, pude ver un atisbo de interés en sus ojos, como deseoso de que le contara cómo había ido la noche. Pero solo fue un microsegundo, porque sus primeras palabras fueron «¿Dónde estabas?» y «¿Tú crees que es normal llegar tan tarde?».

—Hola, abuelito. Estaba desayunando. ¿Quieres un cruasán? —Negó con la cabeza, pero, aun así, se lo di—. ¿Qué toca hacer hoy?

Mi buen humor contrastó con su avinagrada actitud y tardó un poco en entender lo que estaba preguntando.

—Tienes que… —Pero no le dejé terminar.

—Sí, sí. Voy a por el cortacésped nuevo, que tengo que repasar la zona cerca de la pista de tenis.

—Eh, sí, justo eso —respondió, descolocado—. ¿Ha ido bien la cena? —preguntó, inquisitivo.

—Muy bien, la verdad. —Y no le dije nada más. Iba a dejarle con la incógnita de si me había portado bien o mal.

Estuve toda la mañana evitando a Luca, sinceramente. No quise acercarme ni a diez metros de donde estaba él, que esa mañana estuvo dando todo el rato vueltas por el jardín. Tuvo su clase de tiro con arco, jugó con Robin, tomó el aperitivo con varios señores que supuse que serían organizadores de su *Coriali*, y se acercó a hablar con mi abuelo. Creo que estaba tratando de encontrarse conmigo, pero éramos como el gato y el ratón. Cada vez que le veía aparecer, pisaba el acelerador del cortacésped y me alejaba lo máximo posible. Eso sí, no me choqué contra nada y no atropellé… Bueno, estuve a punto de llevarme por delante a otro de los jardineros, pero pude evitarlo en el último momento. En mi defensa diré que… No puedo decir nada en mi defensa.

También conseguí que mi abuelo me dejara en paz, y eso sí que fue una victoria de verdad. De vez en cuando veía a Filippo rondando, dado que no podía evitar controlar y tener todo vigilado. Me acerqué hasta la zona del laberinto y recordé la frase que había oído en su interior. *«Nessuno deve saperlo. Tantomeno Luca»*. Aún no sabía quién la había dicho. Pero creía entender lo que decía: «Nadie debe saberlo. Y mucho menos Luca». ¿Qué no podía saber? ¿Qué estaban ocultándole? ¿Sería alguno de los trabajadores de palacio? ¿Y con quién estaba hablando? ¿A quién se lo decía? Demasiadas preguntas, y era imposible tener respuesta para ellas.

—*Nasone?* —Saliendo del laberinto, apareció Bastian, tan arrebatadamente guapo como siempre, de la mano de la chica del coche. Su novia, entiendo. Esta se cubrió los ojos con la mano para evitar el sol y me sonrió mientras Bastian se adelantaba, acercándose al cortacésped. Lo apagué al momento. Solo faltaba que hubiera algún tipo de accidente.

—Hola —contesté fríamente. ¿Qué demonios hacía ahí Bastian?

—*Come vai, nasone?* —me preguntó, el muy imbécil, y se apoyó en la máquina, observándola con detenimiento—. ¿Y esto? ¿Sabes conducirlo? ¿Tienes permiso? —Se echó a reír. Si es que era tonto de remate. Vestía una camisa de manga corta y abierta hasta la mitad del pecho, por lo que podían verse un par de cadenas doradas. Llevaba, asimismo, unas gafas de sol redondas y oscuras, el pelo perfectamente peinado, un reloj con el que seguramente podría comprar toda mi casa…

—¿Qué tal? —dije, asqueado, pero tratando de disimular. La broma de llamarme *nasone* ya había dejado de tener gracia hacía días. Bajé con cuidado del cortacésped y ese fue el peor error.

—¡Hombre, no me saludes así! —Me cogió del brazo, tirando de mí y dándome un abrazo incómodo, con los golpes en la espalda incluidos—. ¿Qué tal la mañana *di lavoro*?

—Genial. No podría ir mejor.

—Sí, ¿verdad? ¡Quién no querría trabajar en el *palazzo* de los Calliveri!

Quería preguntarle que qué narices hacía él en el palacio, pero era complicado ya que no dejaba de hablar.

—Así que estás trabajando desde por la mañana, ¿no? Me han dicho que hasta has dormido hoy aquí. Ya eres uno más, ¿eh? —Y me revolvió el pelo.

—Sí, bueno. Uno es majo y le invitan a los sitios.

—¡Ah! ¿Te veré entonces en el *Coriali*? —preguntó, suspicaz.

—Quién sabe. A lo mejor te sorprendo.

—¡Ja, ja, ja! Eres increíble, *nasone*. —Si no fuera tan guapo, le habría matado allí mismo. O quizá que fuera tan guapo era precisamente lo que me ponía tan nervioso—. ¿Has visto a Luca?

Espera. ¿Es que conocía a Luca de repente?

—¿Luca? Estará liado organizando el… —No pude terminar la frase porque el aludido apareció a lo lejos, con su fiel Robin protegiéndole. No obstante, al vernos, el perro empezó a ladrar como si estuviera poseído y vino corriendo a toda velocidad. Ja, seguro que le iba a dar su merecido al estúpido de Bastian—. Yo que tú me apartaría, porque viene directo, ¿eh? —le advertí y sonreí malévolamente.

Pero Robin me dejó fatal al momento, porque, en cuanto llegó a nuestra altura, empezó a saltar sobre Bastian, tratando de lamerle y de jugar con él, totalmente entregado.

—*Ciao, Robin! Come esta il mio cane preferito?*

Yo me quedé mirando la escena totalmente desubicado. ¿Quién era realmente Bastian, y por qué Robin no le había despedazado?

Cuando Luca estuvo frente a nosotros, pude percibir una mueca de disgusto increíble. No me sorprendió. Era una persona que provocaba esa sensación.

—*Buongiorno*, Bastian —saludó educadamente y, tras apretarle la mano, me miró, confuso—. ¿Os conocéis?

—Sí, nos conocemos —contestó amargamente.

—¡Si somos íntimos! —exclamó Bastian, pasándome el brazo por detrás y revolviéndome el pelo una vez más.

—¿Y de qué os conocéis, si puedo preguntar?

—Hubo un pequeño *incidente* el otro día en la playa. Pero es un chico majo. Gaspar era, ¿verdad?

—Sí. —Uf, si se sabía mi nombre de sobra. Estaba claro que quería hacer el show.

—¿Qué haces aquí, Bastian? —preguntó Luca, llamando a Robin, pero este no le hizo ni caso—. No te esperábamos hasta el *Coriali.*

—Vengo de Montecarlo, y pensé pasar unos días por Santino para ver a mi primo favorito.

¿PRIMO? Claro, por eso sabía que yo trabajaba en el palacio la primera vez que hablamos…

—¡Bastian! —gritó la chica que iba con él a todas partes. Agitó la mano con vehemencia y este le indicó que se acercara a nosotros. Se agitó el pelo, sonrió mostrando sus dientes perfectos y vino corriendo hacia donde estábamos—. *Ciao, Luca!*

—*Ciao, Francesca* —respondió el príncipe, con una sonrisa menos fingida que la que esbozaba con Bastian. Aún no me había repuesto de saber que los dos eran primos. ¿Era en serio? ¿O significaba otra cosa en santinés?

—¿No piensas invitarnos a desayunar? ¡Menudos modales de heredero! Voy a tener que hablar con tu padre —bromeó Bastian, y pude notar cómo a Luca le hervía la sangre por dentro, pero era un príncipe y debía disimular.

—*Certo*. Por aquí, Bastian. —Le indicó el camino con la mano, alejándose del laberinto. Francesca y Bastian se adelantaron, mientras Luca se quedaba algo relegado.

—*Mancio!* —le oí decir entre dientes.

—¿Todo bien? —pregunté, preocupado.

—Sí, claro. ¿Por qué no iba a estar bien? —No sé la razón, pero me sonó superautomática su respuesta. Muy estudiada.

—No le aguantas, ¿no? Normal. Yo tampoco le soporto. —Me miró como si hubiera insultado a su familia como poco.

—¡Qué dices! Es familia.

—Perdón, perdón. Creí que yo no era el único al que le parecía inaguantable. Error mío. Totalmente mío —admití, pero estaba claro que me había mentido. Deliberadamente—. Sabes que puedes odiar a tu familia, ¿no? No pasa nada.

—¿Tú odias a tu familia? —inquirió, escandalizado.

—De vez en cuando, sí. Mi relación con mi abuelo es… especial…, por decirlo de alguna forma. —Aunque esa mañana me estaba dejando bastante tranquilo. Menos mal.

—*La famiglia è importante* —declaró, y parecía una frase que le habían enseñado a decir desde pequeño.

—Vale, vale. No digo nada —dije. Luego anduvimos en silencio hasta casi llegar a la mesa del jardín.

Una vez allí, Bastian ya estaba sentado junto a Francesca mientras Filippo les servía café. Sonriente. Él, que nunca sonreía. Pero fue verme a mí a lo lejos y su semblante se tornó serio y frunció el ceño, molesto como siempre por mi mera presencia.

—Bueno, yo voy a seguir trabajando… —Me despedí, pero, antes de irme, Luca me cogió de la muñeca.

—Estoy de acuerdo.

—¿Eh? ¿En qué? —No tenía muy claro a qué se refería.

—Lo del pueblo.

—¿En serio? —Se me iluminó la cara.

—Sí. *Dimmi dove e quando* —me dijo, con una seriedad increíble.

—Vale, esto…, eh…, déjame pensarlo. —Luca asintió y, después de inspirar con fuerza, como para coger impulso para una carrera, giró sobre sus talones y fue hacia la mesa del jardín, desde la que Bastian le estaba gritando alguna tontería. Ya no estaba escuchándolo. Solo estaba pensando en dos cosas: que Luca quería que fuera con él al pueblo… y que me había tocado el brazo.

Le vi alejarse, decidido, y Robin corrió a su encuentro mientras se sentaba, de nuevo, en el sitio de honor. Bastian me saludó desde la mesa con un gesto de la mano mientras se quitaba las gafas y devoraba un gofre del que chorreaba chocolate.

—*Attento!* —le recriminó su novia para que no se manchara. Bastian se lo metió entero en la boca y le puso un dedo manchado en la nariz.

—¡Gaspar! —me llamó mi abuelo, haciendo que tuviera que perderme el resto del espectáculo que estaba teniendo lugar en la mesa.

—¿Qué pasa? Estoy aquí, estoy trabajando —contesté en automático.

—Estás despistado. ¿Y dónde has dejado el cortacésped? ¿Has vaciado el depósito como te pedí?

—¿Cuándo me…? —repliqué, pero lo pensé mejor y opté por callarme. No recordaba que me lo hubiera pedido, pero no quería discutir, así que mejor darle la razón—. Voy a ello ahora mismo.

Volví sobre mis pasos a buscar el cortacésped y, en cuanto me subí a él, caí en la cuenta de lo que me había dicho mi abuelo. El depósito. El cortacésped tenía un pequeño depósito donde se acumulaba la hierba al cortarse. Y se me ocurrió la peor idea del mundo… ¿O la mejor?

11

Ayudo a Luca a escapar

Aunque sobre el papel mi plan de colar a Luca en el depósito del cortacésped para escapar del palacio parecía sencillo, nada más lejos de la realidad. Primero había que comprobar si realmente cabía dentro. Luca era alto y el espacio no era muy grande. Segundo, no sabía si sería capaz de meterse en un sitio así y mancharse sus trajes tan limpios y tan caros. ¿Que se le arrugara su ropa? ¡Le iba a dar un infarto! Tercero, habría que burlar a mi abuelo. Y cuarto, también había que burlar a Filippo. ¿Cómo íbamos a conseguirlo? Era tarea imposible. Tenía que pensar un plan mejor, pero, hasta ese momento, era el único que teníamos.

Cuando llegamos esa tarde a casa, la familia Yoshida ya no estaba. Volvíamos a estar solos los cuatro, aunque mi padre siguiera recluido casi todo el tiempo en su habitación. Entendía que cada uno pasaba el duelo a su manera, pero también tenía que saber… que tenía un hijo que, de vez en cuando, le necesitaba.

—¿Qué tal se ha portado el príncipe? —me preguntó la abuela mientras amasaba para hacer pizzas caseras de cena.

—¿Luca? Bien, bien. Es un chico muy majo… —dije, sin darle mucha importancia, mientras metía disimuladamente el dedo en la salsa de tomate que había en una sartén.

—Dormir en el *palazzo* Santino no está al alcance de cualquiera. Espero que hayas pasado una buena noche.

—Una pasada, abuela. —Sonreí—. ¿Y este tomate? ¡Tienes que enseñarme a hacerlo!

—¿Quieres aprender a cocinar, *jubico*? —me planteó mientras empezaba a estirar la masa, presionando con la base de la mano, y luego haciendo un pequeño borde con los dedos. Con suavidad pero con firmeza. Así creaba una pared para que la salsa no se escapara. O eso me dijo.

—¿Puedo hacer yo la siguiente?

—¿Sí? Es una masa muy delicada. Pero seguro que lo haces mejor que tu abuelo, que es un desastre —bromeó—. La primera solo va a tener mozzarella, un poco de pecorino y salsa de tomate.

—Genial. Perfecta.

—Primero echas la salsa de tomate así, circularmente y con cuidado. Luego un chorrito de nuestro aceite picante. Añades un pellizco de sal gorda para darle un poco crujiente. Ahora rallamos pecorino, ponemos unos trozos de mozzarella bien escurrida para que no suelte agua al hacerse... Un poco más de pecorino y... —estiró el brazo para arrancar un par de hojas de albahaca y las colocó sobre la pizza— el ingrediente final. Perfecto. Al horno y a esperar.

Echó un poco de harina y de sémola sobre una pala de madera, la colocó sobre la encimera, y puso la pizza encima de un tirón.

—Ayúdame. —Me indicó que cogiera la pala desde el mango—. Y ahora métela en el horno.

—¿Ahí? —Señalé un horno de ladrillos con una abertura en forma de medialuna del que salía un calor infernal.

—Sí. La pizza estará lista en unos minutos. Venga, con un golpe de muñeca firme, la pizza resbalará y… Venga, ahí, dale… ¡Perfecto! Ya está. Eres un maestro pizzero.

—¿Verdad? —bromeé—. Gracias. —Lo que mi abuela no sabía es que ese «gracias» se lo decía porque era la única que me estaba tratando normal desde que había llegado a Santino. No entendía cómo había pasado tanto tiempo sin verla y sin ir a esa casa. Ojalá haberlo sabido todo antes.

La cena fue increíble. Hicimos cuatro pizzas diferentes y, obviamente, la peor fue la mía. Pero, aun así, la masa era la mejor que había probado. Nada que ver con las que comía en Madrid. Cenamos los cuatro de nuevo en la mesa bajo las parras, pero no hablamos mucho más allá de anécdotas de mis abuelos con el aceite o de problemas en el jardín del palacio. Mi padre, después de comer un poco, se llevó su plato y se encerró de nuevo en su habitación. Supuse que para seguir trabajando, pero también para perderme un poco de vista. ¿Tanto le costaba estar conmigo? Sin embargo, en esos momentos lo importante no era eso, sino perfilar el plan para poder pasar una tarde en el pueblo con Luca. Si nos pillaban, seguro que me despedían… no solo a mí, sino también al abuelo. ¿Iba a arriesgar todo eso? ¿Estaba dispuesto a ello? Ya no podía decirle que no. Yo se lo había propuesto todo. No podía echarme atrás.

A la mañana siguiente lo único en lo que podía pensar era en verle y contarle todo. No sabía si iba a aceptar o no, pero deseaba que sí, que lo hiciera. Le enseñaría todos los sitios que había conocido con Marco y Sofia. El Arcobaleni, los Siete Puntos del Amor… ¡Incluso le daría a probar los *corni*! Así que, en cuanto le vi entrenando con su profesor de tenis, me acerqué a la pista y esperé a que tuviera un descanso para hablar con él aunque fuera a través de la valla. Al verme, me saludó con un gesto de la cabeza y, mientras su entrenador recogía las pelotas de su lado de la red, Luca se acercó a mí mientras bebía agua de una botella plateada. Estaba completamente sudado, con el pelo despeinado y cayéndole de forma desordenada por las mejillas. Una gota de sudor resbaló por su aguileña nariz y acabó en su labio superior, pero se lo secó con el dorso de la mano. Puede que fuera la cosa más sexy que hubiera visto en mi vida.

—*Buongiorno*, Gaspar —me saludó casi sin aire—. *Come va?*

—*Molto bene. E tu?* —respondí en lo que yo creí que era italiano. Luca esbozó media sonrisa y volvió a beber de la botella.

—¿Necesitas algo? Tengo que volver a *l'allenamento* —me dijo entre sorbo y sorbo de agua, mirando hacia su entrenador, que estaba a punto de terminar de recoger.

—No, no. Bueno, sí, sí. Quería comentarte algo.

—Adelante. —Me miró, concentrado, tratando de poner toda su atención en mí y en lo que le iba a decir; tanto que me puso nervioso.

—He pensado cómo hacer para…, ejem…, nuestro-nuestro plan.

—¿Nuestro plan? —Frunció el ceño, no entendía a qué me refería.

—Ya sabes. «Nuestro plan» —repetí e hice comillas en el aire. Pero eso pareció descolocarle todavía más.

—No entiendo lo que quieres decir, Gaspar. Y tengo que volver —confesó, nervioso.

—Nuestro plan para ir a-donde-tú-ya-sabes. —Enarqué las cejas varias veces, hasta que Luca pareció darse cuenta de lo que le estaba hablando, porque cambió su expresión por completo. Miró en derredor, asegurándose de que nadie nos escuchaba, y se acercó aún más. Casi tanto que pude oler su perfume de vainilla mezclado con su sudor.

—¿Qué has pensado?

—A ver, no sé si te va a gustar, pero creo que podríamos escapar en el cortacésped. Hay días que tenemos que repasar toda la hierba que rodea la entrada principal. Y el depósito donde se acumula la hierba cortada, bueno, es pequeño, pero podrías caber. Solo habría que ver cómo esconderte ahí y que pudieras fingir estar en tu cuarto o algo durante unas horas… Ahora que lo digo en alto, madre mía, qué horror de plan. Pero-pero es que no tenemos muchas más opciones. Yo no sé conducir y tú no puedes salir de aquí. Así que hay que esconderte.

Luca se quedó en silencio, pensando bien en lo que le acababa de decir, hasta que asintió levemente y se giró, de vuelta a su entrenamiento. ¿Eso significaba que lo iba a pensar o que le gustaba nuestro plan y que lo aceptaba?

—¿Eso es un sí? —pregunté, pero ya no me contestó. Se limitó a colocarse detrás de la línea de fondo, coger un par de pelotas del suelo y sacar con fuerza. Al rato, se acercó a la red para hablar con su entrenador, y los dos me miraron. ¿Qué le estaba contando?

—Gaspar. *Comme.* —Me indicó con la mano que entrara en la pista.

Una vez dentro, tuve que acercarme hasta ellos para saber qué estaba pasando.

—Gaspar, le he dicho a Lucio, mi entrenador, que quieres aprender tenis, ¿sí?

—Eh, ¿sí? —traté de seguirle el juego.

—Ven el sábado. Mandaré que vayan a buscarte. Y podremos entrenar juntos. ¿Verdad, Lucio?

—Sí —asintió el entrenador.

—Genial. El sábado tienes una cita muy importante —me dijo Luca, sonriente. Supongo que ese «plan» podía añadirse a mi «plan».

Y sí, para sorpresa de nadie, mi clase de tenis tenía una razón de ser: Filippo libraba ese día. Eso significaba que no tendríamos que estar sometidos a su vigilancia continua. Pero es que, además, los sábados mi abuelo y yo no trabajábamos, por lo que él tampoco iba a estar por ahí dando vueltas. Dos de los principales problemas habían desaparecido de un plumazo. Estuve toda la semana esperando a que llegara el sábado, y cuando el coche de palacio vino a buscarme después de comer, casi salto de emoción. Me había apuntado todos los posibles planes en una pequeña libreta que había encontrado en mi cuarto. Menos mal que había metido un chándal en la maleta antes de venir a Santino. Pero no tenía raqueta, y había quedado claro que estaba bastante desentrenado. Aunque dio igual. El abuelo me prestó una (vieja pero decente) y también me dejó una gorra que tenía en su cuarto. «La usaba cuando jugaba con tu padre». Vamos, que tenía demasiada historia. Era preciosa, con una raqueta de tenis bordada por delante, y totalmente blanca. Iba superelegante, y así me lo dijo Luca cuando me vio.

Volvíamos a estar en la pista de tenis donde la otra noche habíamos jugado. La noche en la que me enseñó su flor favorita. La noche en la que soñé que nos besábamos.

—¿Preparado para una clase?

—Claro que sí. ¿Por quién me tomas? —me burlé.

—¡Venga, a ver quién gana! —me retó. Vi que, apoyada en la valla, estaba Silvia, la profesora de tiro con arco. Así que teníamos público. Eso no lo había visto venir. Menuda presión.

Tras el peloteo inicial, el profesor nos explicó el primer ejercicio, y claro, a mí me hablaba como si fuera un niño de cinco años, algo que le hacía especialmente gracia a Luca, que tuvo que aguantarse la risa varias veces. No solo eso, sino que debió decirle que yo ya había jugado al tenis y que obviamente sabía la diferencia entre un golpe de derecha y un revés. Quitando eso, la clase fue divertida. Luca jugaba muy bien. Mucho mejor que yo. Y el pantalón corto blanco que llevaba le quedaba como un guante. En realidad, tampoco dejaba mucho a la imaginación. A lo mejor por eso le quedaba tan bien. Es decir, le marcaba el culo a la perfección. Nunca me había fijado lo bien que lo tenía. Bueno, miento, porque con el traje también se le podía notar. Siempre los llevaba tan apretados que… «Gaspar, haz el favor y deja de mirarle así. Es un príncipe, por el amor de Dios. Y… y te van a pillar».

Era elegante hasta jugando al tenis. Yo, desgarbado, bruto y torpe. Él tenía mucha coordinación y era ágil. Qué rabia me daba, y qué envidia. Por eso me seguía sorprendiendo que hubiera aceptado mi plan. En un descanso entre ejercicio y ejercicio, me explicó cómo íbamos a hacerlo para que nadie se diera cuenta de que no estaba en palacio.

—Yo fingiré estar malo. Pediré que nadie me moleste, que quiero dormir un rato. Tendremos dos o tres horas como mucho.

—¿No irán a tu cuarto a ver qué tal estás?

—Si yo doy la orden, no —respondió, tajante.

—¿Y cómo vamos a encontrarnos? ¿Cómo piensas salir de tu habitación sin que te pillen?

—Hay un túnel que conecta la biblioteca con el invernadero. Solo tendrás que esperarme allí. Lo usaba de pequeño, pero Filippo no dejaba de vigilarle. Era el único que lo conocía. Él y mi madre. —La mención a su madre cayó como una losa, velando su mirada y volviéndola muy triste de forma repentina.

—¿Un túnel secreto? ¿Como en las pelis de asesinatos y misterios? —bromeé, tratando de reconducir la conversación y sacarle una sonrisa.

—Este palacio fue el refugio de los habitantes de Santino durante la guerra —me contó, orgulloso—. Esos túneles servían para escapar.

—Ah, vale, vale —contesté, algo avergonzado. Últimamente parecía que metía la pata con cada cosa que le decía, como si me riera de él o de su familia—. ¿Y por qué no usamos esos túneles para llegar al pueblo?

—Todos se destruyeron por seguridad. Los únicos que han quedado en pie son los que conectan diferentes zonas del palacio.

Tenía su lógica. Si hubiera pasadizos secretos que comunicaran la capital con el palacio, sería peligroso para los reyes. Si alguien supiera de su existencia o los descubriera…

Lucio, el entrenador de tenis, nos llamó para que siguiéramos jugando. Por culpa de la conversación, ni siquiera habíamos podido beber agua, y yo lo necesitaba o moriría deshidratado. Nadie me hizo ni caso. Y tampoco me iba a hacer el blando delante de Luca, así que cogí fuerzas de donde no las tenía y, sí, acabé arrastrándome literalmente por la pista. Me caí un par de veces, manchándome por completo de restos de tierra batida (para variar) y haciéndome un raspón en la rodilla derecha. Así que, gracias a mí, la clase terminó antes de tiempo.

Lucio se despidió cortésmente del príncipe y me dio unas palmadas en la espalda cuando los dos abandonamos la cancha, donde él se quedó un rato más recogiéndolo todo y acondicionándola para el próximo entreno. Según nos íbamos alejando, le vi coger un rastrillo enorme con las dos manos y pasarlo por toda la superficie. Mas que un rastrillo, parecía una esterilla.

—La pista tiene que estar en buenas condiciones. Hay que alisarla e igualar la tierra para que luego no haya resbalones o las pelotas boten mal —me explicó Luca—. También hay que regarla un poco para mantenerla húmeda y que no se seque.

—Menudo trabajo, ¿no?

—De pequeño me gustaba hacerlo —recordó—. Vamos a la *doccia.*

—¿A la... qué?

—A la ducha. —Al oírlo me puse en alerta. Él debió de notar mi cara de pánico, porque yo muchas veces era como un libro abierto—. Claro. ¿O quieres estar sudado el resto del día y con restos de tierra? —me planteó, señalando la obviedad de su propuesta. A ver, claro que quería ducharme, pero lo había dicho de tal forma que... no sé qué se me pasó por la cabeza.

Pero no entramos en palacio, sino que fuimos a la zona de los vestuarios, cerca de la pista de tenis, y junto a la piscina. Un bloque de madera alargado, con porche y varias puertas. Claramente lo habían construido hacía poco. Era más parecido a las cabañas de los campamentos a los que iba con el colegio que a unos vestuarios de un palacio real, la verdad.

—Quedamos en el invernadero dentro de *trenta minuti* —me indicó y siguió caminando hacia palacio como si nada.

—Si no tengo reloj… —repuse, pero no me escuchó.

Claro. Yo tenía que ducharme en los vestuarios de los trabajadores. Él se daría una ducha en su megabañera con chorros de oro macizo o yo qué sé. También yo me había venido demasiado arriba. ¿Qué esperaba? Bastante que me había permitido entrenar con él. Pero sentía que, aunque le gustaba estar cerca de mí, no acababa de tolerarme del todo. O que me veía más bien como un mono de un circo que como un verdadero amigo. Puede que fueran suposiciones mías…

Tras ducharme en los vestuarios, me vestí rápidamente con la ropa que había traído para cambiarme y salí al jardín en busca del cortacésped. Comprobé que el depósito de hierba estaba vacío y traté de limpiarlo lo mejor posible para que Luca no se llenara de restos de césped, aunque iba a ser bastante imposible. Me monté y lo fui acercando al invernadero. No tenía muy claro cuánto tiempo había pasado. Era lo malo de estar sin móvil (y no tener reloj). Cuando llegué, Luca no estaba por ningún lado. Seguramente habría llegado demasiado pronto, así que solo me quedaba esperar hasta que apareciese. Pero los minutos fueron pasando y no aparecía. Empecé a temer lo peor. ¿Le habrían pillado escapando? ¿O se habría arrepentido de nuestro plan? Prefería que fuera la primera opción a la segunda. Tenía ganas de mostrarle Santino, aunque no lo conociera tanto como quisiera. Traté de mirar dentro del invernadero, pero la puerta estaba cerrada y yo no tenía la llave. Dentro había un sinfín de plantas de diferentes especies. No había entrado ningún día desde que había empezado a trabajar en el *palazzo* Calliveri, pero supuse que el abuelo sí. Oí un ruido al otro lado de la puerta, aunque era incapaz de ver nada a través de los cristales semiopacos. Me aparté un poco para tratar de ver con claridad cuando la manija de la puerta se giró y apareció Luca, con un traje impecable, como siempre, con sus gafas doradas, su pelo engominado y su pose digna de la realeza. Así no podíamos bajar al pueblo. Se notaba a la legua que era alguien importante. Sobre todo porque ningún chico de nuestra edad iba vestido así.

—No te ofendas por lo que te voy a decir, ¿eh? Que vaya por delante que estás muy guapo —empecé a decir—. Pero ¿no tienes otro modelito que no sea un traje?

—¿Le pasa algo malo a mi traje? —repuso, extrañado, mirándose de arriba abajo.

—No, no. Está estupendo. Pero vas a llamar mucho la atención.

—¿Tengo que ir como tú? —Joder. Ni que yo fuera hecho un cuadro.

—¿No te gusta mi ropa?

—No es mi estilo —dijo con displicencia—. No voy a cambiarme de ropa. Y cuanto más tiempo estemos aquí hablando, más fácil será que nos pillen.

—Vale, vale. Pero no digas que no te lo avisé —dejé caer. Acto seguido, anduve hasta el cortacésped y abrí el depósito trasero donde tenía que meterse Luca, quien, al verlo, negó con la cabeza varias veces.

—*Impossibile.* No, no.

—Es la única forma que se me ocurre para sacarte de aquí sin que te vean. Yo creo que cabes. Un poco agachado y listo. Son solo unos metros. Unos minutos, nada más. Ojalá pudiera ser al revés. A ver, ojalá no, pero ya me entiendes.

Luca empezó a observar el interior del depósito, con restos de hierba pegados a las paredes y con olor a musgo y tierra. Miró con cara de asco y se alejó de nuevo.

—Huele a *pastero* —escupió sin cambiar su mueca de disgusto.

Pastero. Eso me sonaba.

—¿Qué significa *pastero*?

—Creo… que sería algo así como abono —me explicó. Así que Bastian nos llamaba, literalmente, abono para la tierra. Excrementos de vaca. Genial. Muy bien. Muy elegante.

—No huele a nada. Venga, su majestad, nos queda poco tiempo —le apremié, pero Luca seguía negándose.

—Ha sido algo *stupido.* Olvídalo.

—Luca… —No podía dejar que se fuera solo por una tontería así y le cogí del brazo. Él se quedó inmóvil y me miró con una mezcla de furia y sorpresa. Al momento le solté—. Perdona.

—No puedes tocarme —me advirtió, molesto—. ¿No sabes aceptar un «no»?

—Piénsalo por un segundo. Cuando el mundo conozca a Luca Calliveri, no podrás ni ir a la esquina sin que te persigan. ¿No quieres aprovechar ahora que nadie sabe quién eres? Puede que sea tu última oportunidad. —No sé si fue mi poder de convicción, mi mirada de perro abandonado o una mezcla de todo, pero, tras un rato intenso e incómodo, cerró los ojos y asintió, convencido—. ¡Bien! Venga, entra rápido. Te prometo que será muy poco tiempo.

—*Farai meglio…* —farfulló entre dientes, pero no conseguí oír el resto. Le ayudé a entrar en el depósito y tuvo que encogerse todo lo posible para que pudiera cerrarlo. Aunque no por completo. Tampoco quería dejarle sin aire. A continuación, había que poner en marcha la siguiente parte del plan: salir de palacio sin levantar sospechas.

Me subí al cortacésped, encendiéndolo y teniendo cuidado de no conectar por error la opción de cortar, porque, de hacerlo, se llenaría todo el depósito de hierba, y dudo que eso le gustara a Luca. Traté de evitar todos los baches del terreno y fui a una velocidad lenta no, lentísima.

—¿Qué tal vas por ahí? —pregunté, pero con el ruido que hacía la máquina no oí su respuesta. Solo esperaba que, cuando saliéramos, no me lo encontrara muerto ahí dentro. Regicidio. Me puse en tensión solo de pensarlo.

Al rato llegamos a la entrada principal, donde la enorme verja metálica estaba cerrada. Frente a ella no estaban los dos guardias reales habituales, sino dos vigilantes de seguridad. Cuando me vieron aparecer, me sonrieron, pero no abrieron la puerta.

—Buenas tardes, Gaspar —me saludó uno de ellos. Antonio, creo que se llamaba.

—Buenas tardes. Mi abuelo me pidió que repasara la hierba de la entrada y…

—Pero hoy no es día de trabajo —puntualizó el otro vigilante. ¿Fabrizio? No recordaba su nombre.

—Ya, a ver… Sabéis la mala leche que tiene mi abuelo, ¿verdad?

—Los dos asintieron, sonrientes—. Esto debería haberlo hecho ayer, pero se me olvidó. Y, claro, yo le dije que ya estaba hecho. Sí, lo sé. Está muy mal mentir. Pero como venga el lunes y vea que no lo he hecho… me mata como poco. Así que he pensado en hacerlo hoy, aprovechando que estoy aquí. Tardo dos minutos, prometido.

Se miraron entre ellos, como tratando de decidir si me dejaban pasar o no. En esas estaban cuando oí unos ladridos lejanos y, en menos de tres segundos, Robin estaba encima de nosotros, ladrando como un loco a la parte trasera del cortacésped.

—¡Robin! ¡Quieto! —No me hacía ni caso. No dejaba de ladrar y acercarse al depósito, una y otra vez. Notaba que Luca estaba ahí dentro. Podía olerle—. Debe de haber algo ahí dentro. Voy a mirar a ver. —Me bajé de la máquina nervioso, con el corazón en un puño. Por suerte, los dos vigilantes no se acercaron a comprobar qué estaba poniendo tan alterado a Robin.

Sin dejar de mirarlos, vigilando que no se acercaran, abrí con cuidado la tapa del depósito y Robin casi se mete dentro de inmediato.

—*Calmo, Robin. Stai calmo* —susurró Luca entre dientes y, al momento, Robin se sentó, obediente, y con la lengua fuera. Yo hice que cogía algo del interior y se lo daba al perro para que se calmara.

—Nada, era solo un palo. Es que menudo olfato más intenso tiene Robin, ¿eh? —dije con una risa nerviosa para nada sospechosa. Los dos me miraron, y, claro, yo pensaba que se iban a acercar y nos descubrirían…

—Y que lo digas. El otro día casi me mata al oler mi sándwich de atún. Vino hacia mí desde la piscina. ¿Cómo pudo olerlo tan rápido? —comentó Antonio. Mi abuelo me había contado que era de Málaga, y que llevaba muy poco tiempo como vigilante de seguridad del palacio. Fabrizio (si es que se llamaba así y no me había inventado su nombre) se limitó a asentir. Sabía muy poco español.

—Ah… ¿Y podrías darme el móvil?

—Sabes que no se puede usar en palacio —me recordó.

—Sí, sí. Por eso. Es solo fuera. Cuando vuelva a entrar, os lo vuelvo a dar.

—Hum. —Quizá estaba tentando a mi suerte pidiendo el teléfono, pero es que, si no, no tenía ni idea de ir a Santino Porto ni a casi ninguno de los sitios que tenía apuntados. Necesitaba una guía. Más bien, Google Maps—. Se lo devuelves luego a Tomás y Paola, ¿vale? Que hay cambio de turno en una hora.

Entró en la caseta que tenían los de Seguridad y a los pocos segundos salió con mi móvil en la mano. Después del momento de tensión vivido, al final acabaron por abrir la verja para que pudiera salir y nuestro plan siguiera intacto.

—Muchas gracias. Me habéis librado de una buena bronca —mentí mientras pasaba a su lado, tenso como nunca por si de repente sucedía algo.

—¡Eh, espera! —gritó Antonio cuando ya estaba fuera, y me dio un vuelco el corazón. Joder, me habían pillado. Habían visto a Luca. Iba a ir, como mínimo, a una sala de tortura santinesa. El vigilante se acercó en una pequeña carrera, se situó junto al depósito y se apoyó sobre él para cerrarlo—. Estaba abierto.

—Ah, gra-gra-gracias. —Uf. Pero, como no se fuera rápido, Luca corría el riesgo de ahogarse. No dejé de sonreír a Antonio hasta que me sonrió de vuelta y se alejó de nuevo hacia su caseta, dándome la espalda por fin. Apreté el acelerador del cortacésped y giré hacia la izquierda. Por suerte, la zona de la entrada que supuestamente tenía que repasar era lo bastante grande como para alejarme lo suficiente para que no nos vieran. Así que me fui lo más lejos que pude y frené de golpe.

Me bajé de un salto y corrí a abrir el depósito a toda prisa. En cuanto lo hice, Luca salió disparado hacia fuera, cogiendo una enorme bocanada de aire. Estuvo a punto de caerse al suelo. No dejó de agitarse y limpiarse el traje con nerviosismo.

—*Mancio, Gaspar!* ¡Eso estaba lleno de *insetti*! ¡Los tengo por todo el cuerpo! —gritaba mientras no dejaba de moverse, casi como si estuviera haciendo un baile arrítmico.

—Pero ¿qué haces? —le pregunté, tratando de ayudar de alguna forma, pero es que no paraba. No dejaba de saltar y de gritar continuamente—. ¡Yo no veo nada!

—¡Los tengo por dentro! —chilló, desesperado, y, claro, yo no pude evitar reírme porque la situación era bastante cómica. Era la primera vez que le veía perder los papeles y dejar de ser un estirado—. ¡No te rías!

—Lo siento, lo siento… Pero me tienes que enseñar ese baile. ¡Ja, ja, ja! —Estallé en carcajadas mientras Luca se quitaba la chaqueta y la sacudía con fuerza. Tras un rato más obsesionado con que estaba lleno de bichos, al fin se calmó y se la volvió a poner. Pero estaba repleta de manchas de hierba. Llevaba el pelo, por otra parte, cubierto de restos de tierra.

—Dijiste que estaría limpio —me recriminó.

—Y lo estaba —afirmé—. Estás guapísimo.

—No te burles. ¿Has pensado cómo vamos a volver a entrar?

Esa pregunta me pilló por sorpresa. Porque, hasta ese momento, era algo a lo que no había dado demasiadas vueltas. Luca lo notó en mi cara y empezó a ponerse nervioso.

—A ver, a ver, que lo tengo pensado. Tranquilidad. En una hora hay cambio de vigilantes de seguridad. Así que, cuando volvamos, entraré como si llevara un rato trabajando fuera. No sospecharán nada. Solo diré que vuelvo a dejar el cortacésped y listo. Pero tendrás que volver a meterte dentro… Te aviso. —Me mató con la mirada—. Para la próxima pensaré un plan mejor. Prometido.

—¿Próxima vez? No va a haber una próxima vez, Gaspar —sentenció.

—Eso dímelo después —repuse, haciéndome el interesante. Sabía que le iba a encantar la tarde que le tenía preparada—. Venga, subamos. Ahora puedes ir arriba. No hace falta que te escondas.

—¿Y si vienen a comprobar que sigues trabajando?

—Esto es lo suficientemente grande. No les va a preocupar un simple ayudante de jardinería, ¿no?

—No lo sé. Tengo la horrible sensación de que van a pillarnos.

—Entiendo que estés nervioso. —Traté de calmarle cogiéndole de los hombros—. Es la primera vez que sales de palacio, al menos, solo y supongo que da vértigo. Pero, tranquilo, todo va a ir bien. Ya verás.

—*In ffetti, in un certo senso, hai ragione* —reflexionó, pensativo.

—Entonces ¿a qué estamos esperando? ¡Vayamos a descubrir Santino Porto! ¡Me muero de hambre! —exclamé, y me subí al cortacésped casi de un salto. Luca dudó, pero finalmente aceptó que lo mejor era hacerme caso y se subió detrás de mí.

El asiento era pequeño. Estaba pensado solo para una persona, así que estábamos muy apretados. Sus piernas me rodeaban, juntándose lo máximo a mi cintura. Podía notar su respiración en la nuca. Podía notar sus muslos junto a los míos. Podía notar su entrepierna contra mi espalda.

—Agárrate.

—¿Adónde?

Le cogí las dos manos y se las entrelacé por delante de mí, como si estuviera abrazándome. No podía mirarle porque casi no podía moverme, pero sabía que haberle tocado le habría sonrojado. Seguro. Traté de ir a una velocidad normal para no ponerle más nervioso de lo que ya estaba, vigilando continuamente si venía alguien hasta que llegamos a una zona de olivos donde poder dejar el cortacésped aparcado aunque fuera una hora rápida. No íbamos a tener mucho tiempo, pero, para una primera vez, con una hora nos bastaba. Al bajarnos y, tras coger las llaves, saqué mi teléfono móvil para comprobar la hora.

—¿Qué haces? —me preguntó.

—Mirar la hora.

—Yo tengo reloj. —Y me mostró su reloj de muñeca, con correa plateada y pinta de ser carísimo—. Son las cinco y treinta y cinco.

—Vale. A las siete tendríamos que estar aquí, ¿OK? Por si las moscas.

—Perfecto —asintió.

—Ahora, a saber cómo se llega desde aquí hasta el puerto —comenté, y empecé a mirar en el mapa la mejor ruta para llegar rápido y no perder demasiado tiempo—. Bien, genial. Estamos como a diez minutos andando. ¿Preparado para su salida al mundo, alteza? Pues sígame. Yo le iré indicando.

Luca me miró enarcando las cejas y chistando con la lengua. Yo le sonreí y eché a andar, mientras él caminaba a mi lado. Podía notar que estaba inseguro, pero también asombrado, porque todo era nuevo para él. Y eso que solo estábamos en el campo de olivos. Bajamos hasta el puerto y, según nos íbamos acercando y nos encontrábamos a gente en el camino, Luca se iba poniendo más y más nervioso. Empezaba a pensar que quizá había sido una mala idea llevarle al pueblo así, de sopetón, de golpe.

12

Una tarde en Santino

Cuando llegamos al puerto, se notaba que era un sábado por la tarde. Estaba en plena ebullición. Aún no habían montado el mercado de los domingos, pero las terrazas estaban repletas de gente tomando algo; en la playa había varios partidos de vóley y, de lejos, se podía oír una canción en italiano. No la reconocí, aunque creo que era Alex Rossi, un cantante que le flipaba a mi abuela. Luca, al ver a tanta gente, trató de esconderse detrás de mí, asustado. Y tuve que insistirle mucho para que se relajara.

—Recuerda que nadie te conoce. Nadie sabe quién eres.

Así, poco a poco, fue soltándose y saliendo de mi cobijo para empezar a explorar y, por fin, disfrutar de la experiencia. Porque de eso se trataba todo: de que pudiera tomar contacto con la ciudad del país para el que iba a gobernar. Tampoco es que yo fuera un guía experto, pero enseñarle los sitios que había conocido con Marco y Sofia me hacía especial ilusión. Aunque seguro que ellos eran más divertidos que yo. Luca no era muy hablador. Tampoco tenía tanta confianza conmigo, y podía notarlo. Pero no se ponía nervioso por el silencio, ni mucho menos. Debía de estar tan acostumbrado a que le hablaran primero que era incapaz de empezar él una conversación. Así que toda la presión la tenía yo.

—Creo que lo primero y más importante es que pruebes los *corni* —le dije mientras miraba en mi libreta los planes que había apuntado. Un poco tontería teniendo el móvil, pero no sabía si los vigilantes no me lo iban a dar.

—¿Qué es eso? —preguntó, más por educación que por interés real. Me daba la sensación de que, tras el plan del cortacésped, Luca no se fiaba mucho de mí.

—Lo mejor que tenéis en Santino. ¿Te gusta el dulce?

—No es lo que más me gusta. Tengo predilección por… —pero le interrumpí tirando de él en dirección a una pastelería. Cenere. Era una de las más caras de Santino, pero también la más famosa. Sobre todo por sus *corni*, los que decoraban con polvo de cacao por encima como si fuera ceniza. De ahí su nombre. Sí, *cenere* significa «ceniza».

—Da igual. Tienes que probar esto. —Hizo caso omiso de mis palabras y prefirió luchar para desasirse de mi agarre.

—No puedes tocarme así. Soy…

—Creo que ya hemos superado eso, ¿no crees? —bromeé, interrumpiéndole una vez más.

—Tampoco deberías interrumpirme —dijo con sequedad. Pero preferí ignorarle y entrar en la pastelería. Luca se quedó un rato esperando fuera, mirando la puerta de cristal, sin saber muy bien qué hacer. Dudando continuamente. Me acerqué y la abrí, sujetándola para que pudiera entrar. Y, tras mucha indecisión, se atrevió a cruzar el umbral.

Dentro olía a bollo recién horneado, a vainilla mezclada con chocolate, a azúcar y caramelo… El aroma de los sueños. La cara de Luca cambió por completo. Yo me acerqué al mostrador y estuve babeando delante de las bandejas repletas de *corni*. Los había rellenos de crema de pistacho, de coco, de chocolate con chili, de frambuesa… ¡Una grandísima variedad, no sabía cuál elegir! No llevaba mucho dinero encima, pero quería que Luca los probara, así que pedí dos clásicos con chocolate y dos de frambuesa. La señora que me atendió, que parecía ser la dueña de la pastelería, me puso dos extras y me dijo algo en santinés, pero no entendí nada y simplemente sonreí con educación.

—*Grazie mille.* —Recogí la pequeña caja de cartón del mostrador de cristal. Luca seguía observando todo con cara de sorpresa. Pero, cuando me vio mirarle, cambió por completo su expresión, como disimulando.

—Nada que no haya probado en palacio… —replicó, hasta que se dio cuenta de lo que había dicho.

—Ah, claro. Palacio es el restaurante ese del que me hablaste, ¿no? —traté de disimular por si alguien nos estaba escuchando.

—¿Qué dices? —repuso Luca, confuso. Pero al ver mi mirada desquiciada, deseoso de que entendiera que no podía ir por ahí diciendo palabras como «palacio», lo entendió—. Ah, sí, es verdad. Tienes razón —dijo al fin siguiéndome la corriente.

—¿Nos vamos? —propuse, y, tras despedirme de la dueña, salimos de Cenere con una caja de *corni* recién hechos.

La abrí en medio de la plaza y nos sentamos en uno de los bancos de piedra que daban a la playa. Tenían una pinta increíble, pero, en vez de comer yo primero, le ofrecí a Luca, para que pudiera elegir el que más le gustara. Para empezar, cogió uno clásico, con chocolate, y estuve mirándole como un pirado hasta que lo probó. Porque quería ver su primera reacción. Igual que cuando le pones a alguien una película importante para ti y estás pendiente continuamente de que se ría en los momentos que a ti te hacen gracia, o que se emocione con las frases que a ti te emocionan. Algo parecido. Y, claro, cuando lo probó, Luca se relamió toda la boca y lo devoró en dos bocados, alucinado.

—He de admitir que está muy bueno —declaró con demasiada ceremonia.

—¿Muy bueno? ¡Está de la hostia, principito! —me burlé y me zampé uno de un mordisco. Lógico, pues no sabía para nada parecido a los que había probado hasta ese momento. Su dinero me habían costado, desde luego, pero cada céntimo estaba bien gastado. ¡Menuda delicia!

—¿Puedo coger otro?

—Pensaba que los príncipes hacíais lo que queríais y nadie tenía que daros permiso para nada —bromeé, pero cedí rápidamente y le acerqué un poco más la caja para que cogiera otro. Musitó un «gracias» casi inaudible y escogió uno de los de frambuesa. Al morderlo, explotó casi literalmente y un poco del relleno de frambuesa salió disparado contra su traje, manchando su impoluta camisa blanca con un mapa de color granate.

—*Mancio!* —protestó, levantándose muy ofendido.

—¡Oh! Pues las manchas de frambuesa no salen, ¿eh?

—¿Cómo voy a explicar esto en palacio? —se lamentó.

—Ya se nos ocurrirá algo. Mi abuela dice que esas manchas salen con leche. Espera aquí un segundo. —Iría a uno de los supermercados, compraría un brik pequeño de leche y le ayudaría a limpiarse. Pero, en cuanto me levanté, me cogió de la muñeca.

—¿Dónde vas?

—A por leche para limpiar la mancha.

—No. No hace falta. No pasa nada. —Y entendí que, bajo ninguna circunstancia, podía dejarle solo. Sus ojos me pedían que me quedara junto a él todo el tiempo posible. Así que me rendí y me volví a sentar.

—¿Qué es eso de «mancho» o «manso» que dices siempre?

—*Mancio?* No es una palabra que debas aprender… —dejó caer, pero yo no iba a parar hasta que me lo explicara—. Es algo parecido a decir «joder» o «mierda» en español —me explicó.

—Ah, entonces lo diré más. —Sonreí—. ¿Por qué hablas tan bien español?

—Llevo aprendiéndolo desde pequeño. Al igual que italiano, santinés, inglés y un poco de chino. —¿Cinco idiomas? ¡Y yo que solo sabía dos!—. ¿Tú?

—Pues no se me dan tan bien los idiomas como a ti. Eso lo tengo que admitir. Fíjate que he pensado en mentirte, pero te diré la verdad: solo hablo español e inglés. ¡Ah! Y un poco de italiano. Pero *molto pocco.*

—¿Por qué tan pocos? —preguntó, extrañado.

—A ver, no te ofendas, pero seguramente tú lo tengas mucho más fácil que yo para aprender idiomas, ¿eh? —repliqué, molesto—. Mis padres no creo que pudieran permitirse pagarme cinco academias diferentes cuando era pequeño. —Mis padres. Me sonaba raro. Porque ahora solo era mi padre. No había más. Luca pareció arrepentirse al momento y prefirió callar y no continuar con la conversación. Cogió el último *corno* y lo saboreó con más ganas que el anterior, pero con cuidado, como con miedo de que fuera a mancharse de nuevo.

—El mar está precioso desde aquí —comentó en un hilo de voz. Era más como una reflexión privada que algo que quisiera contarme realmente.

—¿Quieres bajar a la playa? —Se salía un poco de mis planes, pero para eso estaban: para romperlos.

—¿Abajo? ¿A la arena?

—¿Eres alérgico a la arena? —me burlé.

—No. Pero no voy preparado —se excusó.

—No pasa nada. Solo hay que quitarse los zapatos y remangarse un poco los pantalones. Ya que estamos en Santino Porto, no puedes irte sin tocar su arena, ¿verdad?

Luca cambió su expresión por una de preocupación, pero poco a poco la fue suavizando. Debía de estar librándose una auténtica lucha en su interior.

—¿Nos da tiempo?

—Nos da tiempo a lo que quieras. —Le sonreí y me puse en pie, con Luca imitándome con parsimonia y elegancia.

Bajamos por una de las escaleras de madera que llevaban a la arena y, al llegar al último escalón, me apoyé en la barandilla y me descalcé, dando un salto hacia delante y enterrando mis pies en la arena caliente. Pero estuve a punto de caerme de boca y di unas cuantas zancadas hacia delante para evitarlo. Cuando me giré, Luca seguía ahí parado, como una estatua, mirando al frente con intranquilidad. No iba a hacerlo si no le ayudaba, así que tuve que acercarme hasta él.

—Solo tienes que quitarte los zapatos. Bueno, y los calcetines. La arena está caliente y es un gusto, ya verás.

—No sé si estoy cómodo con esto.

—Si es solo arena…

—Me refiero con toda esta situación de escaparme del *palazzo*. Tengo una mala sensación.

—Te prometo que no va a pasar nada, Luca. Confía en mí —dije y traté de darle seguridad con mi mirada. Tras unos segundos en los que pensé que se echaría atrás, al final cedió. Se agachó con cuidado y se quitó los zapatos y los calcetines, escondiéndolos dentro. Pero no bajó a la arena. Se quedó ahí, con los zapatos cogidos con la mano izquierda.

—Hay demasiada gente.

—Nadie va a hacernos ni caso —le tranquilicé—. Y espera, que te voy a remangar un poco…

Me puse de cuclillas y le recogí con suavidad el bajo de los pantalones. Ni me miró. Debía de estar acostumbrado a que se lo hicieran sus criados. Tenía unos pies preciosos.

—Esto ya está. Su playa le espera. —Le tendí la mano. Aunque volvió a dudar, estiró la suya y me la cogió, bajando con cuidado, como si el suelo fuera lava fundida. Pero, al poner los pies en la arena, su expresión cambió por completo.

—Es la primera vez que piso esta playa.

—Entonces, aprovechémoslo —le animé y, tirando un poco de él, fuimos hundiéndonos poco a poco en la arena hasta llegar a la orilla, desde donde se veían las montañas y, a lo lejos, el monte Nuvole, con el *palazzo* Santino de fondo. El paisaje era precioso, así que saqué el teléfono e hice una foto.

—Guau —asentí mientras miraba la foto en el móvil.

—¿Me dejarías verla?

—Claro. —Y le tendí el teléfono.

—Haces buenas fotos. He de admitirlo —dijo, con una media sonrisa disimulada.

—Gracias —contesté, y, cuando me lo devolvió, lo cogí para hacernos un selfi los dos juntos con el mar de fondo.

—¿Qué haces?

—Una foto. ¿No quieres? —Luca se asustó un poco al principio, pero acabó aceptando. Estiré el brazo por encima de sus hombros y, sonriente, nos hice una foto con el mar a nuestra espalda—. Jo, guapísimos.

—Confío en que no vayas a enseñar esta foto a nadie —me advirtió.

—Tranquilo. Será nuestro secreto.

Tras un rato observando los partidos de vóley que estaban teniendo lugar en la playa (sobre todo el de unas chicas que estaban enfadadísimas entre ellas), nos dimos la vuelta y decidí llevarle a la siguiente parada de mi recorrido turístico por Santino Porto. Había pensado en ir a la tienda de vinilos, donde Bastian me compró el disco de *Mamma Mia!*, pero no sabía si le gustaría o no, así que busqué en internet una tienda de cómics. Se llamaba Metrópolis. Y curiosamente estaba casi enfrente de la de vinilos, a pocos minutos de la playa. Así que fuimos allí, y esperaba que eso le hiciera un poco más de ilusión que la pastelería de *corni.* Y sí, esa vez acerté, porque, en cuanto vio el escaparate, abrió los ojos como platos, totalmente ensimismado. No era consciente de lo mucho que le gustaban los cómics hasta que le vi delante de esa tienda.

—No sabía que hubiera tiendas así en Santino —confesó, como en una nube, sin poder dejar de mirar.

—Yo tampoco. La he descubierto porque… —Pero ni me dejó terminar, porque entró directamente en la tienda, sin preguntarme ni nada. Miré la hora en el móvil. Eran las seis y cinco. Bien. Aún nos quedaba un poco de tiempo para volver. Así que entré tras él. El olor a tinta y a papel viejo lo inundaba todo. Había cómics nuevos, cómics de segunda mano… Todos ellos metidos en una funda de plástico transparente. Supongo que para conservarlos mejor. Tampoco era un entendido en cómics. Había bastante gente en el interior, rebuscando entre las diversas cajas colocadas sobre mesas alargadas de madera.

—Quería preguntarle por el número 442 de *Batman* —oí que le decía Luca al dependiente.

—¿Número 442? —repitió—. No creo que lo tengamos.

—¿Cómo no vais a tenerlo si es un clásico? —replicó Luca, ofendido.

—Puedes encontrar otros igual de buenos. Busca allí en la zona que pone Batman —le indicó el dependiente, y se puso a atender a otra persona mientras Luca refunfuñaba y, obediente, iba a la zona donde le había indicado.

—¿Pasa algo? —pregunté mientras miraba en la zona de Spiderman.

—No tienen un cómic que me falta —mascculló entre dientes.

—Quizá tengan algún otro interesante, ¿no? —dije, tratando de restarle importancia.

Pero Luca ya no me estaba escuchando, porque estaba inmerso en una enorme zona de la librería en la que había un rótulo: Batman. Pero no era el único: Batman & Robin, Nightwing, Batman clásico, Batman y Scooby Doo… ¡Había de todo! Y yo no controlaba nada. Luca sí. Verle era increíble, porque disfrutaba como un niño pequeño. Nunca le había visto tan feliz.

—¿Mejor? —Me acerqué a él para mirar por encima de su hombro qué buscaba, pero pasaba los cómics a una velocidad de vértigo.

—¡Aquí hay de todo! Hay cómics de todas las épocas.

—¿Tanto te gustan?

—Te recuerdo que mi perro se llama Robin—contestó, ofendido, mientras sacaba un cómic titulado *Nightwing*—. Un día tengo que enseñarte mi colección de cómics.

—¿Y qué ha pasado con eso de «nadie entra en la Biblioteca Real»? —le imité tratando de poner su acento, pero fracasando estrepitosamente en el intento. Fue decir «Biblioteca Real» y recordé mi sueño. Me puse tenso de inmediato, tratando de quitarlo de mi mente.

—Puedes entrar conmigo —especificó—. ¿Cuál es tu Robin favorito?

—Ah, ¿que hay más de uno?

Y la cara que puso, de ofensa total, me asustó. Era como si le hubiera soltado el peor insulto. Contuvo la respiración y se quedó inmóvil, mirándome fijamente. Parecía estar decidiendo si mandarme a una sala de torturas, tirarme al mar o desterrarme de Santino. Hasta que decidió volver a hablar, no supe qué hacer, si salir corriendo o ponerme de rodillas y pedirle perdón.

—¡Claro que hay más de uno! —explotó—. ¿Es que no sabes nada?

—De cómics sé bastante poco —admití.

—*Mancio!* Tendré que explicarte toda la historia de los distintos Robin.

—No hace falta tampoco… —repuse, pero me ignoró deliberadamente y siguió mirando cómics. Yo comprobé la hora. Llevábamos ahí dentro más de diez minutos ya. Si seguíamos ahí, no íbamos a poder hacer todos los planes que tenía pensados. Claramente ir al Arcobaleni no iba a darnos tiempo. Y encontrar los Siete Puntos del Amor también sería una tarea imposible. Al menos esperaba que pudiéramos ver el mirador y el rompeolas—. ¿Encuentras entonces alguno?

—¿Llevas dinero encima? —preguntó sin girarse siquiera.

—No mucho. ¿Por?

—Necesito cuatro euros. ¿Tienes cuatro euros? —Metí la mano en el bolsillo y saqué un billete de cinco euros que me quitó al instante—. Le pediré a Filippo que te los devuelva.

—¡No! ¿Qué piensas contarle?

—Es verdad. —Y me los devolvió, pero no quise aceptarlos.

—Considéralo un regalo adelantado de cumpleaños. —Sonreí y Luca, por primera vez, me respondió con una sonrisa completa y sincera.

Le insistí con el billete hasta que finalmente aceptó cogerlo y fue directo a pagarle al dueño de la tienda. Debía de ser raro para él. Un príncipe, un miembro de la realeza, pagando dinero por algo. Bueno, era irónico que, la primera vez que lo hacía, ni siquiera el dinero fuera suyo. Me hacía hasta gracia eso de prestarle dinero a un príncipe. Tenía su rollo, he de confesar. Pero, cuando estábamos pagando, alguien nos sorprendió. La persona que menos ganas tenía de ver: Bastian, que paseaba por delante del escaparate hablando por el móvil. Nada más verlo, traté de avisar a Luca y escondernos, pero fue tarde, porque me vio y me saludó con un gesto de la mano. No parecía haberse dado cuenta de la presencia de su primo, así que salí a toda prisa del interior de la tienda para tratar de entretenerlo… y deshacerme de él, claro.

—Hola —saludé, nervioso, con el corazón casi en la boca.

—¿Qué tal, *nasone*? ¿Cómo por aquí un sábado? —Se fijó en el cartel de la tienda.

—Mirando cómics, pero ya me iba.

—Ah, cómics. No leo mucho la verdad. A mi primo le encantan. ¿Has venido tú solo? —preguntó, intentando mirar por encima de mí, a ver si veía a alguien más en el interior de la tienda, pero traté de ponerme en su campo de visión, sin parar de moverme.

—Sí, sí. He venido solo. Eh… ¿Y tú? ¿Has venido solo? —dije, echando a andar a ver si me seguía. Pero, claro, justo en ese momento salió de la tienda Luca, emocionado como un niño con zapatos nuevos, con los cómics en las manos.

—Mira, Gaspar. ¡Me ha regalado otro cómic! Tenemos que volver a… —Y Bastian, al verle, se quedó de piedra. Me miró primero, luego a Luca, y luego otra vez a mí. El príncipe se calló al instante y se irguió, como queriendo mostrar su superioridad.

—*Buonasera, Bastian. Come stai?*

—¿Qué haces aquí, Luca? ¿Fuera del palacio? *A cosa stavi pensando?* —preguntó, intrigado y preocupado a partes iguales.

—He venido a dar una vuelta con Gaspar. ¿Algún problema? —replicó, desafiante.

—¿Lo sabe Filippo? ¿Y tu padre? ¿Te das cuenta de lo que estás haciendo?

—No eres mi padre.

—Luca, quizá deberíamos… —comencé a decir, tratando de

calmar los ánimos. Sobre todo después de mirar la hora que era. Claro, es que el tiempo se nos agotaba, y tampoco era plan de pasar lo que nos quedaba discutiendo con el imbécil de Bastian.

—No irás a decir nada, ¿no? —planteó Luca, intrigado. Bastian pareció que dudaba, pero casi al momento negó con la cabeza y se echó a reír.

—Tranquilo, *cugino.* ¿Cómo iba a delatarte? Venga, os invito a tomar algo, ¿os parece? Y me contáis cuál es vuestro plan para volver… y cómo habéis escapado. —Sonrió y cogió a Luca del cuello, revolviéndole el pelo como solía hacer conmigo, tirándoselo hacia delante. De entre todas las personas que nos podíamos encontrar…

Miré nervioso el móvil. Al final no íbamos a poder ir al mirador ni a buscar los Siete Puntos del Amor. Solo por culpa del gilipollas de Bastian. Joder, con lo que nos había costado escapar y que ahora nos fastidiara…, no. Nos jodería la tarde, me daba muchísima rabia. Aunque supongo que a Luca más aún. Por mucho que dijera que era familia y que se llevaba bien con él, no me lo creía ni de lejos. Pero era mejor tenerle de aliado. Ahora ya había otra persona que sabía de nuestra escapada, y no podíamos dar un paso en falso.

Llegamos a una pequeña terraza escondida en un callejón asilvestrado. Había cinco mesas contadas y solo una libre.

—*Che fortuna!* —gritó Bastian abalanzándose literalmente sobre la mesa, y nos indicó que nos sentáramos. Luca lo hizo con parsimonia y mucha elegancia. Yo me tomé mi tiempo, con desgana y mala cara.

—¿Qué haces por aquí, Bastian? —preguntó Luca, curioso, con un tono de voz diplomático, mientras se quitaba la chaqueta y la dejaba sobre el respaldo de la silla.

—Dando una vuelta también —respondió con sorna—. Entonces, os habéis escapado, ¿verdad? Siempre me ha parecido una estupidez que no puedas salir de palacio hasta cumplir los diecisiete. ¿Qué más da? —comentó.

A continuación llamó con la mano al camarero, que se acercó con rapidez. Nos pidió una limonada a cada uno y para él un Negroni Sbagliato, o eso entendí porque lo dijo con un acento muy cerrado.

—No tenemos mucho tiempo, la verdad. Deberíamos ir volviendo —insistí, tratando de hacerle señas a Luca que solo él pudiera entender. Pero no hubo suerte.

—Esperad a tomaros la limonada al menos. No hay prisa. Os puedo acercar yo si queréis.

—¡No! Nos pillarían —advertí, y Bastian se encogió de hombros con indiferencia. El camarero trajo nuestro pedido y, en cuanto me puso la limonada en la mesa, cogí el vaso y lo vacié de un sorbo—. ¡Ya está! Ya hemos tomado algo. Podemos irnos.

—Pero la mía… —comenzó a hablar Luca. Me dio igual. Cogí su vaso también y me lo bebí de una tacada. Pero, claro, la limonada estaba tan ácida que casi me da algo y empecé a toser como si me fuera a morir. Bastian explotó en carcajadas mientras Luca no entendía nada de lo que estaba pasando—. Ya… ya estamos. Nos vamos. ¡Gracias por la limonada!

Me levanté para que Luca me siguiera, pero no lo hizo. Continuó ahí sentado, como si lo que estaba pasando no fuera con él. ¿Qué más necesitaba para darse cuenta de que teníamos que largarnos y que no quería estar con Bastian?

Saqué el móvil para mirar la hora, pero, tras comprobar el poco tiempo que nos quedaba, abrí la foto que nos habíamos hecho Luca y yo con el mar de fondo. Ojalá estuviéramos solos los dos de nuevo, y no con ese pesado.

—Es que es tardísimo. Uf, lo siento, pero es que hay que irse —le dije a Bastian, que, con una velocidad pasmosa, me quitó el teléfono.

—Pues hagámonos una foto antes de iros, para recordar este momento. —¿Es que quería tener pruebas por si acaso?

—¡Eh! ¡Devuélvemelo! —Además, estaba desbloqueado, joder. ¡Y con nuestra foto!

—Tranquilo. Si solo tengo que poner la cámara y ya está.

Se levantó y se colocó tras nosotros, aún con mi teléfono en la mano.

—*Sorridi!* —Hizo varios selfis—. Te voy a poner mi número para enviármela.

—Vale, vale. Te la mando luego —accedí, queriendo que me devolviera el teléfono. Pero estuvo un rato más con él hasta que, por fin, me lo dio. Yo lo cogí como si fuera el tesoro más preciado del mundo y me lo guardé al momento en el bolsillo del pantalón.

—Vamos —insté a Luca, que, una vez más, se levantó con lentitud y tranquilidad.

—*Ciao*, Bastian —se despidió amablemente. Bastian hizo un gesto con la cabeza y dio un sorbo a su vaso mientras nos veía alejarnos y se ponía a hablar por teléfono.

Cuando salimos del callejón y ya estábamos lejos de su mirada, di un suspiro que se debió de oír en todo Santino. Tan alto que hasta Luca me miró, asustado. ¿Asustado o molesto? Le apremié a seguir andando hasta donde habíamos dejado el cortacésped. O nos íbamos ya, o nuestro plan iba a hacer aguas por todas partes.

—No entiendo por qué has tenido que ser tan maleducado con Bastian —espetó, como echándomelo en cara y, claro, yo me quedé a cuadros.

—¿Maleducado? Nos ha pillado y estaba tratando de ponerme de los nervios. ¿O no te has dado cuenta? —repuse—. Lo siento, pero no me cae nada bien.

—¿Me meto yo con tu familia?

—Adelante. Hazlo. ¿Mi abuelo? No hay quien le aguante. Di lo que quieras. Pero teníamos que irnos. Si llegamos tarde…

—*Va bene* —fue su única respuesta.

—¿Tú no llevabas chaqueta? —le dije y, al momento, entré en pánico. ¿Se la habría dejado en la terraza donde nos habíamos sentado con Bastian?—. Mierda. Espera aquí —le indiqué y eché a correr de vuelta. Esa vez Luca no me siguió. Se quedó, inmóvil, en el mismo sitio donde le había dicho que esperara.

Cuando doblé la esquina, vi la chaqueta de Luca en una de las sillas. Por suerte, Bastian estaba de pie, hablando por teléfono, y de espaldas a la mesa. Me acercaría sin que se diera cuenta, la cogería y me iría corriendo. No tenía por qué verme, ¿no? Así que, tratando de hacer el mínimo ruido y yendo lo más agachado posible, llegué a la altura de la mesa y cogí la chaqueta lentamente. Bastian hablaba por teléfono a gritos. Estaba muy enfadado.

—*Ti prometto che troverò i soldi!* —dijo con una voz atronadora y justo se dio la vuelta, pillándome de lleno. Le sonreí y él colgó la llamada.

—Nos habíamos dejado la chaqueta, je, je.

—No pasa *niente*. —Su sonrisa pérfida era de villano de Disney. Se sentó de nuevo y cogió su vaso, pero sin beber. Solo le daba vueltas—. ¿Te puedo decir algo, Gaspar? —Primera vez que me llamaba por mi nombre.

—Yo es que…

—No te hagas ilusiones. Luca es de la realeza. Tú… tú eres el nieto del *pastero*. No sois de la misma clase. ¿Entiendes eso? —Ahí sí que dio un sorbo a su vaso, mirándome desafiante. Yo no supe qué contestar. Me quedé en blanco y, cuando reaccioné, fue para darme la vuelta e irme lejos de él.

Al regresar con Luca, solo podía darle vueltas a lo que me había dicho Bastian. «No sois de la misma clase». Joder, claro que era imposible que Luca se fijara en mí de esa forma. Por lo pronto, ya me había contado que tuvo una novia cuando era más pequeño. Y veía lejana la posibilidad de ser más que amigos.

Los dos anduvimos casi en completo silencio hasta que llegamos a donde habíamos dejado el cortacésped. Todavía nos quedaban quince minutos para no pasarnos de la hora establecida. Al final parecía que todo estaba saliendo como lo planeé.

—¿Estás bien, Gaspar? —dijo Luca antes de subir justo tras de mí.

—Sí. ¿Qué pasa?

—Estás muy callado desde que nos hemos ido de la terraza.

—Bueno, Bastian, ya sabes, que me pone de mala leche. Pero tampoco quiero seguir hablando mal de él.

—¿Te puedo confesar algo? —me preguntó, casi en un susurro—. A mí también me cae mal Bastian.

—¡LO SABÍA! —grité, pero me arrepentí en el acto—. Perdón.

—Me han inculcado toda la vida que tengo que respetar a mi familia. No quiero faltar al respeto a la educación de mi madre. Es lo último que quiero.

—Tranquilo. No le faltas al respeto para nada. Está bien desahogarse de vez en cuando. Yo también lo hago. Por ejemplo, mi padre casi no me habla desde que…, desde que murió mi madre. Sé que cada uno lleva el duelo a su manera, pero no sé. No lo entiendo… y le odio por ello —confesé. Nunca había dicho todo eso en voz alta.

—¿La echas de menos?

—Cada día —admití, con las lágrimas a punto de salir—. He tenido que hacerme a la idea. Aunque no quiero. No me gusta pensar que… cada vez que consiga algo o me pase algo… no vaya a poder contárselo, ¿sabes? Es raro.

—Lo entiendo —convino con suavidad.

—¿Qué haces tú para…? Bueno, ya sabes, para que no duela tanto —le planteé, con el corazón en un puño.

—No puedes hacer nada, Gaspar. Es algo que nos va a acompañar toda la vida. Pero seguro que tu madre está orgullosa de ti.

—Sí, ¿verdad? —Sonreí, a punto de llorar—. Seguro que la tuya también. ¿Cómo no iba a estar orgullosa del futuro rey de Santino? —bromeé.

—A mi madre nunca le gustó la realeza. Quería…, bueno, buscaba hacer otras cosas —expuso, y sacudió la cabeza, como tratando de alejar ciertos pensamientos de su mente—. Deberíamos irnos.

—Sube. —Luca, obediente, se sentó justo detrás de mí, cogiéndome de la cintura.

—Yo también la echo de menos —me confesó al oído, y me agarró con más fuerza. Casi como si fuera un abrazo.

13

Robin y yo nos hacemos íntimos amigos

No tuvimos ningún problema en regresar a palacio. Aunque Luca protestó bastante por tener que meterse otra vez en ese depósito, que, según él, estaba lleno de bichos; sin embargo, lo hizo, porque sabía que era la única forma de volver y que no le pillaran. Cuando entramos, había otros dos vigilantes y, tras unas leves explicaciones y dejarles mi móvil de nuevo, llevé el cortacésped a la entrada del invernadero para que Luca pudiera volver por el túnel secreto hasta su habitación. Me agradeció la tarde que habíamos pasado muy diplomáticamente, y también me aseguró que me devolverían los cuatro euros que me debía por el cómic.

—Ya te he dicho que es un regalo —insistí.

Pero le dio igual. La despedida fue cortés. Nos dimos la mano. Entró en el invernadero y desapareció.

He de confesar que me habría gustado un beso o algo de contacto físico más allá de darnos la mano como dos señores hetero de cuarenta años. Pero costaba mucho romper la barrera que se había creado, aunque creo que esa tarde en Santino cambió algo entre nosotros.

—Hay que empezar a preparar tu cumpleaños, Gaspar —me comentó mi abuela mientras desayunábamos el domingo por la mañana, aunque yo siguiera recordando mi escapada con Luca.

—Aún queda una semana —dije, como quitándole importancia—. Además, Marco y Sofia dijeron que se encargarían de todo.

—¿Tus primos? Fíate tú de ellos —refunfuñó mientras se sentaba en la mesa y mi abuelo aparecía por la puerta que daba a la piscina. Llevaba un periódico bajo el brazo e iba en bañador y chanclas, con una camisa a rayas totalmente abierta. Cogió un trozo de pan, lo mojó en un cuenco que tenía aceite y, tras carraspear ligeramente, se despidió alzando la cabeza y salió de la cocina.

Pensar en mi cumpleaños me ponía triste, porque no podía pasarlo con mis amigos en Madrid. Sabía que Lucía estaba de vacaciones con su familia, e iba a ser imposible que pudiera venir hasta Santino solo para celebrar mi cumple. Así que se iba a reducir todo a estar con mis abuelos, mi padre y quizá Marco, Sofia y yo qué sé, ¿Boro Lodi? No creo, porque tendría torneos que jugar. Menudo plan. Pero… no, no, era una tontería. ¿O podía…? No, ¿cómo…? Es decir… ¿Y si invitaba a Luca a mi cumple? A ver, claramente era imposible no ya que aceptara, sino que pudiera venir. Si no le dejaban salir de palacio, ¿cómo iba siquiera poder acercarse a mi casa?

Después de nuestra tarde en Santino, nuestra relación empezó a ser diferente. O, al menos, no me miraba siempre con esa displicencia a la que acostumbraba. No me miraba por encima del hombro. Se acercaba más a mí, dejaba que Robin jugara conmigo, me comentaba lo bien que había cortado la hierba u ordenaba que me trajeran un vaso de limonada cada hora para que no me deshidratara. Me gustaba mucho ese cambio en su actitud, aunque yo pensaba que, la siguiente vez que nos volviéramos a ver, me pediría regresar al pueblo. No pasó. Quizá porque le asustó demasiado la pillada que nos hizo Bastian y no quería jugársela de nuevo.

—¿Habías tenido alguna vez un perro o una mascota? —me preguntó la mañana del martes, curioso por saber más de mi vida en Madrid.

—No, la verdad. Aunque mi madre siempre quiso tener uno. Cuando era pequeña tenía un golden retriever y siempre me hablaba de él —le expliqué mientras cerraba una bolsa gigante de jardín repleta de hojas y ramas secas.

—¿Cómo es que no quiso tener más de mayor?

—Supongo que porque ya me tenía a mí —bromeé, aunque Luca no pareció pillar mi chiste. Estaba claro que mi humor y el humor santinés no se parecían mucho—. ¿Y tú? ¿Siempre has tenido a Robin?

—Mi madre lo rescató —empezó a decir—. Llegó un día hace ya varios años con él entre los brazos. Lo habían abandonado. Hizo detener su coche para recogerlo. Estaba con una pata rota, como si lo hubieran tirado por la ventanilla. ¿Cómo puede haber gente tan... sin corazón para hacer algo así?

—Hay mucho hijo de puta suelto —sentencié, y Luca se sorprendió al verme decir semejante taco.

—Estos días voy a estar muy ocupado con preparativos para *il Coriali.* ¿Podría pedirte un favor?

—¿Un príncipe pidiéndole un favor a un plebeyo? Pero ¿dónde se ha visto eso? —me burlé. Una vez más, no lo entendió.

—¿Te gustaría cuidar de Robin un par de días? Después de nuestra tarde, ya sabes dónde, me encantaría que conociera otras partes de Santino que no fueran el palacio. Y parece llevarse muy bien contigo —me sugirió. ¿En serio me estaba pidiendo que me encargara de su perro, del que seguramente fuera su mejor amigo? ¿Tanto se fiaba de mí? ¿Tanto había cambiado nuestra relación en tan poco tiempo?

—A mí me encantaría. El problema será mi abuelo. Es su casa. No sé si es muy amigo de los perros, de los animales o de alguien en general —mascullé, pensando en el «NO» tan enorme que me iba a decir mi abuelo en cuanto se lo contara.

—Tu abuelo se lleva bien con Robin. Lo conoce desde que llegó. No pondrá ningún problema. Eso seguro. Solo quiero saber si a ti te gustaría —insistió.

—Claro. Ya te lo he dicho. Me encantaría. —Y no estaba exagerando. Además, era una forma más de acercarme a Luca.

—*Bravissimo*. Hablaré con Filippo para que haga los arreglos.

Y así es como Robin pasó un par de días conmigo en la casa de mis abuelos. No todo fue bien desde el principio. A mi abuelo, como ya supuse, le pareció una malísima idea. No porque no le gustaran los perros, o porque se llevara mal con Robin: simplemente no se fiaba de mí, y estaba convencido de que era un riesgo innecesario. ¿Y si le pasaba algo al perro? Se le culparía a él, podría perder su trabajo. Y no era algo que quisiera poner en juego. Pero mi abuela le convenció para que confiara en mí. Si no fuera por ella…

Cuando llegamos el primer día, Robin no paró de ladrar y de corretear por todos lados. Era una fuerza de la naturaleza. Era imposible contenerlo. Tratando de evitar los gritos de mi abuelo y mi padre, me lo llevé a mi cuarto, a ver si conseguía calmarlo. Mala idea. Tiró los vinilos, se subió en mi cama llenándola de pelos y estuvo a punto de hacer pis en la pared. Pero ¿qué le pasaba? ¡Se había vuelto loco! Claro, acostumbrado a un sitio tan enorme como el palacio, la casa de mis abuelos le parecería enana.

—Robin, *calmo. Stai calmo*. Soy yo. Gaspar. Me conoces —dije en un susurro, tratando de parecer lo más amigable posible. No es que estuviera portándose mal, sino que estaba demasiado nervioso. Eufórico casi. Pero tenía que llevarme bien con él. No quería que Luca pensara que había fracasado en la misión que me había encomendado, o que no podía confiar en mí. Eso era lo último que deseaba—. Venga, Robin, pon algo de tu parte.

Al final, acabó calmándose y se acercó a mi mano, colocando su cabeza bajo ella para que le acariciara debajo de las orejas, algo que le encantaba.

—¿Ves? Si nos vamos a llevar muy bien…

Luca me había pedido que le enseñara Santino, así que, aprovechando que Marco y Sofia estaban por la zona, decidí quedar con ellos y les pedí que me acompañaran a dar un paseo. No solo me ayudarían con Robin, sino que además les podría preguntar por mi cumpleaños. Esa tarde me acercó mi padre al pueblo. Yo sentado en el asiento del copiloto y Robin detrás con media cabeza fuera por la ventanilla, ladrando ocasionalmente cuando nos cruzábamos con algún coche. No habíamos vuelto a ir juntos desde que llegamos. Habían pasado solo unas semanas, pero parecía como si lleváramos allí meses.

—¿Te está gustando Santino? —me preguntó mientras atravesábamos uno de los enormes campos de olivos que había en la zona.

—Sí, la verdad —admití—. Bastante diferente a la ciudad, ¿sabes? Aquí al menos puedo respirar aire puro sin tragarme el humo de los tubos de escape.

—Es una mejora. Te dije que te gustaría. —¿Ah, sí? ¿Me lo dijo?—. Sé que he estado un poco desaparecido desde que llegamos, pero es porque tengo mucho trabajo. ¿Entiendes eso?

—Claro. ¿Por qué no iba a entenderlo? —No, pero bueno.

—Pero me gusta que hagas nuevos amigos, y que tengas a gente de tu edad con la que hablar. Mientras no te metas en líos, todo irá bien. —Y noté una amenaza velada y sutil en sus palabras. ¿Desde cuándo me metía yo en líos? Bueno, si supiera que ayudé la otra tarde a escapar a Luca de palacio… Sí, eso podría denominarse como «meterse en líos».

—Lo sé. Si soy un chico superbueno, ya lo sabes —bromeé, y lo único que obtuve como respuesta fue un gruñido. Sí, igualito a los del abuelo. Se notaba que eran familia.

—Ya sabes por qué lo digo —repuso y miró por el retrovisor a Robin, que seguía asomado por la ventanilla, con la lengua fuera y las orejas al viento.

—¿Robin? ¡Si es un cacho de pan! Si Luca…, el príncipe Calliveri, me lo dejó es porque se fía de mí. ¿Por qué vosotros sois incapaces de hacer lo mismo? —repliqué, molesto, y me crucé de brazos, evitando su mirada.

—Pero no estamos en casa. Es la casa de tus abuelos. Entiendes eso, ¿verdad?

—Sí. Lo entiendo. Pero no voy a hacer nada.

—A tu abuelo no le gustan los cambios, Luca. —Creí entrever en esa frase un sentido más profundo.

—¿Por qué dejaste de trabajar en el palacio? ¿Tan mal te llevabas con el abuelo?

Mi padre se tomó unos segundos extras para pensar una respuesta.

—Llegó un momento en el que ya no podía seguir trabajando allí.

—¿Por qué?

—Ya lo entenderás —respondió tratando de finalizar la conversación. Yo solo podía pensar en lo mal que debían de haberse llevado los dos. O eso, o fue cuando conoció a mamá…

Entramos en Santino Porto después de varios minutos esperando a que pasara un camión por una calle demasiado estrecha, y mi padre me dejó cerca del puerto, donde estaba la plaza central. Se despidió diciéndome que me lo pasara bien y que, en un par de horas, vendría a recogerme. Genial. Pasarlo bien con hora de recogida.

—Vamos, Robin, a dar una vuelta. —No me gustaba llevarlo atado, pero mejor prevenir que curar. Así que le coloqué el arnés entre las cuatro patas (sorprendentemente dejó que se lo pusiera sin ningún tipo de protesta) y echamos a andar entre las calles angostas de Santino Porto.

Tenía miedo de encontrarme de nuevo a Bastian. Me parecía verlo en cada esquina, me lo imaginaba agazapado en algún portal para darme un susto y empezar a hacerme chantaje para no confesar que nos había pillado a Luca y a mí. Pero, siempre que me agobiaba con ello, miraba la foto que nos habíamos hecho el príncipe y yo. No podía dejar de contemplar sus ojos, su media sonrisa, su pelo, su nariz aguileña y perfecta. Joder, me gustaba Luca Calliveri.

Cada vez estaba más claro. Pero no pude seguir pensando en él porque Robin pegó un tirón con tal fuerza que casi me caigo. Empezó a ladrar como un poseso, tratando de correr. Y cuando vi que teníamos un gato, de un color atigrado, delante de nosotros, entendí la razón.

—¡Robin, no! ¡No! ¡*Stai calmo*, Robin, por favor! —Pero daba igual lo que le dijera. Tiró tan fuerte que una de las anillas que sujetaba la correa al arnés se soltó y Robin echó a correr a toda velocidad, desapareciendo tras la esquina y estando a punto de tirarme de nuevo, esta vez de boca. Aunque eso daba igual. Había perdido a Robin. ¡Al perro de Luca Calliveri!—. ¡ROBIN!

Pegué tal grito que hasta una señora se asomó desde la ventana para mandarme callar. «¡Y yo qué le voy a hacer, señora! ¡Que se escapa el perro!». Claro, ¿quién iba a saber que ese dálmata era el perro de Luca Calliveri, el futuro rey de Santino? Pues yo. Yo lo sabía. Y estaba en un aprieto de tres pares de narices, por no decir otra cosa. Cuando salí de esa calle a una más grande, no había ni rastro de Robin por ningún lado. Un coche empezó a pitarme porque, claro, estaba en medio, y tuve que apartarme para que pudiera pasar y dejara de insultarme en italiano. Solo esperaba que Robin también se apartara si veía un coche ir hacia él.

—Venga, Gaspar, que no pasa nada, que seguro que está ahí sentado, esperando a que lo encuentres. Y, cuando te vea, ya verás lo mucho que se va a alegrar.

Pero nada. Robin no estaba por ningún lado. Llegué hasta la plaza central, algo tranquila a esas horas de la tarde, a pesar de que el sol no estaba tan alto y al menos el calor no era tan sofocante como acostumbraba.

—¡Robin! ¡Robin! Perdone, ¿ha visto a un perro así, dálmata? Blanco y negro —le pregunté a un hombre que tenía cara de simpático, pero se limitó a responderme en italiano y no entendí nada. Ni una sola palabra—. *Grazie mille*…, supongo. ¡ROBIN!

Me asomé a la playa, por si había decidido bajar a la arena persiguiendo alguna pelota de esas gigantes de plástico. Tampoco tuve suerte. Estaba empezando a sudar muchísimo, no sé si por el calor o por los nervios. Pero no podía seguir pensando que no iba a encontrarlo. «Venga, actitud positiva. *Mindfulness* y esas cosas. Manifestemos. Visualicemos».

—¡ROBIN! ¡¿DÓNDE ESTÁS?! ¡VENGA, ROBIN! —gritaba, desesperado, en medio de la plaza, mirando hacia todos lados, tratando de oír cualquier sonido, cualquier mínimo ladrido en la lejanía. Cerré los ojos y agudicé el oído todo lo posible, y creí oír algo por la calle por la que se subía a la tienda de vinilos, así que me lancé hacia la cuesta, evitando bicis y carritos de la compra.

Oí de nuevo ladridos, un poco más cercanos, y seguí mi instinto. No podía estar muy lejos. Tampoco le había dejado tanto tiempo solo, ¿no? Llegué a la plazuela en la que estaba la tienda de vinilos junto a la de cómics, Metrópolis. Y ahí en medio, sentado, en el suelo, estaba Robin, como si no hubiera pasado nada. Junto a él, un chico y una chica que no dejaban de hacerle caricias. Marco y Sofia. Llegué corriendo y enganché la correa al arnés de Robin para impedir que volviera a escaparse. Suspiré y casi me caigo de rodillas al suelo, exhausto y aún con el pulso aceleradísimo.

—Pero, primito, ¿qué te pasa? ¿Desde cuándo tienes un perro? —me preguntó Marco, sorprendido por mi agotamiento. Yo apenas podía hablar, casi con la lengua fuera.

—Yo…, eh…, eh… No… Ay… No-no es mío —conseguí decir después de un rato tratando de coger el aire.

—¿De quién es? ¿Lo has robado? ¿Se lo estás robando a alguien? —se alarmó Marco, mirando a un lado y otro. No sé qué esperaba encontrar. ¿Una pobre niña llorando acusándome de secuestro perruno?

—No. No lo he robado. Este es Robin. Es el perro de Luca —susurré por si alguien nos estaba escuchando. Mi padre me lo había pegado. Siempre pensaba que alguien nos estaba espiando, que había alguien pendiente de lo que estábamos diciendo o haciendo.

—¿Luca Calliveri? —preguntó Sofia mientras no dejaba de acariciarle bajo las orejas. Claro, Robin estaba encantado. Amaba ser el centro de atención y que le dieran cariño continuo.

—Ni que conocieras a muchos Luca, Sofi, por favor —le recriminó su hermano con desdén.

—¿Cómo que no? ¿Y qué hay de Luca Rizzo?

—Sí. Seguro que este dálmata es de tu ex, el *dentone*. —Y mostró sus dientes de forma exagerada—. ¿Qué tal eftaf, Sofia? Tef quierof —se burló Marco mientras su hermana trataba de ignorarle todo lo posible.

—Pasa de él, Gaspar. Marco se cree el más gracioso siempre.

—¿Y no lo soy? —replicó, fingiendo estar ofendido.

—¿Ves? Mejor ignorarle. ¿Qué tal estás? ¿Llevas mucho tiempo dando vueltas por Santino? —me preguntó mientras echábamos a andar de nuevo, con Robin bien cerca y asegurado. Había tenido una suerte enorme al haberle encontrado, pero aún me duraba el susto.

—Nada, llevo muy poco tiempo. Me dejó mi padre hace un rato.

—Genial. ¿Vamos al Arcobaleni?

—Lo único que yo solo tengo un par de horas… Bueno, un poco menos ya. Vendrá a buscarme mi padre también —avisé. Marco y Sofia se miraron, juguetones.

—Nos sobra tiempo para organizar tu cumpleaños —dijo él.

—Y que nos cuentes qué tal con el principito, que el amor está en el aire, por lo que vemos —añadió Sofia.

Era muy gracioso verlos juntos, como si fueran siameses. Yo iba en el medio y los dos caminaban por Santino como si las calles les pertenecieran, con un aplomo y una seguridad increíbles. Llegamos al Arcobaleni, cuya terraza estaba repleta de gente. Por suerte, había varias mesas libres en el interior, y además aceptaban mascotas, así que ningún problema. No llevábamos ni cinco minutos y ya teníamos varias bebidas sobre la mesa. La mía era un Neve blu, como la última vez. Mezclé los líquidos rojo y azul y le di un sorbo. Dulce y ácida a la vez, espesa gracias al hielo picado, y tenía una textura como de nieve. De ahí el nombre.

Obviamente, casi lo primero que les conté fue mi escapada a Santino con Luca. Al principio fliparon. Fliparon bastante. Y querían saber todos los detalles de esa tarde que habíamos pasado juntos. Según les iba contando, iban acercándose más y más, intercambiando miradas entre ellos de cuando en cuando, hasta que al final me harté y les pregunté directamente.

—¿Qué pasa? ¿Os aburro o qué?

—Para nada, Gaspi —dijo Marco, y se rio.

—¿Gaspi? ¿Desde cuándo le llamas así?

—Lo he improvisado. Pero es *catchy*. Me gusta. ¿A ti no? —Y los dos estuvieron repitiendo el nombre en voz alta un buen rato, tratando de rimarlo con otras palabras—. No nos aburres —repitió Marco—. Solo que es evidente que estás enamorado del príncipe Calliveri, ni más ni menos.

—¿Enamorado? ¡Qué dices! —me defendí, molesto. Menudos exagerados. ¿Cómo iba a estar enamorado de Luca Calliveri? No tenía sentido. Claro que no. ¿Que me gustaba? Pues sí, un poco, no podía negarlo. Pero de ahí a sentir algo más…

—Se te nota a la legua. Pero no pasa nada. Es normal. Seguro que es guapísimo.

—O no. No todo es el físico, Marco, a ver si lo aprendes —le reprendió su hermana.

—No estoy enamorado de Luca Calliveri —insistí—. Además, ni siquiera somos de la misma…

—¿Especie? —se adelantó Marco.

—¿Religión? —aventuró Sofia encogiéndose de hombros.

—Clase. No somos de la misma clase. —Decirlo en voz alta me hacía recordar las palabras que me había dicho Bastian. Solo para hacerme daño, eso lo tenía claro. «No te hagas ilusiones. Luca es de la realeza. Tú… tú eres el nieto del *pastero*. No sois de la misma clase».

—Buf. Menuda chorrada, chico. A ver, un secreto, querido primo. Si os gustáis, ¿qué más da que seáis diferentes? Lo importante es lo que sientas tú —afirmó, y me señaló el corazón.

—Bueno, y lo que sienta Luca, ¿no? —subrayó Sofia mientras bebía un poco de su Cosmopolitan.

—Gracias por el apunte —dijo Marco, sarcástico como él solo—. Que esas tonterías no te frenen. Porque son eso. Frenos que no necesitas en tu vida.

—Eso no es lo que opina Bastian —repliqué, terminando mi bebida de un sorbo. Dios, qué bueno estaba. Me bebería cinco—. Bastian es el primo de Luca. Un gilipollas integral, hablando claro.

—¿El estúpido del otro día? ¿El del vinilo?

—Sí. Y me la tiene jurada. La otra tarde, cuando vinimos a Santino, nos lo encontramos. Y me dijo que no me hiciera ilusiones con Luca, que yo solo era el nieto del *pastero.*

—¡Y a mucha honra, Gaspar! —espetó Marco poniéndose en pie de sopetón, y estando a punto de tirarle la copa a Sofia, que chasqueó la lengua como signo de protesta—. Levántate.

—¿Eh? ¿Cómo? —¡Qué vergüenza! Estaba mirándonos todo el mundo.

—En pie, Gaspar Costa —insistió Marco y claro, pues le tuve que obedecer.

—Nada de hacerse de menos. Nunca. Repite conmigo: «Me gusto tal como soy».

—Qué vergüenza, por favor.

—Venga, Gaspar. Repite: «Me gusto tal como soy» —insistió Marco una vez más, y yo lo repetí, pero tan bajo que casi ni yo mismo me oí.

—Más alto, hombre. Puedes hacerlo mejor. ¡Que no te dé vergüenza! ¡Estás rodeado de amigos! ¡Y de amigas! ¿A que sí? —vociferó Marco, y, como respuesta, obtuvimos varios brindis y un par de vítores. Al parecer, Marco y Sofia eran muy conocidos en el Arcobaleni—. Venga, Gaspar. Repítelo. «Me gusto tal como soy».

—«Me gusto tal como soy» —dije, un poco más alto esa vez. Sofia me miraba con una sonrisa dibujada en la cara.

—«Nadie es mejor que yo». Venga. Dilo.

—«Nadie es mejor que yo» —repetí.

—«Ni yo soy mejor que nadie».

—«Ni yo soy mejor que nadie».

—Venga, ahora todo junto. —Y, sin previo aviso, se subió a la silla y, de ahí, a la mesa—. «Me gusto tal como soy. Nadie es mejor que yo. Ni yo soy mejor que nadie».

—«Me gusto tal como soy. Nadie es mejor que yo. Ni yo soy mejor que nadie» —lo imité con un poco menos de vergüenza.

—*You were born this way, baby* —canturreó, y elevó el brazo al aire mientras hacía un movimiento de cadera que parecía Elvis.

—*Ehi tu, sul tavolo! Scendi subito!* —gritó el dueño del bar desde la barra. Marco le lanzó un par de besos con mucha sorna y bajó con la ayuda de Sofia, aunque estuvo a punto de resbalar.

Dios, estaban locos. Nunca había conocido a nadie como ellos dos. Eran totalmente diferentes a mis amigos de Madrid. Me habían acogido muy rápido, y notaba que querían hacérmelo pasar bien. Desde luego que lo estaban consiguiendo. Hablamos de todo, bebí tres Neve Blu más (yo creo que hasta tuve un subidón de azúcar) y discutimos qué hacer con mi cumpleaños, para el que quedaban solo tres días. Los dos tenían muchas ideas. Obviamente, íbamos a celebrarlo en casa de mis abuelos. Y, como no tenía amigos en Santino, ellos se encargarían de la lista de invitados.

—La comida correrá a cargo de la abuela. Estará encantada de prepararlo todo —anunció Sofia mientras iba apuntando posibles planes en su teléfono móvil.

—Lasaña… Uf, solo de pensar en ello, me entra un hambre insoportable. —Se relamió Marco.

—Y de la decoración me encargo yo, que soy la única que tiene un mínimo de gusto en esta familia. Bueno, y tú también, Marco, pero tienes que encargarte de la bebida.

—A mandar, mi capitán —se burló Marco, llevándose una mano a la frente.

—¿Qué piensas hacer con Luca, Gaspar? —me preguntó Sofia a la salida del bar.

—¿Yo? Si no puedo hacer nada. No-no-no voy a hacer nada.

—¿Y si le invitas a tu cumple?

—¿A mi cumple? Pero ¡qué decís! Ni de coña. Además, si ni siquiera tiene permitido salir de palacio… ¡como para venir hasta casa! Imposible. Nada de nada. —Negué con la cabeza.

—El mundo es para los valientes —afirmó Marco mientras no dejaba de mirar al sol, cada vez más bajo a esas horas de la tarde.

—Sí, claro. Qué fácil es decirlo.

—Por eso lo digo —se burló Marco, puñetero como él solo—. Tú piensa en ello. No tienes nada que perder, pero sí mucho que ganar. Además, si tanto le gustó salir de palacio, estará deseando volver a hacerlo, ¿no? —En eso tenía razón.

—Piensa que el *estate* parece largo, sí, pero se acaba —añadió Sofia—. Hay que lanzarse a la vida, primito. Hay que ir a por todas.

Tras la tarde que pasamos en el Arcobaleni, aproveché para dar una última vuelta con Robin por las calles de Santino una vez que se fueron Marco y Sofia. Los acompañé hasta su coche, un Fiat pequeñito de color plateado, y me dijeron que no me preocupara de nada, que mi cumpleaños sería el mejor de mi vida. Sofia se despidió desde la ventanilla y los vi desaparecer al final de la calle. Mi padre me llamó para avisarme de que, en unos quince minutos, le esperara en la plaza central. Robin ya estaba más calmado, y se dejaba guiar mucho mejor. Al menos no me dio ningún susto más y no tiraba de mí como cuando habíamos llegado a Santino por la tarde. Estábamos bajando por una de las calles estrechas cuando vi una fuente perfecta para que Robin bebiera un poco de agua. Ya sabéis, el calor de Santino. Me quejo mucho de él, lo sé. Y, cuando me acerqué a ella, antes de presionar el botón para que saliera agua, vi dibujado en la fachada del edificio que estaba al lado un círculo de color rosa claro. Era bastante grande, casi como mi mano. ¿Sería uno de los Siete Puntos del Amor? Me quedé mirándolo un buen rato y le hice una foto. Primero para recordar cómo volver. Segundo, para enviarles la foto a Marco y Sofia y que me confirmaran que era uno de los puntos de los que me habían hablado.

Solo esperaba poder volver con Luca una tarde más a Santino y encontrar con él los seis restantes. Uno podía soñar, ¿verdad?

14

Mi cumple pasado por agua

La suerte que tuve es que mi cumpleaños caía en sábado. Tras nuestra tarde en Santino, y después de haberme quedado un par de días con Robin, no había visto casi a Luca salvo de lejos, hablando con Filippo, o entrenando en el campo de tiro con arco. La profesora, cada vez que me veía, siempre insistía en que volviera, y que me daría unas clases para enseñarme por fin. Pero cada día que pasaba tenía más y más trabajo que hacer en palacio, sobre todo desde que le habían encargado a mi abuelo talar varios árboles de la zona sur de los jardines. Daba pena porque llevaban años allí, pero estaban enfermos y eran peligrosos porque podían caerse en cualquier momento. Así que él dirigía la labor de talarlos y luego yo y varios ayudantes más nos encargábamos de reducirlos a astillas para quitarlos de en medio. Según tenía entendido, el serrín resultante se guardaba en palacio, pero no tenía muy claro para qué.

Robin y yo nos habíamos hecho casi inseparables. Cada vez que me veía, venía directo hacia mí, a jugar, a lamerme la cara, a buscar cariño. Solo había tenido que estar un par de días en casa conmigo para que fuera tan cariñoso. Y yo, por dentro, no podía estar más feliz, porque eso suponía sentirme cada vez más cerca de Luca, cada vez más conectado con él.

Aunque las palabras de Bastian seguían apareciendo en mi mente de cuando en cuando.

De todos modos, el viernes antes de mi cumple, cuando pillé a Luca yendo de camino a la piscina, me acerqué a él para invitarle. Sabía que me iba a decir que no, pero lo intentaría de todos modos. Yo iba con mi mono de trabajo, todo repleto de manchas de tierra, de hierba y de restos de las ramas secas de los árboles que habíamos tenido que talar. Luca vestía un bañador de pantalón corto, color azul claro, y una camisa abierta a rayas azules. Estaba guapísimo, como siempre.

—¿Sí? —me preguntó mientras cogía una toalla de un enorme cesto de mimbre justo antes de llegar a la ducha plateada que había al borde de la piscina. Lo daría todo por pasarme ahí el día, tomando el sol con baños ocasionales.

—Hola, *principesco* —bromeé. Verle así, casi sin ropa, me ponía nervioso… y me recordaba al sueño que tuve días antes—. ¿Va bien la mañana?

—¿Querías algo, Gaspar? Solo tengo unos minutos para bañarme y tendré que volver al trabajo —se lamentó, tratando de meterme prisa.

—Ah, sí, sí, sí. No sé si te acordarás de que esta semana es mi cumpleaños. Bueno, mañana para ser más exactos. No recuerdo si te lo dije o no, pero, si no te lo dije, te lo digo ahora. —Luca no dejaba de mirarme, sin entender mucho lo que estaba pasando y visiblemente impaciente por irse a bañar de una vez—. El caso es que, a ver, es una tontería, lo sé, pero, bueno, por si querías pasarte, mañana lo celebro en casa de mis abuelos. Ya sé que no puedes salir de palacio y esas cosas, lógicamente. Pero, mira, si de repente te da por ahí, pues molaría, la verdad. Ay. —Y me callé. Porque había sido todo tan ridículo…

Luca se quedó en silencio, pensativo, supongo que tratando de elegir bien las palabras que iba a decirme a continuación.

—Lo siento, pero no podré ir. Ya sabes que no puedo salir de palacio sin permiso y…

—¡Ya, ya! Sí, sí, sí, sí. Lo entiendo perfectamente, la verdad. No pasa nada, si es que era una chorrada enorme… Así que, bueno, que gracias y que me voy a trabajar, que como me vea mi abuelo aquí de charla, me mata.

—Gracias por invitarme.

—¡Ah, para nada! Un placer. Sabía que no ibas a poder, pero, por intentarlo, que no quede. Como dice mi padre: «El "no" ya lo tienes». Así que, bueno, pues eso. Ya me voy. Que vaya bien el baño.

—*Grazie* —asintió, y se dio la vuelta para meterse en la ducha mientras yo me alejaba de la piscina. Obviamente, me giré para ver cómo se quitaba la camisa y se daba una ducha rápida para entrar en el agua. Hasta que me di cuenta de que llevaba demasiado tiempo mirando y ya no volví a hacerlo más.

El sábado por la mañana no me levanté como de costumbre, con la alarma y tranquilamente en mi cuarto. No. Creo que debí de notar una presencia porque me desperté sobresaltado y, cuando abrí los ojos, el susto que me di fue de muerte. Porque en mi cuarto estaban Marco y Sofia, con sendos globos y las sonrisas más siniestras que uno se pueda imaginar.

—Pero ¡¿qué hacéis aquí?!

—*Tanti auguri a te, tanti auguri a te, tanti auguri Gaspar, tanti auguri a te* —cantaron al unísono, y con una potencia de voz que me dejó asombrado. Sobre todo Marco. Tenía muy buena voz—. ¡Buenos días, primito! ¡Feliz cumpleaños!

—Pero ¿qué hacéis en mi cuarto? —dije, cubriéndome con la sábana, aunque daba igual porque ya me habían visto en calzoncillos. ¡Y menos mal que no me había despertado como otras mañanas, porque entonces sí que habría sido incómodo!

—Felicitarte el cumpleaños, obvio —respondió Marco.

—Hoy es tu día, y hemos venido temprano para ayudar con los preparativos —añadió Sofia mientras se dejaba caer en un puf que había en la esquina de mi cuarto. De él salió una nube de polvo gigante que llenó toda la estancia—. *Mancio!*

—Siempre hay que tener cuidado con dónde te sientas —bromeó Marco, y se puso a mi lado en la cama—. ¿Sabes que hay un remedio casero para esos ronquidos?

—¿Ronquidos? ¡¿Qué?!

—La abuela sabe cómo. Así le quitó los ronquidos al abuelo —me explicó Marco. Pero ¡si yo no roncaba!

—Bueno, te dejamos que te pegues una ducha y te vistas. Te esperamos abajo, que vamos a ir a Santino a comprar toda la comida para la celebración… y a darte nuestro regalo, por supuesto —señaló Sofia mientras se levantaba del puf y se limpiaba el polvo que tenía por toda la ropa.

—¿Regalo? No teníais que regalarme nada.

—Aún no lo hemos hecho. Pero en los cumpleaños se regala algo. Y sobre todo si somos familia. Hay que cuidar siempre los detalles —me dijo Marco, cogiéndome las manos y dándome unos golpecitos con los dedos—. Venga, a lavar ese cuerpazo de jardinero y nos vemos abajo.

—Sí, cuerpazo. Claro.

—Cuerpazo, Gaspar. Es tuyo. Quiérelo —me reprendió Marco, se levantó de la cama de un salto y salieron él y Sofia de mi cuarto como si estuvieran unidos por una cuerda invisible. Eran tan raros… A Lucía le encantarían. Eso seguro. Ella era mucho más divertida que yo. También estaba más loca.

Como me habían avanzado, esa mañana fuimos a Santino Porto los tres. Pero, antes de eso, desayunamos en casa. Mi abuela me dio más besos que en su vida, mi abuelo me regaló un jersey de punto que tenía pinta de tener cincuenta años como poco (era precioso, eso sí) y mi padre estuvo más simpático conmigo que nunca. Ya podía ser mi cumpleaños todos los días, porque me encantaba sentirme el centro del universo. Obviamente, mi abuela cocinó todo y más para que empezara el día con energía y con fuerza. Y me prometió preparar todo lo que quisiera para la fiesta de mi cumpleaños. «Un menú privado», me dijo. También nos encargó varias cosas, ya que bajábamos al centro, y, mientras Sofia apuntaba todo en su móvil, Marco y yo fuimos arrancando el coche. Ventajas de llegar el primero era que podía sentarme en el asiento del copiloto.

¿Y cuál fue su regalo? Una pulsera de *tauro.* No tenía ni idea de lo que era. Pero al parecer era algo muy famoso e importante en Santino. Fuimos a una pequeña tienda donde podías hacerla tú mismo. Aunque fueron ellos los que me la hicieron a mí. Así era la tradición.

—Esta pulsera de *tauro* simboliza la conexión que tienes con la gente que te rodea. Mira, están estas bolitas, ¿sabes? Y puedes meterlas en la pulsera. Cada una es una persona que está en tu vida. Pero no puedes poner tú las bolas que quieras. Esas personas te tienen que dar una bola de su propia pulsera. La primera. La que tú eliges cuando te regalan una pulsera de *tauro* —me fue explicando Sofia según iban haciéndola con cuatro cuerdas de color marrón oscuro.

—A ti te pega elegir la de color verde, ¿a que sí? —comentó Marco.

—Es mi color favorito —admití.

—¿Ves? Si es que tengo buen ojo para estas cosas. —Sonrió—. Yo te voy a dar una azul oscuro, que significa valentía.

—Y yo una dorada, que significa inteligencia —agregó Sofia. Después de entrelazar las cuatro cuerdas, metieron sus bolitas por dentro. Eran lisas y un poco brillantes. La última fue la mía, la de color verde, y me ayudaron a atar la pulsera para que no se soltara—. Este es nuestro regalo.

—Muchas gracias —dije, orgulloso, mirando la pulsera continuamente—. ¿Qué significa «tauro»?

—No significa nada realmente. A ver, la historia de esta tradición tiene cientos de años. Dos amantes, ya sabes. Así empiezan casi todas las leyendas. Obviamente estaban enamorados, pero su amor estaba prohibido. Nobleza y pueblo. Pero, gracias a que Tadzio era ayudante del peletero, creó una cuerda con cuatro cintas de cuero y, con su ayuda, conseguía subir todas las noches una pequeña esfera en la que escribía poemas de amor para su amante —relató Marco.

—Hasta que un día Tadzio subió a la habitación y los pillaron. Murió ahorcado en la plaza central —dijo Sofia con pesadumbre.

—Pero ¿por qué estaba prohibido su amor? —pregunté.

—Bueno, porque eran dos chicos. Tadzio y Mauro.

—Tauro —reflexioné.

—Qué listo, Gaspi —bromeó Marco, pero yo no podía dejar de pensar en la historia y de mirar la pulsera, pensando en el amor de Tadzio y Mauro. Una leyenda triste y dramática, como siempre.

—Así que cuida bien esta pulsera. Y, claro, piensa bien a quién dejas entrar en ella.

—Lo haré. Gracias.

Después de comprar todo lo que nos había pedido la abuela, además de la bebida para la noche y unas guirnaldas de luces que quería Sofia, comimos en uno de los bares que daban a la playa y volvimos a casa. Pasamos la tarde en la piscina hasta que el cielo comenzó a nublarse. Eso marcó el momento de cambiarse y empezar a preparar las cosas, aunque a mí no me dejaron hacer nada. De hecho, insistieron en que debía quedarme en mi cuarto hasta que me avisaran para poder bajar. Todo tenía que ser una sorpresa.

Así que me encerré en mi habitación, espiando de cuando en cuando por la ventana, mientras escuchaba música proveniente del jardín y las risas de mis primos. Hasta que me harté. Yo también quería participar de la preparación. Y, cuando fui a abrir la puerta, me encontré a mi padre esperando en el pasillo.

—¿Eres el vigilante encargado de impedirme bajar?

—No. He venido a buscarte. Tus primos han estado toda la tarde preparando la fiesta —me dijo, y echó a andar hacia las escaleras para que le siguiera.

Cuando salí al exterior, el aroma a lluvia lo inundaba todo. Estaba el cielo totalmente encapotado, pero las nubes eran altas, así que seguramente tendríamos suerte y no caería ni una sola gota. O eso esperábamos. Mi padre me acompañó hasta la parte trasera de la casa y donde estaba la mesa en la que cenábamos siempre, con las alas extendidas y repleta de comida. De la parra colgaban unas guirnaldas de luces anaranjadas, y a ambos lados de la mesa unas antorchas daban a todo el conjunto un aspecto mágico. Había banderillas de colores plateados y blancos, varias velas enormes a lo largo de la mesa preparadas para ser encendidas, y una enorme pieza de mármol donde estaban todas las bebidas, junto a una ponchera que contenía un líquido rojo.

Aparte, cerca de los nectarinos junto a la piscina, había altavoces cubiertos por una pequeña carpa blanca. Sobre la mesa había un cartel en el que se leía: TANTI AUGURI, GASPAR. Y, claro, yo pues me emocioné.

—¡Es perfecto! —exploté y todos empezaron a aplaudir, como si hubiera dicho la cosa más graciosa del mundo.

Me moría de hambre y, obvio, me acerqué a la comida, pero mi abuela me lo prohibió. «Hay que esperar a que llegue la gente. Ya lo sabes». Joder, pues vale. Oler comida y no poder comerla. La peor tortura que existe. Aunque, por suerte, los invitados llegaron bastante rápido. Eso sí, nadie de mi edad. Pero eso ya lo suponía. Los únicos que tenían una edad similar eran Marco y Sofia. Boro Lodi y su mujer no vinieron. «Está jugando un torneo en Hamburgo», me explicó mi abuelo. «Y ya está en semifinales». Apareció familia que no conocía y varios amigos de la ciudad. Al final nos juntamos casi treinta personas. Curioso que no conociera a casi nadie. Por suerte, Marco y Sofia estuvieron todo el rato conmigo. Y jugamos con los niños pequeños, que debían de tener unos seis o siete años. Mientras no lloviera, podíamos aprovechar la piscina, y los adultos, que hablaran de sus temas aburridos de adultos. Lo que no esperaba era que, en medio de la tarde, apareciera un coche más en la entrada de la casa. Un coche negro con los cristales tintados. ¿Quién venía ahí? ¿Sería Boro Lodi?

El abuelo, que fue el primero en verlo, y que también era el encargado de recibir a los invitados, se acercó a la entrada mientras el resto de la gente seguía comiendo y bailando alrededor de la mesa. Del interior salió un hombre al que no pude ver bien, pero sí que vi a mi abuelo totalmente anonadado y girándose de golpe, buscando algo. Bueno, a alguien más bien. A mí. Al ver que le estaba mirando, me indicó con la mano que me acercara.

—A saber en el lío que te has metido ahora —me dijo Marco mientras devoraba un trozo de pizza de *quattro formaggi*. De fondo sonaba *Centro di gravità permanente*, una de las canciones favoritas de mi abuela.

Salí de la piscina y me acerqué con cautela, temiendo el momento de llegar y que me cayera una bronca. Hasta que, cuando por fin se apartó la gente, vi cómo se abría la puerta trasera del coche y, de su interior, salía Luca con una enorme sonrisa. Llevaba una caja entre las manos. De reojo pude ver cómo Filippo se llevaba a mi abuelo lejos de la gente para hablar con él. Pero eso ya me daba igual. Es decir, Luca había venido.

—*Tanti auguri*, Gaspar —fue su saludo—. Te he traído un regalo.

—¿Un regalo? Pero… Pero ¿qué haces aquí?

—El regalo primero. Las preguntas después. —Me tendió la caja blanca cerrada con un cordel rojo. La cogí de sus manos y, nervioso como nunca antes, desenredé el cordel para abrirla. Su interior estaba repleto de *corni*—. Encargué una caja con todos los sabores, para que no te quede ninguno sin probar.

—Me encanta. —Las piernas me temblaban. Nunca había estado así en su presencia. Pero es que verle ahí, en la puerta de la casa, entre los olivos, con su elegancia innata… Llevaba una camisa azul claro con los dos últimos botones desabrochados, y un pantalón de lino color verde musgo, ancho y que le llegaba hasta los tobillos.

—Solo te pido que no me llames por mi nombre delante de todos estos invitados. Llámame…

—Te puedo llamar Robin —me adelanté y se le iluminó la cara.

—Me parece una buena idea —asintió—. Ahora, enséñame tu casa.

—Y tú explícame cómo es que has podido venir. Es decir… Gracias mil por venir. Pero sigo un poco descolocado.

Antes de empezar a andar en dirección a la casa, Filippo se acercó con mi abuelo. Los dos lucían un semblante muy serio. Menudos dos se habían unido.

—*Un'ora, sua altezza* —le advirtió Filippo.

—Filippo, por favor, no digas eso aquí o te oirán. Sé el tiempo que tengo. Espera en el coche, por favor. —El mayordomo, haciendo una leve reverencia, nos dio la espalda y se metió de nuevo en el coche, cerrando las puertas. Luca saludó a mi abuelo con un apretón de manos y los tres caminamos hacia la zona de la piscina.

Marco y Sofia me miraron, intrigados, les hice un gesto con la cabeza como indicándoles que ahora les presentaría al chico que me acompañaba. Le enseñé la entrada, la zona de la mesa, que seguía repleta de comida, y le ofrecí un vaso de limonada casera de mi abuela. Bueno, realmente se lo ofreció ella en cuanto nos vio.

—¿Quién es tu amigo, cariño? —me preguntó mientras nos daba un vaso a cada uno.

—Se llama Robin. Vive en Santino Porto. —No quería mentir a mi abuela, pero había demasiada gente alrededor como para decirle la verdad. Yo pensaba que le reconocería, pero, si solo le había visto de pequeño o tenía que basarse en las descripciones de mi abuelo, tampoco tenía por qué reconocerle.

—Ah, me alegro de que tengas amigos de tu edad. *Un piacere conoscerti* —dicho lo cual, se acercó para darle dos besos. Claro, Luca se quedó un poco pillado. El protocolo a tomar viento—. Enséñale la casa y asegúrate de que coma bien, ¿eh? Hay comida de sobra.

Y, tras esa rápida introducción, íbamos a entrar en la casa cuando empezó a saludarme un montón de gente y a felicitarme el cumpleaños. Me disculpé con la mirada con Luca, porque no me dejaban en paz, pero a él no pareció importarle. Tenía la misma expresión dibujada en la cara que el otro día en el pueblo. Miraba todo como si fuera por primera vez.

—Cielo, ¿puedes ayudarme a traer una cosa de la cocina? —oí cómo le decía mi abuela. Luca me buscó con los ojos, pero yo estaba con dos señoras que debían de tener unos cincuenta años, que no paraban de revolverme el pelo y decirme lo guapo que era. Cuando quise ayudarle, ya no estaba por ningún lado.

Dejé la caja de *corni* en un lado de la mesa y, después de asegurarme de que nadie me iba a interrumpir, fui directo hacia la cocina, donde estaba mi abuela con Luca, enseñándole cómo hacía la mozzarella. Porque sí, porque mi abuela también hacía mozzarella casera. Después de rescatarle de sus continuas lecciones, fuimos a la zona de la piscina, donde conoció a Marco y a Sofia. También les dije que era Robin, un amigo. Obviamente, ninguno de los dos se lo creyó, pero disimularon perfectamente y fueron más simpáticos que nunca.

—Me gusta el nombre de Robin. Creo haberlo oído en alguna parte —comentó Marco y me miró. Joder, claro, ellos habían conocido al perro de Luca. No lo había pensado.

—Debe de ser un nombre muy común —improvisé.

—No tan común, no. Pero muy bonito, aun así —apostilló Sofia, que no dejaba de reírse con toda la situación.

—Bueno, nosotros vamos ya a sentarnos en la mesa, ¿vale? Que tengo un hambre… —me excusé y me lo llevé lejos de allí. Aunque no mentí, porque el hambre que tenía era voraz.

Los dos fuimos a la mesa bajo la parra y las guirnaldas de luces. El sol estaba ya cada vez más bajo, y aunque en Santino nunca refrescaba, el olor a lluvia seguía impregnando el ambiente. Luca, al ver semejante cantidad de comida, casi se desmaya del impacto. No daba abasto con lo que veía, y quería probarlo todo. Así que le di un pequeño plato de cerámica y fuimos recorriendo la mesa, mientras le iba diciendo qué servirse y qué no.

—La lasaña está de muerte. Coge un trozo. Bueno, y la burrata. Y mira, te echas un poco de aceite de aquí, que es de limón, y ya se te va la olla —dije mientras tomaba uno de los tarros de cristal con aceite y le rociaba un poco el plato—. ¡Ah, y tienes que probar este pan de pistacho y arándanos!

Luca iba aceptando todo lo que ponía en su plato, fiándose cien por cien de mí. No estábamos en su elemento, sino en el mío, y se notaba. Le gustaba dejarse aconsejar… Era la primera vez que se dejaba desde que lo conocía. La música de fondo fue cambiando y oí a lo lejos a Marco Mengoni con *Ma stasera.* Otro de los cantantes favoritos de la abuela. Nos sentamos en una de las sillas bajo uno de los olivos que había por toda la finca y empezamos a comer todo lo que había ido poniéndole en el plato.

—Esto está riquísimo —dijo Luca con la boca llena—. ¿Y este aceite? *Meraviglioso.*

—¿Verdad? Los hace mi abuela.

—¿En serio? —repuso, asombrado.

—Todo lo que ves. Hasta el pan. Es increíble cómo cocina —comenté, orgulloso, mientras me metía medio trozo de pan en la boca.

—Tienes suerte de tener esta casa, Gaspar. Y a tu abuela. Y a tu abuelo.

—Sí, supongo, sí. —Y me eché a reír.

—¿Por qué te ríes?

—Bueno, no has incluido a mi padre. No me extraña. Es un sieso de cuidado.

—¿Sieso?

—Hum… A ver cómo te lo explico. Tú piensa en Filippo y multiplícalo por diez. Ese es mi padre. Aunque hoy está teniendo un buen día. Al menos me habla —rezongué.

—¿Siempre ha sido así? —quiso saber Luca.

—Desde que…, bueno, ya sabes. Desde que murió mi madre. —Si había una persona que no podía entenderme, ese era Luca Calliveri.

—Mi padre sufrió mucho cuando murió mi madre. Seguro que

el tuyo también lo está pasando muy mal. Cada uno lleva el luto a su manera —dijo a la vez que cogía un trozo de lasaña con el tenedor—. ¿Qué es esto?

—Lasaña de calabacín —respondí.

—Me encantaría comer esto todos los días. —Había una felicidad en sus ojos increíble. Qué gusto verlo tan contento.

—Puedo pedirle que la cocine para tu *Coriali* —sugerí, pero fue mencionarle ese día y cambió la expresión—. Perdona, no quería extralimitarme y…

—Tranquilo. Solo que me pone nervioso.

—¿El ser rey? —pregunté.

—¿Tú qué quieres ser de mayor? —preguntó a su vez, ignorando mi pregunta.

—Pues no lo tengo muy claro. Me había dado este verano para decidirlo —le confesé.

—Curioso. Tú puedes decidir. Yo ya tengo mi destino escrito —se lamentó.

De pronto la música se paró y los dos miramos hacia la zona de la mesa. Mi abuela me indicaba con las manos que nos acercáramos. ¿Había llegado el momento de la tarta?

—Muchas gracias a todos y todas por venir esta tarde a celebrar el cumpleaños de mi nieto Gaspar —empezó a decir, y se acercó a cogerme del brazo para darme un abrazo delante de todo el mundo—. Espero que estéis pasando una tarde estupenda. Y, ahora, antes de sacar la tarta…, más bien el tiramisú, que es el postre favorito de Gaspar —me puse rojo al momento—, vamos a probar suerte con *la fortuna nettarine.*

—Esto va a ser divertido —dijo Marco, que estaba detrás de

nosotros—. Tú tranquilo, que mientras Sofi y yo cuidamos de Robin. Tú ve con la abuela, que venga.

Luca se quedó atrás, sin entender muy bien lo que estaba pasando, mientras que todo el mundo se acercó al árbol repleto de nectarinas y empezaron a hacer un círculo a mi alrededor.

—Este nectarino lo plantó la *nonna* Carmela, la madre de Félix —explicó la abuela, señalando al abuelo, que asintió con una sonrisa—. Cuenta la leyenda que, el día de tu cumpleaños, tienes que coger un fruto de este árbol, y ese fruto te dirá cómo va a ser tu año. ¿Dulce? ¿Amargo quizá?

—Mi fruta una vez salió llena de gusanos —me susurró Marco al oído—. Ese año descubrí que Paolo me engañaba con otro. Debí haberlo visto venir.

—… y da frutos todo el año —continuaba mi abuela—. Nadie sabe la razón.

—*Il pastero!* —chilló el abuelo y todos se echaron a reír.

—Así que, Gaspar, cielo —me indicó con las manos que me acercara—, solo tienes que elegir uno de los frutos del árbol, cogerlo y darle un mordisco.

—¿Solo? Pero ¿y si tiene gusanos? —murmuré, mirando de lado a Marco, que me sonreía.

—No le hagas caso a tus primos —negó con la cabeza— y coge el que más te guste.

Me dio un leve empujón y se alejó unos pasos hacia atrás, dejándome solo en medio del círculo que habían formado, con el nectarino ante mí. La brisa santinesa mecía sus ramas con suavidad, haciendo que cayeran algunas hojas al suelo. Las frutas que colgaban de él tenían un rojo anaranjado brillante, y se movían de un lado a otro, como invitándome a cogerlas, como si compitieran entre sí para que las eligiera. Di un paso al frente y me fijé en una de un color rojizo apagado. Estaba casi al fondo, sujeta de una fina rama que parecía enferma. Aun así, aguantaba, como si se resistiera a caer con todas sus fuerzas.

Me daba pena arrancarla, después de todo el esfuerzo que hacía por sobrevivir, por sacar la cabeza, tratando de igualarse al resto de las frutas más espectaculares, más apetitosas. Pero también sentí que esa era la que tenía que coger, la que más se parecía a mí, por muy absurdo que sonara. Era curioso el efecto, pero el silencio era tal que me sentía solo frente a ese árbol. Alargué el brazo y oí unos susurros tras de mí. Rocé la nectarina con los dedos y, cogiéndola con fuerza, tiré hacia mí, arrancándola con cuidado y quedándomela en la mano.

—*Dà un morso* —dijo mi abuela. Acerqué la fruta a mi boca y, cerrando los ojos, la mordí. Estaba húmeda y varias gotas de su jugo resbalaron por mi barbilla. Uf, pero estaba buenísima, dulce y ácida. Abrí los ojos y vi el naranja intenso del interior. Mi abuela se acercó y me preguntó cómo estaba.

—Está… dulce… y ácida. Está buenísima —confesé, y todos estallaron en aplausos, viniendo hacia mí y dándome palmadas en la espalda, diciéndome cosas en italiano y en santinés que no acababa de entender. Y, entre toda la gente vi a Luca apartado en un lado, observando la escena en silencio, sin saber muy bien qué hacer, hasta que llegaron Marco y Sofia por detrás y empezaron a hablar con él. Justo en ese momento, la acidez de la fruta se tornó en un amargor extraño en mi boca. Solo un par de segundos, pero lo suficiente como para que lo notara.

—*Grazie, grazie* —decía yo una y otra vez. La abuela me cogió la nectarina de las manos y me explicó que el resto tenía que usarlo para mi tarta de cumpleaños.

Mientras se alejaba en dirección a la cocina, noté cómo una gota de agua me caía justo en la frente, y luego otra, y luego otra más. Eran gotas enormes y frías. Se avecinaba tormenta. ¡LA TENÍAMOS ENCIMA! Las nubes descargaron de golpe y una cortina de agua nos empapó a todos en cuestión de segundos. La gente empezó a correr al interior de la casa, cogiendo platos y chaquetas, tratando de evitar que se mojaran, pero fue imposible. Casi todo lo tuvimos que dejar fuera, porque estaba cayendo un auténtico diluvio. Busqué a Luca entre el caos que se había formado, pero no le vi por ningún lado. ¿Habría entrado con Marco y Sofia?

Nunca me había importado mojarme con la lluvia, así que fui el último en entrar, cargando con varios platos en las manos, rebosantes de agua. Los abuelos acomodaban a la gente en la cocina mientras seguían saliendo y volviendo a entrar para meter todo lo que pudieran salvar. Yo estaba empapado. Y, tras la mesa, algo superado por la situación, vi que Luca también. El pelo le caía por la frente y le goteaba en la nariz. Su camisa estaba casi transparente y luchaba con sus pantalones para que no se le bajaran. Me acerqué sonriente, tratando de parecer encantador. Pero fue llegar a su altura y echarme a reír. No le sentó muy bien.

—¿Se puede saber de qué te ríes? —bufó.

—Lo siento, pero estás muy gracioso así, todo empapado.

—Yo no le veo la gracia por ningún lado. Odio mojarme.

—No pasa nada. Vamos arriba a secarnos —le sugerí y, con un gesto de la mano, le indiqué que fuéramos hacia las escaleras. Pero prefirió dejarme ir delante, siguiéndome muy de cerca mientras subíamos en dirección a mi cuarto. Sus zapatos hacían un ruido muy cómico al andar. Debían de estar llenos de agua.

No me di cuenta de que estaba a punto de enseñarle mi habitación hasta que le abrí la puerta.

—Eh, bienvenido a mi habitación.

Entró un poco cohibido, y se quedó junto a la puerta, como esperando mis instrucciones. Yo fui al baño, cogí un par de toallas y volví al segundo, encontrándomelo junto al mapamundi de la pared, observándolo con detenimiento.

—Estoy tratando de restaurarlo —le expliqué—. Aunque no sé muy bien lo que hago.

—Es muy bonito —me dijo—. Pero está muy estropeado.

—Lo sé. En ello estoy, en ello estoy. —Le lancé una toalla que cogió al vuelo y la usó para secarse el pelo, mientras yo hacía lo mismo con la mía—. Creo que debemos de tener más o menos la misma talla de ropa. Busco algo por aquí para que te quites esa camisa empapada, si no, te vas a resfriar.

—No hace falta.

—Mi abuela me mataría si dejo que te quedes así. Dame solo un segundo. —Abrí el armario. Tenía el estómago encogido. De los nervios, supongo. No solo estaba en mi habitación, sino que le iba a dejar mi ropa. ¡Mi ropa!

—¿En serio sabía dulce?

—¿Cómo?

—La fruta… ¿estaba buena?

—La mejor que he probado —admití. Saqué del interior una camiseta blanca y unos pantalones vaqueros, tendiéndoselos para que los inspeccionara.

—No voy a cambiarme aquí delante —masculló entre dientes.

—Tranqui, que yo no miro. Me doy la vuelta si te da vergüenza.

—¿Y tú no te cambias? ¿Por qué tengo que hacerlo yo solo? —preguntó, extrañado.

—Sí, sí. Pero quería que te… Bueno, sí, me cambio yo también, claro. Solo que mi ropa… está ahí… detrás.

Anduve hasta donde estaba él y cogí una camiseta y mi pantalón de chándal de encima de la cama. Los dos estábamos muy cerca el uno del otro. Demasiado. La ventana estaba abierta y se oía llover. Algunas gotas de lluvia se colaban en el dormitorio, mojando la mesa que había bajo la ventana. Luca no dejaba de mirarme y yo era incapaz de hacer nada. Íbamos a desnudarnos los dos en mi cuarto. Los dos solos. Sin moverme del sitio, me quité la camiseta, temblando. No sabía si del frío o de los nervios. Luca luchaba con los botones de su camisa, suspirando por el esfuerzo, así que le miré a los ojos y me armé de valor.

—¿Te ayudo? —Luca resopló y asintió con un leve movimiento de cabeza.

Siendo más atrevido que nunca, acerqué mis dedos temblorosos a su camisa y le desabroché el primer botón. Pensé que se apartaría, o que me diría que ya podía él solo. Pero no. Bajó la cabeza y siguió mis dedos con la mirada. Fui desabrochándole los botones de la camisa uno a uno, con cuidado, con delicadeza, hasta que estuvo abierta del todo.

—Eh… te la voy a quitar, ¿vale? —le anuncié en un hilo de voz, y, cogiendo la camisa de los hombros, tiré hacia atrás y luego hacia abajo hasta que se la quité por completo. La cogí para doblarla, pero un pensamiento pasó por mi cabeza. Fugaz. Recordé el beso de aquel sueño que tuve. Sus labios estaban muy cerca de los míos. No se había apartado. Eso solo podía significar que le gustaba. O eso, o iba a cometer el peor error de mi vida. El agua seguía resbalándole por la frente. A mí también. Cerré los ojos y me acerqué lentamente, dispuesto a besarle. Me temblaba todo el cuerpo. No podía creerme lo que estaba a punto de hacer, pero, a la vez, nunca había estado tan seguro de algo en mi vida. Y, en ese momento, justo cuando nuestros labios iban a unirse, se abrió la puerta de la habitación.

—¿Luca? —dijo Filippo, pillándonos a los dos justo centímetros antes de besarnos.

15

La Biblioteca Real

Creo firmemente que, de no haber aparecido Filippo, nos habríamos besado. Yo quería, y parecía que Luca también. Pero todo se diluyó en cuestión de segundos. Cuando abrió la puerta, Luca estaba sin camisa, los dos empapados, con el agua goteando aún por nuestras caras, y con la respiración acelerada. Al menos yo. Él parecía mucho más tranquilo, como siempre. Era la calma. Yo el nervio.

Filippo le dijo que ya había pasado el tiempo que habían acordado. Luca se separó, como si nada hubiera pasado entre nosotros, cogió la camisa de entre mis manos y se despidió educadamente, saliendo de mi habitación mientras se la colocaba sobre los hombros. Si ya odiaba a ese maldito mayordomo, desde ese momento mucho más porque, antes de irse, me lanzó una mirada reprobatoria y cerró la puerta sin una palabra. Lo único que podía oír era mi propio corazón latiendo y la lluvia torrencial que se colaba a través de la ventana. Pero también desde ese momento decidí que pensaba descubrir lo que Luca sentía por mí.

Una vez que se fue del cumpleaños, todo perdió interés. Sí, estaba con Marco, con Sofia, con mis abuelos…, pero ya nada era lo mismo. Además del miedo que tenía a haberlo fastidiado todo con Luca. ¿Y si le había sentado mal mi acercamiento… o le había generado una bronca con Filippo? No tenía forma de hablar con él, así que no podía saber nada de lo que le pasaba.

—Así que ese era el famoso Luca, ¿eh? —me dijo Marco con una sonrisa maliciosa en la cara mientras ayudábamos a mis abuelos a recoger los restos de la fiesta.

—¡¡Calla!! —le ordené, mirando hacia todos lados por si alguien lo había escuchado. Pero ya no quedaba nadie, así que era imposible.

—No queda nadie. Y tampoco creo que, de haber alguien, estuviera pendiente de nuestra conversación. —Chistó con la lengua y dejó los platos sobre el fregadero.

Había dejado de llover. El interior de la casa olía a perro mojado, literal. Pero también a petricor, y a tormenta de verano. Una mezcla de olores curiosa cuando menos.

—Sí. Era él. Pero no digas nada, por favor.

—Calma, calma. *Sono una tomba.* —Sonrió, llevándose la mano al pecho—. Es muy guapo y parece un chico simpático. ¿Estás contento?

—¿Contento?

—Claro. Ha venido por ti, Gaspar. Eso tiene que significar algo, ¿no crees?

—Sí, supongo —fue mi respuesta, encogiéndome de hombros y haciéndome el desinteresado. Pero por dentro estaba emocionado. Si Marco lo había visto así, ¿por qué no yo?

Antes de subir a mi habitación, la abuela me dio un trozo de la tarta de nectarinas («No puede sobrar nada de tu tarta de cumpleaños») y el hueso de la fruta que había arrancado del árbol.

—Este hueso tienes que guardarlo hasta el próximo cumpleaños —me explicó—. Y ese día, plantarlo. Así devuelves la suerte a la tierra.

Yo asentí y me besó en la frente. Esa noche también estuve hablando con Lucía. Le envié el selfi que nos habíamos hecho Luca y yo la tarde que estuvimos en Santino Porto, y le conté que había venido a mi cumple, aunque Filippo nos hubiera estropeado el encuentro a última hora.

Eso es que le gustas, Gaspar. Claramente
Por cierto. Es guapísimo

Tú crees?? No lo sé, Lu. Es el príncipe de Santino
(Y sí, es guapísimo)

Y tú eres Gaspar Costa. Pues vaya problema
Ha ido a tu casa, a felicitarte por tu cumpleaños
Necesitas más pruebas??

Quizá solo lo haya hecho porque
nos hemos convertido en amigos

Tú quieres ser su amigo?

No

Si ya has pasado esa fase, ahora
tienes que decirle lo que sientes

Cómo voy a decirle nada, por favor??
Si no sé lo que quiere!!
A lo mejor ni le gusto

Solo hay una forma de
averiguarlo, Gaspar

La semana siguiente empezó con Luca desaparecido, como siempre. Estaba tan liado con sus quehaceres de príncipe y futuro rey que era muy difícil hablar con él aunque fuera un rato. Sé que lo digo mucho, pero es verdad. Lo que no entendía era por qué seguíamos yendo todos los días entre semana al *palazzo* Santino. Vamos, creo que no había tanto trabajo que hacer en los jardines. Sí, eran enormes, pero… ¿realmente hacía falta que mi abuelo fuera siempre? Filippo me tenía vigilado hasta el extremo. Y yo lo único que quería era poder estar un tiempo a solas con Luca. Pero estaba siendo literalmente imposible. Ni siquiera le había podido dar las gracias por venir a mi cumpleaños. Y necesitaba hacerlo. No sabía la razón, pero tenía una necesidad imperiosa de que supiera lo mucho que me había gustado que viniera. A lo mejor por eso Filippo estaba así conmigo. Porque, por mi culpa, habrían discutido.

—*Buongiorno*, Gaspar —me saludó Luca al verme. He de decir que estaba siendo un poco *stalker* porque había aprovechado un descanso para verlo entrenar tiro con arco con su profesora Silvia. Y se le daba genial. Para variar.

—Buenos días, Luca —respondí cortésmente—. Se te da muy bien.

—¡Por supuesto! Llevo muchos años practicando —replicó, molesto. Silvia reprimió una carcajada.

—¿Cuántos años llevas practicando? —pregunté, imitándolo.

—Qué clase de pregunta es esa. ¡Casi seis años! —espetó, muy ofendido.

—¿Solo? Eso es muy poco. Pensaba que mucho más. Qué decepción —seguí vacilándole, y claro, a cada segundo que pasaba, Luca se ponía más rojo de rabia. Y Silvia me miraba, cómplice, riéndose ya sin ningún tipo de disimulo.

—¡No sabes lo que dices! ¿Acaso tú sabes hacerlo mejor que yo?

—Para nada. Ya te he dicho que se te da muy bien. Silvia trató de enseñarme y fue un desastre de proporciones épicas.

—Es verdad —asintió Silvia, que seguía riéndose sin descanso.

—¿Estás burlándote de mí? —preguntó al fin Luca, indignado.

—No me burlo de ti. Solo te chinchaba un poco. Nada más —me disculpé, y Luca pareció ablandarse—. En serio, ojalá a mí se me diera todo la mitad de bien de lo que se te da a ti.

—Gracias —asintió Luca, contento. Ya sabía que, para tenerle feliz, solo tenía que alimentar un poco su ego. Fácil. Bueno, eso realmente valía para cualquier persona en la faz de la Tierra. Pero especialmente para Luca. No estaba acostumbrado a que la gente le llevara la contraria o le dijera lo que pensaba, por eso se lo tomaba tan mal cuando alguien le decía algo que no esperaba.

—Un placer, como siempre, *sua altezza*. Me voy a seguir trabajando, que para algo estoy aquí, ¿no? —Sonreí con chulería y, tras hacerle la reverencia de rigor, volví a mis quehaceres diarios…, que se vieron interrumpidos por una propuesta de Luca bastante inusual.

Pero, claro, no fue él quien me la hizo. Prefería siempre mandar a alguien. Como si no quisiera reconocer delante de mí que nos estábamos convirtiendo en amigos, o que se estaba ablandando cuando yo estaba presente. Era mejor que lo hiciera otra persona. En este caso, no fue Filippo, sorprendentemente, sino el mayordomo pelirrojo que me atendió cuando me quedé en el palacio a dormir.

En efecto, poco antes de irnos de vuelta a casa, y mientras íbamos de camino a cambiarnos la ropa de trabajo, el mayordomo se acercó corriendo, sudando con un pollo, y con una cara de pánico casi indescriptible. Tardó unos segundos en recuperar el aliento.

—Respira, chico, respira —le dijo mi abuelo—. ¿Qué ocurre?

—*Sua altezza* Luca Calliveri requiere la presencia de Gaspar Costa en la Biblioteca Real —contestó con la respiración agitadísima. Casi parecía que iba a dar su último suspiro.

—¿La Biblioteca Real? —repetí, totalmente asombrado, mirando a mi abuelo y luego de nuevo al mayordomo—. ¿Estás seguro? ¿No lo habrás oído mal?

—¡Gaspar! —me gritó mi abuelo—. Enseguida va, por supuesto.

—He de acompañarle yo —insistió el chico, que aún seguía doblado sobre sí mismo tratando de respirar.

—Eh, claro, claro. Gaspar… —Y me dio una pequeña palmada en la espalda—. Venga, acompaña a Pietro, por favor.

Me despedí de mi abuelo, que siguió andando hacia el vestuario donde nos cambiábamos, y yo caminé tras Pietro, que avanzaba a una velocidad tal que casi tuve que correr un poco. Entramos en palacio y nos cruzamos con varias personas del personal de la limpieza, que adecentaban toda la entrada y la gran escalinata de mármol. En el salón de lectura un grupo de personas celebraba un cóctel, pero no reconocí a ninguna. Todas parecían importantes y creo que conversaban en inglés, a pesar de sus diversas procedencias. ¿Sería una reunión de mandatarios de otros países? ¿O tendría que ver con el *Coriali* de Luca? No pude averiguarlo, porque Pietro me metió prisa para que le siguiera hacia el ala derecha del palacio. Cruzamos un amplio salón, que reconocí al momento. Ahí es donde el rey Carlo Calliveri daba sus discursos, o recibía a gente famosa e importante. Y, al final de este, estaba Luca, delante de un enorme portón con dos hojas, con los brazos detrás de la espalda, perfectamente erguido y el mentón elevado.

—*Mi dispiace, sua altezza* —se disculpó Pietro en el acto, haciendo su reverencia y juntando los talones con un sonoro golpetazo.

—No, no. No te disculpes. Si hemos tardado, seguro que ha sido por mi culpa —intercedí por él. ¿En serio tenía que disculparse?

—*Puoi partire* —le dijo Luca con desdén. Pietro volvió a pedirle perdón y, tras dedicarme una sonrisa incómoda, se marchó a toda velocidad.

—Oye, ¿por qué tienes que ser tan borde? —reprendí a Luca, que se sorprendió, como siempre que le decía algo que no esperaba.

—¿Borde?

—Seco. Si Pietro es un trozo de pan…

—¿Cómo?

—Ah, que no sabes su nombre —exclamé, decepcionado—. Es decir, ¿no conoces el nombre de la gente que trabaja en tu palacio?

—Claro que me sé sus nombres. Pietro Conte tiene veintisiete años, lleva trabajando aquí solo desde el pasado verano. Sus padres se llaman Pietro y Luisa, y tiene tres hermanas, todas ellas mayores que él. Le encantan los arándanos y el pato a la naranja que hace

Jean-Luc. No soy borde ni seco. Simplemente soy el príncipe Luca Calliveri, futuro rey de Santino. Todos tienen que entender su papel aquí. Nada más —sentenció, y claro, me dejó totalmente fuera de combate—. Me gusta saber quién trabaja en mi casa y me gusta conocerlos todo lo que pueda. Como harías tú en tu propia casa. Ahora, si ya has dejado de juzgarme, me gustaría enseñarte algo.

—Lo siento. No quería…

Pero ya se había dado la vuelta, dando por terminada la conversación. Con mucha ceremonia, como siempre lo hacía todo, abrió el enorme portón y una luz blanca y fuerte me cegó durante unos segundos. Cuando mis ojos se acostumbraron, me di cuenta de que estaba delante de la biblioteca más bonita que había visto en mi vida. ¿Recordáis la escena de *La Bella y la Bestia*? Pues igual pero siendo realidad. En el centro había una enorme mesa de madera con varias lámparas de estudio. Como en muchas otras salas del palacio, contaba con grandes ventanales por los que entraba la luz del sol, y todas las paredes estaban cubiertas por estanterías repletas de libros. El techo era una cristalera con flores rojas y blancas que, al ser atravesada por los rayos de sol, la iluminaba primorosamente. Además, había varias plantas que cubrían las esquinas o las paredes libres de libros. Plataneros y kentias gigantescas que le daban un aire diferente a la estancia. Y, justo frente a nosotros, al fondo, una escalera cubierta con una alfombra roja que llevaba a un piso superior, donde había más estanterías asimismo repletas de libros. Aunque yo ya había estado ahí. En mi sueño. Pero en el sueño todo fue diferente…

—Bienvenido a la Biblioteca Real —me dijo Luca, presentándomela muy orgulloso.

—Es… alucinante. Es decir, no se me ocurre decirlo de otra forma. ¿Has leído todos estos libros? A ver, supongo que no, porque es que es imposible. Joder, me encantaría tener aquí mi móvil. No pararía de hacer fotos y vídeos.

—¿Te gusta?

—Me flipa. No sabes cuánto.

—Eres de las pocas personas que han podido entrar aquí —dejó caer, y quise leer entre líneas que me estaba llamando «especial». O algo parecido. Aunque no se atreviera a decírmelo directamente.

—¿Pasas mucho tiempo aquí? —pregunté, y comencé a ojear todo, nervioso, como si tuviera muy poco tiempo para hacerlo.

—Menos del que me gustaría —contestó con un toque de tristeza en su voz—. Pero no quería enseñarte los libros, sino mi colección personal. Sígueme por aquí.

Fue hacia la escalera y subió poco a poco sujeto al pasamanos mientras yo le seguía a poca distancia, ensimismado con todos los libros que tenía a mi alrededor… y mirándole el culo disimuladamente.

Giramos hacia la izquierda por el laberíntico pasillo superior, y todo el lateral, con varias baldas de altura, estaba repleto de cómics. Tomos gordos y grandes que debían de pesar kilos, algunos más pequeños y finos, y luego un montón de ellos organizados como en la tienda que visitamos en Santino Porto: guardados en sus fundas de plástico. Y, bajo ellas, en la parte frontal de las baldas, había etiquetas que marcaban cada sección.

—Esta es mi colección de cómics —me anunció con una sonrisa, más ancha de lo normal, porque ya sabéis que nunca sonreía—.

Hay de todo lo que se te ocurra. Pero de lo que más tengo es de las dos grandes editoriales: Marvel y DC.

—Guay. —Claro, a ver, algo sabía, pero controlaba poquísimo sobre ese tipo de cómics. Aunque verlo hablar de ello tan feliz, con tanta pasión, hacía que quisiera escucharle durante toda la vida.

—Sabes que aún tengo que explicarte la historia de los diferentes Robin que ha habido, ¿verdad? —me avisó, con un brillo diferente en los ojos.

—Pensé que se te había olvidado.

—Si quieres, puedo dejarte uno de mis cómics…

—Nunca te permitiría que te despegaras de uno de ellos —me burlé—. Deben de ser algo así como tus hijos —agregué y, aunque fue un chiste, no acabó de gustarle.

—Al menos sabrás el nombre del primer Robin, ¿verdad?

—Hum… ¿Es que no se llama Robin? —Y, como la última vez que habíamos hablado de cómics, mi ignorancia pareció molestarle más que cualquier otra cosa.

—¿Acaso Batman se llama Batman? ¿O Spiderman se llama Spiderman? ¡No! Bruce Wayne, Peter Parker… todos tienen una *identità segreta. Il primo* Robin se llama Dick Grayson. Sus padres eran artistas de circo, *trapezisti.* Pero murieron asesinados, y Batman lo acogió.

—Un poco turbio que un señor millonario acogiera a un niño huérfano, ¿no?

—No digas tonterías. Robin ayuda al equilibrio de las historias. Batman necesita a un Robin. Y Dick necesitaba un padre. Se había quedado solo.

—Vale, vale. Claro.

—Pero Dick se hizo mayor y se unió al grupo de los Jóvenes Titanes. Así que Batman buscó otro Robin y conoció a Jason Todd, que era poco más que un *criminale.* Y no le gustó nada a los lectores, por lo que la editorial hizo una encuesta. Tras una pelea con el Joker, los lectores tenían que decidir si moría o vivía. ¿Y sabes qué eligieron?

—Supongo que, por tu pregunta y por la historia..., eligieron que moría.

—¡Y por una *vittoria schiacciante*! Pero, tranquilo, que después de varios años reviviría y se convertiría en Red Hood —me advirtió, como tratando de darle un aire de sorpresa a la historia.

—Me da que en los cómics poca gente muere y se queda muerta, ¿verdad? —Y sí, eso sí que le hizo más gracia.

—Luego llegaría Tim Drake, el primer Robin que quiso ser realmente Robin. Stephanie Brown, o Damian Wayne, que es hijo de Bruce.

Durante casi treinta minutos, siguió explicándome cuáles eran sus cómics favoritos, las historias que más veces había leído o sus personajes más queridos. Escucharlo hablar sobre ello era increíble. Porque lo contaba todo no solo demostrando lo mucho que sabía, sino lo mucho que le gustaba contárselo a alguien.

—¿Te gustaría llevarte uno? —me preguntó al terminar de hablar, un poco tímido.

—Hombre, no sabría ni por dónde empezar. A lo mejor cojo alguno que no tiene ningún sentido que me lleve. No lo sé. No sé. ¿Este, por ejemplo? —Saqué uno aleatoriamente.

—¿Ese? ¡Qué dices! ¡Te faltaría toda la historia anterior para entenderlo! Sí, mejor déjame a mí. Yo pensaré uno mejor. *Perfetto per te.*

—¿Ves? Lo que dije.

Los dos volvimos abajo, dejando los cómics atrás, y refugiándonos entre todos los libros que nos volvían a rodear. Luca se acercó al portón, lo abrió y le ordenó a uno de los mayordomos que, como por arte de magia estaban al otro lado, que nos trajeran algo de beber y unos sándwiches.

—No hacía falta. Voy a comer en casa ahora.

—¿Vas a comer en casa? Pensaba que te quedarías a comer aquí —dijo él, sorprendido.

—Hombre, no he avisado ni nada. Mi abuela seguramente ya tenga todo preparado y mi abuelo estará fuera esperándome.

—No hay problema. Los avisarán a los dos —aseguró, y regresó al portón, dispuesto a salir de nuevo.

—En serio, no hace falta.

—Puedes quedarte a comer. Más tarde te acercarán a casa.

Y, claro, cualquiera le llevaba la contraria al príncipe de Santino. Tampoco es que quisiera llevársela. Deseaba pasar más tiempo con Luca. Todo el que pudiera. Sobre todo tras mi cumpleaños.

—Vale, vale. Me quedo.

Tras unos minutos, llegó la comida a la biblioteca. No solo bebida y sándwiches de todo tipo, sino también un plato de pollo con patatas para cada uno. Es decir, de mis comidas favoritas.

—Joder, Luca, esto está de muerte —comenté, entre bocado y bocado.

—Me alegro que te guste —contestó, aunque Luca comía poco y con bastante más elegancia que yo.

—¿Cómo no me iba a gustar? ¡Si es literalmente de las comidas que más amo! ¿Eso te lo vas a comer? —Ni siquiera esperé a que me respondiera. Directamente metí la mano en su plato y le cogí un muslo de pollo—. Oye, estaba pensando que podrías recomendarme un cómic de Metrópolis, ¿no? Así no me tienes que dejar ninguno.

Mencionarle la tienda provocó un clic en su mente, porque pasó de estar feliz a preocuparse de inmediato. Me mandó callar y miró hacia todos lados, como si alguien pudiera estar espiándonos.

—Tranquilo, no creo que haya micrófonos escondidos en esta biblioteca, ¿o sí?

—No bromees con ello.

—¿Has hablado con tu queridísimo primo Bastian? Porque de ese sí que no me fío —le recordé.

—No. No he hablado con él —admitió—. Pero sí que he pensado en…, en…, en volver —me susurró tan bajo que apenas lo oí.

—¿Qué? No oigo bien por el oído izquierdo. Tendrás que decírmelo más alto. ¿Que has pensado en qué?

—En… volver…

—¿En volver? —repetí un poco más alto, sobre todo para ponerle nervioso. Lo conseguí, obviamente. Volvió a mandarme callar.

—¡Chissssss! En… volver a Santino Porto…

—Tú *dimmi dove e quando* —le dije, guiñándole un ojo.

16

Nos volvemos a escapar

Desde el momento en la librería, cuando decidimos que íbamos a volver a escaparnos, Luca y yo no dejábamos de hablar en clave y lanzarnos miradas a escondidas. Pero no teníamos claro qué día podríamos ir a la ciudad. Filippo seguía manteniéndonos lo más separados posible excepto cuando Luca se enfrentaba a él. De hecho, gracias a una de esas peleas, el príncipe consiguió poder invitarme otra noche al palacio para hacer una de las sesiones de cine que tanto le gustaban a su padre, el rey Carlo. Era bien sabido que este era un amante del cine. Cuando era joven había protagonizado alguna de las películas más taquilleras de Italia, aunque no me sonaba ninguna de las que me nombró Luca.

—¿No conoces *Il lago di vetro*? ¿Nada? ¿Ni siquiera *Cielo o le stelle*?

—Nada de nada. También he de decir que no veo mucho cine, así que a lo mejor son las películas más taquilleras de la historia y yo no lo sé.

—No. La película más taquillera de la historia del cine es *Avatar*, de James Cameron.

—Esa sí la he visto, ¿ves? La de los bichos azules, ¿a que sí?

—Luca me miró arqueando las cejas y entornando los ojos. Vale. Captado—. Ahora me dirás que es tu favorita, ¿no?

—Tranquilo. No lo es.

—¿Qué película vamos a ver? —le pregunté mientras caminábamos por los jardines.

—*Tiburón*. La película favorita de mi padre. Pero le gusta siempre hacer… experiencias. Así que el cine seguramente sea en la piscina o algo así. Le encanta poner las películas en la piscina.

—¿En…, en la piscina? Pero ¿cómo…?

—Ya lo verás.

Y vaya que si lo vi. Cuando llegamos a la zona de la piscina, esta estaba repleta de pequeñas barcas hinchables. Habría como unas diez o doce. En el fondo del jardín había una enorme pantalla blanca, donde se proyectaría la película y, alrededor de la piscina, varias personas que sujetaban copas de champán tomaban diferentes tipos de aperitivos de las bandejas que les ofrecían los criados. Menuda pasada. Luca y yo llegamos al borde de la piscina y Pietro nos acercó con la ayuda de una vara metálica una de las barcas para que nos subiéramos uno de los dos. Lástima. Pensaba que estaríamos juntos en la misma. Supongo que no todo podía salir como yo quería. Bastante había conseguido ya. Claro, al subirme a la barca hinchable, casi vuelco y monto un espectáculo. Menos mal que Pietro me sujetó con fuerza, manteniéndome fuera del agua.

—Gracias —dije, aún con el miedo en el cuerpo.

—No pasa nada —contestó y me entregó una Coca-Cola y una bolsa de palomitas—. Disfruta de la película.

Todas las personas (no conocía a ninguna, pero casi todas eran bastante mayores que yo) fueron subiendo a las barcas hinchables, y no, ninguna se cayó al agua. El último fue Luca, que cogió una de las barcas al lado de su padre. Yo tuve que estar casi en la última fila. Pero es verdad que fue una experiencia totalmente diferente. De hecho, hubo momentos en los que tuve hasta miedo, pensando que podía haber algo bajo mi embarcación. Tenía esa tensión todo el rato. Y, cuando se acercaba el final, metí las manos en el agua y empecé a moverme hasta llegar casi a donde estaba Luca, pese a las protestas de todos los que estaban ahí. Cuando Luca me vio justo tras él, primero se sorprendió, y luego me sonrió. Yo le guiñé un ojo y le devolví la sonrisa. Hasta que me volvieron a echar hacia el final de la piscina. A ver, estaba claro que iba a pasar. En cuanto terminó la película (por cierto, era la primera vez que veía y he de decir que ¡guau!), ya iba a volver a casa cuando oí los ladridos de Robin acercándose a lo lejos. Me giré para verle y, tras él, estaba Luca, sereno como siempre y vestido con traje. Esperad un segundo, ¿cuándo narices se había cambiado?

—¿Adónde vas? —me preguntó mientras acariciaba la cabeza del perro, que movía la cola con excitación, feliz.

—¿Yo? Pues ahora mismo iba a correr una maratón, que empieza a las doce de la noche.

—¿En Santino?

—Era broma. Me voy a mi casa. Ya ha acabado la película. —Me encogí de hombros.

—¿No vas a quedarte a dormir? —preguntó, como si fuera lo más obvio del mundo—. Daba por hecho que sí.

—No me habías dicho nada. Yo pensaba que era una invitación para ver la película y ya.

—Entonces ¿te quedas a dormir? —volvió a preguntar, con impaciencia.

—Tendría que avisar a mis abuelos y…

—Tranquilo, de eso se ocupa Filippo. Ya lo sabes. Ven, te acompaño a tu habitación.

Así que esa noche volví a dormir en palacio, en la misma suite que la última vez. A las doce ya estaba metido en la cama, esperando como un iluso a que Luca entrara en y se sentara a mi lado, a plantearme planes absurdos. Sobre todo después de la insistencia en que me quedara a pasar la noche. Pero no entró. Aunque dio igual porque, como la primera vez que dormí allí, soñé de nuevo con él. Los dos volvíamos a Santino, pero, en vez de escaparnos en el cortacésped, huíamos del palacio en una lancha motora. Atravesábamos el mar y acabábamos en la playa de Santino Porto. Sin casi buscarlo, encontrábamos los Siete Puntos del Amor y, en el último de ellos, era Luca de nuevo el que se lanzaba, agarrándome de la cara, me besaba en la boca y me abrazaba como si fuera la primera vez que abrazaba a alguien.

Al día siguiente, era el perfecto para nuestra nueva huida. ¿Por qué? Porque Filippo viajaba con el rey Carlo a Florencia, y no volverían hasta por la noche. Solo habría que repetir el mismo plan de la otra tarde y volveríamos a estar comiendo *corni* y dando vueltas por la ciudad. Podríamos incluso buscar los Siete Puntos del Amor, como en mi sueño, o ir al Arcobaleni. Seguro que, llevándole allí, podría conseguir que al fin se soltara un poco.

—Recuerda. El plan será como la última vez: tú dentro del cortacésped. Quedamos en la salida del invernadero, ¿no?

—Sí —asintió Luca—. Aunque sigue sin hacerme mucha gracia tener que meterme ahí dentro de nuevo. Límpialo bien esta vez.

—Claro. Yo lo limpiaré perfectamente. Tú tranquilo. —No sabía cómo pensaba que lo iba a limpiar. Es decir, si lo dejé perfecto la última vez. Pero mejor no llevarle la contraria. No quería que se echara atrás.

Así que, tras un desayuno maravilloso (que no me oiga mi abuela), uno de los coches oficiales al servicio del rey me acercó a casa. Esperaba que Luca dijera que me quedara a comer, y así pasar todo el día juntos. Pero, como siempre, tenía muchas cosas que hacer. Lo entendía, obviamente. ¿Y si yo fuera un príncipe o un rey? ¡La de cosas que tendría que hacer cada día! Así que nunca le insistía ni le preguntaba mucho, porque no quería que pensara que le estaba agobiando. Era lo que más miedo me daba, y la última cosa que deseaba que sintiera estando a mi lado. Aunque he de decir que era genial haberme vuelto tan cercano a él. Cada momento que pasaba con Luca era especial, y ya tenía claro lo que quería hacer. Me daba igual lo que dijera Bastian, Filippo o cualquier otra persona. Esa tarde, en cuanto nos escapáramos a la ciudad, tenía claro que me iba a lanzar de una vez por todas.

Cuando llegué a casa, mi abuela estaba con unos turistas enseñándoles la almazara donde elaboraba el aceite, mientras mi padre hablaba por teléfono acaloradamente justo en la entrada de la casa y mi abuelo estaba sentado en la mesa bajo la parra, fumando un puro y con un vaso de vino tinto junto a él. Abrí la puerta del coche y, despidiéndome del conductor, bajé sintiéndome una estrella. Pasé junto a la mesa donde estaba mi abuelo y le saludé con un gesto de la cabeza, pero, en vez de dejarme entrar, me hizo un gesto con la mano para que me acercara.

—Buenos días —le dije y cogí un trozo de pan y me lo llevé a la boca al momento.

—¿Qué tal has pasado la noche? Bien, ¿no? —dijo, como con una especie de retintín.

—Sí, claro. Es decir, durmiendo en un palacio, yo qué sé. —Me encogí de hombros—. ¿Tú has pasado bien la noche?

—Estarás siendo educado con la familia real, ¿verdad? —preguntó, inquisitivo.

—Sí, claro. ¿Por qué siempre piensas que no lo soy? —repliqué, molesto. Siempre pensando lo peor de mí.

—Solo digo que tengas cuidado. Tu amistad con Luca es importante para esta familia. Lo entiendes, ¿no?

—Lo que no entiendo es cómo podemos seguir trabajando ahí con lo borde que eres —solté, sin pensar, sin reflexionar que quizá me estaba pasando con el comentario. Tampoco esperé a que me respondiera. Porque fue decirlo y entrar en casa hecho un basilisco.

Fui directo a las escaleras, refunfuñando, entré en mi habitación y cerré de un portazo. Porque a mí, a drama, no me ganaba nadie. No se fiaba nada de mí, joder. Pero ¿qué narices le había hecho yo, vamos a ver? No le había dado ni un motivo, ni uno solo, para que dudara tanto de mí. Pero no paraba de hacerlo, de soltarme tiritos, sin decirme nunca nada amable. Normal que mi padre acabara así de seco y de distanciado. Qué diferencia con mi abuela, que era todo lo contrario. Como ella estaba enseñando sus diferentes tipos de aceite a los turistas, no pudo preparar la comida, así que tanto mi abuelo como mi padre y yo comimos restos de otros días, en silencio y cada uno en nuestra habitación. Bueno, a decir verdad, mi abuelo comió solo unos trozos de queso con pan y fue a ayudar a mi abuela. Mi padre me dijo, literalmente, dos palabras y se encerró en su despacho para hacer videollamadas de trabajo. Yo me fui a mi cuarto y me quedé en segundos dormido sobre la cama, con la ventana abierta y el ruido de las cigarras inundándolo todo.

Lo que me despertó fue el mismo coche que me había traído por la mañana, dispuesto a llevarme de nuevo a palacio, como habíamos acordado. Al final se estaban gastando más gasolina en llevarme y traerme a mí que a muchos de los diplomáticos que visitaban Santino. Mi abuela me despidió a lo lejos, mientras mi abuelo volvía a dedicarme una de sus miraditas, marca de la casa. Ay, si supiera lo que iba a hacer esa tarde en realidad... Le daría, como mínimo, un infarto. Y si yo me paraba a pensarlo fríamente, a mí también. Porque era muy arriesgado. Es decir, si nos pillaban, no solo perderíamos nuestro trabajo, el trabajo de generaciones de Costa, sino que Luca seguramente también perdería el trono. ¡Imagina cómo podría responder el rey Carlo si se enterara que su hijo se escapaba a escondidas al pueblo, metido en el depósito trasero de un cortacésped!

Yo pensaba que, tras pillarnos Bastian, Luca no se atrevería a intentarlo de nuevo. Pero tenía la sensación de que se estaba volviendo adicto a la adrenalina que se le disparaba al escaparse y que nadie lo supiera. Eso y que estar conmigo siempre era divertido, por supuesto.

Filippo, como estaba previsto, se había marchado esa misma mañana a Florencia con el rey y varios miembros del Gobierno de Santino. Así que teníamos vía libre. Desde que regresé, Luca y yo estuvimos paseando por los jardines hasta que, en un momento dado, decidió que ya era hora de empezar nuestra obra teatral. Fingió que le dolía el estómago y, como la última vez, me acerqué al invernadero con el cortacésped a esperar a que llegara, atravesando uno de los pasillos secretos del palacio. Tardó más de lo que supuse que tardaría, pero al final apareció, al otro lado de la puerta de cristal, elegante como siempre. Pero sin traje. Iba con una camiseta blanca con un bolsillo bordado, unos pantalones azules de tela vaquera, pero anchos, y unas zapatillas blancas impolutas. Después de comprobar que no había nadie en los alrededores, le hice un gesto para que saliera y abrí el depósito del cortacésped para que entrara a toda velocidad. Me miró con cara de asco (a ver, no por mí, sino por la situación) y, encogiéndose todo lo que pudo, se metió. Lo dejé a medio cerrar y arranqué con cuidado, siempre evitando los baches para que no diera botes sin sentido ahí dentro.

—Ya queda poco —le dije, pero era imposible que me oyera.

Llegamos a la verja de la entrada, y esa vez no fue tan complicado salir como la anterior. Eran otros dos guardias diferentes y mi explicación los convenció casi al momento. Sobre todo porque mencioné a Filippo, y los dos pusieron una cara de auténtico terror. Estaba claro que no solo yo le tenía miedo. Era una figura demasiado imponente dentro del palacio y nadie quería enemistarse con él. No solo era el mayordomo real, sino que también era confidente del rey.

Una vez lejos de allí, me detuve en una zona en la que no pudieran vernos y me bajé del cortacésped, abriendo el maletero para dejar que Luca saliera. Pero no salió. Estaba inmóvil, con los ojos cerrados y la boca abierta. Esperad. Si había dejado una abertura. Era imposible que se hubiera desmayado o… A ver, a ver, ¿estaba bien?

—¿Luca? ¡Luca! —chillé y le di un par de empujones a ver si reaccionaba, pero seguía inmóvil. Joder, joder, joder, joder—. ¡Luca!

—¡Gaspar! —gritó él de pronto, dándome un susto de muerte. Al momento se echó a reír, a carcajada limpia. Nunca le había visto reír así desde que le conocía.

—¡No tiene gracia! ¡Pensaba que te habías desmayado o algo peor! —le recriminé, molesto.

—¡Ja, ja, ja! Tranquilo, que estoy bien. No sabía que te preocupara tanto.

—Claro que me preocupas. Y también lo que me pasaría si fuera el responsable de la muerte del futuro rey de Santino. En mi lista de preocupaciones, creo que sería la primera —repuse, aún con el corazón latiéndome a mil por hora.

—Estoy bien, estoy bien. Solo quería gastarte una broma. —Salió del interior del maletero, limpiándose los restos de hierba de los pantalones.

—Vale, pongo la alarma dentro de un par de horas, ¿te parece bien? Así volvemos con tiempo para que no nos pillen. Solo espero que esta vez no esté Bastian dando por saco… —dije entre dientes, pero creo que Luca no oyó esa última frase.

Se subió tras de mí y aceleré el cortacésped, bajando por la carretera, cruzándonos con coches de todas las marcas y modelos, con dos señoras ancianas que vendían melocotones en un puesto de madera y con un grupo de conejos que saltaban entre los olivos. Luca me abrazaba con fuerza a la altura del estómago y, en un momento dado, puso su cabeza sobre mi hombro, permitiéndome oler su perfume (que olía superbién) y sentir su respiración en la nuca.

El corazón empezó a latirme de nuevo con fuerza, pero también con impaciencia. «Ay, Gaspar, ¿en qué lío estás pensando en meterte?».

Lo dejamos aparcado donde la última vez y bajamos andando hasta la plaza central, como siempre. Yo quería ir directamente al Arcobaleni, pero Luca se empeñó en que fuéramos primero a coger *corni*. Tampoco iba a protestar por comer dulces, la verdad. El problema es que Luca, de nuevo, no tenía dinero. El príncipe de Santino, al parecer, no era nada sin el dinero del pueblo. Irónico. Tampoco se lo iba a decir a él. Por ahora me tocaría pagar a mí. Como si me sobraran los euros…

—¿De qué los quieres?

—De frambuesa —me contestó mientras observaba el resto de los *corni* tras el cristal, tratando de decidir si le apetecía algún otro sabor.

—Cogeré dos —le indiqué a la dueña y a continuación le pedí que me los diera solo con una servilleta. Es que nos los íbamos a comer casi antes de salir de la tienda. Pero, cuando los estaba cogiendo, Luca cambió de idea.

—No, no. Prefiero los de chocolate blanco y lima —me indicó, relamiéndose.

—¿Seguro?

—Sí, sí.

—Por favor, dos de chocolate blanco y lima. Perdón —me disculpé.

—*Mi dispiace* —intervino Luca.

—¿Eh?

—Si te quieres disculpar, se dice *mi dispiace.*

—Ah, vale. Eh, *mi dispiace* —le dije a la dueña, que entornó los ojos y seleccionó dos nuevos *corni.*

—No, no. ¿Mejor los de frambuesa? —se planteó Luca una vez más, pero le maté con la mirada y se calló al momento.

Cogí los dos *corni* que me dio la señora en una servilleta con el nombre de la tienda y salimos comiéndonos cada uno el nuestro. Yo traté de que me durara un poco más, pero Luca lo devoró de un bocado, como un niño pequeño comiendo su primer dulce. Miré en mi teléfono cómo llegar al Arcobaleni y fuimos andando entre las estrechas calles de Santino, siguiendo la ruta que nos indicaba el navegador del móvil. Y, cuando estábamos en una de las calles, vi un círculo de color rosa claro en la fachada de una de las casas. ¿Era el mismo que había visto con Robin cuando nos paramos a que bebiera agua? Me sonaba mucho. Luca seguía andando hasta que se dio cuenta de que yo me había detenido y frenó.

—¿Pasa algo?

—Sí. ¿Ves eso? Es uno de los Siete Puntos del Amor. —Y, ante su cara de «no sé de qué me hablas», traté de recordar la leyenda que me había contado la prima Sofia—. Se llaman *Sette Tipi di Amore,* y están repartidos por toda la ciudad. Si encuentras los siete… —¿le decía lo del beso?—, se te cumplirá el deseo que quieras. —Mejor no asustarlo.

—Ah, nunca había oído esa historia.

—Leyenda. Es una leyenda —corregí.

—¿Y sabes dónde están los siete?

—Qué va. Este es el único que he visto. Pero… podríamos buscarlos, ¿no? Creo que nadie los ha encontrado todos nunca.

—Bueno, la persona que los pintó, ¿no? —Claro. Ahí me había pillado.

—Supongo que sí. Pero, primero, vamos al sitio del que te

he hablado. Creo que te gustará —le dije, totalmente convencido.

Sorprendentemente, el Arcobaleni se encontraba solo a un par de minutos de donde estábamos y, cuando llegamos, la terraza, cómo no, estaba repleta de gente. Luca entró en pánico. Aún no entendía del todo que no podían reconocerle, y que no pasaba nada porque hubiera muchas personas a nuestro alrededor. Me fijé bien que Bastian no estuviera ni remotamente cerca y, tratando de no ser demasiado insistente, le hice entrar en el bar, que estaba un poco más vacío en su interior. Cuando vi una de las mesas a las que me solía sentar con Marco y Sofia, fui directo a ella y Luca me siguió. Pero, claro, cuando llegó la camarera, nos miró con suspicacia.

—*Quanti anni hai?*—preguntó, mirando primero a Luca y luego a mí—. Tú eres el chico del otro día, ¿no? *Il ragazzo amico* de Sofia, ¿verdad?

—Sí, eh… Soy yo. Y este es mi amigo Robin.

—*Piacere.* —Le sonrió y Luca le devolvió la sonrisa—. Pero sabéis que no os voy a servir alcohol.

—No queremos alcohol. Iba a pedir dos Neve blu.

—¿Algo de comer? ¿Os traigo unas *diavolas* y unas alitas?

—Espera, pero no tengo tanto…

—Tranquilo, que hoy estás invitado. —Y, sonriendo una vez más, se fue. Bueno, pues qué maja, la verdad. No hay nada como tener amigos en todos lados, supongo.

Luca seguía observando todo con ojos curiosos y, cada vez que oía algún sonido que no le cuadraba, se ponía a la defensiva y me miraba con una mezcla de miedo y «vámonos de aquí». Claro, yo siempre tenía que calmarle. Y fue mucho más fácil cuando llegaron nuestras bebidas.

—¿Qué es esto?

—*Neve blu*. No sé lo que lleva. A ver, sé que lleva mucho azúcar, eso sí. Y que está buenísimo. Ya verás. Pruébalo —le dije mientras yo cogía mi vaso y le daba un sorbo. Luca lo miró como quien mira una especie exótica y, tras mucho estudiarlo, acercó el vaso a sus labios y lo probó. Sus ojos se abrieron como platos y se relamió, totalmente entregado—. ¿Ves? Te lo dije.

—*È meraviglioso!* —exclamó, y siguió bebiendo hasta casi vaciar la mitad del vaso. Vamos, es que le tuve que parar porque, si no, se lo acababa de un trago.

—¡Frena, loco! Que no creo que nos inviten a mucho más, y yo no soy rico. Porque tú no llevas dinero ahí, ¿verdad? —Luca negó con la cabeza—. Entonces no bebas tan rápido, que te tiene que durar un poco más.

A los pocos minutos, la camarera nos trajo una fuente con patatas cortadas en rodajas, con una salsa naranja por encima, con trozos de jalapeños, carne picada, cebolla cruda y tomates cherry. Tenía pinta de picar una barbaridad. ¿Por eso se llamarían *diavolas*?

—Por cierto, *tanti auguri* —me deseó sonriendo después de dejar nuestro pedido.

—Ah, gracias.

—Me dijo Sofia que fue tu cumpleaños, ¿verdad? —Yo asentí y ella se fue, guiñándome un ojo.

—¿Quién es Sofia? —me preguntó Luca, dudoso de probar las patatas.

—La conociste en mi cumpleaños. Es mi prima.

—No recuerdo a toda la gente que conocí en tu cumpleaños.

—Pensaba que un príncipe, y futuro rey como tú, debía tener buena memoria para aprenderse los nombres de toda la gente con la que tiene que tratar. ¿Me equivoco? —repuse, y me metí una patata en la boca, pero eso fue como dar un bocado al mismísimo infierno. ¡Cómo picaba!—. ¡Joder! ¡Agua!

—¿Qué pasa? —preguntó Luca, asustado, pero no pude ni responder. Le quité su bebida (porque me había acabado la mía) y me la bebí de golpe, tratando de calmar el ardor de mi boca—. ¡Eh!

—Joder, esto pica demasiado… Me cago… en… la puta… Coño… —Y la de palabras que salieron por mi boca y que prefiero no reproducir aquí.

—Hablas muy mal —me recriminó, y escuché a mi padre en esas palabras.

—¡Habló! El que dice *mancio* casi hasta para saludar —repuse, y, claro, me miró superofendido.

—Seguro que no pica tanto.

—Pruébalo entonces. —Y lo reté a coger una de las patatas. Luca se lo pensó durante un largo rato hasta que al final optó por una de ellas con poca salsa y se la llevó a la boca. No reaccionó, pero podía ver que estaba sufriendo por dentro, aguantándose todo lo posible el picor. Y yo no dejaba de mirarlo, a ver si cedía—. Estás muriendo por dentro, ¿verdad?

—Un poco —admitió, y escupió la mitad de la patata sobre la mesa.

—¡Eh, no seas asqueroso! —le regañé, limpiando la mesa con una servilleta.

—Esto pica demasiado. ¿Quién puede querer comer algo así? ¡Me arde la lengua y te has bebido todo mi vaso!

—Habrá que pedir otros dos entonces. —Busqué a la camarera con la mirada.

—¿No decías que había que esperar porque no teníamos dinero?

—Eso era antes de probar las patatas de Satán —mascullé. La camarera se me adelantó, llegando a nuestra mesa con una fuente con alitas con salsa de queso azul y una jarra de agua. «Para el picante», nos dijo, y volvió a marcharse.

Las alitas estaban mucho más ricas, o al menos eran comestibles. Y descubrimos que las patatas, cuando no estaban tan calientes, picaban un poco menos. Luca no preguntaba mucho. Supongo que no estaba acostumbrado a ello, así que fui yo el que llevó gran parte de la conversación. Hubo un momento en el que nuestras piernas se rozaron bajo la mesa; me puse nervioso y tiré el vaso de agua al suelo, que se rompió en mil pedazos. Luca no lo notó o, si lo hizo, lo disimuló a la perfección.

Al terminar la comida, salimos del Arcobaleni tras despedirnos de la camarera. Teníamos por delante una hora larga. Y yo me había empeñado en encontrar todos los Puntos del Amor. Así que fuimos al que había junto a la fuente, donde vi el primero cuando estaba con Robin. Sería un buen sitio para comenzar.

—Antes me has llamado «futuro rey» —recordó Luca mientras se apoyaba en la fuente, abanicándose con la mano—. ¿Crees sinceramente que voy a ser rey?

—De eso va el *Coriali*, ¿no? De coronarte y todas esas cosas.

—Puedo rechazarlo si quiero o si no me siento preparado —me explicó.

—No sabía que pudieras hacer eso.

—Mi padre también puede decidir que no soy lo suficientemente maduro, y aplazar mi coronación… o coronar a otro miembro de la familia real.

—Sí, justo. Bastian, por ejemplo, ¿no? No me hagas reír —me burlé, pero vi que me lo decía totalmente en serio.

—Pero… ¿Es que quieres rechazarlo?

—No —dijo primero—. No lo sé —dijo después—. Creo que sí —dijo al final.

—A ver, a ver, que yo me organice mentalmente. Te van a coronar rey en menos de un mes… ¿y aún no sabes si quieres serlo o no? Pensaba que lo tendrías claro.

—No, no. Sí lo tengo claro. Voy a ser rey. El rey de Santino —rehízo su respuesta—. No he debido decir nada de lo que he dicho.

— Es normal tener dudas, claro que sí. Porque es algo muy gordo —afirmé, tratando de calmarlo—. Seguro que serás un rey genial. Pero, si no quieres serlo, no pasará nada. Yo te voy a querer igual —lo dije en broma, pero, cuando oyó esa última frase, la expresión de Luca cambió.

—Tú no puedes entenderlo. Tú puedes decidir lo que vas a hacer con tu vida. Puedes hacer lo que quieras. —Negó con la cabeza, alejándose de la fuente y dándome la espalda.

—Y, por absurdo que suene, es lo que más miedo me da —confesé, sincero—. Decidir me produce un vértigo enorme. Todos mis amigos saben lo que quieren ser. Lucía tiene claro que será periodista. ¡Uf, desde que la conozco! Magda no deja de dar la plasta con ser médica. Iván es increíble jugando al baloncesto. En serio. Y Alejandro… Alejandro quería ser actor. Creo que sigue queriendo serlo. Pero ¿yo? ¡Yo no tengo ni idea! Ni sé en qué soy bueno y en qué no.

—Me encantaría tener esa posibilidad, Gaspar.

—Claro, claro. Lo tuyo es una putada, lo sé. Pero…

—No quiero decepcionar a mi padre, a mi pueblo, a mi país. No quiero tener esa responsabilidad —se lamentó.

—Si te consuela, creo que serás un rey de la hostia, Luca Calliveri. Sé que tu padre opinará lo mismo. Y estoy seguro de que tu madre diría lo mismo.

—¿En serio lo crees? —Me miró de nuevo a los ojos.

—¿Creerlo? Qué dices. Lo sé. Cien por cien. —Sonreí y conseguí que él me devolviera la sonrisa—. ¡Vamos! Busquemos los Puntos del Amor. A ver si nos da tiempo a encontrar los siete.

Y, con esa conversación, me sentí más unido a Luca que nunca.

No tenía muy claro en qué dirección ir, así que nos fuimos perdiendo por las calles de Santino, mientras el sol se ponía en el horizonte con lentitud, con parsimonia, con delicadeza. Según iba cambiando la luz, todo tenía un tono anaranjado y los colores de las casas pasaban a ser de un tono más pastel. Luca seguía sin ser muy hablador. Pero lo compensaba siendo muy curioso, tratando de encontrar los puntos de color de los que le había hablado y tratando, asimismo, de hallar alguna lógica a cómo debían de estar distribuidos por la ciudad.

—¡Ahí! —dijo, señalando en la fachada de ladrillos de un bar. La terraza estaba vacía de gente, ya que aún no estaba abierto. Desde el interior llegaba música mientras un chico no mucho mayor que nosotros limpiaba las ventanas que daban a la calle.

Luca se acercó a la pared y me señaló un punto igual al de la fuente, pero este de color azul turquesa. Me sonreía casi como si hubiera encontrado una mina de oro.

—Es otro, ¿verdad?

—Eso parece —le dije, rozando el punto con la yema de mis dedos.

—Ya solo nos quedan cinco. ¿Nos dará tiempo a encontrarlos todos?

Miré la hora y solo quedaban veinte minutos para que sonara la alarma. Pero no quise desanimarle.

—Sí, claro —asentí y vi felicidad en sus ojos. Por fin podía sentirse libre y no pensar en nada más. Ni en el *Coriali*, ni en sus responsabilidades, ni en su padre, ni en nada más que disfrutar esa tarde en Santino Porto.

Cuando nos estábamos alejando, la música del interior del bar empezó a sonar más y más fuerte. La canción me resultaba familiar. Seguramente la había escuchado en alguna de esas mañanas en el coche del abuelo. Así que empecé a mover ligeramente los hombros y a tratar de tararear la canción mientras caminábamos.

—¿Qué haces? —me preguntó, frunciendo el ceño.

—Bailar. ¿En palacio no sabéis lo que es?

—Sí. Obviamente, sabemos lo que es bailar. —Me encantaba cuando se picaba con cualquier cosa.

—Demuéstramelo —le reté.

—¿Ahora? ¿Aquí en la calle?

—Claro. ¿O es que tienes miedo? —le pregunté riendo y moviendo aún más los brazos de la forma más ridícula posible.

—Pero… ¿qué estás haciendo?

—¡Divertirme! ¡Venga! —Y, sin pensarlo, lo cogí de la mano y le moví los brazos al ritmo de la canción. Pero él se soltó al instante, vergonzoso. Necesitaba un pequeño empujón para soltarse, y yo pensaba dárselo—. ¿Los reyes no bailan?

—No soy rey —me corrigió.

—¿Y los príncipes? —Le sonreí y no sé si fue por el tono con el que se lo dije, pero conseguí arrancarle media sonrisa también—. Vamos. Seguro que la conoces.

Luca entornó los ojos y se concentró en escuchar la canción, hasta que asintió levemente y empezó a murmurar algo.

—Te la sabes, ¿eh?

—Un poco —admitió, orgulloso—. Pero tú no. Lo has demostrado.

—Algo sí que me sé. El estribillo lo tengo dominado —me burlé y canté lo poco que me sabía—. *Sei l'ultima e la prima volta, tienimi stanotte…*

—*C'è un cuore che sanguina* —susurró él.

Poco a poco fue cantándola y soltándose, tratando de enseñarme la letra según iba pasando. Y he de decir que la canción era preciosa. Así que me dejé llevar y le cogí de las manos. Unas manos suaves, alargadas y perfectas. Como él. Luca me miró, asustado, pero mi mirada debió de calmarle, porque no me soltó. Creo que era la primera vez que bailaba con alguien. Que bailaba con un chico. Pensé en Alejandro, en aquel baile en el colegio, cuando no me atreví a decirle que bailara conmigo, y él se fue con Carolina, la chica popular de clase. Pero en ese momento me estaba atreviendo, y nada menos que con el príncipe Luca Calliveri.

—¿Qué significa lo que dice?

—¿El qué?

—*Tieni… tien…*

—*Tienimi stanotte?*

—Sí. Eso. ¿Qué significa? —insistí.

—Tenemos esta noche —contestó, poniéndose rojo de vergüenza.

Y, mientras nos alejábamos, la música se iba perdiendo entre las calles empedradas de Santino, pero siempre la recordaría, porque nos había hecho compartir un momento único.

Pasamos por delante de la tienda de vinilos, de la de cómics, de una pequeña iglesia que nos sorprendió tocando las campanas y por un jardincito con un olivo en el centro. Pero ni rastro del resto de los puntos que buscábamos. Pasamos por una calle bajo un arco de piedra que tenía pinta de ser muy antiguo y, sin darnos cuenta, salimos a una especie de rompeolas que hacía también la función de mirador, desde el que se veía toda la costa de Santino y el monte Nuvole a lo lejos. La ciudad era preciosa a esa hora de la tarde. Y aunque íbamos muy mal de tiempo, no quería romper ese momento tan perfecto, los dos mirando el atardecer desde allí. Encontrar los Siete Puntos del Amor ya daba igual. Lo importante era estar pasando esa tarde juntos.

—Tendremos que volver para encontrar el resto —sugerí, apoyando los brazos en una barandilla metálica que funcionaba como seguro para no caerte hacia las rocas. Pero Luca calló—. ¿Estás bien? ¿Pasa algo?

Su mirada estaba fija en el horizonte, en el *palazzo* Santino, cuya figura se adivinaba a lo lejos.

—Qué pequeño se ve desde aquí. *Insignificante.*

—Desde aquí todo se ve pequeño.

—Santino es increíble. Muchas gracias por enseñármelo, Gaspar —me dijo, agradecido.

—Es tu ciudad. Es tu país. Yo solo soy un turista.

—¿Qué deseo habrías pedido de haber encontrado los siete puntos? —me preguntó, interesado.

—La verdad…, te he mentido un poco —confesé—. No hay que pedir un deseo.

—¿Cómo que no? —replicó, extrañado.

—A ver, si encuentras los Siete Puntos del Amor…, dice la leyenda que recibirás un beso de la persona que te gusta.

—¿Y eso se cumple?

—Se supone que sí —respondí, encogiéndome de hombros. Me estaba empezando a poner nervioso de nuevo.

—¿Crees en estas cosas? —inquirió, curioso.

—¿La verdad? No mucho. Pero me gusta pensar que la vida tiene cosas mágicas de vez en cuando, porque, si no, ¿para qué estamos aquí?

Luca asintió, aunque sin mirarme. Seguía con la mirada fija en la lejanía. Pero podía sentir una tensión existente entre los dos. Como la otra noche en mi cuarto, el día de mi cumpleaños, cuando le quité la camisa. Quería besarle. Lo necesitaba. Era…, era una necesidad. No podía volver a casa sin hacerlo. El sol estaba a punto de perderse en el horizonte y dar paso a la noche. Se nos había hecho tarde. Se nos había hecho muy tarde. En ese momento, todo me daba igual. Lo único que me preocupaba era besarle y que no apartara la cara. Pero ¿y si me pasaba lo mismo que con Alejandro? ¿Y si me lanzaba y no era correspondido? Solo había una forma de averiguarlo.

—¿Y quién le gusta a Gaspar Costa? —me preguntó al fin.

—¿A mí?

—Sí. A ti. Si hubiéramos encontrado los Siete Puntos del Amor, ¿de quién habrías recibido un beso…? —Y mientras lo decía en voz alta, pareció darse cuenta de lo que significaba su pregunta. Yo me puse rojo de la vergüenza—. Pero…, pero… —trataba de poner en orden sus pensamientos para llegar a la conclusión a la que yo esperaba que llegara—. Pero… ¿te gusto?

Y no le respondí. Directamente me lancé.

Justo en ese momento, unas luces nos cegaron por completo y tuve que ponerme la mano delante para cubrirme los ojos. ¿Qué coño…? Las luces eran de un coche, porque podía oírse el ruido del motor. Oí cómo se abría una puerta y, entre la neblina que se había formado alrededor de la luz brillante, aparecieron Filippo y el rey Carlo Calliveri. Me separé de Luca de inmediato, totalmente desubicado, sin saber muy bien qué hacer o qué decir. ¿Cómo nos habían encontrado?

—*LUCA CALLIVERI, ENTRA IN MACCHINA!* —chilló el rey con contundencia, y Luca, sin siquiera mirarme, agachó la cabeza y caminó hacia el coche. Cruzó la luz de los focos y su padre lo cogió del brazo y, tras zarandearlo, le dio una bofetada.

—¡Eh! —grité yo, corriendo hacia ellos. No sabía lo que pretendía hacer o decir, pero no podía dejar que su padre lo tratara así, fuera el rey o quien fuese. Pero Filippo se interpuso entre los dos y puso una mano delante, frenándome en seco, mientras yo veía cómo Luca entraba en la parte trasera del coche, cabizbajo y con lágrimas recorriéndole el rostro.

—No eres consciente de lo que acabas de hacer, ¿verdad? —masculló Filippo, muy molesto conmigo—. Se te prohíbe terminantemente acercarte al *palazzo* Santino o a la familia real Calliveri.

—¿Qué? ¡¿Por qué?! —protesté, tratando de que Luca me viera. El rey me echó una mirada asesina y entró al coche por la puerta contraria a su hijo.

—Da gracias a que el rey no quiera emprender acciones legales contra vosotros... por ahora.

—¿Acciones legales? —repetí sin entender nada. ¿Solo por escaparnos un día de palacio?

—Sabías que hacer fotos de Luca Calliveri estaba terminantemente prohibido. Te has saltado la única restricción que no debías, Gaspar Costa —bramó, y me enseñó la pantalla de un iPad que tenía en la mano. En ella podía ver una web de noticias. Parecía la CNN o alguna así, pero no pude fijarme bien, porque en la portada salía yo. De hecho, aparecía el selfi que nos hicimos Luca y yo con un titular:

¡EXCLUSIVA!

Primera imagen de Luca Lorenzo Calliveri.

¿Quién es el chico que está junto al príncipe de Santino?

17

Las consecuencias

Vale.

Comprenderéis que flipara cuando vi esa foto y ese titular, ¿no? Era el selfi que nos habíamos hecho la primera tarde en Santino. Pero ¿cómo podía estar en esa web? ¡Si yo no se la había pasado a nadie! ¡Era imposible! Traté de hacérselo entender a Filippo, pero no me dejó casi ni hablar. De hecho, después de enseñarme la noticia, me dijo algo en santinés y el muy cabrón se fue, se montó en el coche y me dejó allí solo, tirado. ¿Cómo pretendían que volviera a mi casa? ¿Andando? ¡Iba a tardar una eternidad! Joder, me cago en todo. Tendría que llamar a mi abuelo, pero eso equivaldría a contarle todo. Bueno, ¿a quién pretendía engañar? A esas horas ya lo sabría. Seguro. De verdad que pensaba que esa tarde acabaría de forma diferente. Y lo que más me enfurecía era que ni siquiera me habían dejado defenderme.

Menos mal que recordé el cortacésped. Al menos tendría medio de transporte para volver. Fui andando hasta donde lo habíamos dejado. Aunque una descripción mejor sería decir que fui hasta allí arrastrándome, lamentándome todo el camino. Joder, solo esperaba que no me acusaran de robar el cortacésped también. Fue subirme, arrancarlo y estar a punto de ponerme a llorar. Por lo que había pasado, sí, pero también por lo que me esperaba en casa. Podía ver la cara de mi abuelo, sus gruñidos, su mirada acusatoria. Aceleré todo lo posible, porque era verdad que esa máquina tenía una velocidad increíble, y fui recorriendo las carreteras flanqueadas de olivos de Santino en dirección a la finca de mis abuelos.

Cuando llegué, estaban esperándome en la entrada. Ninguno pareció sorprenderse de que llegara en el cortacésped que usábamos en los jardines reales. Mi padre y mi abuelo ni siquiera se movieron, mirándome desde la lejanía con reprobación. Pero mi abuela, al verme, vino corriendo hacia mí. Casi ni siquiera me había bajado y ya me estaba dando un abrazo. Justo lo que necesitaba. No pude aguantarme más y rompí a llorar.

—*Jubico*, pero ¿qué has hecho? —me susurró al oído mientras me daba besos en la mejilla.

—No he hecho nada, abuela. No he hecho nada —sollocé en un mar de lágrimas. Estuvimos los dos abrazándonos un largo rato. Yo no quería separarme, así que tuvo que hacerlo ella. Al mirar mis ojos llorosos, me limpió las lágrimas con el dedo pulgar y me sonrió. Y esa sonrisa era tan cálida que, por un momento, se me olvidó todo y pensé que nada malo me iba a pasar.

—Vamos a que comas algo, anda. —Y me dio la mano, llevándome directamente a la puerta que daba a la cocina y pasando junto a mi abuelo y mi padre.

—Gaspar… —comenzó a decir este.

—¡No! —le calló mi abuela—. No. Ahora no. —Y tiró de mí hasta meterme en la casa.

Lo malo es que la protección de mi abuela no duró mucho y,

después de cenar su revuelto de huevos con puerro y queso pecorino, mi abuelo y mi padre aparecieron en la cocina para cantarme las cuarenta.

—Pero ¿en qué cojones estabas pensando? —chilló mi padre. Mi abuela lo reprendió con la mirada, pero eso no hizo que se ablandara ni lo más mínimo—. ¡Has puesto el trabajo de tu abuelo en peligro!

—¿Solo os importa eso? ¿El trabajo?

—¡Gaspar, por favor! —bramó mi padre—. ¿Es que no eres consciente de lo que has hecho? No nos hemos metido en problemas legales con la familia real porque tu abuelo ha intercedido. Pero ¡te han prohibido poner un pie en el palacio real! ¿Entiendes lo grave que es eso? ¿Entiendes que la familia real, LA FAMILIA REAL, no quiere volver a verte? ¡Y da gracias a que no ha pasado nada más! Dios, Gaspar, joder. ¡Te dije que no te metieras en follones! Te lo dije, coño, te lo dije. —Se dejó caer en una de las sillas, derrotado. Por mi parte, yo no sabía muy bien qué contestar o qué decir en mi defensa. Ya se habían formado su opinión. Daba igual lo que yo dijera—. Por lo pronto, nos volvemos a Madrid.

—¿Qué? ¿VOLVER A MADRID? —repliqué, sin entender nada—. ¿Cómo que volver? ¡No podemos!

—¡Claro que sí! Has fastidiado todo el viaje. No tiene sentido que sigamos aquí. Y será mejor poner tierra de por medio para que se calmen los ánimos. No queremos recordar a los Calliveri que la persona culpable de que se haya filtrado la foto de Luca sigue en Santino. ¿Entiendes eso?

—Pero ¡es que yo no fui! —protesté—. ¡Yo no filtré la foto! ¿Cómo iba a hacer eso?

—Pues no lo sé, Gaspar. Dímelo tú. ¿Por qué ibas a hacer eso? ¿Eh? Dímelo —me retó.

—Es que no lo hice.

Mi padre se sacó el móvil del bolsillo del pantalón y, después de una búsqueda rápida, lo dejó sobre la mesa junto a mí, con el selfi en cuestión en primer plano.

—¿No eres tú el de la foto? Eres tú, ¿verdad? —preguntó, nervioso.

—Sí, soy yo, pero…

—¿Y quién hizo la foto? —insistió.

—Yo, yo, pero es que no…

—¿Y de quién es el móvil con el que se hizo la foto? —Tercera pregunta seguida.

—Mío —admití.

—Y si tú sales en la foto, y tú hiciste la foto, y el móvil es tuyo, explícame entonces quién mandó la foto a la prensa. —Me quedé en silencio, porque mejor callar cuando no sabes qué decir. Pero no le sentó nada bien a mi padre, que dio un manotazo en la mesa con fuerza. Nunca le había visto tan enfadado. Nunca—. ¡Gaspar!

—¡Ya está bien! Si Gaspar dice que él no ha sido, no ha sido —intervino mi abuela.

—Mamá, por favor…

—No. Ni mamá ni nada. Si él dice que no ha sido…, no ha sido —le interrumpió, contundente, retando a mi padre con la mirada. Este al final cedió, cogió su móvil, se levantó de la mesa y se fue escaleras arriba a su despacho, cerrando de un portazo.

—Es que yo no he sido… —sollocé.

—Lo sé, *jubico*, lo sé. Y tú padre también, aunque no quiera escuchar.

—Deja de proteger al niño. Su padre tiene razón. Da igual lo de la foto. Ayudó al príncipe a escapar del palacio. ¡Imagina si hubiera pasado algo!

—Pero no ha pasado nada... —me defendí—. Y él siempre estuvo de acuerdo. Que lo dices como si yo le hubiera secuestrado o algo —refunfuñé, molesto.

—Me hiciste una promesa, Gaspar. Y la has roto —dijo mi abuelo, dolido, decepcionado. Iba a contestar, pero, tras mirar a mi abuela, entendí que lo mejor era que me callara y me fuera a mi cuarto de una vez.

Así que subí a mi habitación, tratando de no caldear más el ambiente, pero seguía dándole vueltas a todo lo que había pasado. Era incapaz de explicármelo. ¿Quién podría haber enviado esa foto? ¿Es que acaso me espiaban el móvil? Hice memoria, tratando de recordar a quién se la había enviado. Y solo me vino a la mente Lucía. Pero ella no habría sido capaz..., ¿no? Como si la hubiera invocado, me escribió, alucinada con mi salto a la fama. De hecho, me envió un link de uno de tantos medios que hablaban sobre mí y sobre Luca.

PERO QUÉ HA PASADO?

No tengo ni idea, Lu.
Aún estoy flipando
Tendrías que haberlo visto. Estábamos
a punto de besarnos Luca y yo

Aparecieron su padre EL REY
y el odioso del mayordomo

Espera. QUÉ?
Cómo que estabais a punto de besaros?

Yo me iba a lanzar
Te lo juro
Y llegan y me enseñan como una noticia
en la que se nos ve a Luca y a mí juntos
El selfi que te envié
Te acuerdas???

Tardó un rato en responder. No dejaba de escribir y borrar el mensaje.

Sí
Me acuerdo

Supongo que no has sido tú, no??
Que no se la has enviado a nadie tampoco

En serio lo dudas??
No. Yo no le he enviado la foto a la prensa
Flipo que lo pienses siquiera

A ver, es que eres la única persona a la que se la mandé
No sé, a lo mejor no te acuerdas o yo qué sé

Mejor dejemos de hablar
Porque me estoy cabreando

Y si algo había aprendido en tantos años siendo amigos es que, si se enfadaba, lo hacía en serio.

La mañana siguiente fue, digamos, complicada. Mi padre me había retirado la palabra. Tampoco es que me hablara mucho antes, la verdad. Así que ahí no había demasiada diferencia. Me desperté pronto, pensando inútilmente que todo se habría olvidado durante la noche, y que podría volver con mi abuelo al palacio a trabajar. Obviamente, no pasó. Cuando llegué a la cocina para desayunar, más pronto que nunca, mi abuelo ya se había ido. Ni siquiera esperó para despedirse. Nada. Cero. Y mi abuela tampoco estuvo muy comunicativa. No sabía si era porque ella y el abuelo habían hablado cuando se fueron a su habitación la noche anterior o qué. Pero algo había cambiado. Supongo que al final había entendido el follón en el que había metido a la familia, por mucho que se pusiera de mi parte. Ese desayuno, comparado con todos los que había tomado desde que había llegado a Santino, fue el más pobre de todos. Un cruasán a la plancha frío y restos de mermelada de albaricoque. Ni siquiera se acordó de calentarme la leche. Así que me pasé toda la mañana deambulando por la casa, sin saber muy bien qué hacer. Fui a la piscina, estuve tomando el sol, traté de leer algún libro o escuchar música, pero no tenía ganas de nada. Al principio me quejaba de trabajar y tener que madrugar, y en esos momentos me quejaba de todo lo contrario. Tenía continuamente esa sensación incómoda en el estómago, como de estar a la espera de algo que nunca llegaba.

Pero también pensaba en posibles formas de comunicarme con Luca. Porque, como mi padre cumpliera su amenaza, no iba a poder ni despedirme de él, ni explicarle lo que había pasado. Luca estaría pensando que yo había filtrado la foto, que todo era culpa mía. Y necesitaba que supiera… No, necesitaba que entendiera que yo no lo había hecho, y que nunca se me habría pasado por la cabeza hacer algo similar.

El abuelo regresó justo a la hora de comer, y la comida fue tensa cuando menos. Mi padre no salió de su despacho. Sus horarios siempre eran diferentes a los nuestros, así que nunca se lo teníamos en cuenta. Iluso de mí, pensé que ese día bajaría, aunque fuera para decirme que se había excedido, y que obviamente no íbamos a volver a Madrid así, de golpe. Pero nada. No apareció. Mi abuelo comió superrápido, y cuando digo superrápido quiero decir a la velocidad de la luz, y mi abuela tenía visita a su almazara, así que al final me quedé yo solo comiendo un filete de pollo empanado con patatas. Riquísimo, sí, pero ya nada me sabía igual.

—Si tienes más hambre, hay un poco de crema de tomate en la nevera —me dijo mi abuela tras servirme el plato.

—No, no hace falta. Así está superbién —respondí lo más educadamente posible—. Oye, abuela…

—Ahora no puedo, cielo. Tengo gente esperando.

—Lo sé, lo sé. Solo es… —No tenía muy claro lo que decirle.

—Dime —insistió, esperando impaciente a que le dijera algo.

—Nada, abuela. Nada. Gracias por la comida.

—*Prego*. —Y me besó en la cabeza con cariño.

Se alejó hacia la entrada principal, donde acababan de aparcar dos coches, levantando una enorme y densa polvareda que casi llegó hasta la mesa. De los coches se bajaron cinco personas, todas ellas muy elegantes y, por qué no decirlo, superpijas. Y, al fondo, detrás de los coches, seguía el cortacésped que me había regalado Luca. El cortacésped más rápido del mercado. Genial. Eso era lo único que me había quedado de mi amistad con él. Esperad... El cortacésped. No lo había devuelto. Mi abuelo no lo había devuelto. ¿Y si...? No, no. Bueno, pero y si sí. ¿Y si sí? Venga, sí. Era la única forma de volver a acercarme al palacio.

—A ver, a ver. Gaspar. Piénsalo bien. Piensa bien el plan. Venga. —Tengo la costumbre de hablarme a mí mismo en voz alta cuando tengo que organizar mis pensamientos—. A ver, ahora que la abuela está ocupada, el abuelo durmiendo la siesta... y papá..., pues papá supongo que trabajando... Puedo-puedo aprovechar y coger el cortacésped, y llevarlo al palacio, como excusa de que tengo que devolverlo y tal... Y a lo mejor al entrar puedo ver a Luca un segundo, y explicárselo todo y... ¡Ya está! Venga, voy-voy a hacerlo.

Así que subí a toda velocidad a mi cuarto (por poco me caigo por las escaleras, por cierto), me vestí con unas bermudas y una camiseta a rayas, y me convencí de nuevo de que mi plan iba a funcionar. Hasta que mi padre salió de su habitación y cruzamos miradas. Me frené en seco, como alcanzado por un rayo.

—Hola —susurré.

—¿Adónde vas?

—Al jardín.

—¿Has hecho tu maleta? —Mis esperanzas se esfumaron de un plumazo con esa pregunta.

—Aún no. Pero, papá…

—Haz la maleta. —Y, con esa contundencia, se volvió a meter en la habitación, cerrando la puerta en mis narices.

Abatido, pero esperanzado con mi plan, salí de casa. Por suerte, no había nadie en los alrededores. Evitando hacer cualquier tipo de ruido, aunque el sonido de las cigarras lo tapaba todo, me subí al cortacésped. Las llaves seguían puestas. Lo puse en marcha y, acelerando con cuidado para que al arrancar el motor no sonara mucho, salí de la finca de mis abuelos camino del *palazzo* Santino, camino de reencontrarme con Luca y poder darle mi versión de los hechos. Durante todo el trayecto estuve improvisando lo que le iba a decir. El problema fue que, cuando estaba llegando, vi cómo uno de los vigilantes de la entrada salía de su caseta para acercarse, indicándome que frenara y apagara la máquina. Era un vigilante nuevo. No le había visto ningún día de los que había ido allí a trabajar.

—Hola, eh, mi nombre es Gaspar Costa —empecé a decir antes de que el hombre llegara—. Vengo a devolver este cortacésped. Verás, llevo trabajando aquí las últimas semanas y el príncipe Luca Calliveri se encargó expresamente de comprarlo, y, claro, tengo que devolverlo. Mi abuelo trabaja aquí y…

—¿Gaspar Costa? —repitió, como tratando de recordar si sabía mi nombre o no.

—¿Están Ricardo o Fabrizio? O… ¿Tomás? ¿Pa-Paola? —pregunté por los nombres de todos los vigilantes que me sabía. Pero el que estaba frente a mí no tenía ni idea de lo que le estaba hablando. Me miraba, con ojos sospechosos, y luego al cortacésped, como si nunca hubiera visto uno en su vida. ¿Habrían… habrían despedido a los vigilantes que había antes por mi culpa?

—Tomás y Paola no tienen turno hoy —me informó con calma—. Espera aquí un segundo. —Dándome la espalda, regresó a su caseta para hablar con su compañero. Tras unos minutos de tensión, regresó con un walkie-talkie en la mano—. Si puedes esperar, ahora vendrán a recogerlo.

—No me importa meterlo yo. Verá, yo trabajo aquí. Gaspar Costa. Trabajo en el cuidado del jardín.

—Espera aquí —insistió y volvió a irse, dejándome sin posibilidad de respuesta. Vale. Pues tendría que quedarme ahí sentado hasta que alguien decidiera venir a buscarlo. Podía haber aparecido cualquier persona de palacio. Cualquiera. Pero fue Filippo el que vino, casi echando humo por las orejas. En serio. Es que creo que hasta podía oírse cómo le rechinaban los dientes de la furia que le ocasionaba verme. Ya podía ser un poco más profesional.

Se abrió la verja principal y le indicó con la mano al vigilante con el que había hablado que le siguiera hasta mí. Le ordenó que se subiera al cortacésped y lo metiera en el palacio. Pensaba que me iba a decir algo, aunque fuera para echarme una pequeña bronca, pero nada. Me despreció con la mirada y se volvió, dispuesto a desaparecer de nuevo.

—¿Qué tal está Luca? —le pregunté, casi como último recurso—. ¿Podría hablar con él? Necesito explicarle que…

—Tú no necesitas nada —explotó, girándose de golpe y enfrentándome—. No puedes estar aquí. No puedes entrar en el *palazzo.*

—Vale, vale. No-no entro. No hace falta entrar. Solo quiero hablar con él, aunque sea un minuto. No pido más que…

—¿No has hecho bastante daño ya? Luca no quiere verte. —No me dejó terminar. Creo que era la primera vez que le veía hablar así de Luca, tan directo—. No quiere volver a saber nada de ti.

Esas palabras dolieron más que nada que pudiera haberme dicho. El corazón se me encogió, como si fuera papel arrugado dispuesto a ser tirado a la papelera. Ni siquiera al contenedor de reciclaje.

—Yo no lo hice. Yo no filtré esa foto —insistí. Quería que al menos él lo escuchara salir de mi boca.

—Si no llega a ser por Bastian, nunca os habríamos encontrado. ¡Quién sabe lo que podría haber pasado! —Esperad. ¿Bastian nos había delatado?

—¿Bastian?

—¡Suficiente! No me hagas llamar a Seguridad. Tienes prohibido acercarte a la familia real o al *palazzo* Santino. Y la próxima vez no seré yo quien salga —sentenció con dureza. Esa vez me dejó sin palabras. Ya no fui capaz de responder más. Cuando volvió a pasar por la entrada, habló con el otro vigilante, mirándome de reojo—. *Nessuno deve saperlo...*

Esa frase. Espera, ¿había sido Filippo al que oí el otro día cuando me perdí en el laberinto?

El cortacésped desapareció tras la verja de la entrada, que se cerró con un chirrido metálico, dejándome fuera, sin ningún tipo de medio para volver. Obviamente no me iban a acercar a casa en un coche oficial. Eso lo tenía claro. Mierda. Solo me quedaba una opción... y no me gustaba un pelo.

—Abuelo... ¿podrías venir a buscarme?

Cuando llegó, se limitó a abrir la puerta del copiloto sin siquiera bajarse del coche. No llevaba música puesta, y tampoco me miró.

Solo miraba al frente, agarrándose con fuerza al volante. Notaba que se estaba conteniendo con todas sus fuerzas. Hasta que entré y cerré la puerta.

—¿En qué demonios estabas pensando? —me abroncó mientras pisaba el acelerador, alejándonos del palacio.

—Yo solo quería disculparme y devolver el cortacésped. Quería que Luca entendiera que…

—Pero ¿tú en qué mundo vives? ¿No eres consciente de lo que has hecho? —Estaba furioso. Sin la abuela para detenerle explotaría.

—Sí, claro que lo soy. Pero yo no envié la foto, abuelo. Tienes que creerme —le supliqué.

—¡La foto da igual! ¡Ayudaste al príncipe a escapar del palacio! ¿Y si le hubiera pasado algo? ¿Pensaste en eso? No, ¿verdad? No pensaste nada. ¿Sabes la suerte que tenemos de trabajar para los Calliveri? ¿Sabes que ese dinero nos mantiene? —gruñó mientras dejábamos el monte Nuvole atrás.

—Ni suerte ni no suerte. Es un trabajo, abuelo. No son tus amigos.

—No hables sin saber. Acabas de llegar aquí. Cuando crezcas, entenderás la magnitud de lo que has hecho, Gaspar.

—Lo que entiendo ahora es que ninguno me habéis dado opción a explicarme, a dar mi versión de los hechos. Nada. —Estaba supernervioso, temblando de la cabeza a los pies—. Habéis elegido creer cualquiera cosa que os hayan dicho antes que a mí. Yo, tu nieto. Bueno, ja. No sé si te importa eso algo, porque lo único que has hecho desde que llegué a Santino es echarme la bronca por todo —dije, enfurruñado, y cruzándome de brazos para marcar aún más mi enfado.

—¡Porque eres un niño, igual que tu padre! —bramó, y a los segundos, respirando con fuerza, logró calmarse—. Sois iguales.

—No soy un niño —repliqué con toda la firmeza de la que fui capaz—. Y si lo fuera, ¿por qué me has dejado trabajar contigo? ¿No habría sido más lógico dejarme tirado en la piscina todo el día? —repuse—. ¿No me soportas? Ok. Vale. Total, no te conocía hasta hace un mes casi. Pero tampoco actúes como si fueras el mejor abuelo del mundo, porque estás lejos de serlo. Estás lejísimos de serlo. Y, por lo visto, también debiste de ser un padre de mierda. No me extraña que papá se fuera y no quisiera volver.

Ante mi explosión de sinceridad, dio un volantazo, se fue hacia el arcén y frenó de golpe. Me miró con fiereza y alzó la mano, señalándome con un dedo.

—Soy tu abuelo. No vuelvas a hablarme así —masculló—. No tienes ni idea. Tu padre tomó una decisión.

Parecía que iba a decirme algo más, pero debió de pensarlo mejor, porque volvió a mirar a la carretera, tratando de decidir si arrancaba de nuevo o nos quedábamos allí un poco más.

—La próxima vez, te vuelves andando. —Y arrancó.

Nuestra relación había comenzado mal, pero, con lo que le había dicho, se había roto por completo. Quizá para siempre.

18

Nos volvemos a Madrid

Sí. Mi padre cumplió su amenaza. Pensaba que no lo haría, que habría sido fruto del calentón de la noche en la que me pillaron. Pero estaba equivocado. Porque lo de acercarme al palacio, aunque fuera a devolver el jodido cortacésped, fue la gota que colmó el vaso. Ni siquiera mi abuela fue capaz de defenderme ahí. En menos de cuarenta y ocho horas ya estábamos aterrizando en España. Cuando estábamos en el avión, se dio cuenta de que quizá, y solo quizá, se había pasado conmigo, y trató de hablar aunque fuera un poco. Me negué. No iba a volver a hablarle en la vida. Si mi madre hubiera… Si mi madre estuviera con nosotros, me habría creído, habría intercedido por mí, habríamos llegado a una solución. Mi padre no. Todo a lo bruto. Todo sin pensar. Aunque el hecho de que yo no le hablara dudo que le afectara de alguna forma. Sinceramente, para lo que hablábamos antes…

El trayecto en taxi a casa fue más tenso si cabe que el del avión. Al menos ahí fuimos separados por unas quince filas. Era tal la tensión que hasta el conductor debió de percatarse porque empezó a hablarnos del calor que hacía en Madrid y tonterías varias que, sinceramente, me importaban una mierda. Ni quería ni pensaba prestarle atención. Solo quería llegar a casa, encerrarme en mi cuarto y no volver a salir en lo que quedaba de verano. Lucía me había escrito varias veces desde nuestra discusión. Pero no tenía ni ganas ni ánimo de responder, la verdad. Todo se había ido a la mierda y yo había sido incapaz de pararlo.

Ni siquiera esperé a que el taxista se bajara para ayudarnos a descargar el equipaje. Abrí directamente el maletero, saqué mi maleta y mi mochila, y subí a casa (en el noveno piso de un edificio de once plantas) sin esperar a mi padre. Cuando abrí la puerta, el ambientador de la casa me recordó a otros veranos atrapado entre esas cuatro paredes, esperando para poder irnos de vacaciones aunque fueran dos días. ¿Por qué no habíamos ido todos los años a Santino? Mejor que no. No quería ni volver a pensar en Santino. Tenía el móvil lleno de mensajes y menciones. De la noche a la mañana me había hecho famoso. Es decir, había pasado de tener apenas mil seguidores a decenas de miles. Era desde el mejor amigo de Luca Calliveri hasta su novio, pasando por un hermano perdido y por un montaje mal hecho con Photoshop. Fue ahí donde tracé la línea para dejar de leer noticias sobre la foto. LA FOTO. LA FOTO QUE YO NO FILTRÉ.

Dejé la maleta tirada a los pies de mi cama y lancé la mochila contra ella. No tenía ganas de deshacer nada. Y, cuando pensaba tumbarme a ver algo en el ordenador y desconectar por completo, alguien llamó a la puerta de mi habitación.

—¡Estoy durmiendo! —bramé, pero a mi padre le dio igual. Abrió la puerta y entró, pero no dio más de dos pasos. Como si yo tuviera una especie de escudo invisible que le impidiera avanzar más.

—Gaspar, tenemos que hablar —dijo con un tono conciliador.

—¿Ahora quieres hablar? Porque, cuando yo quería, lo único que hiciste fue dar golpes a la mesa como un animal —contesté entre dientes.

—No me hables así, que soy tu padre.

—Joder, si es que sois iguales. Soy tu abuelo, soy tu padre..., igualitos. —Quizá estaba empezando a pasarme un poco.

—Tienes que entender que lo que hiciste estuvo mal, Gaspar. Tienes diecisiete ya. No eres un niño de diez años.

—Ni siquiera dejaste que me explicara. Además, ¿qué más da si no me crees? —rezongué, molesto.

—Da igual que yo te crea o no. Lo importante es que lo que hiciste estuvo mal. Y podría haberle costado el trabajo a tu abuelo. Punto —sentenció.

El tono suave le había durado medio segundo. Con esa frase volvió a salir de mi cuarto, cerrando la puerta tras él, y dejándome solo una vez más, pensando en lo que había perdido ese verano. Y todo por culpa del maldito Bastian. ¿Habría filtrado él la foto? No. Era imposible. Pero... Esperad. ¡Claro! Cuando me quitó mi teléfono para hacernos la foto, a lo mejor la vio, se la envió a sí mismo y luego la usó para mandarla a la prensa. ¿Para qué? Esa era la pregunta clave.

O así me lo dijo Lucía esa tarde cuando quedamos por fin. El vernos de nuevo borró cualquier enfado que pudiéramos tener. Vio lógico que dudara de ella, y además me confesó que me había mentido... más o menos.

—A ver, he de decirte... que envié tu foto. Pero ¡no a la prensa, ojo, cuidado! No, no. Se la envié a Magda, que no dejaba de preguntarme por ti. No le conté que estabas *in love.* Solo le mandé la foto diciéndole que era un chico que habías conocido en Santino. Y creo que Magda se la envió a Iván, que también estaba muy interesado en tu verano. E Iván se la envió a Alejandro. Pero ¡ya está! Ahí se terminó el círculo. Y todos ellos me han jurado y perjurado que no se la han enviado a nadie más. Así que no lo sé. Pero no te enfades... ¡Perdón! No pensaba que fuera una foto tan importante. Me dijiste que no la mandase, cierto, pero yo qué sé. No insististe mucho y pensaba que sería porque salías feo o algo así.

—¿Es que salgo feo?

—¡No! No. No quería decir eso. Chico, entiéndeme. Lee entre líneas.

—Joder, Lu. Pues espero que sea así. Porque por culpa de esa foto estoy ahora aquí. Que encantado de verte de nuevo, pero..., no sé..., estaba empezando a ser un verano de la hostia. Y todo se jodió de la noche a la mañana —me lamenté. A esas horas estaría seguramente tumbado en una hamaca al borde de la piscina de casa de los abuelos. No echaba de menos el calor sofocante de Santino, eso desde luego. Pero sí añoraba todo lo demás.

—Tú piensa: ¿qué ganaba la persona que filtró la foto? Debieron de pagar una fortuna por una exclusiva así, ¿no? A ese Bastian del que me has hablado... ¿le interesaría filtrar la foto? Por lo que me dices, ya era rico. ¿Entonces? ¿Para qué? —reflexionó Lucía, y tenía toda la razón. ¿Qué sentido tendría para él ganar un poco dc dinero con esa foto? Además, no creo que quisiera hacerle esa putada a su propio primo. Aunque, viniendo de Bastian, no me extrañaba nada. ¿Quería el trono? ¿Acaso intentaba que el rey Carlo se decantara por él para ser el nuevo rey de Santino?

Quedamos con todo el grupo, es decir, Magda, Iván y Alejandro.

Todos estábamos en Madrid ese fin de semana. Y todos querían que les contara con pelos y señales qué tal mi vida en Santino. Aunque a mí me daba una vergüenza terrible ver a Alejandro. Porque no nos habíamos vuelto a ver desde que…, desde que le dije que me gustaba, y él prefirió que solo fuéramos amigos. ¿Verle haría que me olvidara de Luca? ¿O me lo recordaría mucho más? Quedamos en un McDonald's que había cerca de mi casa, porque mi padre no me dejaba alejarme mucho ya que estaba castigado, más o menos. Nos sentamos los cinco a una de las mesas del interior, que a esas horas de la tarde estaba prácticamente vacío. Mejor, porque Lucía y Magda tenían un tono de voz, digamos, elevado.

—Oye, pero tú has vuelto morenísimo. ¿No te has visto? —me dijo Magda, moviendo su melena roja de un lado a otro, y mojando una de sus patatas fritas en el helado. Acto seguido, se la comió de un bocado.

—Qué asco, Magda, por favor —le recriminó Iván.

—Te habrás comido cosas peores tú.

—¿Vas de lista? Porque te equivocas —refunfuñó él como única respuesta—. Bueno, háblanos del principito. ¿En qué habláis?

—¿Cómo que en qué hablamos? No entiendo.

—A ver, hasta donde yo sé, tú no sabes italiano. Y mucho menos santinés, ¿no? —preguntó, buscando apoyo entre los demás, que me miraron deseosos de una respuesta.

—Hablamos en español. ¡Si sabe como cinco idiomas! —recordé—. Y no voy a hablaros de Luca, que en bastantes líos me he metido ya.

—Uy, Luca, Luca. ¿Es también un monstruo marino? —se burló Magda, provocando la risa de todos. De todos menos de mí.

Bueno, Alejandro tampoco se rio. Estaba bastante callado. Solo se había pedido unos nuggets que ni siquiera había tocado aún. El sol del verano había hecho que le salieran muchas más pecas, y tenía el pelo más rubio que nunca. Se lo había dejado largo y lo tenía recogido en una coleta, dejando sueltos un par de mechones que le caían por ambos lados de la cara.

—No es un monstruo marino, no —repliqué—. No estamos en una película de Pixar. Además, qué más da, si ya no voy a volver a verle.

—Nunca digas nunca, Gaspar. Que las cosas pueden cambiar —trató de consolarme Lucía, acariciándome la mano con ternura.

—¿Cómo era el palacio? —preguntó Alejandro, rompiendo su silencio al fin.

—¿El-el palacio? —Seguía resultándome raro hablar con él. Incómodo—. Pues no sabría con qué compararlo. Pero eso era gigantesco. Aunque no debería decir nada. Me hicieron firmar un contrato de confidencialidad.

—¿Qué dices?

—Claro. De ahí la movida de la foto. Según ellos, no solo desvelé la identidad del príncipe, sino que además incumplí el contrato y…

—¿Te impedía hacer fotos del príncipe fuera del palacio? —quiso saber Alejandro.

—No, pero…

—Entonces no incumpliste nada. Al menos, eso parece. —Dio un sorbo a su Coca-Cola.

—Ya, bueno. Eso díselo a mi padre, o a mi abuelo. Uf. Ha

sido…, bueno, yo qué sé. Ya está. Ya estoy en Madrid, así que pues a pasar el verano aquí —me lamenté.

—Oye, gracias por la parte que me toca, ¿eh? Que he vuelto de la playa este finde solo por ti —refunfuñó Lucía.

—Y te lo agradezco en el alma —dije, sonriente, lanzándole un beso al aire.

—¿No puedes contarnos nada de él? Es decir, es guapo, aunque no pensaba que fuera tu tipo —señaló Iván mientras miraba su móvil. Seguramente, la foto de los dos—. Menuda nariz más grande tiene.

—¿Algún problema con las narices grandes? —masculló Magda, tirándole una patata a la cabeza, que se quedó atrapada en su pelo.

—¡Me va a llenar el pelo de grasa! —lloriqueó Iván, dándose un manotazo para quitarse la patata de encima y lanzándola al suelo—. Yo solo he comentado que su nariz es grande. Y ya sabéis lo que dicen de las narices grandes.

—Qué cerdo eres —comenté, pero no pude evitar pensar en ello, aunque fuera una décima de segundo. ¿En qué? Pues en Luca… desnudo.

—¿No sabes nada de él? Es decir, desde que te despidieron y todo eso, me refiero —preguntó Alejandro. Estaba superserio. Y cada vez que hablaba, yo me ponía tenso, como incómodo por la situación. Obviamente me gustaba que estuviera ahí con nosotros, pero después de su rechazo me costaba verle, la verdad. Aunque pensaba que me costaría más. Puede que todo tuviera algo que ver con Luca y lo que sentía por él.

—Nada de nada. No me ha escrito ni me ha llamado ni nada.

Lógico, a ver, que es el príncipe de Santino, y yo soy un don nadie.

—Tú eres Gaspar Costa. Mucho más importante —dijo de repente Alejandro y todos le miraron, supersorprendidos. Yo el primero, claro—. ¿Qué? ¿No es cierto?

—Bueno, a ver, Gaspar aún no es príncipe de ningún país —añadió Iván—, peeero tiempo al tiempo, ¿eh? No seré yo quien chafe tus sueños, querido Gaspar.

No me había dado cuenta de lo mucho que los echaba de menos a todos hasta que pasé esa tarde con ellos, comiendo porquerías, riéndonos por tonterías y dejando atrás, al menos durante unas horas, lo que había ocurrido en la última semana. Hasta que llegó la hora de irse a casa. Nos despedimos en la entrada del metro; todos menos Alejandro, que vivía cerca de mí y se empeñó en acompañarme hasta el portal. Lo que siempre habíamos hecho cuando íbamos al colegio. Pensé que nunca más volvería a pasar, y ahí estábamos los dos, caminando juntos una tarde de finales de julio.

—¿Estás bien, Gaspar? —me preguntó cuando llegamos a mi edificio.

—Lo superaré. Nada grave, no sé —respondí, encogiéndome de hombros.

—¿Te vas a quedar mucho tiempo por aquí?

—El tiempo que le dé la gana a mi padre, ya sabes —bufé, molesto—. Yo qué sé. ¿Y tú qué? ¿No te ibas con tus padres a Málaga?

—Sí, mañana tengo el tren. Aunque no tengo muchas ganas, la verdad.

—¿Y eso?

—Porque hoy me lo he pasado de maravilla. —Me sonrió y me

hizo sentir tan bien que casi me lancé a darle un beso—. Bueno, yo ya me voy. Si necesitas hablar o algo, escríbeme, ¿vale?

—Claro.

—Ya sé… —Ay, no quería tener esa conversación—. Ya sé que te dije que solo me gustabas como amigo. Y desde entonces las cosas han cambiado entre nosotros. No hablamos casi. Y-y-y-y lo entiendo, ¿eh? Pero no sé, piensa que, por mi parte, no ha cambiado nada.

—Vale. Eh…, es que es raro. Yo creo que ya está todo bien. Este verano nos va a sentar bien. Seguro —afirmé, tratando de ser fuerte, pero con el corazón a punto de salírseme por la boca.

—Seguro —repitió, y me dio un abrazo, apoyando la cabeza sobre mi hombro.

Tras separarnos, me giré antes de que se cerrara el portal, y vi que Alejandro también se había vuelto. Al mirarnos, me sonrió y me despidió con la mano. ¿Volverían las cosas entre los dos a ser como eran antes? Esperaba que sí. El tiempo siempre es necesario, aunque lo odiara con todas mis fuerzas. Mientras subía en el ascensor, me llegó un mensaje de él diciéndome que se lo había pasado muy bien. Pero no era el único mensaje. Me había escrito alguien desde un número de móvil que no tenía guardado. Y, al leerlo, casi se me cae el teléfono al suelo.

> Hola, Gaspar. Soy Luca. Responde a este mensaje cuando lo veas y sabré que puedo llamarte

19

La llamada

Estuve a punto de responder al momento. Pero conseguí controlarme, y eso que me costó. No podía ponerme a hablar con Luca después de una semana, ahí en el ascensor. Tenía que estar en un entorno que controlara. Y, a poder ser, solo. Sin bloquear siquiera la pantalla del móvil, entré en casa y al momento oí la silla de mi padre moviéndose en su despacho y a él asomando la cabeza por el pasillo.

—¿Gaspar?

—Sí. Ya estoy en casa —dije casi de manera automática.

—¿Ha ido bien con tus amigos? —preguntó, saliendo casi por completo de su despacho.

—Sí, sí. Bien. Como siempre. Oye, me meto en mi cuarto, que voy a llamar, ¿vale?

—¿A quién? —Claro, es que para qué decía nada.

—Nada, a una amiga. Es que todo lo quieres saber, madre mía.

Mi padre chasqueó la lengua, molesto, entornó los ojos y volvió a entrar en su despacho, no sin antes preguntarme que si cenaba en casa. «Podemos pedir comida china… del sitio que te gusta». Sí, papá. Vale. Pero ahora tengo la llamada más importante de mi vida. ¿Ok?

Una vez que vi que cerraba la puerta, volví a ponerme de los nervios. El móvil seguía encendido. Y ahí seguía el mensaje de Luca. Me lo había enviado hacía una hora. Mierda. ¿Y si tardaba demasiado y entonces se arrepentía y ya no quería llamarme? No, no, no. No podía esperar más. Me encerré en mi cuarto, me tiré sobre la cama y pensé en qué contestarle. «Hola, Luca, te echo de menos». No. Demasiado. «¿Qué tal? Luca, yo no fui». A ver, ni que estuviera escribiendo en morse. Lo primero que hice fue guardar el número desde el que me había escrito. Lo guardé como LUCA y un emoji de una corona. Y, acto seguido, le contesté con una cara sonriente. Sencillo. Directo. Ya estaba. Así sabría que había leído el mensaje. Lo siguiente era esperar y rezar por que lo viera rápido. Pero no tuve esa suerte. Pasaron los minutos y no leía el mensaje. Ni siquiera le había llegado. Mierda. ¿Y si no me iba internet? ¿Y si, al no responderle, me había bloqueado o le habían quitado el móvil o algo? Joder. Así que le volví a escribir.

Hey. Soy Gaspar. ¿Qué tal?
Puedes llamarme cuando quieras

Bien *needy* me quedó, la verdad. Pero pasó el tiempo y nada. No había leído ninguno de mis mensajes (porque le escribí alguno más, lo admito). Todo por tardar demasiado y no estar pendiente. Si es que para un día que me relajaba y… ¡ME LLAMÓ! ¡ME ESTABA LLAMANDO! Volví a ponerme de los nervios, con el estómago en un puño e incluso unas pocas náuseas, como si fuera a vomitar. Conté hasta tres y lo cogí.

—¿Gaspar? —dijo la voz de Luca al otro lado.

—Ho-hola, Luca —saludé, tembloroso, y me puse de pie, dispuesto a darme cien paseos por la habitación mientras hablábamos.

—Pensaba que me había equivocado de teléfono.

—No, no. Es-es-es el mío. Yo-yo pensaba que me había equivocado yo, porque no contestabas.

—Estaba trabajando —replicó.

—¿Y qué tal? —Tampoco sabía muy bien lo que decirle, siendo sincero—. ¿Mi abuelo sigue siendo la persona más borde del planeta?

—No he hablado con tu abuelo —admitió—. Pero quiero que sepas que me costó mucho conseguir que conservara su trabajo. Porque querían despedirle.

—Gracias por eso —le dije en un hilo de voz. ¿Qué pretendía que le dijera? —«Luca, quiero que sepas que…».

—Espera, Gaspar. Primero voy a hablar yo. Porque además no tenemos mucho tiempo. —Entendí entonces que seguramente estuviera haciendo la llamada a escondidas de su padre y, sobre todo, de Filippo. Asentí, hasta que me di cuenta de que era una llamada y no podía verme.

—Sí, sí. Habla, habla. Pero yo también quiero hablar.

—Estoy muy dolido por lo que hiciste —confesó, ignorando por completo mi intervención—. Nunca pensé que fueras a ser así. Confié en ti como no he confiado en nadie. Sabes que vivir en el *palazzo non è facile.* Tú eras diferente. O eso creía.

—Pero soy diferente. Luca, tienes que escucharme. Yo no envié esa foto. ¿Cómo iba a hacer algo semejante? Para empezar, ni sabría a quién enviársela —me defendí, atropelladamente.

—Si no la enviaste tú, ¿cómo podía tenerla *la stampa*? Lo único que te pido es que no me mientas. —Podía notar dolor en su voz.

—Te juro por todo lo que quieras que yo no envié esa foto. ¿Qué iba a ganar con ello? A ver, sí, dinero. Pero qué más me da. Necesito que me creas —le supliqué, y se quedó en silencio tanto rato que pensé que había colgado—. ¿Luca?

—No lo sé, Gaspar. Mi padre y Filippo me han insistido en que has sido tú. Estoy llamándote a escondidas, y no me gusta ocultarles cosas. Pero quería hablar contigo. Quería que me explicaras por qué lo habías hecho.

—¡Que yo no lo hice! —grité—. Perdón, pero es que no lo hice, Luca. En serio. ¿Para qué iba a mentirte? ¿Para qué iba a querer hablar contigo entonces? Habría sido absurdo. Yo no envié la foto, Luca. De verdad.

—Entonces… ¿quién fue? —Vale, creo que ahí fue cuando empezó a creerme.

—No tengo ni idea. Solo se me ocurre Bastian. ¿Sabías que fue él quien le dijo a tu padre que nos habíamos escapado a Santino? —recordé, furioso.

—Sí. Me lo dijo mi padre. Nada me sorprende de Bastian. Siempre ha sido *un po' geloso.* Envidioso —me tradujo al momento. Sabía que su primo no le caía tan bien como él pretendía hacerme creer siempre.

—¿Te cayó mucha bronca?

—Mi padre no me habla. *Il Coriali* sigue adelante, pero tengo mis dudas sobre… Bueno, no sé si mi padre confiará en mí para ser rey.

—Claro que sí. ¿Cómo no iba a hacerlo? Si hace falta que hable yo con él y le diga…

—No, Gaspar. No. Ya está. No puedes entender la situación en la que estoy ahora mismo, Gaspar. Es imposible que lo hagas —sentenció.

—Vale, vale —admití, tratando de calmar un poco la conversación.

—Gracias por responder. Necesitaba hablar contigo y cerrar todo esto. —Espera. ¿Cerrar? ¿Es que esa llamada era una despedida? ¿Nuestra relación se iba a quedar ahí, en esa conversación?

—Y yo necesitaba que supieras que no había sido yo. Que nunca se me ocurriría hacer algo semejante. —«Porque me gustas y no quiero hacerte daño». Eso no se lo dije. Pero estuve a punto. Porque deseaba que lo supiera. Quería que entendiera que nunca habría hecho nada que pudiera dolerle, ni remotamente.

—Ya te has explicado. Gracias por responder a mi llamada.

—Por supuesto. ¿Pensabas que no iba a hacerlo?

—No lo sabía. Siento que hayas tenido que irte de Santino. Espero que guardes buen recuerdo de nuestro país. Y que vuelvas algún día con tu padre.

—Siempre —dije con la voz rota—. Oye, Luca. Necesito decirte que…

—*Ciao*, Gaspar. —Y colgó.

20

Una visita inesperada

«*Ciao*, Gaspar».

Incluso después de colgarme, esa despedida seguía resonando en mi mente, como si se hubiera quedado atrapada su voz entre las cuatro paredes de mi habitación. Si abría la puerta, se escaparía y perdería las últimas palabras que me había dicho Luca.

Miré de nuevo el móvil, por si de repente me había vuelto a escribir, aunque fuera un emoji o algo. Pero nada. Así que ya estaba. Esa había sido la última conversación que había tenido con Luca. Todo se había quedado en eso. Todo lo que había planeado con él se había ido a la mierda.

Esa noche cené con mi padre mientras veíamos una de sus películas favoritas: *Misión imposible*. Estuvimos en silencio desde que empezó. Yo seguía dándole vueltas a la llamada. Él, supongo que a su trabajo. No lo sé. Y, cuando terminó la película, se fue a su despacho a seguir trabajando, y yo, a la cocina a fregar los platos. Ahí es cuando fui consciente por primera vez desde que habíamos vuelto del aburrimiento de mes de agosto que me esperaba. Todos mis amigos se iban a partir del lunes, y yo me iba a quedar a solas con mi padre todo el verano. Menudo planazo, oye. Nunca había deseado tanto volver a clase.

Pero no pensaba quedarme todos los días encerrado en mi cuarto, lamentándome por lo que había perdido. Así que al día siguiente me fui a dar una vuelta por la ciudad. Madrid se vaciaba en verano, por lo que era un auténtico placer pasear por sus calles sin tener que pegarse con la gente. Era un buen cambio. Lo único malo era el calor, pero, después de haber sufrido el de Santino, cualquier cosa me parecía poco. Investigué si había alguna pastelería santinesa en la que poder comprar *corni.* Pero nada. No había ninguna. Tendría que montarla yo algún día...

El problema fue que alguien me reconoció por la foto con Luca. Me vino a preguntar si era yo Gaspar Costa, porque, claro, mi nombre ya lo sabía todo el mundo. Y luego vino otro más a preguntar, y luego otro. Así hasta que se formó un barullo de tres pares de narices a mi alrededor, y no sabía ni cómo escapar ni cómo gestionarlo. Gente grabándome, haciéndome fotos. ¡Tuve que salir de la tienda casi escoltado por el vigilante de seguridad! En serio, ¿la gente se había vuelto loca? Por suerte en el metro no me reconoció nadie. Que yo supiera, porque a lo mejor me habían grabado decenas de vídeos sin que yo me diera cuenta. ¿La gente famosa cómo podía soportar eso cada día que salía a la calle?

Con lo que no contaba era el encontrarme con dos personas dentro del salón de mi casa cuando abrí la puerta. Bueno, no eran dos personas cualesquiera. Eran Marco y Sofia, que habían venido directamente desde Santino para verme. Y casi me pongo a llorar al verlos. No sabía lo mucho que los echaba de menos hasta que los tuve delante. Les di el abrazo más sincero que había dado a alguien en mi vida.

—Gaspi, cuánto tiempo —bromeó Marco cuando nos separamos.

—¿Qué hacéis aquí? —pregunté, sin entender nada.

—¿Qué vamos a hacer? Hemos venido a verte. ¡Te fuiste sin despedirte! —contestó Sofia, poniendo cara triste.

—Bueno, agradecédselo a mi padre. ¿Dónde está?

—Creo que hablando por teléfono en el cuarto de allí. Pero ha sido muy simpático con nosotros. Aunque imagina cómo nos quedamos cuando fuimos a casa de los abuelos y nos dijeron que te habías vuelto a Madrid. ¡Sin decirnos nada! —explicó Marco mientras se dejaba caer en el sofá del salón—. ¿Qué ha pasado?

—¿No lo sabéis? ¡Si me he vuelto famoso y todo! —ironicé.

—Sí, claro que lo sabemos. Pero nos gustaría saber tu versión de los hechos.

—Porque no nos creemos ni una palabra de lo que nos han contado —añadió Sofia—. Excepto lo de que te escaparas del palacio con Luca. ¿Lo volvisteis a hacer? Eres un rebelde.

—Yo iba a decir valiente, pero rebelde me vale también —asintió Marco con una sonrisa.

—No sé qué queréis que os cuente. Pues que me hice una foto con Luca y resulta que alguien la ha filtrado a la prensa y todo el mundo se cree que he sido yo. ¡Yo! ¿Para qué iba a hacerlo?

—¿Para ganar dinero? —aventuró Sofia.

—¿Para hacerte famoso? —sugirió Marco.

—¿Para hacerte famoso y ganar dinero? —dijeron los dos al unísono. Si es que lo digo siempre, pero había momentos en los que parecían siameses.

—¿Qué? ¡No! No, no, no. Ni de coña. Me han tendido una trama. Simple y llanamente. Lo tengo clarísimo, vaya. Intenté que Luca también lo viera así, pero no parecía muy convencido y…

—¿Has hablado con él? —me interrumpió Sofia, asombrada.

—Eh, sí. Me llamó ayer. —Dolía recordar sus últimas palabras. «*Ciao*, Gaspar». Aún seguía escuchándolo en mi mente.

—Eso es que le gustas, primito —afirmó Marco, totalmente convencido de lo que decía—. ¿Llamarte después de lo que pasó? Claramente le gustas. No hay ninguna duda.

—No lo sé. No creo. ¿Por qué iba a gustarle yo?

—¿Tenemos que volver otra vez sobre lo mismo? —me amenazó Sofia.

—No, no, no. No hace falta. Pero no sé. Yo no he visto ninguna señal de esas que se supone que hay que ver.

—¿Por qué no nos llevas a dar una vuelta por tu ciudad y así pensamos qué puedes hacer para limpiar tu nombre? Porque tienes que hacerlo. No puedes dejar que las cosas se queden así. Lo sabes, ¿no?

—¿Limpiar mi nombre? Sofia, tu hermano piensa que estamos en una película de mafiosos o algo así, ¿no?

—Marco tiene razón. Y mira que es algo que no suelo decir. Pero *hai ragione*, Gaspar. Vamos. Avisa a tu padre y nos vamos a dar una vuelta.

—Mientras no vuelvan a acosarme como esta mañana...

—¿Acosarte?

—En una tienda. Alguien me reconoció y se lio de la hostia. ¡Si casi tienen que escoltarme para salir de allí! —recordé.

—Tranquilo, somos tus guardaespaldas. Eso sí. Coge una gorra y unas gafas de sol. Al menos vamos a ponerle difícil a la gente el que pueda reconocerte —me indicó Marco, enarcando las cejas con picardía.

—Uy, sí. Una gorra y unas gafas. Seguro que no me reconoce nadie.

—Tú habla con tu padre y te esperamos abajo. —Me dio un azote en el culo al levantarse del sofá y salió de casa junto a su hermana.

Cuando me acerqué al despacho de mi padre, lo oí hablando por teléfono en inglés. Me tenía prohibido interrumpirlo cuando estaba en una llamada de negocios, pero, aun así, abrí la puerta. Me miró, algo descolocado, y luego con reprobación. Me disculpé con las manos y le susurré que bajaba a la calle con Marco y Sofia. Supongo que me entendió porque asintió con la cabeza varias veces y me hizo un gesto como para que me fuera y cerrara la puerta tras de mí. OK, papá. Captado. Me voy. Tranquilo. Cerré con sumo cuidado para no molestarle y fui directo a salir de casa, pero, cuando estaba cogiendo las llaves de la entrada, oí la puerta del despacho de mi padre abriéndose de golpe.

—¿Adónde vas? —Tenía su móvil en la mano.

—Con Marco y Sofia. Vamos a dar una vuelta.

—Vuelve pronto, ¿eh?

—Sí, sí, claro. Si solo es una vuelta y ya —me excusé.

—¿Comes en casa?

—Pues no lo sé —dije, encogiéndome de hombros.

—Bueno. Tú avísame con lo que sea. Y, por favor, no te metas en líos, Gaspar. Haz caso a tus primos, ¿vale?

—Claro. —Aunque él no sabía que seguramente si les hacía caso me metería en líos.

Asintió de nuevo y volvió a entrar en su despacho, reemprendiendo la llamada. De lo de refugiarse en su trabajo ya hablaríamos en otro momento, porque cada día que pasaba lo veía más claro. Cuando bajé a la calle, Marco y Sofia estaban esperándome, expectantes, y con cara de querer pasarlo bien con su primo. O sea, conmigo, claro. No estaba muy seguro de adónde llevarlos, así que opté por lo fácil y nos fuimos a pasear por Madrid Río. No teníamos mar, así que Santino y su playa eran bastante mejores que cualquier zona de Madrid, pero algo es algo, ¿no? Marco estaba empeñadísimo en que volviera a Santino para presentarme en la verja del palacio y exigir ver a Luca. ¡Solo me faltaba eso! Hacerlo otra vez y que el rey me prohibiera la entrada al país para siempre.

—Pues al menos hay que descubrir quién ha sido el *coglione* que envió la foto —farfulló Marco, dándose un puñetazo en la mano—. *Coglione* es algo así como…

—Tranqui, también he escuchado esa canción. Sé lo que significa —me enorgullecí—. La música siempre es una buena forma de aprender idiomas. —Sonreí—. Eso sí, la única persona que no deja de aparecer en mi mente es Bastian. Es que es el único que ha podido ser.

—O te hackearon el móvil.

—O los guardias de seguridad del palacio, cuando dejas el móvil en la entrada, ¿no? —reflexionó Sofia. Pues no había pensado en ellos hasta ese momento.

—Pero les doy el móvil bloqueado. ¿Cómo iban a saberse mi contraseña?

—¿Tu contraseña es «Luca»? —bromeó Marco.

—¿Qué? ¡No! No, qué va. No sé. A ver, envié la foto a una amiga de aquí, Lucía. Y ella la reenvió a otros amigos. Pero a todos los conozco. Sé que no me habrían hecho algo así. Seguro.

—¿Seguro? —dijo Sofia, lanzando una mirada suspicaz a su hermano.

—Segurísimo. No, no. Ellos no han podido ser. Pero Bastian tuvo mi móvil en la mano unos minutos… Pudo enviársela a sí mismo de sobra. Y luego borrar el rastro, claro. Pero qué conseguiría con ello. Hasta donde sé, él ya es rico. ¿Para qué va a querer el dinero? —reflexioné casi sin respirar.

—¿Estás seguro de ello? ¿Cómo sabes que tiene dinero? —Y entonces empecé a recordar todas las veces que me había cruzado con Bastian. Aquel primer día con su descapotable recién estrenado. Pero la vez siguiente que le vi, tenía otro diferente. ¿Serían los dos suyos? Recordé lo que le dijo a la chica que iba con él cuando no quiso acercarme a casa. Noleyo o algo así.

—¿Qué significa «noleyo»? O «nolego»…

—¿«Nolego»? —dijo Marco, sin entender nada.

—*Noleggio?* Alquiler. ¿Por? —quiso saber Sofia. También recordé cuando volví a aquella terraza a coger la chaqueta de Luca, y le oí diciendo algo de *soldi*, que, hasta donde sabía, significa «dinero». Y… y también me dijo que había estado en Montecarlo, pero que no había tenido mucha suerte en los casinos. ¿Y si…? ¿Y si necesitaba dinero rápido y por eso filtró la foto? La vio en mi móvil y pensó que era una buena idea. Joder. Tenía que haber sido él. Cada vez lo veía más claro. Menudo hijo de puta. Pero Luca no iba a creerme. No sin pruebas.

—Gaspar, ¿estás aquí o en la Luna? Te has quedado totalmente *out* —me preguntó Marco, y fue lo que me hizo volver al mundo real.

—Creo que sí que fue Bastian. —Y les expliqué toda mi línea

de pensamiento. Aunque cuando lo dije en voz alta parecía bastante más improbable, Marco y Sofia me escucharon atentamente, sin interrumpirme ni una sola vez hasta que hube terminado—. ¿Qué pensáis? ¿O se me ha ido mucho la pinza?

—Si todo lo que dices es así, podría tener bastante sentido —reflexionó Marco.

—También… también puede que no fuera algo de dinero. Es decir… —Empecé a recordar la conversación que tuve con Luca sobre ser rey. «Mi padre también puede decidir que no soy lo suficientemente maduro, y aplazar mi coronación… o coronar a otro miembro de la familia real»—. ¿Y si todo es una estrategia para ser él el nuevo rey de Santino?

—Sea lo que sea, primito, tienes que limpiar tu nombre. Debes volver a Santino.

—No puedo volver. Mi padre no me dejaría ni en un millón de años.

—Seguro que, si hablas con él, acaba cediendo. Dile que te vienes con nosotros —sugirió Sofia—. ¿No crees que la abuela estaría encantada de volver a tenerte por allí?

—Sí, claro. La abuela. El abuelo ya es otra cosa. —Solo de pensar en su cara de enfado me entró un escalofrío por todo el cuerpo.

—No puedes dejar que las cosas queden así, Gaspar. Y está claro que te mueres de ganas de volver, ¿verdad? —Claro que me moría de ganas de volver. Aunque hacerlo sin ver a Luca no sé si sería bueno o tremendamente malo—. El abuelo seguirá invitado al *Coriali.* Así que podrías ir con él de acompañante.

—¡Ja! ¡No puedo ni acercarme! Aún no lo has entendido.

—Tú mismo, primito. Eres tú el que perderá la oportunidad de ver a Luca.

—Oye, no seas así, Marco —le recriminó su hermana.

—Piensa en ello. Habla con tu padre. Seguro que se ablanda. Si quieres, podemos ir a hablar con él. Te acompañamos y así…

—No. No hace falta, en serio. Por ahora, creo que voy a dejar las cosas estar. Y ya está —sentencié. Marco admitió su derrota y no volvió a insistirme más.

Así que al menos estuvimos un rato paseando sin darle vueltas a Luca, a la foto y a todo lo que había pasado. Los llevé a tomar croquetas y tortilla de patatas en un bar de la zona (Marco flipó con las croquetas de jamón) y me acompañaron de nuevo hasta la puerta de mi edificio. Se quedaban en casa de unas amigas de Sofia y, aunque me insistieron para que fuera a tomar algo con ellos por la noche, tuve que recordarles que era menor de edad, y su idea de tomar algo no creo que fuera la misma que pudiera tener yo. Así que nos despedimos con un nuevo abrazo y Marco, cuando se alejaban calle arriba, me gritó:

—*CI VEDIAMO A SANTINO!!* —Pero casi se comió una farola al darse la vuelta ante las risas de Sofia, que tiró de su brazo para llevárselo.

No pensaba decirle nada a mi padre. Porque para qué. No iba a entenderlo. Así que mi plan para pasar la tarde, y el resto del verano, era encerrarme en mi cuarto a decidir qué pensaba hacer con mi vida. Porque los días pasaban, se acercaba septiembre, y aún no había tomado ni siquiera una decisión sobre mi futuro. ¿Ser jardinero? No era la mejor de las opciones. ¿Escritor como mi madre? Nunca se me había dado bien escribir y enfrentarme a la hoja en blanco. ¿Editor como mi padre? Con lo distraído que soy, imposible concentrarme tanto tiempo… Estuve dando vueltas y vueltas por mi cuarto, con música de fondo, desde Taylor Swift hasta canciones en italiano. Hasta que…

La prima cosa che penso quando mi sveglio.
Mi infilo i vestiti e sembro te.

Esa canción me sonaba. ¿No era la que había escuchado con Luca en Santino Porto aquella tarde? ¿La canción que bailamos los dos juntos? *Tienimi stanotte.* Me puse a buscar la letra de la canción, porque mi italiano no era tan bueno, y sobre todo para ver qué significaba cada palabra. Pero lo que me había dicho Luca no era verdad. Él me dijo que *tienimi stanotte* significaba «tenemos esta noche», pero el traductor decía que significaba «quédate conmigo esta noche». ¿Por qué me había mentido? ¿Es que le daba vergüenza decírmelo por algo? «Quédate conmigo esta noche». No dejaba de repetirlo una y otra vez con la canción sonando de fondo, recordando aquella tarde bailando con él, con el atardecer de fondo y buscando los Siete Puntos del Amor. Esa tarde en la que estuvimos a punto de besarnos… Esa tarde en la que me preguntó si me gustaba.

Sei l'ultima e la prima volta, tienimi stanotte.
C'è un cuore che sanguina (senza te).

Y fue ahí cuando supe que tenía que hacer caso a Marco (y a mi instinto) y hablar con mi padre. No podía rendirme tan fácilmente, sobre todo cuando el *Coriali* estaba a la vuelta de la esquina. Si hacía falta, me colaría en el maletero de mi abuelo. Pero no podía dejar las cosas como estaban. Pensé en escribir a Luca, aunque no había vuelto a conectarse desde nuestra llamada. Seguramente, ni sería su móvil. Así que salí de mi cuarto con la moral por las nubes, con el ánimo por el techo, tarareando una y otra vez la canción. Porque sí, porque se había convertido en nuestra canción. Aunque Luca quizá no lo supiera. Lo sabía yo por los dos. Me la aprendería palabra por palabra. Lo tenía cada vez más claro. Porque no podía quedarse así. No podíamos quedarnos así. ¡Por un malentendido!

Cuando quise darme cuenta, llevaba casi diez minutos andando por el pasillo, dándome ánimos continuamente, pero sin acabar de atreverme a llamar a la puerta del despacho de mi padre. Me daba pánico, y sé que era ridículo, pero sabía que esa conversación iba a acabar mal. Bueno, total, él ya estaba enfadado conmigo, ¿no? ¡Qué más daba un poquito más! Así que, sin pensarlo mucho más, di un par de golpes y esperé, paciente (miento, impaciente como no había estado en mi vida), a que me respondiera desde el otro lado. Tardó, pero lo hizo.

—Pasa —me dijo con voz de ultratumba.

Al entrar, mi padre se quitó las gafas de leer y las colocó sobre la mesa, cerrando la tapa de su portátil casi del todo. Una luz azulada le iluminaba directamente el rostro. Le gustaba trabajar en penumbra. Mi madre y él siempre tenían peleas por eso. «Así te vas a quedar ciego», le decía siempre. Usaba gafas para ver de cerca, así que supongo que mi madre acertó después de todo.

—¿Ya se han ido tus primos? —preguntó, aunque no parecía realmente interesado. No del todo, al menos.

—Sí, sí. Ya hace un rato. Llegué a casa hace un par de horas o así. —¿En serio ni se había dado cuenta de que había vuelto?

—¿Has comido ya? Podemos pedir algo si quieres. —A mi padre nunca se le había dado bien cocinar. No porque no lo intentara, sino porque era negado.

—No hace falta. Ya he comido algo con los primos. —Qué raro se me hacía llamarlos así.

—Vale. ¿Quieres algo? Porque tengo una videollamada en dos minutos —me avisó, estresado. «Venga, Gaspar».

—Sí, a ver… Quería hablar contigo de algo. —Y me miró, expectante. No iba a decir nada más. Así que tendría que lanzarme yo—. A ver… He estado hablando con Sofia y con Marco, y me han dicho si quiero volver con ellos unos días a Santino.

—Gaspar…

—Solo tendrías que hablar con la abuela, a ver si puedo quedarme allí unos días.

—No —dijo, tajante.

—¿Por qué?

—¿Te lo tengo que volver a explicar, Gaspar? ¿Realmente quieres hablar de esto ahora? Porque estoy esperando una videollamada muy importante.

—Qué raro.

—Cuando seas mayor, te darás cuenta de lo que es el trabajo y las responsabilidades, Gaspar. —Volvió a abrir el portátil, acomodándose en la silla para prepararse para la videollamada.

—Sé lo que es trabajar. He estado trabajando todo el verano con el abuelo, y no ha habido ni una sola queja. Pero nada. Seguís empeñados en tratarme como un niño —protesté.

—Es que eres un niño, Gaspar.

—Ya no, papá. Y cuanto antes te des cuenta, mejor nos llevaremos… —Estaba temblando—. Te estás convirtiendo en el abuelo.

Pude notar el dolor que le provocó esa frase.

—Tú… —se contuvo—, tú no sabes cómo era tu abuelo.

—Oh, créeme que lo sé. ¡Porque llevo soportándolo todo el verano!

—¿Y por qué te crees que me fui de Santino? —replicó, furioso. Se percató y, al momento, bajó el tono de nuevo—. No vas a volver y no hay más que hablar —sentenció. Pero no pensaba darme por vencido.

—Es imposible hablar contigo ya. Desde que murió mamá, es imposible. Imposible. —Y la mera mención de mi madre hizo que su expresión cambiara por completo.

—¿Qué quieres decir?

—Lo sabes de sobra, papá. No me hablas casi, siempre huyes de cualquier conversación algo…, algo difícil. Hemos estado en Santino un mes. ¿Me has llevado alguna vez a ver la ciudad? ¿Eh? ¿O-o-o siempre he ido yo por mi cuenta porque estabas todo el día encerrado? Y no me digas lo del tra-trabajo. Sé que tienes mucho, pero es imposible que tengas tanto. Vamos, imposible —exploté, diciéndole cosas que llevaba casi un año callándome—. Era mi madre, ¿sabes? Era mamá. Pero a ti parece darte igual lo que yo sienta. Vamos, claramente.

Parecía que no iba a querer contestarme, porque miraba alternativamente a la pantalla y a la puerta, donde estaba yo. ¿El trabajo o su hijo? ¿Qué era más importante? Qué diferencia cuando estaba mamá. Qué feliz estaba siempre. Esas dudas no las tendría. Ni de lejos. No era consciente de lo mucho que mi madre unía nuestra familia hasta que ya no estuvo ahí para seguir haciéndolo. Desde entonces, todo se había hecho más oscuro, las luces siempre estaban apagadas, la casa sumida en el silencio. En un silencio absoluto.

—Joder, Gaspar. ¿Tenía que ser ahora? —protestó y cerró el portátil—. A mí no me da igual nada de lo que sientas tú. Eres mi hijo y te quiero. —Creo que fue la primera vez que me había dicho eso en voz alta.

—¿Y por qué nunca quieres escucharme? ¿Por qué… por qué me ignoras?

—No te ignoro, Gaspar. Tengo mucho trabajo y…

—¡No me mientas! —grité.

—¡Porque eres igual que ella, Gaspar! —estalló de nuevo y me quedé blanco—. Cada vez que te miro, veo a tu madre. ¿Entiendes eso? Sus ojos, su nariz, su… su todo. ¿A ti te cuesta? ¡A mí también! Siento… siento que creas que no me importas. Pero eso no es así. Claro que me importas. Más que nada en este mundo. —Se puso en pie y caminó hacia mí—. No es fácil. No está siendo nada fácil. Tu madre siempre sabía lo que había que hacer, y yo… —se quedó sin voz.

—Pero, papá, vas a tener que seguir viéndome toda la vida. Y yo te necesito.

—Lo siento, hijo. Me esfuerzo en ser un buen padre. No quiero que pases por lo que pasé yo, pero hay veces que no te entiendo. No sé lo que necesitas.

—Yo… necesito que estés, y que me creas, y que me escuches.

—Te escucho, Gaspar…

—No lo haces, papá. No lo haces. No me has preguntado nada

desde que decidiste que nos fuéramos de Santino. Tú diste por hecho que yo mentía, y, ea, a castigarme. Ya está —espeté.

—Porque soy tu padre. Y sé lo que es lo mejor para ti.

—Pues lo mejor para mí no es estar aquí en Madrid.

—Pero si eras tú el que no quería viajar a Santino al principio. No lo entiendo —dijo, confuso.

—¡Porque todo lo decides sin consultarme! Nos vamos a Santino. Luego, cuando estamos allí y estoy cómodo, venga, que nos volvemos a Madrid. No me tienes en cuenta para nada.

—¿Estabas cómodo en Santino?

—Claro, papá. Pero tampoco me preguntaste —me lamenté—. Por eso quiero volver. Por eso no quería irme. Quiero explicarle a Luca Calliveri que lo que pasó no fue mi culpa. Quiero que lo sepa.

—Gaspar. No puedes ir al palacio —se mostró tajante al decírmelo.

—Me da igual. Necesito hablar con él.

—¿No será mejor alejarse un poco, Gaspar? ¿Por qué necesitas tanto hablar con él? —me preguntó, inquisitivo. Y yo no medí mis palabras.

—Porque me gusta, papá. Es… es la primera persona que se ha preocupado por mí desde… desde que murió mamá. —Me costaba muchísimo decirlo en alto—. Pero Luca me gusta. Creo que estoy enamorado de él.

En cuanto las palabras salieron de mi boca, me entró una vergüenza enorme y estuve a punto de salir corriendo. Pero me mantuve todo lo firme que pude, temiendo la respuesta de mi padre. No solo acababa de decirle que estaba enamorado del príncipe de

Santino, sino que acababa de enterarse de que era gay. Y odiaba tener miedo al hablar de ello. Porque, si me hubiera gustado una chica, no lo habría tenido.

—¿Y crees que él lo está de ti? —preguntó al fin.

—No lo sé. Creo que sí —admití, pero sin mucha convicción.

—Cuando yo me enamoré de tu madre, fue algo complicado. Tus abuelos… Tu abuelo no lo entendió. Él quería que estuviera siempre en Santino, trabajando con él en el palacio. Pero yo era incapaz. Porque necesitaba estar con tu madre a todas horas. Así que me fui de casa… y tardé varios años en volver. Tu abuelo cerró la habitación donde nos quedábamos y no la ha vuelto a abrir desde entonces. —La habitación prohibida al final del pasillo.

El teléfono comenzó a sonar, interrumpiendo la historia de mi padre que, por primera vez, se había abierto conmigo. En ese momento noté cómo estaba sopesando sus opciones. ¿Qué era más importante? ¿El trabajo o su hijo?

—No quiero que tengas que pasar por lo mismo —dijo al fin, silenciando su móvil y poniéndolo boca abajo en la mesa—. ¿Qué quieres que hagamos?

—Quiero volver a Santino. He de disculparme y aclararle todo a Luca. Si hace falta, me pago yo el billete. Tengo dinero ahorrado. Puedo pagármelo. Es el único favor que te pido, papá.

21

La luna de Santino

—Tus abuelos tendrán la última palabra. —Con esa contundencia dio por terminada la conversación. No dijo nada más. No me confirmó si finalmente volveríamos a Santino o no. Tampoco quise insistir. Ya le había dicho lo que sentía, y quizá un poco de más. Pero me daba igual. Nunca me había abierto tanto con él, y necesitaba que, por fin, me entendiera.

Antes de irme a dormir, volví a comprobar si Luca se había conectado, o si me había escrito, o si había leído alguno de los mensajes que le había enviado. Pero nada de nada. Totalmente desconectado. ¿Y si su *ciao* final… realmente era el final? No, no, no. No podía pensar en eso. No. Nuestra historia no podía terminar ahí. Necesitaba una nueva oportunidad. Me quedé dormido escuchando a Belén Aguilera en bucle, pensando en qué haría cuando volviera a Santino, o qué plan podría llevar a cabo para conseguir hablar con él.

Y, unos días después, ya estaba subido en un avión de vuelta a casa de mis abuelos. Mi padre prefirió quedarse en Madrid. No podíamos permitirnos tantos gastos y, además, su trabajo estaba en la ciudad. No podía estar yendo y viniendo continuamente. Habló con mi abuela por teléfono y ella, como era bastante obvio, estaba encantada de que volviera con ellos. Así que me pagó la mitad del billete y me llevó al aeropuerto, despidiéndose de mí en la entrada de la terminal con un simple «Hazlo bien». Simple pero cargado de significado.

Me encantaba volar, y lo había hecho muy pocas veces. Era como estar en un paréntesis de la vida, ¿sabéis? En el aire, a doce mil metros de altura, parecía no importar nada más allá que lo que ocurriera en el interior de la cabina. Un parón que te dejaba descansar de todo. A mí, en concreto, me servía para pensar una estrategia para abordar a Luca y decirle una vez más que yo no había filtrado la foto… y que estaba enamorado de él. Sí. Enamorado. Creo que ya no había duda. Marco fue el primero en decirlo, y tenía toda la razón. Había acertado desde el principio.

Cuando aterricé en Venecia, mis abuelos estaban esperándome para llevarme a casa. La abuela me dio un abrazo enorme y el abuelo se limitó a chasquear la lengua y coger mi maleta. No tenía muy claro qué les habría dicho mi padre para que volvieran a acogerme. Ya le preguntaría luego a la abuela, la única persona normal de toda mi familia. Sí, Sofia y Marco eran geniales, pero hay que admitir que normales, lo que se dice normales, pues no eran. De locos para arriba.

—¿Qué tal ha ido el vuelo?

—Bien, bien. Me gusta volar. —Salvo cuando hay una mínima turbulencia y pienso que va a ser el último día de mi vida, pero nunca lo admitiría en público.

—Se nota que echabas de menos Santino, ¿verdad? —preguntó la abuela con una sonrisa de satisfacción dibujada en su cara.

—Claro. Madrid es aburridísimo en verano. No hay nadie. Y tampoco es que papá sea la persona más divertida del mundo. —Esto último lo dije bastante más bajo para que no lo oyera, pero lo hizo.

—Tu padre era muy divertido, *jubico.* Y también rebelde. Tendrías que haberlo visto cuando tenía tu edad. No paraba en casa ni un segundo. En verano había días que no le veíamos el pelo —rememoró la abuela con melancolía. ¿Habría sido siempre así? ¿O fue gracias a enamorarse de mi madre?

—Pues todo eso lo ha ido perdiendo por el camino.

—Y lo has ido recogiendo tú —añadió la abuela.

—A ver, yo rebelde tampoco es que sea mucho. Pero hay que aprovechar las oportunidades que te da la vida, aunque sea de vez en cuando, ¿no? —afirmé, superfilosófico—. ¿Y vosotros? Admitidlo. Me habéis echado de menos estos días, ¿a que sí?

El abuelo gruñó, casi como si fuera un tractor en marcha, pero no dijo ni una palabra.

—Admítelo, abu. Estabas deseando que volviera —le chinché un poco—. Seguro que trabajar en el jardín de los Calliveri es superaburrido ahora, sin mí. ¿A quién vas a echarle la bronca si no estoy yo?

—Da gracias que aún conservo el trabajo. Si llega a ser por ti, ahora esta familia estaría hundida. —Por fin salía su malhumor a flote.

—No seas exagerado, que el niño no tiene culpa de nada. Es joven. Eres demasiado duro —le recriminó la abuela con un tono severo.

—No es un bebé. Deja de tratarle como tal.

—No le hagas caso, cielo. Ahora cuando lleguemos a casa te espera un buen plato de pasta a la boloñesa, que seguro que estás hambriento, ¿verdad?

—Un poco bastante —admití.

El resto del viaje transcurrió casi en absoluto silencio. Yo estuve dormido la mayor parte del camino, porque al final entre Venecia y Santino había unas cuantas horas en coche. Cuando volví a abrir los ojos, lo primero que vi fue el monte Nuvole a lo lejos, y me sentí como en casa, como si nunca me hubiera marchado. Santino se había convertido en mi lugar seguro, donde podía tener independencia… y donde me había enamorado por primera vez. Porque lo que sentía por Luca nunca lo había sentido por Alejandro. Al menos, no con la misma intensidad. ¿Sabéis esa sensación que os atenaza el estómago cuando no estáis cerca de esa persona? Eso sentía al volver a Santino. Bajé la ventanilla y absorbí la brisa marina. Olía a tarde de verano, a que todo era posible. No echaba de menos el calor abrasador, eso desde luego, porque ya estaba sudando a mares, con riesgo de quedarme pegado al asiento. Pero me daba igual. Había vuelto. Aunque ahora faltaba lo difícil. El *Coriali* era en pocos días y, o conseguía que me llevara el abuelo como acompañante, o tendría que ingeniármelas de otra forma para colarme en el palacio.

Según fuimos atravesando toda la capital, vi que había muchísima gente y también más coches oficiales y de policía que nunca. Los invitados al *Coriali* debían de haber llegado y estarían ocupando las mejores villas de Santino.

—No pensaba que fuera tan importante.

—¿El qué, cielo? —preguntó la abuela.

—El *Coriali*. Porque supongo que todo esto es por la celebración, ¿no? Toda esta gente.

—Claro. Es una coronación. Vamos a tener nuevo rey. Será el

día más importante del país. Y las celebraciones han comenzado ya —me explicó, sonriente.

—¿Celebraciones? ¿Qué celebraciones?

—Todo el país, Gaspar, está de gala. Un día bajamos a Santino Porto para que lo veas. Es una semana libre de trabajo. Hay bailes, conciertos, exposiciones…

—¿Conciertos? —interrumpí—. No serán de gente vieja, de los que os gustan a vosotros, ¿no?

—¿Gente vieja? —protestó mi abuelo.

—A ver, cantantes de esos superantiguos. Me habéis entendido —me corregí.

—Hay de todo, Gaspar. Seguro que, entre todos esos cantantes viejos —se burló la abuela—, podemos encontrar alguno que te guste.

—Ya lo dudo.

Lo que se les había olvidado contarme era que la casa estaba repleta de gente. Había tres chicos veinteañeros de Roma, una chica de Bilbao y un matrimonio de Bruselas. Al parecer, no solo acudía la gente de Santino al *Coriali*, sino también personas de todo el mundo. Lógico, era la primera coronación en casi cuarenta años. Era motivo de fiesta, por supuesto. Y claramente, la abuela pensaba lo mismo, porque la noche después de mi llegada quería hacer una cena especial para todos sus invitados. Me pidió que le ayudara y acepté encantado porque, la verdad, echaba mucho de menos cocinar con ella. Sobre todo porque me enseñaba sus trucos y me recordaba a mi madre, cuando los dos nos metíamos en la cocina y pasábamos allí la tarde hasta que mi padre volvía del trabajo.

Esa noche íbamos a cocinar una lasaña de pera y mascarpone. Cuando me lo dijo, me sonó un poco raro, pero os juro que era una receta increíble. Había que hacer comida como para doce personas. «Siempre hay que hacer dos o tres raciones de más», me aclaró mientras lavaba los puerros en el fregadero.

—¿Puerros? ¿Con pera? —dije, poniendo cara de asco.

—Y *sedano*. —Como no sabía lo que significa, rápidamente me aclaró diciendo que era «apio» en italiano—. Lávalos bien, que hay que quitarles la tierra.

—Vale, vale. —No quería hacerlo mal, así que creo que los lavé por encima de los niveles recomendados, porque frotaba con demasiada fuerza. Hasta tuvo que venir mi abuela y quitármelos para que no se deshicieran entre mis manos.

Colocó los kilos de verdura lavada sobre la mesa de madera de la cocina y se sentó en una de las sillas, con una tabla y un cuchillo. Me indicó que cogiera otra de la encimera y que empezara a cortar con cuidado, y en trozos muy pequeños. Mientras no me seccionara el dedo, todo iría bien.

—¿Puedo poner música?

—Claro —dijo sin apartar la vista de la tabla.

Saqué mi móvil del bolsillo y, como no tenía muy claro qué música poner, acabé dándole a un aleatorio de mis canciones favoritas. No estaba muy seguro de si sería música que le gustara a mi abuela, pero supongo que le daba igual mientras yo estuviera feliz.

—Oye, abuela... Te quería preguntar... —comencé a decir

como quien no quiere la cosa—. ¿Crees que el abuelo me llevará al *Coriali*?

La mera mención de esa posibilidad hizo que dejara de cortar y exhalara un suspiro. No supe muy bien qué significaba.

—¿Se lo has preguntado?

—No —admití—. A ver, el abuelo impone, y siempre está enfadado conmigo, así que difícil….

—No está enfadado contigo. Te quiere, y quiere lo mejor para ti. —Volvió a cortar, lenta pero segura. Joder, ojalá yo tuviera la facilidad que tenía ella. Yo tardaba mil horas en cortarlo todo en trozos finos y pequeños como me había pedido.

—Pues oye, lo disimula muy bien —bufé—. Podría quererme menos y ser más majo conmigo. —Y eso último que dije pareció hacerle mucha gracia.

—¿Por qué quieres ir al *Coriali*? —me preguntó directamente. Pues tendría que decírselo, ¿no? Tampoco tenía muy claro qué le habría contado mi padre, y qué excusa habría puesto para colocarme de nuevo en su casa en Santino.

—Bueno, a ver, me encantaría ir porque debe de ser impresionante —empecé diciendo, así como con curiosidad—. Y no sé, estaría guay volver al palacio y ver a Luca de nuevo y tal.

Oír el nombre de Luca hizo que mi abuela arqueara un poco las cejas y sonriera ligeramente, como queriendo decir un «ya lo sabía».

—Luca Calliveri es un buen chico. Aunque lo que hicisteis fue una temeridad, Gaspar —me reprendió. Con cariño, pero lo hizo. Yo asentí, avergonzado, mientras sonaba de fondo *Mr. Perfectly Fine* de Taylor Swift—. Te importa, ¿verdad?

—¿Cómo que si me importa?

—El príncipe. —Y me puse en tensión al momento—. Que no te dé vergüenza, *jubico*. Os habéis hecho muy amigos este verano. Es normal que quieras volver a verlo. —No sabía si era una especie de trampa para que le dijera lo que sentía realmente por Luca o qué.

—Sí, la verdad. Me gustaría volver a verlo —afirmé—. ¿Así está bien?

—Perfecto. Hay que cortar trozos pequeños para que todo se funda en el relleno.

—Genial. Pero, joder, lo que se tarda en cortar esto —protesté.

—No tengas prisa o te rebanarás el dedo. Para cocinar hay que tener paciencia, Gaspar. Es una de las bases de la buena cocina. Paciencia y tiempo —me explicó—. Al igual que en la vida.

Después de terminar de cortar los mil kilos de apio que tenía acumulados y luchar con las hebras que no dejaban de darme problemas, coloqué los pequeños trozos en un enorme bol plateado. Mi abuela lo cogió y puso en una olla de barro sobre el fuego. Echó un buen chorro de su aceite de romero y, al rato, volcó todo el apio y el puerro en el interior. Con un tenedor de madera, empezó a removerlo para que toda la verdura se impregnara bien del aceite.

—Aquí hay que dejar un poco de tiempo para que todo se ablande. Echamos un poco de sal para que se haga un poco más rápido y suelte bien el agua, y tapamos —me indicó. Dios, olía tan rico que me habría comido todo lo que había en la olla a cucharadas—. Y ahora, mientras, vamos a preparar la pasta.

—Ah, ¿que también tenemos que hacer la pasta nosotros? —dije, alucinado. No sé de qué me sorprendía, si toda la comida de mi abuela era casera, desde el pan hasta el mascarpone que íbamos a usar después en la lasaña.

Mientras amasaba con fuerza, yo me apoyé en la encimera junto a ella, mirando y tratando de aprender, con un vaso de limonada helada en la mano, y le iba espolvoreando de vez en cuando un poco de harina.

—Esta receta me la enseñó Allegra —dijo mientras seguía dándole forma a la masa de la que sacaríamos luego las láminas de lasaña—. ¿Te he hablado alguna vez de ella? —Yo negué con la cabeza—. Fue hace mucho tiempo. Ya estaba casada con tu abuelo, por supuesto, así que fue hace mucho, pero no tanto. —Sonrió.

—¿Quién era? —pregunté, curioso.

—Allegra era una chica de Sicilia. Era nueva en la ciudad y la encontré perdida de camino a la playa. Casi como tú —se burló—. Estaba en Santino para vender la casa de verano de sus padres. Yo los conocía. Los había conocido. Los Marino. Eran amigos de los míos…, de tus bisabuelos. Había estado estudiando en Alemania y estaba de regreso a Italia. Así que le dije que la acompañaba a la playa y así le enseñaba el camino. Tú imagina que esto fue en 1990.

—Ah, papá estaba ya por ahí, ¿no?

—Tu padre tenía unos doce o trece años —recordó—. Échame un poco más de harina aquí —me pidió y obedecí.

—¿Y fuisteis a la playa? —le dije, para que siguiera la historia.

—Estaba sola en Santino. No conocía a nadie, así que quedábamos todos los días para ir a la playa y enseñarle todo. No le gustaba quedarse en casa de sus padres. Vivir sola. Eso amarga a cualquiera. Así que le propuse que viniera a quedarse con nosotros unos días. Al menos, hasta que consiguiera venderla.

—O sea, que lo de llenar la casa de gente viene ya de lejos —bromeé.

—Resultó tener muy buena mano para la cocina. Ese verano me enseñó a hacer esta lasaña y llevo haciéndola desde entonces. A tu abuelo… no le gusta mucho —confesó.

—Bueno, ya sabemos que el abuelo es especialito con la comida. —Podía notar que la abuela me estaba contando toda esa historia por algo, pero no acababa de saber por qué—. ¿Cuánto tiempo se quedó en casa?

—Todo el mes de agosto. Me ayudaba con la comida y a empezar a hacer el aceite.

—Qué maja, ¿no?

—Así nos pagaba el quedarse en casa. —Sonrió—. Nos hicimos muy amigas.

Y ese «muy amigas» sonó a algo más.

—¿Ya no hablas con ella?

—¿Hablar con ella? ¡No, no! —dijo, como si le hubiera preguntado la cosa más extraña del mundo. Dejó el rodillo a un lado y empezó a meter la masa en una máquina para hacerla lo más fina posible. Mientras ella la sujetaba, yo iba girando una manivela para que pasara por la rendija metálica. Repetimos el proceso varias veces hasta que estuvo lo suficientemente fina—. Perfecto.

Colocó la sábana de masa sobre la mesa y, con ayuda de un cuchillo superafilado, comenzó a cortar rectángulos, que formarían las diferentes capas de la lasaña.

—Pues es una pena que dejarais de hablar, la verdad —reflexioné.

—No podíamos seguir hablando, Gaspar. No después de ese

verano. Quizá ahora no lo entiendas, pero para mí era mucho más importante mi familia. Más que cualquier otra cosa.

—No… Pero… ¿qué pasó?

La abuela se acercó a la olla que había en el fuego y removió con fuerza toda la verdura, cada vez más blanda y transparente. Añadió un poco de pimienta, un cuenco lleno de peras cortadas en dados pequeños que sacó de la nevera y un bol lleno de piñones.

—Ahora, a dejar que se haga la pera a fuego lento. —Volvió a tapar la olla. Yo seguía esperando a que respondiera mi pregunta. Tampoco quería forzarla a que me contara la historia. Tardó un par de minutos en volver a ella—. No pasó nada, Gaspar. ¿Qué va a pasar?

—Nada, nada. No sé.

—Cielo, eres joven. Aprovéchalo y haz lo que tu corazón te diga.

—Pero… no sé cómo.

—¿Te gusta Luca Calliveri? —me preguntó, directamente.

—Sí —admití, rojo de vergüenza.

—Entonces lucha por él. Nadie lo va a hacer por ti —sentenció, con una sonrisa de esas que alimentaban el alma, por muy cursi que suene—. Sigue a tu corazón. A cada persona le dicta una cosa diferente. A mí me pedía quedarme con mi familia. Tienes que preguntar qué te pide a ti.

—¿Lo sabe el abuelo? Lo de Allegra… —La abuela me miró, pensativa, en silencio, y acabó asintiendo.

—Tu abuelo y yo nunca hemos tenido secretos.

—¿Por eso no le gusta esta lasaña?

—Estás muy preguntón esta tarde, Gaspar. Solo quiero que

pienses que la vida la forman las decisiones que tomamos. Pero no sirve de nada arrepentirse después. Ahora, enciende el horno, que vamos a empezar a montar la lasaña, o a este paso no nos da tiempo a cenar.

—Vale.

Cogió la olla, apartándola del fuego, y la colocó sobre una rejilla de acero para no quemar la encimera. Con un cucharón sacó toda la mezcla de su interior y la volcó en el bol metálico de antes, echándole un enorme bote de mascarpone y revolviéndolo todo con una espátula negra de silicona. Añadió un poco más de sal, una pizca de mostaza de grano y algo de queso rallado.

—Ahora, vas a aprender a hacer una bechamel de chuparse los dedos. —Y fue enseñándome paso a paso cómo hacerla perfecta, pero yo no podía dejar de darle vueltas a todo lo que me había dicho. «Lucha por él». ¿Y cómo pretendía que lo hiciera? ¿Que me enfrentara al abuelo para que me llevara con él al *Coriali*? Aunque le convenciera, ¿y si no me dejaban entrar en el palacio después de todo? Porque Filippo me lo había prohibido terminantemente.

—Abuela…

—Lo sé. Pero todo saldrá bien, Gaspar. Seguro que sí. Vamos a preparar una cena que todos van a recordar el resto de sus vidas —me aseguró sonriendo y me dio un beso cariñoso en la frente—. ¿Puedes ir al jardín a por un poco de tomillo?

—Eh… Sí, vale, voy.

Me dio unas pequeñas tijeras similares a las de podar y salí de la cocina, con el olor a comida persiguiéndome, mientras mi abuela iba colocando un par de bandejas de horno sobre la mesa para ir montando las lasañas para cenar. Pero, claro, no esperaba que, al salir al jardín trasero para cortar un poco de la hierba aromática que me había pedido mi abuela, hubiera un coche oficial de la familia real de Santino esperando en la entrada. Por la nube de polvo que se había formado a su alrededor, parecía como si hubiera llegado hacía escasos minutos. Pero, con la música y con la conversación, no nos habíamos enterado. Lo raro es que no estuviera el abuelo esperando para recibirles. ¿Quién podía haber venido hasta allí un día entre semana, sobre todo con el *Coriali* a punto de celebrarse?

El coche apagó el motor. La puerta del copiloto se abrió y salió de su interior ni más ni menos que Filippo. Me miró, con el ceño fruncido y apretando la mandíbula con fuerza. ¿Qué demonios hacía ahí ese hombre? ¿Qué quería? ¿Sería por algo del abuelo? ¿O es que se habían enterado de que yo había regresado a Santino y venía a amenazarme de nuevo con que no me acercara al *palazzo* Santino? Seguramente fuera eso, porque el abuelo le habría dicho que yo estaba de nuevo por el país. Pensé en acercarme, pero estaba bastante paralizado sopesando todas las opciones posibles, y al final fue él quien se movió. Pero no vino hacia mí, como yo pensaba, sino que caminó por el lateral del coche hasta llegar a una de las puertas traseras. La abrió con ceremonia y, de su interior, salió una mancha blanca y negra a toda velocidad, saltando sobre mí sin darme tiempo siquiera a apartarme. Sus babas me llenaron la cara y el cuello mientras no dejaba de ladrar.

—¡ROBIN! —grité, totalmente rendido a mi perro favorito del mundo entero—. ¡Robin, cuánto te he echado de menos! Pero ¡deja de llenarme de babas!

—¡Robin! *Calmo, Robin! Stai calmo!* —dijo una voz proveniente del interior del coche. Cuando la tierra que había removido Robin con su carrera se asentó, pude ver la figura de Luca junto al coche, con sus gafas de sol doradas, su traje perfectamente planchado, una de sus manos metida en el bolsillo del pantalón y sus labios curvados, mordiéndose las mejillas por dentro. La expresión que ponía cuando estaba enfadado.

Robin se apartó de mí y se sentó a mi lado, con la lengua fuera, y dejándome reincorporarme. Ya de pie, me sacudí la tierra de los pantalones y miré de nuevo a Luca, sonriente. Pero él, que ya había abandonado el vehículo, no sonreía mientras se acercaba a mí. Filippo se metió de nuevo en el coche.

—Luca, yo… —empecé a decir, pero me interrumpió al momento.

—*Mancio, Gaspar!* ¿No pensabas avisarme? —me recriminó en el tono más duro del que fue capaz.

—¿Avisarte? ¿Có-cómo? ¡Si no respondes a tu móvil! —repuse.

—¿Vienes a Santino y no se te pasa por la cabeza venir al *palazzo* a verme?

—Pero si Filippo me prohibió que me acercara… —No entendía nada.

—Que Filippo ¿qué? —Y miró hacia atrás, en dirección al coche, en dirección a Filippo.

—Lo siento, Luca. Lo siento, lo siento y lo siento. No quería que nada de esto pasara. Pero necesito que me creas. Yo no filtré la foto —insistí, al igual que en la última vez que había hablado con él.

Nos quedamos los dos en silencio, mirándonos a los ojos, como si fuéramos a enfrentarnos en un duelo al atardecer. Yo quería acercarme, cogerle de las manos, decirle lo mucho que me importaba y darle un beso en los labios. Nada me apetecía más en ese momento. Pero era muy difícil saber lo que estaba pensando, lo que podía estar pasando por su mente. Luca era un auténtico misterio. Y tampoco quería dar un paso en falso. Bastantes había dado ya. No me hizo falta decir nada, porque la que interrumpió nuestro silencio fue la abuela, que salió a buscarme.

—Gaspar, pero ¿se puede saber adónde has ido a por el tomillo? —Y claro, al ver a Luca tardó unos segundos en reaccionar. Lo primero que hizo fue una reverencia y anduvo hasta donde estaba yo, pero sin dar un paso más.

—*Buonasera* —saludó Luca, educado como siempre.

—*Buonasera*, Robin —respondió mi abuela, guiñándome un ojo—. ¿Voy a buscar a Félix? Si puede esperar un…

—En realidad venía a ver a su nieto Gaspar —explicó Luca con seriedad—. Solo será un momento.

—¿Por qué no se queda a cenar? Hemos hecho comida suficiente. Y siempre cabe uno más en la mesa —sugirió.

—No quiero molestar. Además, debería volver al *palazzo* antes de que anochezca…

—Sería un honor para mí y nuestra familia que el futuro rey de Santino, Luca Calliveri, se sentara a nuestra mesa a cenar —insistió mi abuela—. Y así podrán hablar tranquilos Gaspar y usted.

Yo miré a Luca con ojos de «por favor, di que sí». Y creo que debió de leerme la mente o algo parecido porque, con un sencillo gesto de la cabeza, asintió ante la insistencia de mi abuela, y esta lo celebró con un aplauso superespontáneo y entró de nuevo en casa, no sin antes decirme que le llevara el tomillo que me había pedido.

—¿Te quedas entonces? —le pregunté para confirmar, aunque ya supiera la respuesta. Cuando uno sabe lo que le van a contestar, no debería preguntar. Por si la persona cambia de opinión. Esperaba que no…

—Sí, pero tengo que avisar a Filippo —me dijo con sequedad y volvió al coche, seguido muy de cerca por Robin, que pasó a mi lado restregando su lomo contra mi pierna.

Después de un rato de búsqueda, encontré el tomillo, corté un par de ramas con las tijeras, y me lo guardé en la mano mientras esperaba a que Luca volviera, pero se había metido en el coche y cerrado la puerta. ¿Estarían discutiendo? Seguramente Filippo le estuviera diciendo cosas malísimas sobre mí y, en cuanto me diera la vuelta, el coche arrancaría y se alejarían sin darme tiempo a despedirme. Sin quitarles el ojo, me metí en casa, pero, claro, iba de espaldas y me choqué contra la mesa.

—¡Gaspar, cuidado! —alertó mi abuela, y me giré de golpe. Joder, había estado a punto de tirar una de las bandejas al suelo.

—Lo siento, que estaba mirando fuera y… Toma, aquí está el tomillo. ¿Es suficiente así? —Abrí la mano.

—Sí.

Cogió todas las ramitas y las lavó con cuidado. Después de secarlas, empezó a deshojarlas y las echó sobre un pequeño plato de cerámica.

—¿Preparado para montar las lasañas? —me dijo, pero realmente no quería decirme eso. O yo vi un doble sentido donde a lo mejor no había nada.

—Sí, eh… Sí. Aunque a lo mejor debería ir a…

—Ve a buscarle. Te espero —me indicó, guiñándome un ojo.

Justo en esos momentos apareció el abuelo en la cocina y miró a mi abuela con curiosidad.

—La lasaña de Allegra —musitó. Mi abuela asintió y noté lo mucho que le molestaba a mi abuelo ver esa receta. Quizá mi abuela estaba siendo demasiado insensible, pero no iba a meterme en su matrimonio. Que, a lo tonto, llevaban casi cincuenta años casados. Algún secreto debían de tener—. ¿Quién ha venido? Hay un coche fuera.

—*Buonasera*, Félix —saludó Luca desde el umbral de la puerta. Uf, menos mal. No se había ido. Pero mi abuelo me miró con una cara de asesino en serie que me hizo temblar. De verdad.

—Príncipe Calliveri —contestó, y le hizo una reverencia bajando la cabeza un par de veces—. ¿Qué hace aquí? ¿Ha ocurrido algo?

—He venido a ver a su nieto y su mujer me ha invitado amablemente a cenar —explicó con ese tono de voz tan suyo, tan de la realeza.

—Ah, claro, por supuesto. Todo lo que necesite… —Pero calló al ver a Filippo llegar tras él, colocándose a la espalda de Luca, regio e imponente.

—*Buonasera*, Félix.

—*Buonasera*, Filippo —contestó mi abuelo, educadamente—. Si me acompañáis, os enseño dónde vamos a cenar y…

—Primero necesito hablar con Gaspar. —Lo dijo con un tono de voz que lo hacía parecer enfadado conmigo de verdad. Todos me miraron, sorprendidos, cuando yo era el primero que lo estaba. Parecía como si pensaran que todo lo había organizado yo, pero nada más lejos de la realidad, si era el primero descolocado al verlo allí…

—Eh, sí, sí, claro. Si quieres vamos fuera y…

—Por supuesto. —Salió por la misma puerta por la que había entrado. Filippo fue a seguirlo, pero Luca se lo impidió. No sé qué le dijo, pero sí que pude oír su voz, autoritaria. El hombre se quedó un poco traspuesto y mi abuela, al verlo, lo invitó a una copa de vino mientras montaba las lasañas. Él declinó la oferta amablemente.

Tras echar una última mirada a la abuela, que trató de decirme que no me preocupara, que ella mantendría ocupado a Filippo, salí de nuevo al exterior. Olía a verano más que nunca, al cloro de la piscina, a la tierra que rodeaba a los olivos, un aroma floral de media tarde. Sé que estoy muy obsesionado con los olores, pero es que Santino era tan diferente a Madrid…

Luca me esperaba junto a la piscina, con los brazos cruzados y moviendo el pie derecho con nerviosismo. Al verme, pensé que trataría de disimularlo, pero al contrario.

—¿No fuiste tú el que filtró la foto? —me preguntó una vez más.

—No. Ya te lo dije. Y empieza a jod…, a molestarme un poco que sigas pensándolo aún. No sé, creía que te había demostrado ya suficiente que era de fiar, ¿no —Luca calló, sopesando qué decirme.

—¿Crees que fue Bastian? —me planteó al fin.

—Es el único que se me ocurre. ¡Si hasta nos vendió diciéndole a tu padre y a Fili que estábamos en Santino Porto! Nos dejó vendidísimos.

—¿Qué haces en Santino, Gaspar? —La pregunta. LA PREGUNTA. A ver cómo se lo explicaba sin abrir mi corazón de golpe…

—¿Cómo sabías que estaba en Santino? —contraataqué.

—Escuché una conversación entre tu abuelo y Filippo —me explicó—. En cuanto me enteré, pedí inmediatamente que te dejaran venir al *palazzo*, pero, como no hubo forma, exigí que me trajeran a tu casa.

—¿Por qué?

—Porque necesitaba verte —me dijo con total sinceridad y, en ese momento, no pude continuar con la conversación.

Se me erizó la piel nada más escuchar su respuesta. Porque era la misma respuesta que le quería haber dado yo. Estaba más guapo que nunca. A lo mejor era por el tiempo que habíamos pasado separados, no lo sé. Pero no podía dejar de mirarle, de la cabeza a los pies. Y esas piernas ceñidas por el pantalón de traje, esa camisa blanca un poco abierta a la altura del pecho, esa nariz aguileña tan perfecta. No voy a decir ahora lo de que por qué se habría fijado en un chico como yo. Porque yo no estoy nada mal, las cosas como son. El problema era que él era de la realeza. Yo, el nieto del *pastero.* Y esas historias solo terminaban bien en las películas.

—¿Por qué has venido tú, Gaspar?

—Por lo mismo. Necesitaba verte. Porque…, porque yo…

—Gaspar, ayuda a tu abuela a poner la mesa —ordenó mi abuelo desde la entrada de la cocina, interrumpiendo el momento y salvándome de hacer el mayor de los ridículos. Me quedé con la palabra en la boca, pero, si no hubiera intervenido, le habría dicho: «Porque yo estoy enamorado de ti, Luca Calliveri». Bueno, eso es lo que pretendía decirle. No sé si me habría atrevido al final.

Luca me indicó con la cabeza que podía ir a hacer lo que me indicaba mi abuelo, como dándome permiso. No podía dejar de ser de la realeza ni un solo segundo.

—¿Por qué no me ayudas? —le invité, juguetón, y le pillé con la guardia baja.

—¿Ayudarte? ¿A qué? —preguntó, aunque sabía la respuesta de sobra.

—A poner la mesa.

—No sé poner la mesa. No lo he hecho nunca. —No me extrañaba, la verdad. ¿Por qué aprender algo si siempre lo hacían por ti?

—Tranquilo, que no es un problema de física cuántica. Es más difícil aún.

—¿Cómo?

—Era... era una broma. Da igual. Ven — dije y, como de forma automática, le cogí de la mano y tiré de él hacia la mesa bajo las parras. Se sorprendió al notar mis dedos juntándose con los suyos, pero no me apartó la mano, sino que se dejó llevar.

Como si fuéramos amigos de toda la vida, fuimos poniendo la mesa siguiendo las indicaciones de mi abuela. Luca estaba totalmente perdido, pero también parecía estar disfrutando del momento, como si nunca en su vida se lo hubiera pasado tan bien. Era hasta hipnótico mirarle. Mientras Robin no dejaba de interponerse, saltando y ladrando, tratando de jugar, Filippo nos observaba con desdén, porque era un insulto a la realeza de Santino que el heredero al trono del país estuviera poniendo cubiertos en la mesa de sus trabajadores.

—Fili, ¿te quedas a cenar? ¿Te pongo una copa de vino? —le propuse desde el otro lado, sujetando una copa de cristal en lo alto.

—No me llamo Fili —me corrigió, molesto.

—Es un apodo cariñoso, hombre. Relájate, que hace una tarde espectacular. —Quería que nos lleváramos bien. Pese a que él estuviera puñeteramente empeñado en todo lo contrario—. Bueno, yo te la pongo por si acaso.

Fueron bajando de las distintas habitaciones el resto de los invitados en casa de mis abuelos, y, claro, al ver a Luca Calliveri todos se quedaron mudos de asombro. Pero, por suerte, fueron bastante respetuosos. Filippo les explicó que no podrían tomar fotografías durante la cena, y ninguno puso ni una sola objeción. Iban a cenar con el futuro rey de Santino. ¿Cómo se iban a quejar? Mi abuela se empeñó en que tomara asiento en uno de los extremos de la mesa, presidiéndola. Filippo se sentó a su izquierda, yo a su derecha, y Robin entre los dos. También vino a la mesa el chófer porque, lógico, mi abuela no quería dejar a nadie sin cenar. Frente a Luca estaba mi abuelo, que seguía extrañado por toda la situación, y no dejaba de beber de su vaso. Y no, no era vino lo que tenía.

—*Buon appetito* —dijo mi abuela tras haber servido a cada uno su lasaña individual con ayuda de mi abuelo y uno de los chicos. En el centro también había una tabla de quesos y embutidos, uvas y manzanas, y un par de ensaladas de tomate, cebolla y queso parmesano. Luca miró su plato con curiosidad y, al verme probar mi lasaña, se atrevió con la suya, con suma delicadeza. Y, claro, tras hacerlo, sonrió de oreja a oreja.

—¿Te gusta? —le pregunté.

—*È buonissima! È delizioso!* —respondió mientras continuaba comiéndosela. Y he de darle la razón. No tenía muchas esperanzas puestas en que fuera a gustarme, pero cuando la probé… Es que ya no quiero otra lasaña que no sea esa.

—Mi abuela, que es una cocinera de diez. ¿Has probado su aceite? —Le señalé con los ojos el pequeño cuenco de cerámica que teníamos cada uno junto al pan—. Creo que el que ha puesto es el de mandarina.

Luca asintió, cogió un trocito de pan y lo mojó con cuidado. Tratando de que no cayera ni una sola gota de aceite sobre el mantel, se lo llevó rápido a la boca, manchándose los labios y la barbilla.

—Te has manchado un poco aquí... —Me toqué mi propia barbilla. Luca se puso rojo de vergüenza, cogió su servilleta y se limpió al momento—. No te agobies tanto, que no pasa nada por mancharse un poco.

—¿Estoy limpio ya? —me preguntó.

—Sí. Perfecto —contesté con una sonrisa.

La cena fue maravillosa, con la luz de las velas y la luna llena en lo alto del cielo. Un momento perfecto, como de cuento de hadas. No podía haber nada que lo estropease. Nada. Luca no habló mucho, ya que Filippo se empeñaba en responder a casi todas las preguntas que le hacían. Era como su portavoz. Aunque lo que debería hacer era relajarse un poco, porque estaba poniendo a todo el mundo nervioso.

Tras la lasaña, llegó el postre en forma de cannoli y chupitos de *mandaricce*, un licor de mandarina típico de Santino. No sabía hasta qué hora podría quedarse Luca, pero pensaba aprovechar todo el tiempo que estuviera con él. Porque tampoco sabía si iba a ser la última vez que nos viéramos o no. Así que, en cuanto comenzaron con los bombones y algunos incluso café, le dije que si quería que le enseñara la casa.

—La conozco. Ya estuve aquí —me recordó.

—Bueno, pero se puso a llover y no pude enseñarte todo el jardín.

—Tendrá que ser rápido, porque Filippo querrá volver al *palazzo* dentro de poco.

—¿Qué le pasa? ¿Por qué siempre está así de tenso? —pregunté mientras caminábamos hacia la piscina—. A ver, sí, eres el príncipe, y supongo que tiene que cuidarte y tal. Pero no sé.

—Filippo es como un padre para mí. Ha estado a mi lado desde que nací. No concibo mi vida sin él. Y me cuida. Puede que a veces se pase de sobreprotector, pero es su forma de demostrarme lo mucho que me quiere. Sobre todo después de lo que pasó el otro día —recordó Luca, con un poso de tristeza.

—Siento la bronca. La verdad es que no fue mi mejor idea y...

—¿Qué dices? Fueron de los mejores días de mi vida, Gaspar. Gracias a ti pude conocer el mundo de verdad. Si no hubiera sido por ti, no habría sabido lo que podía ofrecerme.

—Eso es verdad —admití—. Soy casi como un héroe. El héroe de Santino.

—Tampoco nos pasemos. —Sonrió.

—¿Quieres bañarte? El agua estará buenísima, y dicen que da buena suerte bañarse bajo la luna llena. Te renueva por completo.

—¿Crees en esas cosas?

—Ya te dije. Me gusta pensar que hay algo mágico en la vida de vez en cuando. Además, siempre depende de quién me las cuente.

—No creo que pueda —dijo al fin—. Ya es tarde y no tengo traje de baño.

—*Oh là là*. Traje de baño. Qué fino —me burlé—. Yo puedo dejarte uno.

—En otra ocasión —rechazó mi oferta. Así que pensé en otro plan rápido para hacer con él.

—Pues aprovechemos la luna llena, Luca. No se puede desperdiciar así como así. Espérame aquí, ¿vale? Vengo en un minuto.

—¿Adónde vas?

—Necesitamos darte suerte para tu *Coriali* —respondí y, sin darle tiempo a replicar, volví sobre mis pasos hasta el interior de la casa.

Entré directamente en la cocina, donde aún olía a queso gratinado, pese a que todas las ventanas estuvieran abiertas. Cogí varias velas blancas de uno de los cajones, un paquete de cerillas, un plato, un cuenco pequeño de cristal, un folio en blanco y un bolígrafo. Era un ritual que me había enseñado Lucía hacía años, y se lo iba a mostrar a Luca.

Cuando volví, seguía en la misma posición en la que le había dejado. Sin inmutarse, con las manos en los bolsillos y mirando hacia la luna.

—Ya estoy —anuncié y me senté sobre el borde de la piscina. El brillo de la luna llena se reflejaba en el agua y le daba a la escena un aura mística increíble.

—¿Qué es todo eso?

—Siéntate a mi lado y te lo enseño.

Luca examinó el borde con cuidado, como teniendo miedo de mancharse. Lo limpié un poco con la mano, haciendo que quitaba todo el polvo y, tras pensarlo mucho, se sentó, cruzando las piernas como si estuviera en la posición de loto.

—Es así de fácil. —Partí el folio por la mitad—. Aquí escribe lo que más deseas, en lo que quieres tener éxito, ¿vale? Y en este otro trozo, lo que crees que te impide llegar a ese éxito. Tu freno.

—Vale.

—Toma. —Le di el bolígrafo. Guiñó un ojo, como tratando de encontrar las palabras precisas, y empezó a escribir en los dos trozos de la hoja de papel.

—Ya. ¿Y ahora?

Puse el plato sobre la tierra junto al borde de la piscina. A su alrededor dispuse las tres velas formando un triángulo y metí el pequeño cuenco de cristal en la piscina y lo llené de agua.

—Es importante que el agua que uses para este ritual tenga el reflejo de la luna —expliqué—. Ahora, enciendo las velas y tienes que quemar con una de ellas el trozo de papel donde apuntaste lo que te impide llegar al éxito.

—Entendido.

Encendí las tres velas y Luca, obediente, quemó una de las mitades del folio. En cuanto este empezó a arder, le dije que lo dejara sobre el plato, hasta que se consumió y se redujo a cenizas. Acto seguido, coloqué el cuenco con el agua sobre ellas.

—Y ahora, dobla el otro trozo de papel y sumérgelo en el cuenco del agua de luna. Al colocarlo sobre las cenizas de tu freno, que ya hemos destruido, provoca que tu éxito acabe por encima, que ya no tengas ningún tipo de ancla. El agua de la luna purifica. Y si por la mañana sigue pudiéndose leer el mensaje… es que vas a conseguir lo que necesitabas. Tendrás éxito en lo que has pedido.

—¿Y si no?

—Depende de lo mucho que creas en esto.

Luca sonrió y fue a meter el papel en el cuenco de cristal, pero en el último momento decidió no hacerlo.

—¿Qué pasa?

—¿Me ayudas?

—¿Cómo?

Me tendió el trozo de papel, indicándome que lo cogiera de uno de los extremos con la mano y lo sumergimos los dos a la vez.

—Necesito también tu suerte —me explicó, romántico como él solo.

—Yo no tengo mucha.

—Toda ayuda es poca —bromeó—. Gracias, Gaspar.

—No me las des a mí. Dáselas a la luna. —Y la señalé con la mirada.

—*Grazie, luna* —dijo Luca, aunque, en mi mente, oí claramente un «te quiero, Gaspar».

22

Me voy de concierto (y se lía)

La noche fue perfecta. Es que soy incapaz de definirla de otra forma. Porque cualquier otra palabra no le haría justicia. Poco después de hacer el ritual lunar, Filippo vino a buscarnos para volver con Luca. Yo le insistí para que se llevara el cuenco con el papel. «No lo saques hasta que te despiertes», le avisé. Al menos nuestra amistad estaba restaurada. Ya no dudaba de mí, y estaba claro que, si lo había hecho, había sido claramente por influencia de Filippo y de su padre. Me habría quedado con él toda la noche despierto, simplemente mirando a la luna y metiendo los pies de vez en cuando en la piscina. La conexión que sentía con él…, buf, nunca la había sentido con nadie más. Era algo… Sé que va a sonar muy típico (y tópico), pero es que es así, es que no la había sentido nunca.

Esa mañana decidí pasarla toda en la piscina. Porque, total, no tenía que trabajar y tampoco me apetecía ser sociable con los invitados. Además, no podía dejar de pensar en Luca y en cómo había estado a punto de confesarle que estaba enamorado de él. De hecho, soñé con él esa noche… y, bueno, fue un sueño, digamos, interesante. Se quedaba a dormir en mi habitación, la cama se rompía y teníamos que bajar al sofá, y, obvio, los dos dormíamos juntos en el mismo, él encima, yo debajo. Aún podía notar su respiración en mi cuello, aunque estuviera despierto.

—¿Vendrás con nosotros esta tarde a los conciertos y las fiestas? —preguntó mi abuela.

—¿Hoy? No sabía que ibais. —Es que ni recordaba lo de los conciertos.

—Claro. Bajaremos sobre las seis, si quieres venir.

—Pues mira, sí. Que tengo ganas de ver qué tienen preparado para celebrar el *Coriali*. ¿Quién canta hoy?

La abuela cogió el móvil de encima de la mesa, se colocó sus gafas de leer y miró su pantalla durante largo rato antes de hablar.

—Alex Rossi —me contestó, y se le iluminaron los ojos. Era su cantante favorito. Bastante sorprendente porque tenía como veinticinco años y nunca pensé que ese estilo de música le gustaría a mi abuela.

—El mejor día de tu vida, ¿eh? —bromeé—. Me gusta. Así que sí, os acompaño.

—Muy bien —dijo. Acto seguido se levantó, llevó su plato al fregadero y salió de la cocina, dejándonos solos a mi abuelo y a mí.

Él estaba bebiendo su café con calma, dando pequeños sorbos bastante ruidosos, mientras leía en su móvil supongo que alguna página de deportes o algo similar.

—¿Nervioso por el *Coriali*? —dije, así como quien no quiere la cosa. Solo obtuve un gruñido como respuesta. Me iba a tener que esforzar más—. ¿Ya tienes el modelito pensado?

—No digas tonterías —masculló mientras seguía sin levantar la vista de la pantalla de su teléfono. Para que luego dijeran que éramos los jóvenes los que estábamos todo el día enganchados. Eso era porque no habían visto a mi abuelo.

—Oye, te quería preguntar si…

—No —sentenció, tajante.

—Pero ¡si no he dicho lo que…!

—No —repitió y se levantó de la mesa—. Ya te dije que no.

—Tú lo has dicho. Me dijiste. Dijiste. Pasado. Ahora estamos en el presente. Y las cosas han cambiado, ¿no? Lo viste ayer. El príncipe Luca vino y todo fue bien. Si no me llevas a mí, ¿a quién vas a llevar? La abuela no quiere ir.

—He dicho que no, Gaspar. Y no me lo vuelvas a preguntar.

—Joder. Pero ¿por qué? —Dio igual que me quejara, porque ya se había ido de la cocina. ¿Por qué estaba tan puñeteramente en mi contra? ¿Qué le había hecho para que estuviera así de enfadado? Ah, sí, vale, casi le despiden. Pues menudo rencoroso, la verdad.

Cuando llegamos a la plaza principal de Santino Porto, estaba repleta de gente. Pero repleta a niveles estratosféricos. Colgadas de los faroles había banderolas con los colores oficiales del país (blanco, rojo y morado) y todo estaba lleno de flores recién plantadas. Se oía música que procedía de un enorme escenario en el paseo marítimo, y también había decenas de puestos donde se vendían desde figuras en miniatura del *palazzo* Santino hasta pulseras *tauro* y, cómo no, *corni* de todos los sabores. Según fuimos adentrándonos, mis abuelos fueron encontrándose con un montón de conocidos. ¡Si hasta estaba la familia Yoshida, que había regresado a Santino para las celebraciones! Llevaban todo el verano de vacaciones por Italia, y no podían perderse esa oportunidad. También nos encontramos a Marco y Sofia, pero no estaban solos, sino con un grupo de chicos y chicas de su edad, todos guapísimos y con un estilazo increíble.

—¡Hola, primito! ¡Al final has vuelto! —me dijo Marco al verme y me dio un beso más intenso que nunca. En la boca. ¿Hola? —Perdona. Son las ganas que tenía de verte.

—Hola, hola —respondí, ruborizado.

—Ya sabes que Marco nunca sabe dónde están los límites —le recriminó su hermana—. ¿Cómo has conseguido que te dejen volver?

—Mi padre, que al final no es tan ogro como parece, aunque yo siempre le pinte así.

—Pues olé por tu padre. Irás al *Coriali*, ¿no? —supuso Marco, cogiéndome por el hombro y acercándome a él—. Os presento a Gaspar, mi primo y el chico de diecisiete años más divertido que conozco.

—No conoces a ninguno más —apostilló Sofia.

—También es verdad. Saludad a Gaspar, venga. —Y todo su grupo de amigos se acercó para darme dos besos e incluso revolverme el pelo juguetonamente.

—¿No es el *ragazzo* que sale con *il principe*? —dijo una de las chicas, con el pelo tan rubio que casi parecía blanco. Mierda. No había contado con que podían reconocerme. Marco no supo cómo reaccionar. Se quedó pálido.

—Sí, soy yo —admití. Porque era absurdo negarlo.

—¿Cómo es Luca Calliveri? Dicen que tiene alergia al sol —preguntó la chica rubia platino.

—¿Sabe hablar? Porque oí que no sabía pronunciar correctamente la «i» —añadió otro chico con pelo rizado y cara redondeada.

—¿Qué? No. Para nada. No tiene alergia al sol. Y claro que sabe hablar. ¿Qué tonterías son esas? Luca es supercercano y majo y… —Todos me estaban mirando, viendo mi alegato defensor, y claro, a lo mejor se me notaba un poquito que…

—¿Te gusta el príncipe Calliveri? —preguntó la chica rubia.

—¿Qué?

—Venga, primito, vuelve con los abuelos, que te estarán buscando y no puedes dejarlos solos. Vamos, que te acompaño y así los veo. —Me alejó de su grupo de amigos, que se quedaron hablando de mí con Sofia.

Vale, sí, se me había notado un poquito de más que Luca me gustaba. Pero es que la gente se inventaba unas cosas superridículas. Supongo que, como siempre había estado oculto del resto del mundo, algo tendrían que decir sobre él. Absurdeces. Cuando le conocieran de verdad, se darían cuenta de lo buena persona que era y de que iba a ser un rey increíble. Pero pensar en eso me puso triste de golpe. Egoístamente, quería seguir siendo la única persona que conociera a Luca Calliveri.

—Cuéntame bien qué ha pasado para que vuelvas aquí, Gaspar. ¿Es que vas a ir al *Coriali*? ¿Lo has conseguido? —me empezó a interrogar Marco mientras tratábamos de sortear a toda la gente que se agolpaba en la plaza.

—¿Ir al *Coriali*? Qué va. El abuelo sigue empeñado en no querer llevarme —recordé amargamente.

—¿Y eso? ¿Qué más le da?

—¡¿Verdad?! Lo mismo pienso yo. Pero nada. No le da la gana.

—Ya hablaré yo con él —fue su respuesta—. ¿Qué tal con Luca Calliveri?

—Pues… pues vino ayer a casa y se quedó a cenar.

—¡Ja! ¡Y será verdad! —estalló en carcajadas—. Madre mía, primito, le tienes en el bote.

—No sé yo. Estaba muy enfadado.

—Estaba. Eso significa que ya no lo está, que es lo importante.

—Puede ser, sí.

La gente de repente empezó a gritar y a correr hacia el escenario. Marco y yo hicimos lo posible por evitar caernos al suelo, aunque era difícil. La música había parado y había sido sustituida por la voz carrasposa de Alex Rossi, que estaba subido encima del escenario, con el micro entre las dos manos. Su aspecto y su estilo eran inconfundibles: la cabeza rapada, las gafas de sol redondas, con una camisa vaquera abierta casi hasta el ombligo, un par de colgantes en el cuello y unos vaqueros rotos y desgastados.

—*Buonasera, Santino!* —gritó y, mientras empezaba a sonar un teclado de fondo, comenzó a cantar una de sus canciones más famosas. ¿Cómo se llamaba? Ahí me pilláis. Creo que algo así como *Meravigliosa*.

—La abuela debe de estar en el séptimo cielo —me reí—. Es su cantante favorito.

—A lo mejor está en la primera fila, pegando codazos a todas las niñas que se acerquen al escenario —bromeó Marco, mientras no dejaba de buscarla con la mirada, hasta que por fin la encontramos al lado del abuelo, los dos en un lateral de la plaza, junto a la barandilla que daba a la playa—.¡Están allí!

Marco echó a correr hacia ellos, y yo intenté seguirle el ritmo, pero había tanta gente que le perdí casi al segundo, quedándome en el centro de la plaza, tratando de hacerme sitio entre todo el follón para poder llegar al paseo donde estaban los abuelos. Con lo que no contaba era con que volvieran a reconocerme como el chico de la foto. La que lo dijo primero fue una mujer que, nada más verme, abrió los ojos como platos y empezó a señalarme, casi como si fuera yo un apestado.

—*È lui!!* —gritaba mientras tanto.

Yo pensaba que me iba a dar un baño de masas, pero nada más lejos de la realidad. Al parecer, la gente no estaba muy contenta conmigo, y me culpaban de la foto y de ser el responsable de que la tradición santinesa se hubiera roto. ¡Que yo no había filtrado la foto! Pero ¿cómo iba a explicárselo a toda esa gente si, primero, no se podía oír casi nada; segundo, no sabía hablar casi italiano; y tercero, no tenían ganas de escuchar mi versión?

—Oye, que yo no soy. No sé de qué me hablan —traté de defenderme, pero en poco menos de cinco minutos estaba rodeado por un grupo de diez personas increpándome de manera muy agresiva. Y no me escuchaban. Daba igual lo que les dijera. ¿Por qué estaban tan enfadados? Traté de buscar algún apoyo, pero era imposible. No había nadie a mi alrededor. ¿Dónde se había metido Marco? ¿Dónde estaba Sofia? ¿Y los abuelos? ¿Nadie me veía?

—*Nasone?* —dijo una voz imponente y, cogiéndome del brazo, tiró de mí para sacarme de allí, lejos de la turba que me quería linchar. Solo les faltaban antorchas y horcas.

Anduvimos hasta estar lejos de la muchedumbre y yo seguía muy nervioso por lo que acababa de pasar. Joder, los santineses o como se llamaran cran bastante agresivos. Y yo que creía que eran pacíficos y sabían escuchar…

—¿En qué lío andas metido, *nasone*? —me dijo Bastian, vestido con una camiseta que le marcaba los pectorales y con una cadena de oro que colgaba de su cuello. Tenía la sonrisa, como siempre, dibujada en la cara, enseñándome sus dientes perfectamente blancos.

—¿Yo? En nada. La gente, que está desquiciada —protesté—. Estaba buscando a mis abuelos, que los he perdido.

—¿Tus abuelos están aquí?

—¿Es que no pueden o qué? —espeté, furioso. Él se echó a reír.

—*Calmo*, que no te he dicho nada. Pueden estar donde quieran —trató de tranquilizarme.

—¿Y tú qué haces aquí?

—¿Es que no puedo? —me vaciló—. Me gusta el cantante. Es amigo mío.

—No sé por qué, no me extraña —respondí, aunque en voz baja—. Gracias por salvarme de la turba, por cierto.

—Para lo que quieras, *nasone*.

—Me llamo Gaspar, pero bueno —repliqué, super molesto.

—Gaspar —repitió él—. ¿Qué haces en Santino? Pensaba que estabas de vuelta en Madrid.

—Pues te informaron mal —repuse, enorgulleciéndome. Se iba a enterar.

—Ah, bien, bien. Me alegro. No se puede huir de Santino, ¿eh? Vamos, busquemos a tus abuelos.

Pero realmente no quería que me acompañara. A ningún lado. Sobre todo después de que, por su culpa, hubiera pasado todo.

—No hace falta, pero gracias —dije, con furia contenida.

—*Come vuoi* —contestó, encogiéndose de hombros.

Iba a irme, pero no podía hacerlo sin preguntarle algo que me moría por preguntar.

—¿Por qué te chivaste? —Me enfrenté a él, mirándole de tú a tú. Bastian se quedó un poco pillado al principio, no sabiendo muy bien qué decir. Tardó en reaccionar más de lo que esperaba, pero al final lo hizo, sonriendo con ese encanto innato, tratando de restarle importancia a la pregunta tan comprometida que le había hecho.

—¿Chivarme? No sé de qué me hablas.

—Claro que sí. Te chivaste a Filippo y al rey. Nos vendiste.

—Yo solo respondí cuando me preguntaron. Estaban muy preocupados y, sinceramente, una vez que os escapéis, vale. Pero ya dos veces es excesivo. ¿No lo crees?

—No eres tú quien lo tiene que decidir, ¿no? —protesté.

—¿Y tú sí puedes decidir el poner en peligro a mi primo? ¿Al príncipe de Santino? —me replicó con dureza.

—Vuelvo a decir lo mismo: eso no eres tú el que lo tiene que decidir. Luca es mayorcito para saber las consecuencias de lo que hace. Yo no pongo en peligro a nadie.

—Eso es lo que tú piensas… —¿Qué quería decir con eso?

—¿Fuiste tú el que filtró la foto?

—¡JA! Ahora ya estás delirando, *nasone.* Yo no he filtrado nada. Si fuiste tan… descuidado… con tu propio teléfono, eso es culpa tuya, ¿no crees? Deja de culpar a todo el mundo de las cosas que te ocurren. Es lo que hacen los *codardi* —declaró con sus aires de superioridad de siempre.

—Si no hubiera sido por ti, nunca nos habrían pillado. Nada habría pasado.

—Deberéis tener más cuidado la próxima vez, ¿no crees? —Pude notar una especie de amenaza velada en sus palabras—. Si es que hay una próxima vez, claro.

—¿Y por qué no iba a haberla?

—Ay, Gaspar, Gaspar. Eres un *sorero*, ¿eh? Un soñador… —me explicó—. No vas a volver a ver a Luca. ¿Es que no te has enterado? Por tu culpa, no va a ser rey. El *Coriali* es una mera formalidad, como una obra de teatro, si quieres llamarlo así. Mi tío Carlo seguirá siendo el rey de Santino unos cuantos años más. Y después, quién sabe.

Qué equivocado estaba. Al menos en lo de no volver a ver a Luca. Estuve tentado de contarle que justo le había visto la noche anterior. Pero no necesitaba hacerme el chulo delante de él. No tenía que demostrarle nada.

—Si tú lo dices…

—No te culpo, que conste. Entiendo lo que quieres hacer, pero créeme que no va a funcionar. Luca ya se ha dado cuenta.

—¿Darse cuenta? ¿De qué?

—Mi primo no es tonto. ¿O no has dicho tú eso antes? Es mayorcito. Todo lo que querías era hacerle una foto y sacar *un po' di soldi.* Pues ya lo has conseguido. Ahora, vuelve a tu país antes de que hagas más daño.

—¡Gaspar! ¡Eh, Gaspar! —gritó Marco a lo lejos. Me giré para verle, agitando las manos para que supiera el punto exacto en el que me encontraba y, cuando me di la vuelta de nuevo, Bastian se alejaba de espaldas con su parsimonia habitual, despidiéndose con la mano de forma burlona.

—*A dopo, nasone* —se despidió y desapareció entre la gente, casi en el mismo momento en el que llegaba Marco, con cara de preocupación.

Se disculpó por haberme perdido y, cogiéndome bien del brazo para que no volviera a despistarme, le seguí hasta la zona del paseo marítimo, donde me esperaban mis abuelos. ¿Que Luca se había dado cuenta de que lo nuestro no iba a funcionar? ¿O qué tonterías había dicho el imbécil de Bastian? Porque no había otra manera para describirle, desde luego. Imbécil con todas las letras.

El concierto de Alex Rossi estuvo sorprendentemente bien. ¿Quién me iba a decir que acabaría siendo fan de un cantante italiano, así de repente? De cuando en cuando hay que ampliar horizontes, por supuesto. Y curioso que fuera gracias a mi abuela. Era ella la que podría convencer al abuelo de que me llevara al *Coriali.* Marco habría hablado con él, seguro, pero dudaba que hubiera sido capaz de convencerle de nada.

No. La clave era la abuela. Tendría que insistir de nuevo, pero tampoco quería ser pesado con ella, después de todo lo que hacía por mí. Pero, claro, poder ver a Luca una vez más, y el día más importante de su vida…, no podía perdérmelo. Es que no me lo perdería por nada del mundo.

23

Il Coriali

El día 15 de agosto empezó con una invitación sobre la mesa de la cocina. Mi abuela y mi abuelo estaban sentados en ella, esperando a que yo apareciera para tener una conversación conmigo. Me recordaba horrores a cuando mis padres me dieron «la charla» sobre educación sexual. Sí, fue incómodo, pero ojalá hubiera más padres que hablaran sobre el tema con sus hijos. Cuando me acerqué, los dos se giraron para mirarme, lo que me dio la sensación de estar en la película *La visita* en lugar de en la vida real.

—¿Qué pasa? ¿Qué he hecho? —Porque, para variar, seguro que había hecho algo malo. Pero no, no. Nada parecido. No podía ni imaginar en ese momento lo que me esperaba.

Mi abuelo cogió lentamente el sobre y me lo mostró desde su asiento. Yo no veo muy bien de lejos, pero reconocí al instante el sello real.

—Te ha llegado una carta —se limitó a decir.

—No será un destierro o algo así, ¿no? Espera, ¿eso pueden hacerlo? ¿Pueden desterrarme de Santino? —dije, alarmado.

—No te burles y siéntate, haz el favor —me abroncó el abuelo y yo, obediente y en silencio, me senté.

—Es una invitación formal al *Coriali*, Gaspar.

Y la emoción de mis ojos fue imposible de disimular. «¿Cómo que una invitación?».

—¿Cómo que una invitación? —reproduje mi pensamiento en voz alta.

—Ha llegado esta mañana —añadió mi abuela.

—Pe-pero cómo… Yo no esperaba esto para nada —reconocí. Pero, si me había llegado una invitación, ¿por qué estaban tan preocupados?—. ¿Ahora vais a decirme que no puedo ir?

—No. Has sido invitado y sería de mala educación rechazarlo. Solo te pedimos que no te metas en más líos, Gaspar. Nada más —dijo mi abuela con tono conciliador.

—¿En qué líos voy a meterme? Me lo decís como si fuera un delincuente o algo peor, madre mía —protesté mientras me acercaba a la mesa y cogía la invitación de las manos de mi abuelo—. Voy a ser un invitado modelo. —Solo podía pensar en que esa invitación, claramente, había llegado gracias a la insistencia de Luca, porque era la única persona que confiaba en mí y que quería verme allí.

—Habrá que comprarte un traje —comentó mi abuelo, que al fin se había rendido ante la evidencia: iba a ir con él al *Coriali* por mucho que le molestara.

—Un traje…, claro. Vale. Estamos a tiempo, ¿no? Es decir, yo aquí no tengo nada de nada. Si se pudiera ir en chándal o en bermudas…

—¡Cómo vas a ir en chándal al *Coriali*! —explotó el abuelo.

—Relaja, relaja, que era una broma. Una broma. No voy a ir en chándal, tranquilidad. —Aunque tampoco es que tuviera mucho dinero para comprarme un traje. Tendría que pedírselo a mi padre.

—Tus primos están aún en la ciudad. Ellos sabrán mejor que nadie dónde llevarte y cuál es el mejor traje para ti —sugirió mi abuela, y tenía razón. Quién mejor que Marco y Sofia para ayudarme a elegir modelito. Aunque, claro, después de la movida del concierto, en el que casi me matan (exagero, pero bueno), no había vuelto a bajar a Santino Porto. Ni tenía intención de volver a hacerlo. Ya se nos ocurriría algo.

Me llevé la invitación al cuarto y la dejé sobre la mesa como si fuera una piedra preciosa. Solo con mirarla me ponía a pensar en Luca y lo increíble que iba a ser la fiesta y poder vivir su coronación. No me lo perdería por nada. Si hacía falta, llevaría un traje del abuelo. A ver, tampoco, pero ese era el nivel de emoción que tenía. Así que, pensando que si iba con ellos, con Marco y Sofia, no pasaría nada, les escribí para que me vinieran a buscar. Fuimos a varias tiendas del centro y, tras casi tres horas de búsqueda, conseguimos encontrar un traje que me quedara bien. Era negro pero con unos cuadros grises casi imperceptibles. También me compré unos zapatos elegantes que terminaban en punta e incluso tenían un poco de plataforma, una camisa blanca de lino y un pañuelo morado con brillos (que me regaló Sofia) para colocarme en el bolsillo de la chaqueta, a juego con el pantalón. Después me llevaron a cortarme el pelo, aunque tampoco es que lo necesitara, pero me lo dejaron mejor de lo que esperaba y, además, me pintaron las uñas de negro, con unos puntos dorados como si fueran estrellas.

—Así va a caer rendido a tus pies, ya lo verás —me aseguró Sofia mientras tomábamos sendos batidos de chocolate junto a la playa.

—No lo sé. Habrá mucha gente allí…

—Gente aburrida. Dilo todo.

—Ya, pero yo qué sé. Si ni siquiera podré hablar con él —me lamenté.

—Vamos a ver, Gaspar, cariño. ¡Que vas a ir a la coronación del futuro rey de Santino! No muchos pueden decir lo mismo. Así que no pienses tanto. Ve a disfrutar, que todo lo demás ya lo tienes —me recomendó Sofia y, aunque no entendí muy bien lo que quería decir, me puso de buen humor tenerlos como apoyo, y que me ayudaran a despejar mis dudas y quitarme todas mis rayadas de encima. Tarea difícil, lo sé, pero se podía conseguir.

Después de terminarnos nuestro batido, me llevaron a casa y, obviamente, se quedaron a cenar, porque cualquiera le decía que no a mi abuela. ¡Ni siquiera el propio Luca había podido negarse! Tardé en dormirme más que de costumbre, porque no dejaba de pensar en el *Coriali*, elaborando una estrategia para poder acercarme lo máximo posible a Luca y, en cuanto estuviéramos solos, decirle de una vez por todas lo que sentía por él. Porque necesitaba que lo supiera antes de que me volviera a Madrid. Necesitaba que supiera que estaba enamorado de él, y que quería saber si también sentía lo mismo. Pero, en vez de tener un sueño perfecto sobre la fiesta, todo se convirtió muy rápido en una pesadilla, ya que, en cuanto me veían aparecer, me echaban del *palazzo*, mi abuelo me retiraba la palabra y Luca no aparecía por ningún lado.

Era solo un sueño. No iba a hacerse realidad. Claro que no. Porque iba a ser un día inolvidable. Para Luca, para Santino… y para mí.

Cuando abrí los ojos, aún eran las cinco de la madrugada. Así estaba de nervioso. Y, como no podía volverme a dormir, decidí vestirme, bajar a la cocina, desayunar algo rico e ir al jardín a ver el amanecer. Pero oí ruidos abajo y me lo pensé dos veces. Mi estómago rugía, así que tampoco tenía mucho tiempo para pensarlo. Sería la abuela, que se habría levantado temprano. Así podríamos hablar un rato. Qué iluso. Porque el que estaba despierto era mi abuelo, que se estaba preparando un café.

—Buenos días —saludé educadamente.

—Podías aprender un poco de santinés o de italiano ya que estás aquí, ¿no? —me recriminó, sin darse la vuelta para mirarme. ¿Es que no descansaba nunca?

—*Buongiorno* —me corregí.

—¿Quieres café? —preguntó.

—Vale, claro.

—Pues siéntate, que te preparo el desayuno.

—No hace falta, en serio…

—Siéntate, Gaspar —repitió, más contundente, así que callé como buen nieto que soy, y me senté en una de las sillas de madera que había en torno a la mesa.

—Gracias… Es decir, *grazie*.

El abuelo asintió con la cabeza, cogió unas naranjas de un bol de mimbre y las fue cortando una a una para hacerme un zumo. La cocina seguía en penumbra, pero, muy poco a poco, se iban colando rayos de sol por las ventanas. El amanecer estaba cerca. Y, perdonad que os diga, pero los amaneceres de Santino eran impresionantes. Diría algo muy poético, pero es que era bastante difícil describirlo. Como atrapar el verano en un bote de cristal. Tenías que vivirlo para entenderlo.

El café de mi abuelo, he de admitir, era mucho mejor que el de la abuela. Mucho más fuerte, como con más cuerpo. No sé. Diferente. Tampoco me preparó mucho más. Un zumo de naranja y una tostada de pan integral con aguacate. No es que me queje, para nada. Me encanta que me hagan el desayuno. Pero, claro, acostumbrado a los banquetes que me hacía la abuela, ese desayuno se me quedaba un poco... ¿pobre? Digámoslo así.

—¿A qué hora empieza el *Coriali*? —pregunté mientras me terminaba la tostada.

—A las cuatro hay que salir de casa.

—¿Tan pronto? —Su gruñido hizo que dejara de protestar—. Vale, vale. Pero vamos a llegar con la comida casi en la garganta.

—Igual de exagerado que tu padre —me espetó—. ¿Por qué no ha venido a Santino contigo?

—¿Papá? Supongo que porque tenía mucho trabajo. Y tampoco creo que quisiera volver a pagarse otro billete. Que estamos en verano y es caro.

—Tonterías. Tu padre siempre pensando en el dinero, pero nunca pensando en cómo gastarlo. Toda la vida ha sido así. —Un momento, ¿estábamos teniendo una conversación?

—Uy, tendrías que verle en el súper. Nos tiramos siempre mínimo una hora, porque revisa los precios de forma megaenfermiza. Papá, joder, que son unas galletas de chocolate. Gástate diez céntimos más, que no pasa nada —bromeé y pude atisbar una medio sonrisa en la cara de mi abuelo.

—Oye, Gaspar... —Iba a seguir hablando, pero prefirió dar un largo y ruidoso sorbo a su taza de café—. Nos habría gustado mucho ir al funeral de tu madre. Pero tu padre y yo no nos llevábamos muy bien. Fue un momento complicado para todos.

—Ya, ya. —Pero era algo que aún me dolía.

—No quiero que pienses que no queríamos a tu madre. Era de las mejores personas que hemos conocido en la vida. Hacía a tu padre mejor. Y mira que tu padre es difícil.

—A mí me lo vas a contar. —Siempre que había un atisbo de seriedad, tenía que salir con una ironía o una broma para relajar la atmósfera.

—Es muy cabezota. Tu abuela lo pasó muy mal cuando decidió irse a Madrid, dejando atrás todas sus responsabilidades… —Esto último lo dijo más entre dientes. Así que él seguía pensando que mi padre se había ido por culpa de mi madre. ¡Qué equivocado estaba!

—Ya, bueno. No lo sé. Pero gracias por explicarme por qué no vinisteis. Papá no es que sea muy comunicativo.

—Es un problema familiar. De los Costa. Tú has salido a tu abuela. Bueno, y a tu madre. Problemas comunicativos tienes pocos. —¿Eso había sido un intento de chiste?

—Bueno, a ver, sé cuándo me tengo que callar…, la mayoría de las veces. Pero sí, sí. Lo de hablar no es vuestro fuerte, siendo sinceros.

—No lo es, no —rio—. ¿Quieres salir a ver el amanecer?

—Para eso he bajado. ¡Claro! —Y me levanté de golpe de la silla. Mi abuelo fue más lento. A ver, algo esperable, pues me sacaba cuánto… ¿Sesenta años? ¿Cien? Vete tú a saber.

Salimos los dos al exterior y nos volvimos a sentar en las sillas plegables que había junto a la piscina. Desde ahí podíamos ver toda la explanada de olivos que se extendía hasta donde alcanzaba la vista. Un horizonte lejano desde el que se podía contemplar el amanecer. Yo con mi zumo. Mi abuelo con otra taza de café, que yo creo que llevaba un poco de licor, porque olía a alcohol. Los dos en silencio, mirando cómo el sol nos saludaba un día más.

—Seguro que a tu madre le habría gustado Luca —musitó de repente. No tenía muy claro si era un pensamiento en voz alta, o lo había querido decir de verdad. Pero lo dijo. Y yo no necesitaba más para saber que, por fin, empezábamos a conectar de algún modo. Seguramente fuera su extraña forma de darme su bendición, qué sé yo—. Pero ve con cuidado, Gaspar. Solo te pido eso, ¿vale? Aunque sea un gruñón, me preocupo por ti.

—Vale —fue mi respuesta. No se me ocurría nada más que decir a lo que acababa de confesarme. Porque sí, porque había sonado a confesión por completo.

—Es un buen chico. Y tú también, por muchos problemas que provoques. Pero, si te gusta, que sepas que tu abuela y yo te apoyamos.

—Gracias —musité.

—Venga, volvamos dentro, que tu abuela ya estará despierta. Es la hora del segundo desayuno del día. —Y, dándome un par de palmadas en la pierna, se levantó a su ritmo y enfiló hacia la cocina.

—Ahora voy, que quiero quedarme un rato más —le dije, pero no se dio la vuelta. Siguió andando como si no me hubiera oído. Obviamente, lo había hecho, pero entendió que necesitaba unos segundos solo. Seguramente para procesar lo que acababa de pasar. Y, casi sin darme cuenta, me sorprendí a mí mismo sonriendo. Pero no como esa gente ridícula que aplaude cuando sale el sol o se esconde. La sonrisa era, por primera vez, gracias a mi abuelo.

Después de una comida bastante ligera (la idea de mi abuela de una comida ligera), nos preparamos para ir al *Coriali.* No me podía creer que hubiera llegado el día, por fin, y que además fuera a ir a la celebración. Todo era surrealista. Me puse el traje que había comprado con mis primos y, al mirarme en el espejo, comprobé que me quedaba perfecto. Me coloqué el pañuelo que me había regalado Sofia y, entre el traje, el pañuelo, los zapatos, las uñas y el pelo, puedo garantizar que nunca había estado tan guapo. Estaba deseando que me viera Luca. Bueno, y verle a él también. Así que bajé como si fuera el día de mi cumpleaños. Cuando aparecí en la entrada, estaban terminando de comer los invitados de mis abuelos. Al verme, empezaron a silbar y a aplaudirme. Y yo, lejos de sentir vergüenza, me metí en el papel e hice un pase de modelos, con media vuelta incluida, que hizo que todos se rieran a gusto. Incluido mi abuelo. A su manera, ya sabéis. Así que media sonrisa y da gracias.

—*Jubico*, vas *bellisimo* —me dijo la abuela, sonriente, dándome dos besos y dejándome el pintalabios marcado en ambas mejillas—. Ay, que te he manchado. Espera que te lo quito.

Y, como buena abuela que es, se mojó el dedo con la lengua y me limpió mientras yo hacía todo lo posible para zafarme.

—Menudo pibón —exclamó la chica de Bilbao—. Vas a romper muchos corazones.

—Hombre, espero que no —me defendí mientras buscaba el reflejo de la ventana para cerciorarme de si mi pelo seguía peinado como yo quería.

—¿Nos vamos? —preguntó mi abuelo, que estaba expectante en la puerta que daba al exterior, con las llaves del coche en la mano y la americana sobre el brazo.

—¿Me quito la chaqueta?

—Para ir en el coche, sí. Que, si no, se arruga.

—Y hace mucho calor —añadió la abuela—. Ven, que te vea otra vez antes de irte —me pidió, cogiéndome del brazo y haciéndome dar una vuelta más a su lado—. Menudo nieto más guapo que tengo. ¿Verdad que sí?

Todos los que estaban en la mesa asintieron, y ahí sí que empecé a sentir un poco de vergüenza.

—Vale, vale. Lo pillo. Soy un partidazo. Pero no podemos llegar tarde. —Y me desasí del agarre de mi abuela. Joder, qué fuerza tenía—. ¡Luego os contamos! Si volvemos, claro —bromeé.

—Gaspar, cielo. Recuerda lo que te dije —me advirtió, seriamente, y me vino a la cabeza nuestra conversación del otro día en la cocina. «Lucha por él. Nadie lo va a hacer por ti». Y eso pensaba hacer. No iba a irme del *palazzo* sin hablar con él.

Salimos de la casa y mi abuelo me enseñó a colocar la chaqueta en el respaldo de los asientos delanteros para que ni se arrugara ni perdiera la forma. Y menos mal que le hice caso porque tenía razón: hacía, como siempre, un calor infernal. ¿Era el encanto de Santino? Pues yo qué sé. Si me preguntan, diría que no, que era lo peor que tenía el país. Pero es que esa tarde no me molestaba nada. Todo me parecía perfecto. Mi abuelo condujo con su parsimonia habitual y yo iba poniéndome cada vez más nervioso según íbamos acercándonos al *palazzo.* Mi estómago me daba continuos vuelcos sin previo aviso. En vez de ir en un coche, parecía que estuviera a bordo de un avión. Al verme así, porque es que no paraba quieto, encendió la radio. Pero no había música en ninguna emisora. Solo hablaban sobre el *Coriali* y la importancia para el país. Bla, bla, bla. Aunque era la primera vez que no escuchaba música italiana o santinesa en el coche de mi abuelo. Era un cambio necesario.

—Gaspar, como no te estés quieto, vas a arrugarte la camisa.

—Ya, ya. Es que, uf, este pantalón es superincómodo. Y hace calor, y el viento me está despeinando, pero, claro, si cierro la ventana, nos vamos a asar. ¿Es que tú no estás nervioso?

—Claro que sí. Pero no tiene sentido, ¿no? Gaspar, no es tu coronación. No estés nervioso —dijo con mucha calma. Nunca nadie en el mundo había dejado de estar nervioso después de que alguien le dijera «No estés nervioso». Es decir, si pudiera controlarlo, no lo estaría.

—Ya, ya. Pero yo qué sé.

—Ya estamos llegando —añadió.

—¿Qué están diciendo? —pregunté, señalando a la radio.

—Hablan sobre los distintos invitados a la celebración, y recuerdan cuándo fue la última vez.

Iba a preguntar más pero el abuelo empezó a frenar poco a poco. Delante de nosotros teníamos una larga fila de coches que esperaban acceder al *palazzo.* Por muy ancha que fuera la carretera y la entrada, al final casi todos teníamos que entrar por el mismo lugar, lo que hacía todo mucho más complicado. Nos tocaba esperar. Y casi tardamos media hora en llegar a la verja principal. Mientras esperábamos, varios agentes de la policía santinesa, con un par de perros que creo que eran pastores alemanes, pasaron junto a los coches, revisando los bajos de cada uno y pidiendo a los conductores que abrieran el maletero y revisando los asientos traseros. Me sentía casi como un terrorista. En cuanto llegaron al nuestro, me puse más nervioso aún. ¿Qué esperaba que fueran a encontrar? ¡Yo qué sé! Pero la autoridad siempre me ha puesto al borde del infarto.

Cuando llegamos a la entrada, había varios vigilantes del *palaz-*

zo a ambos lados. Reconocí a Paola, y también a Tomás, que me miró con el ceño fruncido, sorprendido de verme allí. Yo le saludé con un gesto de la mano mientras le daba mi teléfono móvil a otro de los vigilantes. Lo metió en un sobre plateado y me entregó una especie de recibo para poder recogerlo a la salida. La seguridad era increíble, la verdad. ¡Si hasta había un par de coches militares bajo uno de los árboles que rodeaban la muralla del palacio! Miré a mi abuelo, serio como él solo y, tras pasar la verja, los dos nos bajamos del coche mientras otro de los trabajadores recogía las llaves, se subía en el asiento del conductor y se alejaba con él. Vale, nos iba a tocar recorrer andando el kilómetro que separaba esa verja de la escalinata de entrada a palacio. Y todo ello bajo el sol abrasador de Santino. Porque además teníamos que llevar ya puesta la chaqueta. La etiqueta era importante. El protocolo era básico. Yo, si por mí fuera, habría ido desnudo, porque estaba sudando por todos los poros de mi piel. Pero cualquiera se desabrochaba la chaqueta con mi abuelo vigilante. ¿Por qué él no sudaba ni una sola gota? ¿Tan acostumbrado estaba su cuerpo al clima santinés?

Según íbamos acercándonos, cada vez veíamos a más y más gente. Todas las mujeres que habían ido al *Coriali* acudían tan elegantes como si fueran a una boda, pero sus indumentarias tenían algún toque que recordaba a las que se pondrían en Nochevieja o en una fiesta ibicenca. Los hombres, en cambio, vestían todos muy clásicos. Casi el cien por cien llevaban esmoquin o traje negro con corbata. Yo era de los pocos que llevaba el cuello abierto y, hasta ese momento, el más joven, eso estaba claro. En cada ocasión que podía enseñaba disimuladamente mis uñas, porque estaba orgulloso de cómo me habían quedado. El problema era el pelo, que no dejaba de despeinarse con la brisa. O quizá era un poco obsesión mía.

—¿Tengo bien el pelo? —le pregunté por décima vez a mi abuelo, que se limitó a gruñir y a entornar los ojos, desesperado.

En los jardines delanteros estaba la recepción, donde teníamos que mostrar nuestra invitación… y donde tuve un pequeño ataque de pánico pensando que me la había dejado en casa. Por suerte, la había metido en el bolsillo interior de la chaqueta. Fue tocarla con las yemas de los dedos y respirar de nuevo. Es que imagina si, después de todo, no podía entrar por una cosa tan tonta como haberme olvidado la invitación. Una alfombra roja recorría toda la escalinata hasta el interior del palacio, pero estaba destinada a la gente realmente importante. A nosotros nos indicaron que teníamos que rodearlo para salir a uno de los laterales, donde estaba casi todo el mundo. Eso parecía más una fiesta con todas las letras que una coronación. La piscina estaba iluminada y repleta de flores y no dejaban de pasar camareros sirviendo diferentes canapés minúsculos pero que estaban buenísimos. Una camarera nos ofreció una copa de champán a cada uno, y yo iba a coger la mía, pero mi abuelo se adelantó y cogió las dos.

—¿Es que no voy a poder beber ni gota?

—Tienes diecisiete años. Nada de alcohol.

—No soy un bebé —protesté.

—A veces lo pareces —me recriminó y se bebió una de las copas casi de golpe. Menudo aguante.

Junto a la zona de tiro con arco había un escenario enorme desde el que una cantante superparecida a Miley Cyrus cantaba en italiano acompañada de un batería lleno de tatuajes, una guitarrista con melena larga y negra, y un saxofonista que iba vestido de traje y pajarita. Aún hacía mucho calor, pero ya eran más de las seis de la tarde. Tenía razón mi abuelo con salir tan pronto de casa, porque habíamos tardado cerca de dos horas en entrar. Miré hacia todos lados, pero seguía sin ver a nadie de mi edad. ¿En serio me iba a tocar estar toda la noche con mi abuelo? Ni de coña.

—Voy a explorar un poco, ¿vale? —le dije, aunque suponiendo que me diría que ni se me ocurriera. Para mi sorpresa, asintió con la cabeza y, mientras yo me iba hacia el laberinto, él se fue en la otra dirección, hacia la enorme barra dorada que habían colocado en medio del jardín principal, para poder pedir bebidas y demás.

La gente ni siquiera reparaba en mí. Supongo que se creerían que era el hijo de alguien. Y yo que pensaba que me reconocerían por la foto con Luca... Eso sí, nadie me dijo nada sobre mi maravilla de uñas o lo guapo que estaba. Si es que soy un iluso, la verdad. Ojalá hubieran estado allí conmigo Marco y Sofia. La celebración sería totalmente diferente. Pero estaba solo, así que tendría que aprender a divertirme por mi cuenta. En la entrada del laberinto había dos chicas, peinadas con el pelo hacia atrás, vestidas con un largo traje dorado con lentejuelas y con un maquillaje muy extremado. Estaban justo delante de las flores de medianoche. Solo esperaba que no florecieran o la gente podría destrozarlas.

—*Buonasera* —dijo una de las chicas—. *Do you wanna come in?*

—Eh... *Sure, thank you* —respondí, y del interior de una enorme caja negra de cristal sacó una bolita roja y me la entregó, explicándome que era un localizador, por si me perdía. Solo tenía que encenderlo y empezaría a vibrar según me fuera acercando a la salida de nuevo. Pero que, de todos modos, había varios trabajadores más en el interior del laberinto—. *Thanks*. Esto..., *grazie*.

La última vez que estuve allí dentro, me perdí, oí a Filippo hablando por teléfono de manera bastante misteriosa, y Luca me invitó a pasar la noche con él. Tampoco es que me muriera por entrar, pero no les iba a decir que no después de haberme explicado todo, así que acepté y empecé a recorrer los diferentes pasillos naturales. El sol aún alumbraba y se podía ver bastante bien. Además, habían colocado muchas luces amarillas minúsculas por el camino correcto hasta el centro del laberinto, así que era literalmente imposible perderse. Y, cuando llegabas, había cuatro paneles de diferentes zonas del país. Cuatro fotografías de dos metros de altura que mostraban el monte Nuvole, la playa de Santino, una de las calles de Santino Porto y su estación de esquí. Había no más de seis personas allí, aunque por el camino me había encontrado a bastantes más. Era tan diferente estar en el palacio con toda esa gente, escuchando música de fondo, al atardecer…

—Hombre, el chico de moda. —Me giré y, frente a mí, estaba Silvia, la profesora de Luca de tiro con arco. Aunque me costó reconocerla, acostumbrado a verla vestida con uniforme deportivo. Seguía llevando su trenza característica y sus ojos eran más felinos que nunca gracias al maquillaje. Se había colocado varios puntos brillantes bajo ellos, como si fueran diamantes, y lucía un tocado de plumas moradas en un lateral de la cabeza. Vestía una chaqueta negra y unos pantalones oscuros que le llegaban hasta los tobillos, casi uniéndose con unos botines de punta dorada y, bajo la chaqueta, que llevaba cerrada solo con un botón, podía entreverse un sujetador morado. Es decir, es que no se parecía en nada a la Silvia que había conocido hasta ese momento. Iba increíble—. Sabes quién soy, ¿verdad?

—Silvia, ¿no?

—¿Silvia? Yo me llamo Alba. —Oh, mierda. Claro, así la veía tan diferente. ¿Y de qué me conocía?

—Ah, ho-hola. Encantado. —Y, cuando fui a darle dos besos, la chica se echó a reír.

—¿Tan cambiada estoy? ¡Claro que soy Silvia!

—¡Joder! Si lo sabía, pero me has dejado pillado —me defendí. Qué fácil era engañarme—. ¿Qué haces aquí?

—¿No puedo? —replicó, haciéndose la ofendida.

—Eres una trabajadora del palacio y, hasta donde sé, nunca invitan a trabajadores al *Coriali.*

—Quizá no solo sea una trabajadora y tenga mi propia carrera profesional. ¿Habías pensado en eso?

—La verdad es que no —admití.

—Una, aquí donde me ves, ha sido deportista olímpica —se enorgulleció.

—¿En serio?

—No me iba a inventar semejante cosa, ¿no crees? Investígame cuando llegues a casa, anda —me sugirió—. Bueno, dos besos, ¿no? —Y se acercó para saludarme en condiciones.

—Lo haré, lo haré.

—¿Cómo te sienta la fama, Gaspar? Tienes a todo el mundo revolucionado.

—Sí, claro. Yo no filtré la foto —respondí, harto de tener que estar justificándome a cada segundo que pasaba.

—Claro que no. —Me sorprendió su seguridad. Primera persona que me creía casi sin preguntarme. Si no contábamos a mi abuela—. Pareces sorprendido. —Dio un sorbo al cóctel que tenía en la mano, de un color amarillo pálido.

—Bueno, sí. Todo el mundo cree que fui yo. Para ganar dinero, ya ves tú.

—No te considero ese tipo de persona, sinceramente. Además, ¿por qué ibas a traicionar así a Luca? Sobre todo cuando habías empezado a caerle bien. —Sonrió, como queriendo hacerme cómplice de un secreto que solo ella parecía saber.

—¿Le caigo bien?

—Hombre, a estas alturas ya deberías saberlo —comentó, dándome un par de palmadas en el hombro—. ¿Con quién has venido? ¿Tu abuelo? ¿Te trajo él?

—Sí, bueno, es decir, me invitaron. —Al oírlo, puso una cara de sorpresa absoluta—. Me invitó Luca. Bueno, supongo que fue él. Se encarga de las invitaciones, ¿no?

—Siento decepcionarte, pero él no se encarga. De hecho, generalmente no sabe ni a quién se invita a estos eventos. Tiene otras cosas en las que pensar —me explicó—. ¿Me acompañas fuera? Me han dado esta mierda —dijo, enseñándome el mismo localizador que me habían entregado a mí—, pero no sé cómo funciona y no me quiero perder.

—¿Nunca habías entrado en el laberinto?

—¿Para qué iba a hacerlo? —replicó con chulería, y me cogió del brazo para que la guiara por el camino correcto hasta la salida.

Mientras seguíamos el camino de luces, Silvia me preguntó por cómo era mi vida en Madrid, si estaba contento en Santino, y le conté que me había ido una semana. No tenía ni idea. Sí que se había enterado de mi despido, obvio. Sobre todo porque le preguntó a Luca después de no verme ninguna mañana por el palacio. Pero mi nombre estaba prohibido. No se podía decir «Gaspar».

—Qué medieval todo —bromeé.

—¿Es medieval el amor?

—¿Amor? ¿Quién ha hablado de amor? —¿Qué había querido decir con eso? Pero no me respondió porque justo salimos del laberinto y tuvimos que devolver los localizadores que nos habían dado. Las dos despampanantes y sonrientes empleadas los recogieron y devolvieron al interior de las enormes cajas negras que había a cada lado, despidiéndose muy amablemente de nosotros.

Anduvimos de vuelta a la fiesta, y regresamos a la zona de la barra, cerca del escenario, donde seguía la misma chica cantando. El sol ya estaba a punto de desaparecer, y toda la iluminación especial empezó a sustituirlo, tiñendo a los jardines de magia, como si miles de luciérnagas hubieran quedado atrapadas en medio de una historia de amor. Pero, hasta el momento, ni rastro de Luca. Tampoco había visto a Filippo. ¡Ni siquiera a Carlo Calliveri! Y Bastian también andaba desaparecido. ¿Todo el mundo estaba evitándome?

—¿Y esto cómo va? ¿Sabes qué va a pasar aquí? ¿O es todo sorpresa?

—Hasta donde sé…, no está muy claro que Luca vaya a ser coronado rey.

—¿En serio? Porque todo el mundo cree que sí.

—Quién sabe. Todo depende de Carlo Calliveri —afirmé, pero ya no estaba prestándome atención, porque empezó a saludar a otra chica que estaba en la barra.

—Pásalo bien y no te metas en líos.

—¿Por qué a todos os ha dado por lo mismo? Yo no me meto en líos —le dije a pesar de que no me escuchaba—. Los líos me buscan, que es diferente —puntualicé.

Vale, pues me había quedado solo demasiado rápido. Tendría que buscar a alguien con quien hablar o pasar el resto de la noche. Al menos hasta que apareciera Luca y pudiera verle. Porque me negaba a estar con mi abuelo. De hecho, ni sabía dónde estaba. Seguramente haciéndose el importante, aunque conocía a más gente de lo que yo pensaba. Siempre me sorprendía. Como cuando venían invitados a la casa, y hablaba con todo el mundo, siendo la persona más simpática y agradable. Engañando por completo. Aunque, por lo menos, conmigo estaba cambiando.

Mientras estaba lejos de la vigilancia del abuelo, conseguí una copa de champán (algo es algo) y me la terminé en dos sorbos. No debería haberlo hecho. Porque subía muy rápido. Primero fue el mareo y sentir como si la cabeza me palpitara. Por suerte, pasó rápido. Luego llegó la risa incontrolable, que me hacía parecer un loco, y, tras todos esos efectos, me quedé simplemente contento. Contento de estar allí, rodeado de tanta gente guapa y estilosa y… Dios, pero ¿qué estoy diciendo? Necesitaba un vaso de agua con urgencia. ¡Y comer! Porque no estaba comiendo nada. Así que me dediqué a perseguir a cada camarero que veía para coger cualquier cosa que llevara en la bandeja. Y lo que más me gustó fue una especie de langostino con salsa de mango. Me gustó tanto que me comí como cinco. Cuando me entra el hambre, no respondo. Eso creo que, hasta ahora, había quedado claro.

—¿Gaspar Costa?

Delante de mí había una mujer casi de mi misma altura, con gafas redondeadas, pelo rubio y liso que le llegaba hasta los hombres…, hombres no. Hombros. Dios, estoy borracho. Con una copa de champán, ¿eh? Tenía cara de persona amable. Y no iba vestida como las demás. Es decir, no vestía como si fuera a una fiesta, sino que llevaba unos vaqueros y una camisa negra un poco abierta. Ya está. No tenía ningún adorno extra. ¿Quién era y por qué me conocía?

—No, no. Es un error muy común. Yo me llamo Caspar Gosta. Soy su doble oficial. Un placer conocerla —bromeé y le tendí la mano. No pilló el chiste—. Vale, a lo mejor es demasiado pronto para… Sí, soy Gaspar. ¿Y tú eres…?

—Sara Medina. Cubro la fiesta para *Vogue*. Un placer. —Y en vez de darme la mano, se acercó y me dio dos besos. Genial. Periodista. Lo que me faltaba.

—Lo siento, pero mi agente me ha prohibido hablar con la prensa —le indiqué, haciéndome el interesante.

—Ah, entiendo. Claro.

—Es broma. Pero no, lo siento. No me interesa. —Intenté alejarme, aunque me siguió al momento. Estaba claro que no quería dejarme en paz.

—Es normal. Después de que haya sido la prensa la que te haya puesto en primera plana en todo el mundo. ¿Cómo te sientes? ¿Cómo llevas ser famoso y que te conozcan todos?

—¿No es lo mismo? —repliqué—. Pues mira, la verdad es que es una puta mierda. Siendo sincero.

—Te habrán subido los seguidores en redes y esas cosas, ¿verdad? La última vez que lo comprobé, tenías cerca de cincuenta mil.
—Sí, ahora iba camino de hacerme *influencer*. Lo que me faltaba ya—. Pero hay una cosa que no entiendo. ¿Por qué enviaste la foto en primer lugar si no querías que se te conociera? Entiendo que para subir en seguidores y el dinero, ¿no? La primera foto de Luca Calliveri se pagaba mucho y…

—Yo no envié ninguna foto —espeté, frenando en seco y enfrentándome a ella—. No sé de dónde la sacaron, pero yo no la envié. Punto.

—Oh, interesante. Alguien la filtró entonces. ¿Con qué intenciones crees que pudo hacerlo? Porque su nombre no aparece en ningún lado. ¿Solo por el dinero quizá?

—Oye, ¿pero no estabas cubriendo la fiesta? O me estás entrevistando a mí.

—¿Quieres una entrevista? Dios, sería increíble. A ver, te confesaré que estoy de prácticas. Me ha traído mi jefe como acompañante y conseguir una entrevista contigo sería… sería la hostia. Y perdón por hablar tan mal. ¿Querrías? —Sabía que, tras esa cara amable, iba a haber alguna trampa.

—¿Qué dices? ¿Entrevista a mí de qué?

—Podrías empezar contándome cómo conociste al príncipe Luca y…

—Que no te voy a dar una entrevista. Que no quiero hablar de nada. Punto. Ahora tengo que encontrar a mi abuelo. —¿Quién me iba a decir que iba a necesitar su ayuda?

—¿Tu abuelo? Félix Costa, ¿verdad? Por lo que he conseguido recopilar, tiene una pequeña marca de aceite aquí en Santino. Y me dices que ha sido invitado al *Coriali*. ¿O le has traído de acompañante? ¿Te invitó Luca directamente?

—En serio, eres muy maja, pero déjame en paz.

Y, en ese segundo intento, sí que conseguí perderla de vista. Pero no porque yo corriera más que nadie en el mundo, sino porque la música se detuvo de golpe y se encendieron varios focos sobre la escalinata principal, iluminando la entrada con fuerza. Toda la gente se quedó en silencio y se giraron para mirar cuál era la sorpresa que nos tenían preparada. Las puertas se abrieron y salieron varios de guardias reales, con el uniforme oficial de Santino, en plan formación, y se colocaron a ambos lados de la escalinata. Ejecutaron movimientos con su rifle en el aire y, acto seguido, cada uno, de manera escalonada, dio un golpe con la culata en el suelo, a modo de coreografía perfectamente ensayada. Tras ello, salió del interior del palacio el rey Carlo Calliveri, también vestido con el traje oficial real, muy parecido al que llevaba en el retrato que vi en su despacho. Pero no iba solo. A su lado estaba Filippo, el mayordomo real, y Luca. Luca. Por fin. Llevaba unos pantalones negros con una franja de color morado y, en la parte de arriba, una chaqueta también de color morado, pero más apagado, con varias medallas y el blasón de los Calliveri en una de las solapas. Estaba más regio y más estirado que nunca. El mentón alto, la mirada al frente y la mandíbula tensa.

Dos de los trabajadores del palacio aparecieron de repente, colocando un micrófono de pie frente al rey y, a continuación, se pusieron tras él, con las manos detrás de la espalda. El rey Carlo se acercó al micrófono y habló.

—*Buonasera. Grazie per essere venuti* —comenzó su discurso y la gente estalló en aplausos. Yo hice lo mismo y, mientras aplaudía, no podía dejar de mirar a Luca. Pero él seguía con la mirada al frente, como perdida. Y podía ver lo nervioso que estaba. El rey Carlo siguió hablando, agradeciendo su asistencia al acto a los distintos políticos importantes. Lo sé porque el abuelo me encontró y se colocó a mi lado para ayudarme con la traducción. Si no fuera por él, no hubiera entendido ni la mitad de lo que estaba diciendo.

—Está hablando sobre el último *Coriali*. El que le coronó como rey —me explicó mientras yo asentía, aunque me daba una rabia enorme no poder entenderlo solo sin necesidad de traductor. Tenía que ponerme las pilas y aprender italiano y santinés pero ya. Aunque no duró mucho mi agobio, porque Carlo cambió al inglés para que todo el mundo pudiera entender su discurso.

Luca se mantenía en un segundo plano, tras su padre, como esperando el momento idóneo para tomar el protagonismo. ¿Que estuviera allí, y con el blasón real, significaba que finalmente iban a coronarle como rey de Santino?

—¿Quién era esa chica con la que hablabas? —me preguntó mi abuelo mientras Carlo Calliveri continuaba hablando sobre todo lo bueno que tenía Santino. Vamos, casi parecía de la oficina de turismo.

—¿Qué chica? Ah, vale. Sí. Una periodista. Yo qué sé. Me reconoció y no me dejaba en paz.

—¿No le habrás dicho nada? —Noté cómo se alarmaba, así que tuve que calmarle casi al momento.

—¿Qué le voy a decir? Pues que me dejara en paz.

Mi abuelo me miró, suspicaz, como dudando de mi palabra, pero creo que prefirió creerme a buscar bronca. El discurso del rey duró cerca de veinte minutos, en los que desconecté casi por completo, porque solo tenía ojos para Luca, deseando que llegara el final del evento para que, por fin, pudiera bajar de allí y hablar con él. A mi lado se había colocado Silvia, con una sonrisa de oreja a oreja y los ojos llorosos. Para ella debía de ser muy emocionante. Le conocía desde pequeño.

—*... il nuovo re di Santino...* —El silencio era tal que podía oírse hasta el vuelo de una mosca—, *mio figlio* Luca Calliveri —pronunció finalmente Carlo, orgulloso como el que más, y la gente estalló en aplausos. Luca dio un paso al frente y, mientras uno de los guardias reales le colocaba una corona en la cabeza, otro le entregaba un cetro con un enorme diamante violeta en el fuste. De fondo, comenzó a sonar el himno oficial de Santino, pero en una versión de violín preciosa que me puso la piel de gallina. Luca, con una media sonrisa dibujada en la cara, empezó a saludar a la gente con un gesto de la mano, como un auténtico rey. Y ahí comprendí lo diferentes que éramos y que probablemente nuestra historia no llegara a nada nunca. Fue mi abuelo el primero en notar que estaba llorando.

—¿Te encuentras bien, Gaspar?

—Sí. Es que… se-se me ha metido algo en el ojo. ¿Sabes dónde hay un baño por aquí? Ne-necesito un espejo.

—Puedes ir a los de los vestuarios cerca de la pista de tenis.

—Vale, gracias. —Me alejé de allí todo lo que pude. Si no hubiera sido raro, habría echado a correr hasta llegar… No sabía adónde quería llegar. Así que supongo que sin destino fijo. Solo necesitaba aire, lo que no dejaba de ser irónico estando al aire libre. Lo sé.

Cuando entré en uno de los baños, fui directo al lavabo, abrí el grifo y dejé el agua correr unos segundos hasta que lo cerré de nuevo. Me miré al espejo y tenía los ojos rojos y llorosos. ¿Por qué me afectaba tanto? ¿Es que no lo sabía antes? Pues claro que sí. Desde el principio. Desde la primera vez que nos vimos, supe que iba a ser rey algún día. No. Algún día no. Sabía perfectamente qué día iba a ser coronado. ¿Entonces? ¿De qué me sorprendía? ¿Deseaba secretamente que su padre hubiera tomado la decisión de esperar unos años más? ¿Es que acaso iba a tener más oportunidades con él siendo príncipe que con él siendo rey?

—Venga, Gaspar. Menuda tontería. Venga... —me dije a mí mismo mientras seguía observando mi reflejo. Pero no reconocía al chico que me devolvía la mirada. Estaba hecho un mar de dudas. Y cada vez que cerraba los ojos, solo veía la sonrisa de Luca Calliveri.

Después de un rato demasiado largo mirándome a mí mismo, salí de los baños. El ritual de la coronación había terminado. La música en directo volvía a sonar y la gente se había organizado en una larga fila para poder saludar al nuevo rey y mostrarle sus respetos. Es que era tan surrealista... Porque sabía que era cierto, que, si no... Pero es que todo parecía un sueño. Adelanté la cola todo lo que pude hasta que vi a mi abuelo junto a Silvia, los dos charlando, casi en la mitad, así que disimuladamente me coloqué junto a ellos. Si llega a ser un concierto, se habría liado y me habrían echado al final de la fila. Por suerte, en Santino, todos parecían bastante más amables. Por el momento, claro.

—Tienes los ojos rojos, Gaspar. ¿Seguro que estás bien?

—Sí, sí. Solo ha sido un momento —contesté, aunque por dentro siguiera sintiéndome igual—. ¿Para qué hacemos esta cola?

—Hay que saludar al nuevo rey —contestó mi abuelo—. *Lunga vita solare.*

—¿Eh?

—Es el saludo que tienes que hacer al verle. El lema de los Calliveri. *Lunga vita solare.*

—*Lunga vita solare* —repetí—. Espero que no se me olvide.

La fila fue avanzando a buen ritmo y, en menos de veinte minutos, estábamos solo a diez personas de distancia de ver a Luca. Me sentía ridículo haciendo cola para poder hablar con él. Pero así iban a ser las cosas a partir de entonces. Y eso no quería decir que no me alegrase. Claro que lo hacía, pero no del todo. Sabía que él no quería ser rey aún, y yo no quería que nuestra relación cambiara y se complicara. Puede que estuviera siendo un poco egoísta pensando en eso. Pero… ¿y?

—Somos los siguientes. Gaspar, recuerda que ahora Luca es el nuevo rey de Santino y tienes que mostrarle un respeto diferente, ¿entendido?

—Pillado —respondí. Inspiré profundamente. Las dos mujeres que estaban delante de nosotros terminaron su breve conversación con Luca y se alejaron, por lo que nos tocaba a nosotros. Subimos los escalones uno a uno, mientras él nos miraba con ojos totalmente vacíos. No le reconocí en esa mirada.

Llegamos a su altura y los tres hicimos una reverencia. Acto seguido, Luca se acercó primero a mi abuelo, al que sonrió y le estrechó las dos manos. Luego a Silvia, con la que hizo lo mismo. Y, por último, se colocó frente a mí.

—*Lunga*… Eh… *Lunga vita solare* —dije, nervioso.

—*E breve notte lunare* —contestó, con voz profunda y firme. Supuse que esa sería la respuesta al lema de su familia. Extendió sus manos y yo, haciéndole una nueva reverencia, alargué las mías para que me las cogiera. Sentir el tacto de sus dedos fue una mezcla del dolor de mil cuchillos clavándose en mi corazón y la suavidad un suave bálsamo. No era capaz de mirarlo directamente a los ojos. Mis latidos eran tan fuertes que temía que los notara a través de las palmas de mis manos. Entonces se me ocurrió. Sabía que solo tenía unos segundos con él. No podía desperdiciarlos. Así que, sin soltarle, volví a levantar la cabeza.

—*Tienimi stanotte* —susurré. Su expresión cambió. Imperceptiblemente, pero cambió—. Ya sé lo que significa. *E io voglio.*

En ese momento, me quedé sin respiración. No escuchaba nada. Solo mi pulso acelerado en el interior de mi cabeza. Nuestras miradas volvieron a cruzarse. Y, al hacerlo, temblé de la cabeza a los pies. Como cuando pones a cargar un teléfono y este vibra cuando se ha conectado. Si no hubiéramos estado rodeados de medio Santino, me habría lanzado a sus labios sin pensarlo. Porque la tensión que había entre los dos era tan clara que era imposible no verla. Por favor, Luca, di algo. Respóndeme. Di que tú también quieres. Por favor.

—*Bretto, per favore!* —dijo uno de los guardias reales, y Luca giró la cabeza para mirarle, preocupado, y me soltó las manos. Mi abuelo me indicó que nos estaban diciendo que nos retiráramos. Me costó moverme del sitio, pero finalmente obedecí y nos fuimos por el lateral derecho, siendo sustituidos por un matrimonio de edad bastante avanzada que saludaron, sonrientes, al nuevo rey. Me di la vuelta, esperando que él también hubiera decidido mirarme una última vez. Pero estaba concentrado recibiendo elogios de la pareja.

Bajamos de nuevo la escalinata que conducía al jardín. En el escenario, la chica había sido sustituida por otra diferente, acompañada de otros dos chicos. Comenzaron a cantar *The Best Day* de Taylor Swift y, mientras el resto de los invitados seguían esperando su turno para ofrecer sus respetos al nuevo rey de Santino, mi abuelo volvió a separarse de mí para ir a hablar con un grupo de franceses. Yo aproveché para acercarme a la zona de la piscina, aún nervioso y tratando de poner en orden mis pensamientos. Pero, para mi suerte, me encontré de golpe con Bastian y su nueva novia. Creo que se llamaba Monique. Pero vete tú a saber.

—Al final los rumores eran ciertos y has venido —me dijo al verme. Llevaba una copa a medio beber en su mano derecha y, en los labios, un cigarrillo recién encendido—. ¿Has venido con tu *nonno*?

—Me invitó Luca —respondí, orgulloso.

—¿Ah, sí? ¿Venía su nombre en la invitación? —preguntó con cierta sorna y una leve sonrisa mientras exhalaba una bocanada de humo.

—Pues sí, la verdad. ¿Envidia?

—*Niente.* —Se quitó el cigarrillo de la boca con estilo y cuidado—. *Fumi?*

—Tengo diecisiete años —contesté.

—¿Y? Como quieras. *Monique, andiamo a vedere i fuochi d'artificio.* —Pues sí, se llamaba Monique—. *Ciao*, Gaspar.

Un estruendo nos sorprendió a los dos. El ruido atronador fue seguido por un brillo en el cielo. Habían empezado los fuegos artificiales. Varios estallidos casi seguidos anunciaron que la traca estaba comenzando. Seguramente se verían desde todo Santino, ya que estábamos sobre el monte Nuvole. Hacía mucho que no veía unos. Creo que la última vez había sido con mi madre. La gente comenzó a agolparse y a aplaudir con cada nueva explosión en el cielo estrellado de Santino. Yo aproveché para alejarme un poco y, cuando estaba llegando a la pista de tenis, descubrí que habían instalado allí un fotomatón. Muy de boda, desde luego. Habría que probarlo, aunque fuera solo. Al menos tendría un recuerdo de esa noche. Así que descorrí la cortina y entré, sentándome frente a la pantalla para poder seleccionar qué tipo de foto quería… En esas estaba cuando la cortina volvió a abrirse y alguien entró conmigo, sentándose a mi lado.

—¿Luca? ¿Pe-pero qué haces aquí? —tartamudeé, totalmente desconcertado por la situación.

—¿Por qué me has dicho eso? —Directo. Al grano.

—¿Eh? ¿El qué? ¿Qué pasa?

—*Tienimi stanotte. È io voglio.* Por qué —insistió.

No sabía muy bien a qué se refería con que por qué se lo había dicho. Creo que no había lugar para dudas o dobles sentidos. Los dos estábamos sentados en un fotomatón enano, a escasos centímetros el uno del otro, con nuestras piernas rozándose.

—No… no sé… porque…, bueno, porque ya sé lo que significa. No era lo que tú me habías dicho. Un rey no puede mentir así —bromeé.

—Hoy solo es el *Coriali.* No seré oficialmente rey hasta dentro de unas semanas. Todavía hay que firmar muchos documentos y arreglar ciertas cosas —me explicó.

—¿Estás feliz? —Yo creía que era una pregunta fácil, de respuesta rápida, pero se tomó más tiempo del que yo consideraba necesario.

—Sí. Estoy feliz —declaró al fin.

—Me alegro mucho por ti, Luca. Perdón. *Sua altezza.* —Incliné un poco la cabeza. ¿Y si le besaba? ¿Y si me lanzaba por fin? Quizá fuera mi última oportunidad. ¿Qué era lo peor que podía pasar? Ah, sí, claro. Que me rechazara.

—Tu truco funcionó.

—Hoy solo hablas en acertijos, ¿eh? ¿Qué truco?

—Tu ritual lunar. Pedí que el *Coriali* fuera bien y, por ahora, se ha cumplido mi deseo.

—Te dije que funcionaría. —Sonreí—. Yo nunca me equivoco. Bueno, casi nunca.

—¿Vas a responder a mi pregunta?

—¿Cuál de todas?

—Gaspar, por favor. Dime, en serio, ¿por qué me has dicho eso? —En sus ojos podía ver una urgencia inusitada. ¿Por qué era tan importante?—. ¿Por qué volviste a Santino?

—Quería que supieras que ya sé lo que significa. Y… bueno, claro que quiero que me abraces. ¿Por qué no iba a querer? Es decir… ¿Quieres que nos hagamos una foto? —Me estaba poniendo demasiado nervioso y fue lo único que se me ocurrió para terminar la conversación. Y yo que pensaba que iba a ser valiente y le iba a decir lo que sentía… Él me miró con cara de «ni de coña». Vale, claro. Si una foto de los dos casi había roto todo entre nosotros. Obvio.

—Tengo que volver, Gaspar.

—¡Espera! Eh… A ver… Volví… Bueno, quería arreglar lo que había pasado. No podía soportar que me odiaras —le confesé.

—No te odio, Gaspar.

—Vale —convine, ruborizado.

—Espero que lo estés pasando bien —me dijo, dispuesto a marcharse. Quizá fuera mi última oportunidad de hacer lo que tenía que hacer. Lo que sentía que tenía que hacer. Mi pulso se aceleró y seguramente mis pupilas se dilataran como nunca. Era la ocasión que tanto tiempo había estado esperando. No podía dejar que se escapara. Así que cerré los ojos y me lancé a sus labios. Y fue la mejor sensación que había tenido en mi vida. Rozar su boca con la mía fue un momento completamente mágico. El cuerpo se me tensó desde la punta de los pies hasta el último pelo de la coronilla. Sus labios eran más suaves de lo que me había imaginado. Puse mis manos sobre sus piernas. Nunca había sido tan feliz... Hasta que se apartó. Abrí los ojos y vi una cara de confusión en su rostro.

—*Che fai?* —¿Me había equivocado? ¿Había hecho mal en lanzarme?

—¿Eh? Esto... Eh... Joder... —Me ruboricé como nunca antes en mi vida y un calor insoportable empezó a subirme por todo el cuerpo.

—*Non posso*, Gaspar. —Y, sin una palabra más, abrió la cortina y salió del fotomatón, dejándome completamente solo. Nunca supe si el ruido explosivo que sonó justo tras salir él fueron los fuegos artificiales... o mi corazón rompiéndose en mil pedazos.

24

Nada se rompe como un corazón…

Su cara de sorpresa, su forma de apartarse de mí, su mirada de desconfianza… Me quedé totalmente bloqueado unos minutos hasta que fui capaz de salir del fotomatón. Luca ya no estaba. Se había ido. No había nadie alrededor para reírse de mí, aunque pensaba que todos me estaban mirando, que todos se habían enterado del rechazo fulminante al que me había sometido. Es que… ¿qué pretendía? ¿Realmente pensaba que Luca iba a querer besarme? ¿El rey de Santino y el nieto del *pastero*? ¡¿Cómo se me había ocurrido semejante gilipollez?!

La música seguía resonando en cada rincón de los jardines del *palazzo* Santino, aunque los fuegos artificiales ya habían terminado. La gente hablaba en grupos, bebía y bailaba, mientras los miembros de la Guardia Real seguían acompañando a Luca Calliveri, o eso supuse, porque no podía verle bien. Yo lo único que quería era irme de allí. Del palacio, de aquella fiesta, del mismísimo Santino. Había sido una estupidez regresar. No había conseguido nada. Bueno, sí. Había conseguido darme cuenta de que Luca no estaba enamorado de mí, ni sentía lo que yo creía que sentía. Menuda dosis de realidad. *Non posso*, Gaspar. Esas habían sido sus palabras. «No puedo, Gaspar».

Mientras iba dándole vueltas a lo que acababa de pasar, de camino a la barra donde estaba mi abuelo, me crucé de nuevo con la periodista que había tratado de entrevistarme. Mierda, seguro que nos había visto entrar a los dos en el fotomatón.

—¡Gaspar! ¡Eh, Gaspar! —gritó, tratando de impedirme el paso. Yo estaba con las lágrimas a punto de brotar y traté de evitarla. Pero no hubo forma, así que tuve que pararme y hablar con ella.

—¿Qué? —espeté, con una rabia contenida que estaba a punto de saltar.

—Me gustaría ofrecerte algo a cambio de una entrevista. ¿Qué me dices?

—Oye, vamos a ver, que ya te he dicho que no.

—Pero es que es algo que podría interesarte y...

—Que no, que te he dicho que no. Que ya está. Además, me voy ya de la fiesta. Así que adiós. —Conseguí que se apartara para dejarme pasar. Hasta que me dijo algo que me hizo frenar de golpe.

—Sé quién filtró vuestra foto. —Al decirme eso, no pude seguir andando. ¿Cómo que lo sabía? ¿En qué momento lo había descubierto? —¿Te interesa? Te puedo decir quién si, a cambio, me prometes una entrevista. Solo pido eso. Que lo pienses al menos.

—¿Solo una entrevista? —pregunté, dándome la vuelta y confrontándola.

—Solo una entrevista. Pero, claro, tendrías que responder a preguntas sobre Luca Calliveri. Cosas como..., no sé, cómo os conocisteis, cómo es en la intimidad, si sois más que amigos... —Esa última pregunta la hizo con toda la intención del mundo. ¿Estaba realmente planteándome traicionar así a Luca? ¿No sería darle la razón a todos los que habían dudado de mí, a todas aquellas personas que me habían acusado de filtrar la foto?

—Que te den —mascullé y me fui, dejándola con la palabra en la boca. Porque tampoco me interesaba nada más que pudiera decir.

El problema fue que, cuando quise seguir buscando a mi abuelo, no lo vi por ningún lado. ¿Dónde coño se había metido? Todo el verano sometiéndome a una vigilancia extrema y continua, y, ahora que le necesitaba, desaparecía. Lo malo es que dependía de él para regresar a casa. Porque regresar andando no tenía sentido. La noche ya había caído sobre Santino e iba a ser incapaz de volver. Estaba empezando a agobiarme fuertemente cuando le vi con el mismo grupo de franceses con el que le había dejado. Al verme llegar, se puso pálido al momento.

—Gaspar, ¿estás bien? —se preocupó.

—¿Podemos irnos ya? —pregunté en un hilo de voz.

—Claro. Vamos a recoger el coche y nos vamos. —Era justo lo que necesitaba oír. Porque no podía aguantar allí ni un minuto más.

Anduvimos los dos en silencio hasta llegar a la verja principal, donde nos devolvieron el coche y, casi antes de que se subiera mi abuelo, yo ya estaba dentro, en el asiento del copiloto, apoyando la cabeza sobre la ventanilla y reprimiendo las lágrimas. Nos devolvieron nuestros móviles tras pasar la caseta de los vigilantes de seguridad, pero ni siquiera abrí el sobre donde estaba el mío. No tenía ganas de nada. Mi abuelo se dio cuenta, porque ni siquiera puso la radio.

—Gaspar… —comenzó a decir mientras conducía de vuelta a casa—. ¿Qué ha pasado?

—No tenía que haber vuelto a Santino. Fue un error —reflexioné en voz alta entre suspiros. Mi abuelo no respondió y yo, incapaz de contenerme por más tiempo, rompí a llorar. No dijo nada más. Y, mientras con una mano cogía el volante, con la otra agarró la mía con fuerza.

No recuerdo mucho más de esa noche. Sé que llegamos a casa y, cuando nos bajamos del coche, fui directo a mi habitación, donde me encerré hasta el día siguiente. Ni siquiera saludé a mi abuela. No quería ver a nadie. Solo quería cerrar los ojos, dormir y olvidar lo que había ocurrido. ¡Como si eso fuera a ser posible! Pues claramente no, la verdad. Después del ridículo que había hecho, no podía permanecer ni un segundo más en Santino. No tenía vuelo de vuelta, así que miraría el más barato que hubiera y lo cogería sin pensarlo más. Pero, claro, cuando lo comprobé, el siguiente vuelo más barato era en tres días. Tendría que convencer al abuelo para que me acercara a Venecia e irme desde allí. Mi única solución. Regresar a Madrid y no pensar en Santino ni en Luca Calliveri nunca más.

Marco y Sofia vinieron a la casa de mis abuelos en cuanto se fueron todos los invitados y decidieron quedarse hasta que volviera a España. No tenía muy claro si mi abuela los había llamado, en plan emergencia, para apoyarme y animarme, o qué había pasado. Únicamente sé que no se separaron de mí ni un solo segundo los tres días que me quedaban en Santino. Aunque no quería, y traté de resistirme todo lo posible, al día siguiente del *Coriali* lo primero que hice fue cotillear qué decían los medios y las redes sobre el evento. Obviamente, acabé en un artículo de Sara Medina, la periodista de *Vogue*, y busqué mi nombre para ver si decía algo de mí. Por suerte, ni una sola palabra. Ni una sola mención. ¿Seguiría pensando que iba a aceptar su oferta de una entrevista? Ni de coña.

Mi abuela estuvo los tres días tratando de convencerme para que me quedara en Santino el resto del verano. «Me podrías ayudar en la casa». Pero no. Ya me había mentalizado para irme. Demasiados recuerdos. Demasiado a lo que darle vueltas. Mejor sería volver a Madrid y no mirar a atrás. ¿Cobarde? No estoy seguro de ello. ¿Quizá? Yo qué sé.

Así que, la última noche que pasé en Santino, la abuela organizó una cena de despedida, con mis platos favoritos. Es decir, lasaña, burrata y tiramisú.

—Te vas a arruinar con tantos vuelos —se burló Marco. Un poco de razón tenía—. Pero ya sabes que esta es tu casa.

—Si no es tuya… —le recriminé, y Sofia se echó a reír.

—Bueno, como si lo fuera. ¿Verdad, abuela? Esta casa es de la familia. No es de nadie en particular —explicó, haciendo muchos aspavientos con las manos—. ¿Me pasas lo que queda de lasaña?

—Es que la lasaña sí que es de alguien en particular —repliqué y me eché el trozo que quedaba en el plato—. Es mi última comida aquí, así que lo siento, pero no la voy a compartir.

—Dicen que Luca no va a… Uy, perdón, que es la palabra prohibida —se corrigió Sofia al instante de decir su nombre. Sobre todo por la mirada que le había echado mi abuela para que guardara silencio. A ver, no es que yo hubiera dicho nada, pero habían llegado al acuerdo de mejor evitar el tema para que yo no recordara la noche del *Coriali.*

—Podéis decir su nombre, que no es Voldemort. No pasa nada

—les dije mientras me comía el último trozo de lasaña. Dios, cómo la iba a echar de menos. Toda la comida de mi abuela. En general. Y Santino. Y la piscina. Y a Marco y a Sofia. Ya me estaba poniendo triste de nuevo.

—Nada, nada. Era una tontería. ¿Qué hay de postre, abuela?

—El favorito de Gaspar —dijo, sonriente, y se levantó de la mesa entrando en la cocina y volviendo a los pocos segundos con una fuente de su famoso tiramisú deshecho que tanto me gustaba. Pero fue dejarlo en la mesa y aparecer un coche con los cristales tintados en nuestro jardín delantero. El sol ya casi había desaparecido, y su luz anaranjada reflejaba sobre el capó negro. Se me detuvo el corazón al momento. Ese coche solo podía ser de la familia real Calliveri. ¿Había… había venido Luca Calliveri a verme? Todos nos miramos, sin saber muy bien qué decir o qué hacer. Hasta mi último día en Santino tenía que haber una sorpresa inesperada. Sorpresa inesperada. ¿No lo son todas?

Me levanté de la mesa al momento, casi tirando la silla, alertado. Sin dejar de mirar la puerta trasera del coche. Dispuesto a enfrentarme a lo que fuera que me esperase. Mi abuelo se levantó justo después de mí. No hizo nada. Ni siquiera habló. Pero sentí cómo me apoyaba en silencio. La puerta del coche se abrió por fin, pero no la que esperábamos todos. Se abrió la del copiloto y, de su interior, salió Filippo, con semblante serio y mirada adusta. Si ya estaba tenso, al verle me agarré del respaldo de la silla y lo apreté con fuerza. Menos mal que era de madera y no de papel. El mayordomo real cerró la puerta, se alisó el traje, y anduvo hasta nuestra mesa, quedándose a unos metros de distancia, con cautela.

—*Buonasera, famiglia Costa. Posso parlare con Gaspar?* —preguntó amablemente. Mi abuela me miró, como dejándome decidir, y yo asentí, obediente.

—Puedes hablar —respondí.

—Preferiría que fuera en privado, a poder ser —dijo Filippo, dejando claro que solo quería hablar conmigo.

—Vale, eh, podemos subir a mi habitación o entrar en la cocina... —sugerí.

—La cocina está bien —afirmó Filippo, y me siguió hasta el interior de la casa, con todos mirándole, suspicaces.

La cocina olía aún a la lasaña de la abuela, a queso fundido, a carne con tomate, a bechamel, a leña. Me coloqué sobre la encimera, apoyándome con cuidado de no mancharme con los restos de harina. Filippo se situó justo frente a mí, a una distancia prudencial, con los brazos por delante, como preparando el terreno para lo que me iba a decir, pero yo tenía cero idea de lo que era. Tardó un rato en hablar, y la incomodidad fue en aumento hasta que abrió la boca.

—He venido porque quería hablar sobre lo que pasó la otra noche en el *Coriali* —explicó, con una gravedad en el tono que hasta me asustó un poco.

—¿Qué pasó? —No tenía muy claro a qué se refería.

—Tu... encuentro con Luca Calliveri. —Ah, vale, que se refería a eso. ¿Y él cómo lo sabía? ¿Nos habría estado espiando o se lo habría contado Luca?

—No hay nada que explicar, no sé. —No tenía muchas ganas de hablar con Filippo sobre ese momento de mi vida, la verdad.

—Solo quería poder hablar contigo, Gaspar, y que entiendas que lo que pasó no puede repetirse.

—¿Lo que pasó? Si no pasó nada… —Porque era verdad. El problema era precisamente ese: que no había pasado nada entre Luca y yo.

—Ahora Luca es el rey de Santino. Tiene responsabilidades, tiene una nueva imagen que mantener, ha de mirar siempre primero por su país. Ni por sus intereses, ni por nada más que la felicidad de todos los santineses y santinesas. Lo entiendes, ¿verdad?

—Claro. No soy un monstruo. Nunca he dicho que no lo entienda, no sé —respondí, encogiéndome de hombros y jugueteando con un hilo de mi camiseta, nervioso—. Si te ha mandado Luca para decirme estas cosas, yo…

—No ha sido Luca. He venido aquí por mi cuenta. *Lui non sa niente.* —Eso sí que era una sorpresa. ¿Y solo había venido para darme ese mensaje?—. El rey Carlo… por ahora sigue siendo el rey, es… Le vigila como un padre a un hijo. Y quiere lo mejor para él y para el país.

—¿Y?

—No es fácil ser rey con diecisiete años.

—Lo sé. A ver, no lo sé porque yo no soy rey. Me refiero a que lo supongo —me corregí.

—No quiero que te lleves una mala impresión de nuestro nuevo rey. —Entonces entendí que quizá me había visto con la periodista y, desde el palacio, estaban agobiados con qué iba a decir y qué no. Control de daños supongo. Luca probablemente no habría tenido nada que ver.

—La impresión que tengo de Luca es mía y solo mía.

Filippo soltó varios suspiros prolongados y fue a decirme algo más, pero prefirió callar y pensarlo mejor. Yo, pues no sabía qué hacer. Lo único que esperaba era que mi abuelo, o Marco, o alguien, apareciera en la cocina e interrumpiera el momento tan incómodo que se había creado. No fue así.

—Si no vas a querer nada más… —dije yo, rompiendo el silencio y, creo, la tensión también.

—No, no. Te dejo cenar tranquilamente con tu familia. —Se despidió con una sonrisa y recorrió la cocina hasta llegar a mi altura, junto a la puerta—. Estoy seguro de que él también te quiere. —Puso una mano sobre mi hombro y me miró a los ojos; creo que fue la primera vez que sentí que Filippo era buena persona. Contuve las lágrimas mientras él se giraba y salía de la casa. Le vi alejarse hacia el coche, mientras él le decía adiós a mi abuelo.

Tras una dura despedida de Marco y Sofia («Prométenos que volverás, que aún te tenemos que llevar a Maritte»), un viaje en coche largo y un vuelo más largo aún, sobre todo porque hubo muchas turbulencias, llegué a Madrid. Y, en el aeropuerto, me esperaba mi padre, pero también Lucía. Al verlos, me di cuenta de que el verano se había acabado, y que volvía a mi vida de siempre. Santino había sido un sueño, un paréntesis, y ahora me tocaba volver a la realidad. Aunque estar con ellos era como ponerse una tirita. Al menos detendrían la hemorragia durante un tiempo. Sentados en el asiento trasero del coche, Lucía me fue contando cómo estaba siendo su verano, cómo sus padres se estaban volviendo locos cada vez que les decía que quería regresar a Madrid una vez más, y cómo iba a estar todo el fin de semana para hacer mil planes conmigo.

Llegamos a casa, me despedí de ella con un largo abrazo, de esos que curan aunque no lo creas, porque el dolor existe, pese a que no lo veas, y muchas veces solo necesitas un abrazo de esos para hacer que remita. Y, después de cenar con mi padre, viendo una película de acción en la tele, me propuse a mí mismo dejar a Luca atrás. Esa noche sería la última en la que pensaría en él o que, al menos, me permitiría sentirme mal por lo que había pasado. No quería estar así el resto del mes. Me negaba a ello. Un amor de verano. Ya está. Viene en el nombre: empieza y acaba en verano. No había que darle más vueltas. No era necesario. Y, por primera vez, dormí como no lo había hecho en semanas… No cuela, ¿no? En teoría todo muy bien. Luego en la práctica las cosas se complican. Sobre todo por la noche. La noche lo complica todo siempre. La medianoche se transformó en las cuatro de la mañana. Mi ordenador se quedó sin batería y mis ojos dejaron de obedecerme. Tardé, pero al final acabé rindiéndome al sueño y lo único que me despertó fueron los golpes de mi padre en la puerta, suaves pero firmes, para que me levantara para desayunar.

—No había mucho en casa, así que te he hecho unos huevos duros con salchichas. —Gracias por el esfuerzo, papá.

—Mmm, qué rico —ironicé, aunque no le dije que no tenía hambre. Bueno, pensaba que no tenía, pero, cuando tuve el desayuno delante, lo devoré en segundos.

—¿Qué planes tienes hoy? —me preguntó mientras se bebía un café.

—Creo que Lucía quería llevarme a dar un paseo por el templo de Debod. Quiere enseñarme no sé qué de unas escaleras o algo así. Ni idea. Cosas de Lucía. —Y justo en ese momento sonó el timbre de la puerta. Los dos nos miramos, extrañados. ¿Quién querría venir a casa un domingo por la mañana?—. ¿Esperas a alguien?

—No. ¿Y tú?

—Quizá sea Lucía…, pero me extraña porque es prontísimo para ella.

Mi padre se levantó de la mesa mientras yo seguía comiendo lo que me quedaba del desayuno, pero, cuando abrió la puerta, no oí la voz de Lucía, sino la de un hombre. No acabé de entender lo que le decía, pero estuvieron un rato hablando hasta que mi padre cerró y volvió a la cocina. Entre las manos llevaba un paquete marrón y no dejaba de mirarlo, extrañado y confuso.

—¿Desde cuándo hay repartos un domingo? —pregunté. Aunque, claro, lo dije con la boca llena.

—Desde que llega directamente de Santino —musitó y, al decirlo, me miró. A mí se me paró el corazón unas décimas de segundo.

—Ah, a lo mejor me dejé algo en casa de los abuelos y me lo han enviado, ¿no?

—No creo que tus abuelos tengan acceso al sello real de Santino. —Después de revisarlo unos segundos más, extendió el brazo para darme el paquete. Y sí, estaba el sello real, con cera roja. Ahí estaba la flor de cinco puntas con dos círculos en el centro.

—Pero… ¿es para mí? —Mi padre asintió, y, en vez de sentarse a mi lado, decidió que quizá sería mejor dejarme solo mientras lo abría.

Aunque no lo hice de inmediato. Lo miré largo y tendido, como si fuera una bomba, decidiendo cómo afrontar lo que tenía ahí delante. Al final, cogí un cuchillo afilado y fui cortando poco a poco el cierre hasta que conseguí abrir la caja de cartón duro. Separé las solapas y, de su interior, saqué tres cómics envueltos en sus fundas de plástico. ¿Tres cómics? Pero ¿qué…?

Los revisé por encima y los tres eran cómics de Robin. Bajo ellos, había un trozo de papel grisáceo, también con el sello real, y en el que estaba escrito con una letra elegante y perfecta: «Robin te echa de menos». Y, por último, una flor de medianoche envasada al vacío en una bolsita de plástico transparente.

Epílogo

Aunque sabía que, tarde o temprano llegaría el día, Filippo nunca pensó que viviría la coronación de Luca. Las noches antes del *Coriali*, no dejaba de soñar con el príncipe siendo solo un niño, conociendo y recorriendo cada rincón de palacio. Y con él siempre de su mano. Porque había estado desde el principio. Viéndole dar sus primeros pasos, decir sus primeras palabras, llorar sus primeras lágrimas… Pero no por una caída o una pataleta. No. Sus primeras lágrimas de verdad, cuando murió la reina Laura, su madre. Filippo sabía que no podía derrumbarse delante de él, que tenía que ser fuerte, guardar la compostura, y ser su paño de lágrimas, ser su apoyo continuo. Es lo que Laura habría querido. Es la promesa que le hizo, muchos años antes, en la fuente del interior del laberinto. ¡Cómo iba a pensar que, poco tiempo después, ella ya no estaría!

Por eso le dolía tanto la conversación que estaba a punto de tener. Había tratado de evitarla, de evitar todos los daños colaterales. Pero algo en el fondo le decía que todo iba a acabar sobrepasándolo. No podía permitírselo. Ni siquiera podía concebirlo. Se debía a Santino, por supuesto. Y al rey Carlo. Y al nuevo rey Luca. Pero también se debía al amor de su vida. No pensaba traicionarla. Ni ahora ni nunca.

—Tienes que tapar esto. No puede filtrarse esta información. ¿Lo has entendido? —dijo Filippo con firmeza. Toda de la que era capaz en ese momento.

Al fondo se podía oír el romper de las olas en las rocas que rodeaban la ciudad. Nadie sabía que estaba ahí. Ni siquiera el rey.

—Me encargaré de ello —le respondió una de las personas en las que más confiaba. Y, para Filippo, esa lista era muy corta—. Y tranquilo. Luca nunca lo sabrá.

—Su alteza real Luca Calliveri —lo corrigió Filippo.

—Su alteza real Luca Calliveri.

Los dos se dieron un firme apretón de manos y, mientras Filippo veía cómo se alejaba el coche, levantando una nube densa de polvo a su paso, sintió que todo iba a salir bien. Su secreto estaba a salvo. Porque nadie podía saber que Luca Calliveri, el nuevo rey de Santino, era el hijo de un simple mayordomo.

# Agradecimientos

Creo que estos son los primeros agradecimientos que escribo en una novela. ¿Por qué? Quién sabe… Siempre me han parecido algo demasiado personal como para incluirlos en unas páginas que todo el mundo va a leer. Pero soy escritor, básicamente me dedico a eso, a abrirme por completo en unas páginas para que todo el mundo las lea.

Sin embargo, este libro es especial, ya que es mi décima novela publicada (mejor no os digo la cantidad que he escrito y que nunca verán la luz del sol), así que esta vez me he decidido a redactar unos agradecimientos. No sé muy bien por dónde empezar, de modo que esto va a ser caótico y, desde luego, curioso de leer.

Empecé a escribir cuando tenía siete años, en clase de Teatro, y… ¡No, no! ¿Os imagináis que me dedico a divagar de esa forma? ¡Qué rollo! ¿A quién le va a interesar mi vida y milagros? Sobre todo porque milagros, cero. No tengo una vida tan interesante, por eso me dedico a escribir, así que me lanzaré directamente y no haré una descripción pormenorizada de cómo llegué a ser escritor.

Siempre me da miedo dejar fuera a alguien, porque no quiero que nadie se sienta menos especial, por eso lo resumo en un GRACIAS A TODAS LAS PERSONAS QUE ME APOYÁIS DÍA

TRAS DÍA PARA QUE CONSIGA MI SUEÑO. NO SÉ POR QUÉ LO HE PUESTO EN MAYÚSCULAS. NO OS ESTOY GRITANDO. Y TAMPOCO SÉ POR QUÉ SIGO ESCRIBIENDO EN MAYÚSCULAS.

Obviamente, debo agradecer este libro a todos los implicados en el proceso, que, aunque no lo penséis, es muy largo. No solo se trata de la historia, también incluye la corrección, la edición, la maquetación..., luego viene el plan de comunicación, la imprenta, la distribución..., ¡mil cosas! Así que gracias a todas las personas que han hecho posible que ahora tengas este libro tan maravilloso y perfecto entre las manos.

Gracias a Pixar por crear *Luca*, una de las inspiraciones del libro. A ver, me siento como Homer Simpson cuando enviaba cartas a películas en vez de a personas: «Querida *Jungla de Cristal*, eres la pera». Sí, quizá esta referencia sea ya un poco viejuna. *Sorry, not sorry.*

Gracias a Óscar Rubio y Pablo Bernabé, porque son dos personajes que me han cambiado la vida. Literalmente.

Gracias a Marc, porque fue el primero de todos.

Y gracias a ti. Sí, a ti, no mires hacia atrás, te estoy hablando a ti. Por comprar mi libro (quizá te lo hayan regalado o lo hayas robado, quién sabe), por leerme, por venir a mis firmas, por traerme patatas Ruffles Jamón, por escribirme cosas bonitas, por regalarme tu tiempo, porque eres jodidamente perfecto. Porque, sin ti, nada de esto sería posible. Sí, yo seguiría escribiendo, pero ¿quién me leería? Al final, estas historias no solo las escribo porque me gusten, sino porque quiero que te gusten también a ti. Que te sientas protagonista, que encuentres tu lugar seguro, ese al que siempre puedes volver cuando el mundo te da la espalda. Cuando no puedes ser quien eres porque no te dejan. O cuando estás feliz. O en cualquier momento. Te aseguro que, entre estas páginas, no debes tener miedo.

Si algo he aprendido es que un buen libro puede convertirse en tu sitio favorito. Así que aquí tienes uno más. Espero que hayas disfrutado mucho de Luca, de Gaspar y de Santino.

Lunga vita solare
e breve notte lunare.